# VENGEANCE FÉLINE

CYRIL VIAL

Publication 2023

Édition : Cyril Vial – Le Mans

Dépôt légal : mai 2023

ISBN : 978-2-492588-56-3
Couverture et mise en page : Cyril VIAL

Correction : Séverine Delanois

## **Remerciements :**


*Un grand merci à Emmanuelle B., Lysiane S., Nicole. R, Séverine Delanois et Valérie Chopin.*

*Une pensée pour : Aline Vieux-Rochas, Amélie H., Ana-Sofia L., Anthony B., Astrid Jbi, Carine, Claire, Clöexist, Cyrielle, Damien, Élisabeth, Emmanuelle. C, Fabrice L., Jérémy E., Jill, Joahnn et sa fille, Julie A., Karen (et Roger), Karim, Katy Kanel, Lé R'la, Lucie, Ludovic, Manon, Marie-France, Marc S., Miss Sacha, Nicolas, Régine, Richie Edorado et Robin, Rose-Marie Jan, Séverine, Sylviane, Sylvie L., Valérie V., Vanessa Sirugue, Yacine et Yaël.*

*Sans oublier le formidable groupe Facebook « Fan de chats Martinique » et ses 7500 membres. Merci à eux de m'avoir soutenu et permis d'aller au bout de ce roman.*

Cyril Vial - Auteur

# 1.

## Libye, Tripoli, 2013

Nadeem Al-zahrani, riche *businessman* saoudien, descendit, cigare aux lèvres, de son jet privé et posa un pied sur le tarmac de l'aéroport de Tripoli.

— De retour dans ce trou à rat… maugréa-t-il. Mais « *business is business*[1] ». Je sens que je vais encore me faire un gros paquet de fric !

Une flotte de véhicules blindés l'attendait déjà ; des mercenaires armés s'activèrent pour le transporter en toute sécurité dans son quartier général. Dans ce complexe hautement gardé, il s'assurait de faire prospérer ses affaires au mépris des lois locales et internationales. Ce comportement lui avait valu des ennuis dans son pays d'origine, où il disposait pourtant de liens de parenté avec la famille royale saoudienne.

Toutefois, après avoir commis une série d'actes répréhensibles – plusieurs massacres sur la population libyenne durant l'opération *Unified Protector*[2] –, il avait été déchu de tous ses titres mais avait tout de même conservé son immunité diplomatique. De toute façon, Nadeem n'en avait cure, sa seule allégeance, il la donnait au « dieu Argent », comme il aimait s'en vanter.

Formé dans les forces de la sécurité nationale, Nadeem avait profité du différend entre l'Organisation des Nations unies[3] et

---

[1]Traduction de l'anglais : « Les affaires sont les affaires ».

[2]L'intervention militaire de 2011 en Libye est une opération militaire multinationale sous l'égide de l'Organisation des Nations unies (ONU), qui s'est déroulée entre le 19 mars 2011 et le 31 octobre 2011, et dont l'objectif était la mise en œuvre de la résolution 1973 du Conseil de sécurité des Nations unies.

[3]L'Organisation des Nations unies est une organisation internationale regroupant, en juin 2022, 193 États membres. Elle a été instituée le 24 octobre 1945 par la ratification de

l'ancien maître libyen, Mouammar Kadhafi[4], pour créer une gamme de juteuses contrebandes dont il était fier.

Sa première réussite ? La mainmise sur le négoce d'armes ! Dans cette région en perpétuel conflit, tous les belligérants venaient à lui pour acquérir de quoi renverser leurs adversaires. Nadeem n'éprouvait aucun scrupule à vendre à un groupe armé le mardi de quoi supplanter le client satisfait du lundi. Grâce à ses relations, il pouvait se fournir en armes dans le monde entier. Il disposait même de contacts au sein du SVR[5], de la CIA[6], du MI6[7] ou encore de la DGSE[8], qui le considéraient comme « un mal nécessaire », car il leur rendait service en faisant office d'intermédiaire. Ce titre le ravissait au plus haut point et lui procurait la sensation d'être intouchable.

Pour contenter partenaires et acheteurs, Nadeem ne rechignait pas à la peine. L'ONU avait en effet placé la Libye sous embargo pour éviter une escalade du conflit entre les nombreux combattants. L'afflux d'armements en Libye se poursuivait pourtant en infraction manifeste du blocus de l'ONU. L'assistance militaire des diverses puissances étrangères passait donc par Nadeem, qui prenait une généreuse commission au passage.

Au cours des deux derniers mois, Nadeem avait réalisé cinquante vols de ravitaillement dans des aéroports de l'est de la Libye, dirigés par un général sanguinaire, tandis que trente avions avaient

---

la Charte des Nations unies signée le 26 juin 1945 par les représentants de 51 États. Elle remplace alors la Société des Nations.

[4]Mouammar Kadhafi, né vers 1942 à Qasr Abou Hadi et mort le 20 octobre 2011 dans les environs de Syrte, est un militaire et homme d'État libyen. Officier des forces armées libyennes, Kadhafi arrive au pouvoir lors du coup d'État de 1969, qui renverse la monarchie. En 2011, après 41 années au pouvoir, menacé par une contestation populaire, il fuit la capitale en août 2011. Il est peu après capturé, lynché et tué dans les environs de Syrte.

[5]Le SVR ou Service des renseignements extérieurs de la Fédération de Russie est la forme administrative actuelle de l'espionnage extérieur politique russe.

[6]La *Central Intelligence Agency*, fondée en 1947 par le *National Security Act*, est l'une des agences de renseignement les plus connues des États-Unis. Elle est chargée de l'acquisition du renseignement et de la plupart des opérations clandestines effectuées hors du sol américain.

[7]Le *Secret Intelligence Service*, également connu sous la dénomination de MI6, est le service de renseignements extérieurs du Royaume-Uni.

[8]La direction générale de la Sécurité extérieure, parfois simplement appelée Sécurité extérieure, est le service de renseignement de la France depuis 1982, succédant au service de documentation extérieure et de contre-espionnage.

approvisionné l'ouest du pays sous le contrôle d'un gouvernement pugnace.

Au cours d'un dîner mondain dans une ambassade européenne, Nadeem s'était même permis de serrer la main du chef de la Mission des Nations Unies. Il avait eu toutes les peines du monde à réprimer un rire lorsque celui-ci avait évoqué « *les attaques alarmantes contre la souveraineté de la Libye* » et « *les violations flagrantes de l'embargo des Nations Unies sur les armes* ».

Encouragé par son insolente réussite, Nadeem ne s'était pas arrêté aux armes : il avait bâti un trafic de drogues, principalement du Captagon[9], s'écoulant par caisses entières. Ses premiers acheteurs ? Les djihadistes de l'État islamique ! En bon commercial, Nadeem avait des arguments imparables pour convaincre les intégristes méfiants : ses pilules offraient une résistance à la fatigue, une vigilance accrue et une perte de jugement. Quand il percevait une ultime once de doute dans les yeux d'un combattant, il lui expliquait que cette drogue lui donnerait l'impression d'être tout-puissant, d'être en quelque sorte le « roi du monde » et qu'il pourrait massacrer des centaines d'infidèles. Bien sûr, il distribuait des échantillons et se réjouissait de conquérir de nouveaux consommateurs qui expérimentaient une véritable euphorie, sous laquelle ils ne connaissaient plus l'angoisse et la souffrance.

Pour étayer ses propos, Nadeem avait même suggéré d'en administrer à des otages. D'abord sceptiques, les islamistes avaient accepté. Après quelques minutes, ils avaient alors frappé les prisonniers et avaient été sidérés de constater qu'ils ne ressentaient plus la douleur. Mieux ! La plupart d'entre eux rigolaient tandis qu'ils étaient bourrés de coups ! Depuis cette incroyable démonstration, son carnet de commandes ne désemplissait plus…

Côtoyant de fortunés Saoudiens, Nadeem avait flairé un autre marché émergent : le trafic d'animaux ! Son produit phare ? Les

---

[9]Le captagon ou fénéthylline, à l'origine prescrit pour calmer l'hyperactivité et la narcolepsie, est un médicament composé d'amphétamines et de caféine. Alors que cette substance a fait l'objet d'un trafic au début des années 2000 en Turquie et en Syrie, elle est dorénavant utilisée par les djihadistes de Daesh.

guépards[10] ! Nadeem avait vite compris qu'ils seraient prisés pour leur qualité de mammifère le plus rapide de la planète ou comme animaux de compagnie. Instruit, Nadeem n'ignorait pas que les guépards avaient toujours symbolisé la richesse et le pouvoir pour les familles royales ou nobles, qui les utilisaient comme animaux de compagnie ou de chasse. Pour prospérer, Nadeem jouait donc sur la cupidité et la superficialité humaine : posséder un fauve était un attribut de prestige, estimé par les gens très riches, ou les moins riches désirant accéder à ce statut. Chaque année, il en faisait venir environ trois cents depuis la Corne de l'Afrique[11] avant d'inonder les marchés des pays du Golfe, mettant en danger la survie de l'espèce. Nadeem répétait souvent : « Regardez-moi ces gros chats ridicules ! Ils ont trouvé un prédateur encore plus fort qu'eux : moi, Nadeem Al-zahrani ! » avant de rire aux éclats. Personne ne s'en offusquait…

Dernière corde à son arc et il en était très fier : le trafic d'êtres humains[12]. Oui, Nadeem n'hésitait pas à tirer profit de la détresse humaine pour s'enrichir. Il vendait des esclaves dans des marchés à ciel ouvert. Sa clientèle, en majorité des familles aisées du Moyen-Orient, payait à prix d'or de nouveaux serviteurs qu'elles exploiteraient sans vergogne ; Nadeem en abusait également, mais d'une certaine façon…

Après la traversée de la capitale en ruines, Nadeem arriva enfin dans son complexe sécurisé, une immense et fastueuse résidence avec deux hangars attenants, le tout entouré de hauts murs et gardé

---

[10]Le nombre de guépards dans le monde est passé de 100 000 à 7 100 aujourd'hui. Le nombre de ventes illégales a, lui, explosé, et pas moins de 1 500 guépards ont été vendus en ligne depuis 2012. Les prix oscillent entre 25 000 et 35 000 riyals saoudiens (soit entre 6 000 et 8 000 euros), les plus prisés étant les bébés de quelques semaines ou bien les femelles, meilleures chasseuses que les mâles.

[11]En particulier en provenance du Somaliland, un territoire autonome à l'est de la Somalie, dont l'indépendance autoproclamée en 1991 n'a pas été reconnue par la communauté internationale.

[12]Une étude de l'ONUDC dénonce qu'en 2018, environ 50 000 victimes de la traite des êtres humains ont été détectées et signalées par 148 pays. Elle précise toutefois que le nombre réel de victimes de la traite est bien plus élevé, étant donné la nature cachée de ce crime.

par une petite armée de mercenaires à l'image de leur employeur : sans foi ni loi…

Avant de se livrer à de nouveaux pourparlers commerciaux, Nadeem devait rencontrer l'une de ses dernières prises : une jeune femme sans papiers, mais une véritable beauté d'après l'un de ses sbires les plus fidèles. La malheureuse avait été amenée dans une luxueuse chambre en marbre, décorée d'objets en or massif. Nadeem la rejoignit à la hâte, un large sourire sur le visage. Il n'éprouvait aucun scrupule, car l'esclave, chrétienne, étant non musulmane[13], il considérait qu'elle ne disposait pas d'une âme[14]. Ce qu'il lui ferait subir ne constituerait donc pas un péché…

Nadeem la découvrit prostrée dans un coin, portant des sous-vêtements rouges affriolants. Excité, il retira ses habits mais conserva son caleçon. Il présenta alors son corps musculeux… Nadeem faisait très attention à son apparence et estimait ainsi qu'il faisait une fleur à ses « compagnes »…

À pas lents, il s'approcha, se pencha sur elle et lui saisit le poignet.

— Viens là, ma douce. Toi et moi, nous allons faire plus ample connaissance. Si tu es une gentille fille, je te garderai ici et tu pourras mener la grande vie ! Alors, je te conseille de…

Elle se débattit, tenta de fuir ; habitué de ce genre de réaction, Nadeem s'en amusa et joua avec elle. Elle essaya de le frapper, il la laissa faire, esquiva, bloqua, encaissa en ricanant, avant de lui décocher une gifle magistrale qui la renversa.

Au sol, il lui attrapa les chevilles, qu'elle remua avec fougue et désespoir mais il parvient à la maîtriser et s'avança lentement vers son but… D'un geste assuré, réalisé une centaine de fois, il lui

---

[13]En Libye, on dénombre 2,7 % de chrétiens, 96,6 % de musulmans et moins de 1 % de croyants de religion traditionnelle.

[14]Une enquête du *New York Times*, parue le 13 août 2015, soulignait l'ampleur du phénomène et décryptait surtout la manière dont l'organisation État Islamique a fait du viol une arme de guerre, légitimée par leur propre interprétation du Coran. L'esclavage sexuel des femmes et des jeunes filles a été introduit en août 2014, relate l'article, quand les djihadistes ont envahi les villages du Mont Sinjar, un massif escarpé du nord de l'Irak. Un marché aux esclaves se met alors en place, où s'échangent les femmes appartenant à la minorité religieuse des yézidis qui vivent dans cette région.

arracha sa culotte avant de lui déchirer son soutien-gorge, la blessant au passage. Excité par cette innocence et cette terreur, il sentit son entrejambe sur le point d'exploser. Voulant profiter de sa domination, il calma le jeu, caressant le corps de sa victime, le léchant parfois : à la joue, au cou, sur le ventre. Il la mordilla ensuite et fit descendre une main vers son pubis, sec comme un affluent tari…

Il cracha sur ses doigts et s'échina à remédier au problème… Il espérait une crue dans laquelle il pourrait naviguer !

— Si tu crois que t'es la première à me faire ce coup-là ! Je suis un expert en la matière !

Soudain, il la souleva et la projeta sur le lit. Elle chercha à fuir, mais il sauta littéralement sur elle et la plaqua sur le matelas. En sueur car transi par l'excitation, il baissa son caleçon, révélant un sexe turgescent, le premier de sa proie, encore vierge. Nadeem les aimait ainsi…

— Tu vas voir, tu vas adorer !

— …

Elle était tétanisée, ses yeux à présent envahis par le vide. Nadeem sourit, il se délectait de les voir de la sorte, à sa merci…

— Tu m'appartiens jusqu'à ce que je décide de me débarrasser de toi… lui susurra-t-il.

Elle ne réagit pas, mais il ne s'en offusqua pas. Il la déflora avec hargne, hurlant à plusieurs reprises à quel point il était puissant.

En plein ébat, il entendit cependant du bruit à l'extérieur. Furieux, il s'interrompit, enfila un pantalon et une chemise d'un blanc immaculé et sortit, non sans crier d'une voix empreinte de sadisme :

— Dès que je reviens, nous poursuivrons là où nous en étions ! Pour ton propre bien-être, je te conseille d'être un peu plus coopérative.

Au rez-de-chaussée, il découvrit une scène surréaliste : ses hommes, une dizaine, coursaient un adolescent particulièrement agile.

Repérant l'un de ses gardes du corps, Nadeem le rejoignit, prit l'un de ses pistolets placés dans un holster, visa le fauteur de trouble et l'atteignit au mollet.

— Amenez-le-moi ! ordonna-t-il.

On lui présenta alors un cambrioleur, un jeune garçon entre onze et quatorze ans. Nadeem avait du mal à le dire tant la guerre faisait office de poussée de croissance…

— Monsieur, ce petit con s'est introduit ici et les gars et moi, on l'a surpris en train de chaparder de la drogue dans la réserve !

— Oh, un voleur ! enragea Nadeem. Il ne manquait plus que ça ! Je ne supporte pas les sales voleurs !

— Je suis désolé, je ne suis qu'un enfant !

— Un enfant ? Non ! À ton âge, tu es un adulte !

— Pitić ! J'ai fait ça pour nourrir ma famille !

— Et la mienne ? As-tu seulement pensé à MA famille ?

— Mais… Mais… Regardez-vous, monsieur ! Vous êtes riche ! Très riche ! Tout cela vous appartient !

— Oui, riche je le suis ! Mais je ne vais pas le rester longtemps si tous les petits merdeux de la ville commencent à me faucher mes cargaisons !

— Je vous en supplie, je ne le referai plus !

— Ha ha ! Ça, je le sais !

— Vous… Vous me croyez ?

— Toi, non ! Mais j'ai un moyen de t'en empêcher !

Le jeune comprit où le cruel Nadeem voulait en venir et redoubla d'efforts pour se soustraire des gardes mais rien n'y fit.

— Je… Je travaillerai pour vous ! Je vous rembourserai !

— Je n'ai que faire d'un chapardeur dans mon équipe !

— Je vous en prie ! Je connais toute cette ville, je suis sûr que…

— Non, sale morveux ! Alors, gauche ou droite ?

— Je… Quoi ?

— Je te demande si tu es gaucher ou droitier !

Terrifié, le malheureux refusa de répondre, pensant que cela le sauverait…

Nadeem soupira et, d'un geste de la tête, commanda à deux de ses hommes de placer les deux mains du prisonnier sur un vieil établi en bois. Nordine se débattit à nouveau, cria, hurla même, pleura, se souilla ; tout cela ne faisait que renforcer la brutalité de son bourreau… Nadeem ne supportait pas la faiblesse !

— Dernière fois ! La gauche ou la droite ?

— Droite ! Je suis droitier, Monsieur !

— Parfait ! Ton nom ?

— Nor… Nordine, Monsieur !

— Enchanté, Nordine ! plaisanta-t-il, avec cruauté.

Sous les rires de ses mercenaires, Nadeem empoigna une machette et trancha l'avant-bras droit du petit qui, bouleversé par la douleur, ne put plus émettre un seul son, malgré sa bouche grande ouverte.

— Hé, il faut cautériser ! indiqua Nadeem.

L'un de ses hommes de main, un habitué du rituel, lui tendit un tisonnier rougeoyant, que Nadeem saisit avec un sourire sadique.

— Mon petit Nordine, je mentirais si je disais que je n'y prends aucun plaisir ! Sache que j'adore marquer mon territoire ! Et aujourd'hui, ta bêtise m'a permis de faire passer un message : « Personne n'est autorisé à toucher à ma propriété ! Personne ! »

Il attrapa l'adolescent par le cou et cautérisa la blessure. Nordine s'évanouit et chuta.

Nadeem somma qu'il soit relevé. Il gifla sa proie, tremblante tant la douleur irradiait.

— Tu retiendras cette leçon toute ta vie : sur Terre, il y a des prédateurs qu'il ne faut jamais attaquer ! Et moi, Nadeem Al-zahrani, je suis au sommet de la chaîne alimentaire ! Intouchable même ! dit-il, pensant à son immunité diplomatique. Les gars, donnez-lui une bonne correction avant de le balancer dans un coin sordide de cette ville ! Je ne veux plus jamais le revoir !

Nadeem retourna à ses réjouissances. Il avait besoin de se détendre avant une série de réunions stratégiques qui l'enrichiraient. Il retrouverait ensuite son jet privé pour un long déplacement en Europe et comptait bien voyager un peu plus « léger ». De retour dans la chambre, cette idée le fit rire, terrifiant davantage son infortunée partenaire. Toutefois, elle n'avait pas écouté les conseils de son violeur : à ses pieds, un grand miroir était fracturé et, dans sa main, un éclat en forme de poignard.

— Oh, es-tu sûre de vouloir jouer à ce petit jeu ?

— …

— Pas de réponse ? Ça me fait penser que je n'ai toujours pas entendu le son de ta voix, seulement celui de tes gémissements… Comment t'appelles-tu ?

— Nour…

— Eh bien, Nour, sache que je te laisse une chance de te faire pardonner… Si tu poses gentiment ce tesson au sol et que tu t'agenouilles pour me supplier et, disons, me… sucer, je ne te tabasserai qu'un peu. Qu'en penses-tu ?

— …

— Alors ? Dépêche-toi ! Crois-moi, tu ne veux pas me voir m'énerver… Je viens de trancher la main d'un sale gamin, je ne prendrai aucun gant avec une petite pute dans ton genre !

Malgré la terreur qui lui emplissait le cœur et l'esprit, elle ne céda pas, resserrant même sa prise au point de s'ouvrir légèrement la paume.

— OK… Tu as fait ton choix…

Confiant, il s'approcha ; Nour se jeta sur lui en hurlant, surprenant ainsi son tortionnaire. Elle bondit au dernier moment et lui lacéra une joue.

— Mais… Mais… bredouilla Nadeem.

Mû par la rage, il réagit tout de même bien vite et évita deux coups au niveau de sa gorge.

— Tu vas me le payer ! Oh oui, tu vas me le payer ! Salooope !

Jamais personne n'avait osé lever la main sur lui et, en son for intérieur, il savait déjà qu'il devrait désormais arborer une affreuse cicatrice sur son visage. Qu'en penseraient ses hommes ?

L'instinct de survie de Nour la poussait à attaquer sans relâche mais elle finit par glisser sur les gouttes de sang de son ennemi. Nadeem en profita pour lui saisir le poignet tenant l'arme et le serra pour que le verre pénètre dans la chair de Nour. Elle hurla, se débattit, en vain.

— Tu vois, ça fait mal ! Regarde ce que tu m'as fait, petite chienne ! Quand j'en aurai terminé avec toi, je te promets que tu regretteras ta bravade !

Il la désarma et, d'une gifle retentissante, la fit chuter. Son crâne heurta le sol, l'assommant presque. Désormais incapable de lutter, elle sombra ; Nadeem profita d'elle comme la bête qu'il était au fond de lui… Il la retourna et l'explora, encore et encore… Quand Nour reprit connaissance, elle ne parvint pas à bouger : son cerveau, dépassé par les événements, ne répondait plus[15]. Nadeem jouit, éructa, puis ramassa le tesson. Il le fit courir sur la peau de Nour, ouvrant de larges plaies. Il la bascula alors sur le dos et fit de même sur son ventre et autour de ses seins avant de la dévisager, triomphant.

— Je n'imagine même pas comme tu dois souffrir ! Il ne fallait pas me désobéir !

— Tu… Tuez-moi… implora Nour, en larmes.

Ces mots, étonnants, bouleversèrent autant Nour que Nadeem.

— Te… tuer ? Non, ce serait trop généreux de ma part ! Je vais te laisser un dernier souvenir !

Dans le reflet du morceau de verre, Nadeem regarda l'estafilade sur son visage et grimaça.

— À ton tour ! annonça-t-il.

D'un geste brusque, il fit glisser la pointe sur le visage de Nour, la lacérant – en diagonale – du front à la mâchoire, en évitant les yeux. Elle perdit connaissance et se souilla ; alerté par la sensation du liquide chaud sur l'une de ses jambes, il se dégagea.

— Merde ! Grosse dégueulasse !

Il lui infligea quelques coups de pied puis se dirigea vers la salle de bain, où il se nettoya sous la douche avant de panser de manière rudimentaire sa plaie, toujours suintante.

---

[15]En réaction à l'angoisse extrême subie lors d'un viol ou d'une violence, certains mécanismes de défense entrent en jeu. La victime est tétanisée, ce qui lui permet de diminuer sa souffrance physique et psychique, selon la psychiatre Muriel Salmona. La personne, ainsi paralysée, ne peut réagir. Ce sont des "*réactions neurobiologiques normales du cerveau face à une situation anormale, celle des violences*"**.** La production des hormones du stress est ainsi diminuée, cela pour éviter à la victime de mourir d'un excès d'angoisse. En réaction à cette diminution, le cerveau produit de la morphine et kétamine-like pour calmer le stress. La victime est alors en état d'analgésie totale et ne ressent plus la douleur. Conséquemment, elle se dissocie de son propre corps et a l'impression de voir le viol ou la violence de l'extérieur.

— Mon beau visage… se plaignit-il.

L'espace d'un instant, il voulut achever Nour, mais son esprit machiavélique imagina un tout autre plan : il lui ferait vivre un enfer sur Terre avant de la précipiter dans l'Enfer véritable, dans quelques années… Cette pensée le calma un peu.

— Au moins, j'aurai l'air plus crédible pour le négoce des armes… dit-il pour se rassurer. Un vrai seigneur de guerre !

Un large pansement sur la joue, il se changea et appela ses deux gardes du corps.

— Pas de commentaire ! prévint-il.

Intimidés, ils baissèrent aussitôt les yeux.

— Faites venir mon médecin, j'ai besoin de quelques points. Ensuite, vous me la nettoyez, le toubib s'occupera d'elle. Après, vous me la déposez dans mon bordel le plus dégueulasse. Je veux qu'elle soit baisée par les mecs les plus répugnants de la capitale ! Elle va regretter ce qu'elle m'a fait ! Entre la saleté, les odeurs et les maladies, elle me suppliera encore de l'achever !

— Lequel ? osa demander un sbire.

— Celui à proximité de Hay el-Tanak[16]. Je veux qu'elle souffre ! Attention, elle ne doit pas mourir ! Faites-le bien comprendre au gérant. Sinon…

— Bien, chef ! répondit le gorille.

Les deux hommes disparurent avec Nour, nue, inconsciente et couverte de sang. Malgré ses blessures, plusieurs gardes la contemplèrent avec avidité…

Nadeem fut rapidement soigné par son médecin, vivant à deux pas du complexe. Dans la soirée, il se rendit ensuite à ses réunions d'affaires, pillant et condamnant un peu plus le pays. Il repoussa la jeune fille dans un coin de son esprit dérangé. Pour justifier sa blessure et gagner du prestige auprès de ses interlocuteurs, il inventa une embuscade dans laquelle il avait abattu plusieurs assaillants, sous les regards subjugués de l'assistance, puis les applaudissements. Il mit en avant les armes utilisées, écoulant ainsi quelques caisses supplémentaires.

---

[16]Hay el-Tanak (le quartier de la tôle) est un quartier extrêmement pauvre de Tripoli.

En quelques heures, il engrangea quelques millions de dollars qui lui mirent du baume au cœur, avant de quitter Tripoli pour une destination plus calme, Paris, une ville qu'il appréciait particulièrement pour le *business* et le plaisir…

Quant à Nour, elle fut chargée dans une fourgonnette en compagnie de Nordine, tout aussi mal-en-point.

Quel destin cruel les attendait ?

# 2.

## Paris, 2020

Obligée de faire les poubelles pour nourrir ses quatre petits dans l'indifférence la plus totale, tel était le terrible quotidien d'une courageuse petite mère…

Frêle, presque décharnée, elle se battait pour sauver sa progéniture au milieu des Parisiens toujours plus pressés. Parfois, elle croisait le regard d'un habitant ou d'un touriste, mais jamais il ne s'arrêtait pour lui porter une main secourable. Certains l'écartaient même d'un geste brusque ou d'une parole agacée. Quant aux services municipaux, ils lui menaient la vie dure : aucun vagabondage n'était autorisé !

Pourtant, elle survivait dans un quartier riche où se trouvaient luxueux hôtels et restaurants, accueillant une clientèle fortunée. Hélas, personne pour la nourrir ou l'aider à prendre soin de sa petite famille au bord de la mort…

Depuis plusieurs jours, le lait commençait déjà à manquer dans son corps ; ses articulations la faisaient souffrir atrocement, signe d'une déshydratation sévère. Mais elle ne pouvait pas cesser de chercher la moindre nourriture ou point d'eau.

Son calvaire ne s'arrêtait pas là : un homme la traquait sans relâche, ayant juré de la tuer ! Oui, il le lui criait dès qu'il l'apercevait et personne ne s'en offusquait… Personne… Dans quel monde vivait-on ? … Elle se le demandait quotidiennement.

Le seul être charitable dans le quartier, Jeff, un SDF d'une cinquantaine d'années, avait récemment été transporté d'urgence à l'hôpital après un malaise cardiaque. Elle ne le reverrait jamais : tout en lui empestait la mort… Elle portait elle aussi cette odeur, même si elle essayait de ne pas y penser. L'espoir, c'était donc tout ce qui lui restait…

À la recherche de quelques pitances, elle observa avec attention le parc public[17] où elle avait élu domicile depuis une dizaine de jours. De grands et solides marronniers et quelques platanes se dressaient fièrement au-dessus d'une pelouse verdoyante et bien entretenue. Ici et là, des arbustes aux couleurs chatoyantes égayaient le regard et offraient d'intéressantes cachettes.

Elle repéra un homme corpulent, assis sur un banc et affublé d'un t-shirt blanc, d'un jean délavé et de chaussures montantes en tissu bleu. Lunettes de soleil au visage, un smartphone à la main, il faisait défiler ses messages, riant parfois de manière bruyante. Posés à côté de lui, un morceau de sandwich – un jambon beurre – ainsi qu'une bouteille d'eau à moitié vide.

À pas lents, elle s'en approcha, le cœur battant la chamade. L'individu ne le savait pas mais il représentait l'un de ses derniers espoirs. À quelques mètres à peine, elle s'arrêta, le dévisagea et essaya d'attirer son attention, sans y parvenir : sa gorge, sèche, l'empêchait d'émettre le moindre son. Il finit par remarquer sa présence et se désintéressa de son téléphone.

— Hé, toi, qu'est-ce que tu me veux ?

— …

— Pfff ! Comme si t'allais me répondre de toute façon !

— …

— Allez, fiche-moi le camp ! T'es toute sale, je ne veux pas choper une maladie ! Et cette odeur, beurk !

— …

— Hé, tu m'entends ! Ne m'oblige pas à te filer un coup de pompe !

— …

— Merde alors, ils foutent quoi les services municipaux ? Je paye des impôts, moi ! Ce n'est pas pour être confronté à la vermine de Paris !

— …

— Ouste ! Va-t'en ! Ouste, je te dis !

---

[17]Paris compte 490 parcs, jardins et squares municipaux dont un quart sont ouverts 24 h sur 24. Ils représentent 2300 hectares de verdure.

— *S'il... S'il vous plaît...* finit-elle par supplier.

— Ha ha, je ne pige rien à ce que tu dis !

Elle essaya ensuite de l'attendrir avec son regard... Un jour, elle avait entendu que cela fonctionnait. En vain : il frappa du talon sur le sol et prit un air menaçant.

— Casse-toi, c'est ma pause déjeuner !

Elle scruta alors le morceau de sandwich délaissé avec avidité. Il comprit enfin de quoi il retournait.

— Ah, c'est ça que tu réclames !

Il s'en saisit et le fit danser devant l'affamée.

— *Oui, j'ai tellement faim ! Je vous en prie, je...*

— Tu peux rêver ! Vu le prix d'un sandwich dans cette fichue ville, je vais le manger jusqu'à la dernière miette.

Il le porta à ses lèvres. Mais, mue par son instinct de survie, elle se projeta et le lui arracha des mains, le griffant au passage.

— Aïe ! Saleté, va !

Elle s'enfuit avec ce repas, celui qui pourrait lui sauver la vie et celle des siens. Elle fila à travers le parc, sous les injures de l'homme et les regards surpris de quelques badauds.

— Je vais chercher le gardien ! Tu vas voir !

Elle se cacha derrière un bosquet, considéra quelques instants son déjeuner, n'en revenant toujours pas d'avoir réussi sa mission, puis commença à l'avaler, petite bouchée par petite bouchée. Elle voulait le faire durer, le savourer, sentir ses forces renaître.

Hélas, trop absorbée par son festin, elle n'entendit le tueur arriver qu'au tout dernier moment : une branche avait craqué...

— Enfin, je te tiens !

Elle se retourna et aperçut une pelle fondre sur elle. Une pelle ! Elle l'évita à l'ultime seconde, roula sur le sol, prête à répliquer. Mais, habile, son assaillant – un grand costaud aux traits ravagés par l'alcool, arborant une longue barbe noire – avait anticipé son esquive et chargeait déjà avec une effrayante maestria... Percutée par l'outil, une douleur, terrible, la priva d'air. La malheureuse traversa un parterre de fleurs avant de se redresser avec beaucoup de difficultés.

— *Pour… Pourquoi ? Je ne fais de mal à personne…* gémit-elle.

— Si tu penses m'attendrir !

— *Pi… Pitié…*

— Depuis tout petit, vous m'avez toujours dégoûté ! Je peux te dire que j'en ai tué plein de tes semblables !

— *Vous… Vous êtes un monstre !*

— Tu peux t'énerver autant que tu veux, tu ne me feras pas changer d'avis : je vais t'exterminer ! Bon débarras !

— *Je… Je suis une mère !*

— Putain, t'en fais un de ces boucans ! Je vais abréger tes souffrances ! Je ne veux pas qu'un promeneur me reproche mon nettoyage !

— *Je… Je me battrai !*

Bien qu'il ne saisît pas un traître mot de ce qu'elle disait, il remarqua sa combativité, et cela le motiva.

— Dis donc, tu ne serais pas en train de te rebeller ! Hum, j'ai rarement vu ça ! Tu dois avoir des mômes dans le coin…

— *No… Non !*

Elle tressaillit, il ne devait surtout pas les trouver ou il les assassinerait également !

— Bingo, je crois que j'ai deviné juste ! Mazette, je lis en toi comme dans un livre ouvert ! Même si on ne parle pas la même langue, je flaire ta détresse ! Hé hé, on va bien s'amuser ! Amène-toi, qu'on en finisse !

— *Je… Je dois les protéger ! Sinon, ils sont perdus !*

Faisant tournoyer le manche entre ses mains, il avait hâte d'en découdre. Ils se tournèrent autour…

— Qu'est-ce que t'attends ? Je suis prêt !

Soudain, elle fonça, elle aussi prête à tout ! Il martela l'air avec l'outil mais elle esquiva les assauts. Agile, elle l'obligeait à se démener, mais il ne s'avouait pas vaincu. Elle se déplaça, tentant de l'attirer vers les chemins du parc, espérant l'intervention d'un bon samaritain, ou même… de la police ! Elle avait entendu que, parfois, ces fonctionnaires les protégeaient…

Il l'en empêcha, lui bloquant le passage à l'aide d'un puissant revers dans les côtes. Fracture ! Un craquement retentit ; une douloureuse onde de choc lui traversa tout le corps, la paralysant quelques secondes. Avec le plat de la pelle, la brute en profita pour lui asséner un coup sur la colonne. Une fois ! Deux fois ! Trois fois !

Terrassée, des larmes embuèrent la vision de la petite mère… Quelle violence ! Elle n'en revenait pas ! Qu'avait-elle fait pour mériter cela ? Rien, pourtant…

— J'ai gagné ! Encore une à mon tableau de chasse ! Waouh, je suis doué ! Grâce à moi, ce parc va rester propre ! Dehors, les immondices !

Oui, en plus d'être un redoutable tueur en série, cet homme œuvrait comme gardien dans ce magnifique jardin arboré. La mère gisait là, inerte, le souffle saccadé…

— Plus qu'à me débarrasser de ton corps, ni vu ni connu… Faudrait pas que je croise un curieux, ça me ferait chier d'avoir des ennuis à cause d'une crevure telle que toi…

— …

— Hé hé, on ne t'entend plus…

Ce qu'il ignorait, c'est qu'elle avait un plan… Elle ne partirait pas sans lutter une toute dernière fois…

Confiant, il se pencha sur elle, lentement. Au moment de l'empoigner pour l'emporter dans un coin discret, elle fusa et visa une partie sans défense : le bas ventre ! Elle savait que les mâles étaient vulnérables à cet endroit. Donnant tout ce qu'elle avait, elle lui agrippa les testicules et serra. L'homme hurla sa souffrance, chuta sur le dos, tentant de la faire lâcher. Jamais, il n'avait ressenti une telle souffrance.

— Lâ… Lâche-moi ! Aïe ! Aidez… Aidez-moi !

Elle força une dernière fois, déclenchant les pleurs de son ennemi et elle s'échappa, entendant l'arrivée de marcheurs, inquiets par tant d'agitation.

Avec toutes les peines du monde, elle récupéra ce qui subsistait du sandwich, déjà recouvert de fourmis, et claudiqua jusqu'à sa cachette.

Derrière un local en pierres à l'abandon, un trou lui permettait de s'y insérer. Elle rampa puis s'arrêta, laissant ainsi à ses yeux le temps de s'habituer à la pénombre ambiante. Affamés, ses petits gémissaient, remuant un peu partout. Elle les rejoignit, flanchant à plusieurs reprises. Elle s'étala, ils l'entourèrent.

— *Ve... Venez... Maman... est rentrée... Maman est...*

Ses forces la quittaient déjà... Elle avala le reste du repas, espérant qu'il retarderait l'inévitable.

Sa progéniture se mit à téter. Une chance, elle avait pu produire un peu de lait. Elle regarda ses quatre petits êtres sans défense – gris, noir, roux et tigré – aspirer le peu de vie restant.

Soudain, elle se sentit faiblir ; l'environnement semblait tourner autour d'elle.

— *Non... pas maintenant... Je dois... Je dois...*

Son cœur ralentit, rata plusieurs battements... Le rouquin, un mâle, l'observait, angoissé.

— *Tout... Tout va bien...* mentit-elle.

Mais il ne la crut pas, son instinct lui hurlait que sa mère allait succomber. Dans un élan de tendresse, il lui lécha le visage, tentant de la réconforter et, peut-être, de la sauver... Très vite, le goût salé des larmes maternelles emplit sa bouche.

— *Maman... Maman... vous ai...* commença-t-elle.

Elle ne termina jamais son miaulement...

Ses petits se regardèrent, terrorisés, incapables de survivre par eux-mêmes.

# 3.

## Montauban, 1996

Par un vendredi ensoleillé d'avril, à 16 h 35, Léopold Santos, dix ans, descendit de la voiture de sa mère – une Audi A4 grise flambant neuve – après une journée à l'école. Il courut jusqu'à la porte d'entrée d'une belle et grande maison de plain-pied au cœur d'un quartier chic. Il trépignait littéralement, dans l'attente que sa mère, Juliette, lui ouvre. Une envie pressante ? Non, un rituel que des milliers d'enfants guettaient…

— Maman, maman, vite ! Les dessins animés ont déjà commencé !

Elle sortit du véhicule, ouvrit l'une des portières arrière et sortit du véhicule un cartable Batman.

— Léo, un peu de patience ! répondit-elle, un brin amusée.

— S'il te plaît, maman ! Je ne veux pas les rater ! Sinon, de quoi aurais-je l'air devant les copains !

— Mais non, on a encore deux minutes avant qu'ils ne démarrent ! Va dans le salon, je m'occupe du goûter !

— Merci, maman, t'es la meilleure !

Un sourire aux lèvres, elle récupéra les clefs dans son sac, déverrouilla la serrure et laissa son fils entrer, en trombe.

— Léopold, tes chaussures ! Tu sais bien que je ne supporte pas que tu marches avec dans la maison !

Il s'arrêta, les retira avec précipitation, enleva son manteau, le lança sur le porte-manteau avant de courir jusqu'au téléviseur, qu'il alluma. Se tournant vers le canapé, il sauta dessus, puis s'y installa dans une position improbable, tête vers le bas. Le meilleur moment de la journée !

Le générique des *Minikeums*[18] débuta, happant l'esprit de Léopold.

*Minikeums*
*Oh-oh*
*Minikeums*
*Oh-oh*
*On est la Minikeums Génération*
*Minikeums*
*Oh-oh*
*Minikeums*
*Oh-oh*
*On met du fun dans toutes nos émissions.*

L'épais écran cathodique gris affichait les marionnettes. Léopold, enchanté par le spectacle, attendait fébrilement que débutent ses dessins animés préférés : *Albator*, *Ulysse 31*, *Il était une fois... L'Homme*, *Les aventures de Tintin* et tant d'autres pépites télévisuelles.

Sa mère déposa un plateau sur une table basse en verre : du jus d'orange, du pain beurré et des carrés de chocolat…

— Génial ! Merci, maman !

— De rien, mon chéri. Allez, redresse-toi et mange. Je vais faire un peu de rangement pendant ce temps-là. N'oublie pas tes devoirs, je regarderai avec toi.

— Oui, oui…

Il ne l'écoutait déjà plus. Elle se retira pour ranger la chambre de son fils. Elle préférait qu'il ne soit pas dans les parages lorsqu'elle remettait de l'ordre dans ses affaires. Léopold avait tendance à vanter son système de rangement qui n'en était pas un.

---

[18] *Les Minikeums* est une émission de télévision française pour la jeunesse retransmise sur France 3 du 31 mars 1993 au 31 mars 2002. Une deuxième version de l'émission est diffusée du 11 décembre 2017 au 27 août 2021 sur France 4. (Source : Wikipédia). La première mouture de l'émission était initialement diffusée l'après-midi pendant environ 1h30. Puis, face au succès, le programme a changé plusieurs fois d'horaires pour durer une à deux heures, soit de 7h (8h à ses débuts) à 9h puis de 16h40 à 17h40 en semaine.

Une heure avait passé, le générique sonnait la fin de la récréation, Léopold se releva, épousseta les miettes sur son pull et ramena le plateau dans la cuisine, qu'il déposa sur le plan de travail.

— Maman, les dessins animés sont finis ! Je vais faire mes devoirs !

— C'est bien, mon chou ! Commence, je te rejoins dans quelques minutes !

— D'accord !

Il récupéra son cartable déposé dans l'entrée et se rendit dans la salle à manger richement meublée, où se trouvait une très longue table en bois avec des pieds en fer forgé. Il s'installa sur une chaise tout en métal et sortit sa trousse Batman, son stylo à plume, son effaceur, un crayon à papier et une gomme.

— Alors, qu'est-ce que je dois faire ?

Il saisit son agenda et chercha les devoirs du jour : juste des mathématiques, une matière qu'il détestait…

— Oh non, gémit-il…

Toutefois, sérieux, il ouvrit son cahier et le livre à la bonne page et effectua les exercices demandés : quelques fractions simples et un peu de géométrie, qu'il réalisa à l'aide d'une petite équerre en plastique transparent.

Ses tâches terminées, Juliette l'observa, heureuse de voir son fils si concentré. Il était l'un des meilleurs élèves de sa classe, très apprécié par ses professeurs pour son calme, sa rigueur et ses excellents résultats.

— Mon petit ange… finit-elle par dire, fière.

Elle s'approcha.

— Tu y arrives, mon cœur ?

— Oui, ce n'est pas très difficile.

— Que fais-tu ?

— Des maths… souffla-t-il.

— Tu n'aimes toujours pas ça ?

— Non, pas vraiment…

— Pourtant, tu as de bonnes notes !

— Oui, mais je trouve ça chi… euh pas intéressant.

Elle rit, lui aussi.

— Moi non plus, je n'aimais pas ça. Mais je suis contente que tu fasses ça sérieusement.

Elle se pencha et l'embrassa sur la joue.

— J'ai presque fini, répondit-il, souriant, touché par cette marque d'affection.

— Je vais te laisser terminer. Mais si tu as besoin d'aide, dis-le-moi. En attendant, je vais préparer le dîner, ton père devrait rentrer de son cabinet vers 19h. Il m'a appelée avant que je ne vienne te chercher à l'école.

André Santos, médecin généraliste, était à la tête d'un prospère cabinet au centre-ville de Montauban. À l'écoute de ses patients, il était connu et apprécié de tous.

— OK ! Mais on pourra regarder un film, ce soir ?

— Bonne idée ! Nous n'avons pas passé beaucoup de temps avec ton père cette semaine ! Ça nous fera du bien de partager un moment tous ensemble ! Tu veux choisir la cassette ? Nous n'avons pas encore regardé toutes les VHS empruntées au vidéoclub et il ne nous reste que quelques jours avant de les ramener.

— Oui ! s'exclama-t-il, ravi.

— Mais pas quelque chose de trop long ! Ton père sera fatigué !

Il acquiesça avant de replonger dans ses calculs. Dans la cuisine, Juliette sortit de la laitue, des tomates, des pommes de terre et des tournedos, de quoi élaborer un repas consistant. Elle se doutait que son mari avait sauté son déjeuner, comme tous les vendredis, pour pouvoir rentrer dîner à l'heure. Pour le dessert, elle avait confectionné un peu plus tôt une mousse au chocolat.

— Maman, j'ai fini ! cria Léopold.

— C'est bien ! Maintenant, file te doucher et enfile ton pyjama. Ce sera déjà ça de fait !

— Oui, maman !

Il obéit sans rechigner. Pendant que son fils se lavait, elle concocta une bonne salade avec une savoureuse vinaigrette maison apprise de sa mère. Elle mit les pommes de terre à cuire, surveillant la cuisson. La viande attendrait. Léopold et elle la mangeaient cuite à point ; quant à André, il la préférait bien saignante. Elle préparerait donc les tournedos au dernier moment.

Léopold sortit de la salle de bain et s'installa à nouveau sur le canapé, où il ramassa un *Picsou Magazine*[19]. Sans un bruit, il fit défiler les pages.

Soudain, une voiture fit son apparition dans l'allée gravillonnée.

— Papa ! s'exclama Léopold.

Il courut jusqu'à la porte d'entrée, l'ouvrit et regarda son père émerger de sa Mercedes-Benz flambant neuve.

— Salut, mon grand ! lança André.

— Bonsoir, papa !

Père et fils s'enlacèrent dans l'entrée, puis André déposa ses affaires et retira ses chaussures, qu'il rangea dans un meuble coulissant.

— C'était bien, l'école ?

— Oui, oui ! J'ai même déjà fait mes devoirs !

— Bravo, comme ça tu seras libre durant le week-end.

— Oui, on pourrait jouer au foot dans le jardin ! Tu me l'as promis !

— Moi, j'ai fait cette promesse ? plaisanta-t-il.

— Oui, la semaine dernière !

— Eh bien, si mes vieux os me le permettent, on jouera ensemble !

Léopold fit quelques pas de danse, déclenchant l'hilarité des parents. Juliette embrassa son mari.

— Je sens que ma chérie nous a préparé un bon repas !

— Oui, tout ce que tu aimes ! Je suis sûre que tu n'as pas eu le temps de manger.

— Tout à fait… Trop de patients ! Je n'ai pas eu une minute à moi ! Je meurs littéralement de faim ! Si on ne passe pas très vite à table, je vais être obligé de dévorer notre fils…

---

[19] Créé en mars 1972, Picsou Magazine est un magazine bimestriel français de bande dessinée destiné à la jeunesse. Il est édité par Unique Heritage Entertainment, filiale de Unique Heritage Media.

Il jeta un œil malicieux à Léopold avant de singer un monstre et de le poursuivre dans le salon.

— Léo, le monstre a faim ! Viens par ici !

— Non ! Va-t'en, le monstre !

Ils firent plusieurs fois le tour du canapé. Léopold l'escalada, courut dessus avant de sauter et de se blottir derrière sa mère, rieuse. André attrapa son épouse et fit mine de lui mordre le cou.

— Tant pis, je me contenterai de cette jeune femme ! Miam, elle est vraiment appétissante !

— Non ! Au secours, Léo ! cria-t-elle. Sauve ta maman !

Pendant qu'André la conduisait jusqu'au divan en mimant un monstre, Léopold partit dans sa chambre avant de revenir avec une épée en plastique.

— Léo le chevalier est lààà ! annonça-t-il.

Père et fils s'affrontèrent alors, Léo réussit à prendre le dessus, coinçant sa lame sous l'aisselle de son père.

— Nooon ! Le chevalier m'a tué ! Je vais… mourir !

André s'effondra sur le canapé, très vite rejoint par Juliette et Léopold pour une séance de câlins. Ils riaient, se pinçaient, se chatouillaient, heureux comme jamais.

Juliette se releva la première, complètement décoiffée.

— Si ces messieurs veulent bien se donner la peine, nous allons festoyer ! Comme ça, aucun petit garçon ne sera dévoré !

Ils se levèrent et sortirent du vaisselier assiettes et couverts, qu'ils installèrent. Juliette déposa la viande dans une poêle avec un fond d'huile d'olive. Elle saupoudra quelques herbes dessus, ainsi que quelques oignons. Une alléchante odeur emplit la pièce et se répandit jusque dans le salon. Elle prit le saladier, l'amena dans la salle à manger. André le récupéra et procéda au service, commençant par sa femme. Ils dégustèrent l'entrée.

Juliette voulut ensuite se lever pour surveiller les tournedos, mais son mari s'en occupa. Il les retourna, et les fit glisser dans un plat avant d'y ajouter les pommes de terre.

— On va se régaler… se réjouit-il.

Il fit à nouveau le service et tous mangèrent, racontant à tour de rôle des anecdotes sur leur journée. La mousse au chocolat vint consacrer ce bon moment.

Une fois le repas terminé, André et Léopold se chargèrent de remplir le lave-vaisselle tandis que Juliette nettoyait la poêle. Les parents s'assirent ensuite sur le canapé pendant que Léopold choisissait le film du soir, *Jumanji*[20], sorti un an plus tôt. L'enfant l'avait déjà vu au cinéma avec ses amis mais ses parents ne le connaissaient pas. Il était persuadé qu'ils l'apprécieraient. Il introduisit la cassette dans le magnétoscope et s'installa entre son père et sa mère.

Au bout d'une heure de film, un bruit sourd retentit à l'arrière de la maison.

— Hé, c'était quoi ? interrogea Juliette.

— Ce n'est rien, c'était le film… expliqua André. Aurais-tu peur que des singes se soient échappés du film ? se moqua-t-il.

Léopold ne dit rien, subjugué par les images qui défilaient devant ses yeux.

— Non, ça vient de…

Un autre bruit résonna, plus fort cette fois. Inquiets, André et Juliette se levèrent.

— Ça vient peut-être de chez les voisins… estima le père.

— Non… On dirait que ça provient de notre chambre…

— Je vais aller voir.

Léopold délaissa le téléviseur et observa ses parents.

— Qu'est-ce qui se passe ?

— Ce n'est rien, mon chéri. Papa et maman s'en occupent… intervint-elle, anxieuse.

— Juliette, on ne sait jamais, va vers le téléphone…

---

[20] ***Jumanji*** est un film américain réalisé par Joe Johnston et sorti en 1995. Il s'agit de l'adaptation du livre pour enfants *Jumanji* de Chris Van Allsburg, publié en 1981. Malgré des critiques presse mitigées, le film est un succès mondial au box-office. Ce succès engendre la création d'une franchise avec notamment une série télévisée d'animation, des jeux vidéo et d'autres films.

Elle obtempéra. André se dirigea dans le couloir et disparut dans l'obscurité. Juliette et Léopold attendaient…

Au moment où la lumière de la chambre parentale fut allumée, un cri de douleur retentit : André !

— Bouge pas, connard ! Ou je te fume !

Cette voix rauque n'était pas celle du père. Juliette composa fébrilement le numéro de la police ; terrifié, Léopold se pétrifia sur place. Trois hommes cagoulés et tout de noir vêtus déboulèrent, poussant André – le nez ensanglanté – devant eux. L'un des cambrioleurs braqua un fusil à pompe sur Juliette.

— Raccroche !

Elle se figea. Une voix monta du combiné.

— *Police nationale, je vous écoute ? Allô, ici la Police nationale !*

L'un des malfaiteurs mit un doigt devant sa bouche pour intimer à Juliette de se taire. Il désigna ensuite son arme : il n'hésiterait pas !

— Maman ! hurla Léopold.

L'enfant venait de reprendre ses esprits, horrifié à l'idée de perdre sa mère. Le troisième voleur fonça vers Léopold pour le maîtriser.

— Ta gueule le môme, ou je te…

— *Que se passe-t-il ?* questionna le fonctionnaire. *J'ai entendu un cri ! Avez-vous besoin d'aide ?*

Les larmes aux yeux et en proie à la panique la plus totale, Juliette répondit :

— Au secours, ils vont nous tuer ! Venez vite au…

Avant qu'elle n'ait pu donner l'adresse, elle reçut une chevrotine en plein thorax et décolla, pirouettant dans les airs tel un pantin désarticulé. André réagit aussitôt : pivotant sur lui-même, il cogna de toutes ses forces le menton du bandit posté à ses côtés puis se jeta sur le tireur, le renversant.

L'arme glissa sur le carrelage… André, boosté par l'adrénaline, s'en empara le premier. Il visa les deux hommes à tour de rôle avant de reculer vers son épouse. Celui au sol se relevait déjà, plaintif.

— À genoux ! Ou je tire ! les menaça-t-il.

Ils n'obéirent pas, se contentant de lever les mains.

— Léo, viens vers Papa ! Vite ! intima André.

Tremblant, Léopold demeura immobile.

— Léo, dépêche-toi !

Léopold sortit de sa torpeur et descendit du canapé. Pendant ce temps, André observa sa compagne. Les yeux écarquillés, une jambe frémissante, une tache de sang grandissante sur son pull et le dallage, il comprit…

— Bande… Bande de salauds ! vociféra André. Vous… Vous… Au moment où Léopold, hagard, passa devant un cambrioleur, celui-ci le saisit par le cou et lui posa un couteau à cran d'arrêt sur la gorge. Une goutte écarlate perla aussitôt…

— Rends-nous le flingue ou je bute ton gamin !

André, qui s'était agenouillé auprès de sa femme, tressaillit.

— Laissez-le ! N'avez-vous pas fait assez de mal ! Regardez… Regardez-la !

— Le flingue ! Vite !

André se redressa, tiraillé. Des yeux, Juliette l'implorait de la sauver.

Le père de famille capitula, tendant la crosse vers l'un des voleurs.

— Prenez-le et cassez-vous d'ici ! Regardez ce que vous avez fait ! La police est en route !

L'un des criminels récupéra l'arme et, au moment où il allait s'éloigner, l'individu au poignard lança :

— Pas de témoins !

Occupé à comprimer la plaie, André sursauta, abasourdi.

— Non, ne faites pas ça ! Je vous en…

Une balle déchira son visage, et il s'effondra, raide mort. Léopold s'évanouit, frôlant de peu l'égorgement accidentel. Les trois hommes retirèrent leurs cagoules et se dévisagèrent.

— Merde, ça a mal tourné… dit l'un d'eux, se frottant la mâchoire.

— Faut qu'on se casse de là.

— Et le gamin ? demanda celui tenant le fusil.

— Laissons-le, il a tout perdu… proposa celui avec le couteau. Avant de filer, prenons la montre au poignet du paternel, on dirait bien une Rolex. On devrait en tirer un bon paquet de fric.

Après avoir commis leur larcin, ils fuirent par l'arrière, passant au-dessus d'un muret, traversant un bois avant de monter dans une camionnette blanche. Les sirènes de police retentissaient déjà dans la nuit.

Hélas, ces tueurs ne seraient jamais arrêtés pour ce crime…

*

Quelques heures plus tard, Léopold se réveilla à l'hôpital, groggy, une douleur atroce dans la poitrine. Avec toutes les précautions du monde, deux inspecteurs de police lui expliquèrent que ses parents étaient décédés durant le cambriolage. Ils n'avaient aucune piste et Léopold parvint à articuler qu'ils portaient tous les trois des cagoules. Une impasse…

Une fois seul, le fils pleura, hurlant à s'en briser les cordes vocales. Deux infirmiers intervinrent pour le maîtriser pendant qu'un médecin lui administrait un sédatif. La scène se répéta plusieurs jours durant…

Deux semaines passèrent, une assistante sociale et un agent des services d'aide à l'enfance lui rendirent visite. Ils lui annoncèrent qu'il serait bientôt placé auprès de sa proche famille.

Un matin, ils le conduisirent à une vingtaine de kilomètres de Montauban, en pleine campagne, dans un vieux corps de ferme entouré de champs à perte de vue. Un âne, des vaches, des moutons y paissaient en toute tranquillité. Léopold fut subjugué par cette scène champêtre, qu'il n'avait jamais vue auparavant.

Durant le trajet, Léopold avait appris qu'un oncle du côté paternel, Joseph, vivait là avec sa femme, Jeanne, et ses deux grands garçons, Yohan et Guillaume.

Léopold avait été informé que son père et son frère ne se parlaient plus depuis de longues années. Joseph avait cependant accepté d'accueillir son neveu.

Malheureusement pour Léopold, sa vie à l'exploitation allait tourner au cauchemar. Ne portant pas son frère – le « grand médecin » – dans son cœur, Joseph, jaloux, se vengea sur l'enfant.

De connivence avec un notaire véreux, Joseph dilapida d'abord l'héritage, Juliette n'ayant plus de famille. Les fermiers connurent l'opulence, tandis que Léopold dormait sur un matelas à même le sol et révisait sur un bureau vétuste. Joseph lui confiait les corvées agricoles les plus pénibles et le giflait en cas de protestation.

Yohan et Guillaume, quant à eux, ne manquaient jamais une occasion de le rouer de coups. Jeanne fermait les yeux, préférant voir l'enfant subir les brimades à sa place. Oui, depuis l'arrivée de Léopold dans la « famille », la fureur de Joseph s'était désintéressée d'elle et de ses fils. Elle avait honte de son comportement, mais elle se consolait en disant qu'elle n'était pas la mère du petit.

Léopold endura un véritable calvaire, allant de lacérations plus ou moins profondes à des fractures. Au collège, puis au lycée, les professeurs avaient bien constaté ses blessures, mais personne n'alerta les services sociaux ni même la police. Un tel comportement responsable et citoyen n'était pas dans l'air du temps…

Abandonné, l'adolescent se renferma progressivement sur lui-même, ses résultats plongèrent. Il errait dans l'établissement scolaire comme un fantôme. Son visage marqué et son détachement le firent passer pour un pestiféré aux yeux de ses camarades. Malgré son physique agréable, les filles le fuirent, le traitant comme un « cas social ». Il s'en serait moqué s'il l'avait appris, sa douleur, indicible, faisant déjà office de compagne. La mort de ses parents hantait ses nuits et chaque moment où il n'était pas concentré sur une activité. Sa famille adoptive avait refusé de l'emmener chez un psychologue : « trop cher », avait considéré Joseph.

Sur l'exploitation, seuls les animaux lui apportaient un peu de réconfort, en particulier un chat roux prénommé Ingalls et une chienne, Alice, un berger australien. Ses meilleurs et seuls amis… Fidèles, chaleureux, toujours à le suivre et le consoler. Les marques d'affection que lui refusaient les humains, eux les lui donnaient, sans rien attendre en retour… Il eut alors la conviction profonde que les animaux valaient mieux que ses semblables. En sortant des cours, il avait hâte de retrouver son « frère » et sa « sœur » qui dormaient avec lui. Fort heureusement, Joseph ne l'en empêcha pas. Certes, il avait trouvé cela « bizarre », avait fait quelques plaisanteries déplacées là-dessus, mais avait fini par hausser les épaules.

Hélas, à quelques semaines du baccalauréat, Ingalls mourut de vieillesse, brisant le cœur de Léopold. Vint ensuite le tour d'Alice, elle aussi âgée, à la veille des examens… La concomitance de leur disparition suscita en lui des pensées suicidaires. En dépit de la souffrance, Léopold obtint – en leur honneur – son diplôme de justesse. Le jour des résultats, sac à dos sur les épaules et papiers dans son portefeuille avec de maigres économies, il ne rentra pas et s'évanouit dans la nature.

Léopold étant désormais majeur, Joseph ne s'embarrassa même pas de signaler sa disparition à la police… Seule Jeanne regretta son départ, les coups pleuvant à nouveau sur elle. Quant à Yohan et Guillaume, étudiants à Toulouse, ils ne revenaient presque jamais, pour mieux oublier leur père.

# 4.

## Paris, 2020

Comme toutes les nuits, Nour rêvait d'un événement traumatique qu'elle ne parviendrait jamais à dépasser. Nadeem venait-il hanter ses rêves ? Non. Enfin, parfois… mais il s'agissait plutôt des tribulations ayant précédé leur horrible rencontre…

Dans ces songes, Nour revivait les nombreux bombardements de l'OTAN sur Tripoli, la capitale libyenne où elle habitait avec sa famille, composée de ses deux parents, de sa grande sœur âgée de dix-sept ans et de ses deux petits frères, respectivement sept et neuf ans.

Un jour, en plein petit-déjeuner au son des obus tombant dans un faubourg lointain – sursautant à chaque détonation – plusieurs avions de chasse avaient survolé leur quartier à très basse altitude. Avant même que la famille n'ait pu se mettre à l'abri, un missile avait explosé dans la rue, à une dizaine de mètres de leur maison. À ce moment précis, Nour tirait ses frères pour les mettre à couvert. Le souffle, dévastateur, avait pulvérisé les murs et le mobilier, balayant les occupants dans un bruit assourdissant de fin du monde.

Lorsque Nour avait repris ses esprits, seule la désolation l'entourait. Recouverte de pierres, elle avait réussi à se libérer au prix d'un effort dont elle ne se serait jamais crue capable. Le corps poussiéreux et ses habits en partie déchirés, elle avait toussé pour expulser toute la crasse emplissant ses poumons. Elle avait appelé les siens, mais sa voix demeurait couverte par un douloureux sifflement. Elle avait alors tâtonné pour les retrouver, poussant ici un bloc, dégageant là un morceau de bois… Elle avait fini par identifier ses frères… Éparpillés, leurs corps n'avaient pas supporté la pression de la déflagration…

Agenouillée, Nour avait vomi à plusieurs reprises avant de reprendre ses recherches. Elle avait retrouvé sa mère et sa sœur serrées l'une contre l'autre, dans le vain espoir d'échapper à la mort. Quant à son père, elle n'avait repéré que son avant-bras tenant une vieille sacoche en cuir noir ; à l'intérieur, tout l'argent qu'il possédait. Dévastée, elle s'était assise, avant de se balancer d'avant en arrière avec frénésie, imperméable aux cris de ses voisins qui vivaient la même horreur. Le temps avait filé sans qu'elle ne s'en rende compte…

Elle avait été tirée de sa torpeur par un chat roux, effrayé et blessé, qui s'était blotti contre elle. Elle l'avait caressé machinalement, murmurant des mots pour le rassurer. Le félin était monté sur ses genoux et avait ronronné, apaisant la jeune fille. Ils s'étaient ensuite regardés ; elle avait plongé dans ses beaux yeux verts. Cela lui avait permis de retrouver un semblant de calme. Lorsque les secours étaient arrivés, l'animal s'était sauvé…

Nour avait pris cela comme un signe : elle s'était levée, avait marché jusqu'à une canalisation d'eau potable qui fuyait et s'était nettoyé le visage. Elle avait ensuite pensé à son père : il lui aurait conseillé de quitter le pays et de trouver refuge en Europe, loin de l'enfer libyen.

Elle avait donc parcouru la ville, s'arrêtant plusieurs fois pour éviter les mauvaises rencontres, des insurgés en majorité. Durant son périple, elle avait eu l'idée de rejoindre un vieil ami de son père, qu'elle appelait « tonton » depuis toute petite. Lui seul pourrait l'aider et lui désigner des passeurs fiables, s'ils existaient…

Arrivée chez lui, une modeste maison blanche à étage, l'homme, un enseignant à la retraite se nommant Aziz, l'avait serrée dans ses bras et avait pleuré en apprenant la terrible nouvelle. Son épouse, Malia, avait fait de même. Ils l'avaient invitée à se laver et se changer avant de la laisser se reposer dans une petite chambre réservée aux amis. Pendant son sommeil, Malia avait récupéré les effets personnels de Nour…

Le lendemain matin, Nour avait été réveillée par deux hommes armés. Des policiers ? Non, des malfaiteurs ! Affolée, elle avait appelé « tonton » mais il était introuvable. Les deux individus l'avaient obligée à les suivre et jetée dans une camionnette remplie de jeunes femmes apeurées. Nour avait alors aperçu Aziz et Malia qui l'observaient depuis la fenêtre. Ces deux lâches l'avaient volée puis vendue…

Nour avait ensuite été conduite dans une grande maison bien gardée, avant d'être forcée à se déshabiller. Une femme corpulente avait passé en revue les arrivantes, les touchant, ouvrant leur bouche pour vérifier leur dentition. Elle avait sifflé en découvrant le corps de Nour, caressé ses seins, effleuré ses fesses et avait prononcé la terrible sentence :

— Celle-là, on l'envoie à Nadeem. Il va l'a-d-o-r-e-r !

Elle avait donc été adressée à Nadeem pour partager sa couche, et en avaient découlé un viol et des mutilations…

Secouée avec une certaine violence, Nour se réveilla : l'une de ses « colocataires » la dévisageait avec colère. Nour partageait un vétuste et minuscule appartement avec six autres femmes.

— T'as encore hurlé ! lui reprocha-t-elle. T'es pénible ! On essaie de dormir, nous !

— Dé… Désolée…

Nour sentait son cœur battre fort dans sa poitrine. Son corps ruisselait de sueur. Elle aurait voulu se lever pour prendre une douche, mais elle ne voulait pas faire à nouveau du bruit. À la place, elle regarda le plafond, se remémorant la suite des événements…

Elle avait passé une courte convalescence dans un infâme bordel du quartier de Hay el-Tanak. Nordine, un adolescent à l'avant-bras amputé, s'était occupé d'elle et avait repoussé tant bien que mal les premières sollicitations des clients, arguant qu'elle était trop faible pour assurer sa fonction…

Nour et Nordine avaient immédiatement tissé des liens forts : entre victimes de Nadeem, un lien inaltérable les unissait désormais. Hélas, le gérant avait fini par la mettre au travail. Quant à Nordine, il était chargé des basses besognes : nettoyage des chambres, encaissement des passes, surveillance constante des filles à travers des judas… Il avait tout fait pour la protéger, suscitant parfois l'ire de son employeur, qui le fouettait avec son ceinturon.

— Je n'aurais jamais dû t'embaucher ! J'aurais mieux fait d'écouter les hommes de Nadeem qui voulaient se débarrasser de toi ! Regarde où m'a conduit ma gentillesse !

Dans ces moments, Nordine le suppliait et lui promettait de lui ramener de nouveaux clients…

Plusieurs mois avaient passé, Nour vivait un véritable enfer au contact de consommateurs sales et impétueux. Dès qu'elle se retrouvait seule, elle pleurait et appelait la mort de ses vœux. Une nuit, Nordine avait réveillé Nour et l'avait invitée à le suivre. Un doigt sur ses lèvres, il lui avait intimé de faire preuve de la plus grande discrétion. Ils s'étaient faufilés à l'extérieur, avaient marché plusieurs kilomètres et avaient rejoint le port de Tripoli. Une fois sur place, Nordine lui avait expliqué qu'il avait volé la caisse du bordel, leur permettant de financer leur périple vers l'Europe. Émue, Nour lui avait sauté au cou et l'avait embrassé sur la joue avant de l'étreindre. Une étincelle s'était allumée dans leur cœur mais, gênés, ils s'étaient tus.

Le voyage payé, les migrants avaient été séparés en deux groupes et placés dans des bateaux différents. Nour avait demandé à rester avec Nordine, mais un responsable lui avait opposé la nécessaire « répartition du poids ».

La traversée avait bien débuté, emplissant Nour d'espoir : elle allait pouvoir commencer une nouvelle vie. Hélas, à mi-distance des côtes italiennes, la mer agitée avait fait chavirer l'embarcation de fortune dans laquelle se trouvait Nordine. Les passeurs avaient récupéré les leurs et abandonné les malheureux à leur triste sort, enfants compris…

Alors que Nour implorait qu'on sauve son ami, elle l'avait vu couler, son bras valide disparaissant lentement au milieu des flots tumultueux…

— Bah voilà, le problème est réglé ! s'était esclaffé le responsable.

Nour était demeurée prostrée durant le reste du voyage…

Les migrants avaient ensuite été débarqués en Sicile[21], à l'insu des garde-côtes ; des fourgonnettes les attendaient. Nour comprit

[21]Dans les années 2010 et lors de la crise migratoire en Europe, l'Italie se trouve sur la « route centrale » qui mène les migrants de la Tunisie et de la Libye vers l'Europe. Entre le 1er janvier et le 27 décembre 2016, 180 392 migrants sont arrivés sur les côtes italiennes. En dépit des promesses de relocalisation dans d'autres pays européens, le

rapidement qu'elle venait de tomber dans un réseau clandestin dont elle ne pourrait s'échapper…

Après plusieurs mois passés à Milan, à coudre dans une usine de contrefaçon, elle avait été envoyée en France et placée auprès d'une riche famille libanaise vivant dans une luxueuse maison située à Boulogne-Billancourt. La jeune femme prenait soin des enfants et accomplissait des tâches ménagères. Au moins une fois par semaine, le père l'avait visitée la nuit… Elle n'avait pas lutté, incapable de combattre son destin. Un jour, s'étant lassé d'elle, il l'avait congédiée pour une nouvelle victime, mineure…

Le réseau – qui la tenait en laisse – l'avait alors logée dans l'appartement insalubre qu'elle occupait à présent avec ses six colocataires, en vase clos, sans ami à l'horizon. Le jour ou la nuit, elle travaillait dans un somptueux hôtel parisien, « au black », pour une entreprise assurant la sous-traitance de cette activité. Bien sûr, la quasi-totalité de son salaire était saisie par les responsables de la filière, en remboursement d'une dette toujours plus grandissante. À la fin du mois, elle ne disposait que de quelques billets pour s'offrir un petit plaisir… Une insupportable existence de misère qui ne l'atteignait même plus. Elle ne ressentait plus rien… Tous ces décès, toute cette maltraitance… Elle n'attendait plus rien de la vie. Elle ne croyait plus en rien ni personne. Comment l'aurait-elle pu ?

Elle se leva un peu avant 5 h et fila sous la douche spartiate – un robinet et un seau en plastique – quelques minutes avant le lever de ses colocataires. Cette semaine, elle commençait tôt ses journées, à six heures et ne finissait pas avant dix-huit heures voire vingt heures en cas d'absence d'une collègue. En fonction du planning, elle débutait par le lavage des couloirs de l'hôtel ou des ascenseurs, avant de passer de chambre en chambre. Là, nouvelle séance de nettoyage et de rangement intensive, sans oublier le changement des draps. La préparation des arrivées lui prenait beaucoup de temps, elle n'avait pas le temps de respirer.

---

système reste « au point mort » et le gouvernement italien indique que 176 290 migrants sont encore dans le pays, contre 103 792 en 2015 et 66 066 en 2014.

À midi, on lui autorisait une pause déjeuner de quarante-cinq minutes, du grand luxe ! En réalité, le propriétaire de l'hôtel, voulant éviter de payer leur repas, les forçait donc à se restaurer à l'extérieur.

Pour Nour, il s'agissait de l'unique moment agréable de son éreintante journée ; elle pouvait souffler, seule, dans un joli parc public, loin de ses exploiteurs. Elle se plaçait toujours à l'écart, assise contre un tronc d'arbre, de peur de faire l'objet d'un contrôle de police. Un quotidien de sans-papiers…

Pour éviter de se remémorer son histoire tragique, elle focalisait ses pensées sur la nature, les doux rayons du soleil ou les passants, tentant d'imaginer leur belle vie…

Soudain, alors qu'elle mangeait une salade achetée dans l'un des supermarchés du quartier, elle entendit des miaulements plaintifs. Surprise, elle regarda autour d'elle. Rien ! Elle se leva et chercha leur origine, repoussant les fourrés.

C'est alors qu'elle le vit : un chaton roux, sale et décharné.

Elle en eut un pincement au cœur. Elle s'approcha à pas lents.

— Salut, toi. N'aie pas peur, je ne te veux pas de mal…

Il eut un mouvement de recul, crachant et dévoilant ses petites dents.

*— Arr… Arrière, humaine ! Sinon, je te mords !*

Nour sourit.

— Eh bien, tu es très impressionnant !

*— Tu fais bien de me craindre !*

— Je veux juste t'aider…

*— Non, tu ne me piégeras pas !*

Elle s'assit en tailleur à quelques mètres, ouvrit le couvercle de sa salade, récupéra quelques morceaux de jambon de dinde et en jeta un devant elle. Flairant l'odeur, le félin s'avança.

— *Qu'est-ce donc ? Si tu penses pouvoir me tromper...*

Il renifla la viande et, sous l'effet de la faim, son ventre gargouilla.

— *Ça... Ça sent si bon...*

— Allez, mange !

— *Non, je...*

Toutefois, n'y tenant plus, il engloutit l'offrande. Nour recommença, disposant les bouts de plus en plus près d'elle. Affamé, le chaton n'hésita pas et les avala tous. Il la regarda ensuite avec intensité...

— *T'es bizarre, toi... On dirait que tu me veux du bien...*

Elle lui sourit.

— Je te le répète, je ne te veux aucun mal...

— *Je ne sais pas... Les humains sont si méchants...*

— Tu peux me faire confiance. Tiens, c'est pour toi !

Elle tendit le récipient, il plongea la tête à l'intérieur et dévora tout ce qu'il pouvait, ronronnant de plaisir.

Nour tenta sa chance : elle le caressa avec douceur, il se figea, puis baissa son dos.

— *Hé, qu'est-ce que tu fais ?*

— Tout doux... Tout doux...

— *Je... Non... C'est... perturbant !*

— Tu n'es plus seul... Tu m'entends ? Je vais prendre soin de toi.

Elle recommença et, cette fois, il se laissa faire. Cela dura bien cinq minutes.

— *Qu'est-ce qui m'arrive ? C'est si bon...*

— Tu vois, tout se passe bien.

Son repas terminé, il finit par bondir sur le côté et miaula.

— *Allez, ça suffit comme ça ! C'était savoureux mais tu mijotes sans doute quelque chose ! Les humains le font tout le temps !*

— Eh bien, sacré caractère !

Rebelle et mignon à la fois, le combo parfait pour faire chavirer le cœur d'une femme, pensa Nour. Sur le qui-vive, il recula petit à petit.

— Quoi ? Tu ne veux plus de câlins ?

Il lui tourna le dos et se dirigea vers un vieux local en pierres.

— Je veux juste t'aider !

Il s'arrêta, l'observa et miaula.

— *C'est vrai ? Je ne sais pas... J'ai peur...*

— Fais-moi confiance, s'il te plaît...

— *Prouve-le, humaine...*

Il disparut derrière l'édifice.

— Tu veux que je vienne, c'est ça ?

Nour se redressa et le suivit ; le chat s'engouffra dans un trou.

— Zut, je ne peux pas passer par là...

Elle fit le tour et tomba sur une porte métallique rouge, en partie bloquée par une chaîne. Elle tira dessus, parvint à dégager un passage et se glissa à l'intérieur. Une odeur de pourriture emplit ses narines, elle toussa et ne put réprimer un haut-le-cœur. Elle prit son téléphone portable dans son sac et sélectionna le flash. Un miaulement !

— *Hé, humaine, par ici ! Tu peux faire de la lumière avec ta main ? Miaou, c'est... c'est génial !*

Le rouquin était bien là, à côté de plusieurs cadavres de chats... Nour comprit alors la situation : la mère gisait là et, à l'exception de ce chaton, toute la portée avait péri.

— Oh, mon pauvre... C'est terrible !

— *Oui, ils sont tous morts... Maman d'abord puis mes frères et sœurs... J'ai essayé de les aider et de les nourrir mais ils étaient trop faibles, malades... Je ne sais pas quoi faire...*

Elle se fit violence pour ne pas fondre en larmes.

— Mais comment as-tu fait pour survivre ?

— *Je... Je... C'était dur...*

Elle éclaira l'ensemble de la pièce et découvrit les restes de plusieurs cafards, même ceux d'une souris. Il avait subsisté ainsi durant plusieurs semaines...

— Mon pauvre, tu as fait ce que tu as pu...

— *Je... Je n'avais pas le choix...*

Elle se pencha et caressa à nouveau le petit, qui se laissa faire. Son regard retourna sur les corps, elle ne voyait plus qu'eux... Elle eut chaud, très chaud ; ses jambes tremblèrent... Le chagrin afflua...

## Vite, de l'air !

Elle sortit, lâcha son téléphone et s'agenouilla. Le chaton vint se frotter contre sa cuisse avant de s'appuyer sur elle pour grimper.

*— Hé, humaine, t'es malade ? Les humains peuvent vraiment être malades ?*

Elle le souleva. Et là, ce fut l'explosion : sa famille ! Tous ses horribles souvenirs remontèrent d'un coup, un véritable tsunami émotionnel ! Prise d'intenses sanglots, elle ne parvenait plus à se contrôler. Elle réalisait enfin…

Tout contre elle, le chaton posa ses pattes sur ses larmes.

*— Ne pleure pas, je suis là ! Je vois bien que, toi aussi, tu as beaucoup souffert. On est pareils.*

Surprise, elle plongea son regard dans ses magnifiques yeux verts.

— Toi et moi, ce sera pour la vie ! Nous sommes amis maintenant, mieux, une famille ! Je serai ta Maman !

*— Ma Maman ? Tu veux bien être ma Maman ?*

Même si elle n'avait pas compris ses propos, elle répondit juste.

— Je serai ta Maman pour toujours !

Le félin se blottit contre elle, lui téta le bout des doigts et se mit à ronronner. Le cœur de Nour s'apaisa, elle ressentit même une douce sensation qui soulagea ses plaies… L'amour ?

Hélas, l'alarme sur son téléphone retentit, mettant fin à ce moment de paix. Nour se releva, déposa le chaton et épousseta sa tenue. Elle ramassa son portable et souffla de dépit.

— Écoute, je vais devoir reprendre le travail, mais je te promets de revenir tout à l'heure pour t'aider.

Il la dévisageait, la tête légèrement penchée sur un côté.

*— C'est vrai ? Tu ne vas pas m'abandonner ? Je ne le supporterais pas…*

— Je te le jure !

*— OK, humaine… euh Maman, je te crois !*

Elle lui donna une dernière caresse et se dirigea vers la sortie. Un miaulement !

— *Reviens vite, Maman !*

Elle se retourna et le vit, juste derrière elle.

— Attends-moi ici, je reviens. D'accord ?

Elle se sentait un peu idiote de s'adresser à lui, mais elle ne savait pas comment faire autrement…

— *D'accord, Maman !*

Il s'arrêta toutefois, comme s'il avait compris le message. Nour rejoignit donc l'hôtel, l'esprit obnubilé par cette rencontre.

Le soir, elle tint promesse. Elle vint avec des gants, deux sacs, et des produits ménagers. Elle nettoya le local du mieux qu'elle put, ramassant les cadavres et les disposant à l'intérieur des poches plastiques… À la fin, elle déposa une moelleuse serviette de l'hôtel sur le sol pour en faire un lit douillet. Taché, le tissu devait être jeté, elle l'avait donc récupéré sans le moindre scrupule.

L'âme en peine, elle plaça les dépouilles dans une poubelle, elle n'avait pas d'autre choix : un enterrement ou toute autre initiative lui causerait des difficultés…

Elle partit acheter à boire et à manger, ainsi que des gamelles qu'elle installa dans la pièce.

— Si seulement je pouvais te ramener avec moi… soupira-t-elle.

C'était impossible, pas dans sa colocation clandestine…

— *J'aimerais tellement… Je veux être tout le temps avec toi !*

Après un long câlin qui fit du bien à ces deux âmes en souffrance, elle rentra chez elle, heureuse…

Elle lui rendit visite tous les jours qui suivirent, elle n'attendait que ce moment ! Elle vivait pour lui et grâce à lui. Il était son bonheur. Le seul problème : elle n'osait pas lui donner un nom, de peur de le perdre, lui aussi…

Plusieurs semaines passèrent, rythmées par leur profonde affection mutuelle. Puis un jour, à midi pile, il la guetta à l'entrée du parc. Affolée, Nour se précipita sur lui et le prit dans ses bras. C'était dangereux pour lui de se trouver à découvert, à cause du gardien !

Le tueur de chats l'avait même interrogée une fois, la mettant en garde contre la présence d'un félin sournois. « Je sais qu'il est là, j'ai repéré des déjections. Sale bête, j'aurai sa peau ! », avait-il grommelé.

Alors que Nour tenait son « bébé », une promeneuse âgée essaya de le caresser. Surpris, le chat cracha.

— Dites-moi, c'est un voyou, votre petit ! plaisanta-t-elle.

Nour rit et concéda :

— Oui, il a du caractère…

Elle regarda « Voyou » dans les yeux et lui dit :

— Ah, mais cela te va bien ! Je vais garder ce prénom !

Le chaton miaula et ronronna : il était d'accord.

— *Voyou ? J'aime beaucoup ! Merci, Maman !*

Quelques jours plus tard, elle lui offrit un collier rouge, sans clochette mais avec une petite plaque gravée « Voyou ». Son numéro de téléphone figurait derrière. Impossible de pucer le félin, car elle ne disposait pas de papiers ni d'adresse officielle. De plus, comme elle ne pouvait pas le ramener à son domicile, elle pourrait tout de même intervenir si cela s'avérait nécessaire. Si on l'appelait, elle mentirait en disant qu'il s'était sauvé, le récupérerait et le remettrait dans le local. Bien entendu, en attendant des jours meilleurs où elle jouirait d'un logement où ils pourraient vivre ensemble…

Elle le déparasita et le traita à l'anti-puces, utilisant le peu d'argent qu'elle détenait. Elle négocia un après-midi avec son supérieur et put faire vacciner Voyou[22].

— C'est tout ce que je peux faire… s'excusa-t-elle. Ils confisquent presque tout mon salaire.

---

[22]Il est recommandé de vacciner les chats contre le typhus, le coryza, deux vaccins qualifiés d'essentiels pour les protéger contre ces maladies, ainsi que contre la leucose et la chlamydiose. À noter qu'il n'existe malheureusement pas de vaccin contre le FIV (*Feline Immunodeficiency Virus*), le « SIDA du chat » ni contre la PIF (Péritonite Infectieuse Féline). Le vaccin contre la rage est requis si vous voyagez avec votre animal à l'étranger, Europe incluse. En effet, depuis 2004, la loi stipule que tout animal domestique passant les frontières doit être identifié, vacciné contre la rage et détenteur d'un passeport européen dûment rempli par le vétérinaire. Sur le territoire français, le vaccin antirabique n'est pas obligatoire en métropole mais reste inévitable pour voyager en Corse et dans les territoires d'outre-mer, ainsi que pour pouvoir emmener son chat dans les campings, centres de vacances et pensions pour animaux. Si vous prévoyez de voyager dans une zone potentiellement infectée, en France ou ailleurs, faites vacciner votre animal au minimum un mois à l'avance car le certificat remis par le vétérinaire suite à l'injection ne sera pas valable avant. Enfin, la vaccination antirabique est requise avant de céder un animal provenant d'un pays à risque.

Reconnaissant, il se blottit contre elle, puis pivota pour lui présenter son ventre dans l'attente de caresses. Une belle marque de confiance !

— *Je sais, tu es la meilleure maman du monde ! Tu peux me grattouiller ici ? Il n'y a que toi qui peux le faire...*

Touchée, Nour s'y attela avec beaucoup d'émotion. L'espace d'un instant, elle fut triste pour tous les êtres humains incapables de voir dans les animaux des êtres sensibles…

— Tu es ma famille, rappela-t-elle.

Il miaula en retour.

— *Tu es la mienne aussi...*

— Ah, si seulement je pouvais comprendre ce que tu me dis…

Elle le ramena dans sa cachette et lui servit son repas, une pâtée consistante. Elle n'oublia pas de changer l'eau. Ensuite, elle procéda à quelques transformations : elle avait trouvé dans un magasin de sport un fauteuil dépliant et une lampe de camping qui éclairait assez bien la pièce.

— Si les gens nous voyaient, ils me prendraient pour une folle…

Voyou miaula.

— *Pas du tout ! Le premier qui dira du mal de toi, je le griffe !*

— Ha ha, tu sembles désapprouver. Tu penses que je ne suis pas folle ?

Il miaula à nouveau avant de continuer de manger.

— *Oui, tu es la plus adorable des mamans !*

Nour fut prise d'un doute : Voyou pouvait-il vraiment la comprendre ? Cela semblait insensé mais leur connexion était si forte que tout paraissait possible.

Tout à coup, l'alarme de son téléphone retentit, elle soupira.

— Mon petit Voyou, il faut que je te laisse, c'est l'heure de mon service. Je vais finir tard mais je te promets de revenir avant de rentrer chez moi. Je t'aime…

— *Je t'aime aussi !*

Elle le souleva, l'étreignit et l'embrassa plusieurs fois sur le sommet du crâne.

— *N'arrête pas,* c*'est trop bon !*

— Je suis désolée, je dois y aller, mon Voyou d'amour…

Elle le déposa avec tristesse et sortit à contrecœur.

Voyou la regarda s'éloigner, sa maman lui manquait déjà. Était-ce cela, l'affection entre une mère et son enfant ?

# 5.

## Paris, 2020

Le mois précédent, Nadeem avait acheté un luxueux hôtel particulier de la capitale mais n'avait pas encore terminé de l'aménager. C'était l'affaire d'encore deux ou trois jours, tout au plus. En attendant, il logeait dans une suite gigantesque, de près de cent mètres carrés richement décorés, au dernier étage d'un hôtel chic. Rien n'était trop beau ni trop coûteux pour lui. Depuis l'année 2013, il avait poursuivi le démantèlement la Libye et avait procuré des armes à tous les belligérants. Ses autres trafics – de drogue, d'animaux et d'êtres humains – progressaient eux aussi d'année en année, faisant de lui un acteur incontournable de la région. Même l'Arabie saoudite – dont il était originaire – l'accueillait à présent à bras ouverts : oubliées, ses exactions passées ! Le monde s'arrachait Nadeem Al-zahrani et il adorait cela !

Nadeem avait maintenant rendez-vous au bar de l'hôtel avec des agents de la DGSE et de la DGSI[23], les services de renseignements extérieurs et intérieurs français. Il se doucha rapidement, lâcha sa serviette et son peignoir dans le salon, qu'il traversa complètement nu. Il enfila un costume *Armani* hors de prix et se contempla dans un grand miroir intégré dans un cadre en or. À force de cumuler les excès, son corps d'athlète avait laissé place à un physique assez disgracieux et, pour couronner le tout, sa belle chevelure devenait de plus en plus clairsemée. Il maugréa et se promit de se reprendre en main dès qu'il serait bien installé chez lui. Son regard se posa quelques secondes sur la balafre sur sa joue, qu'il caressa avec une mine dégoûtée. Depuis sa blessure, il s'était négligé, heurté dans sa virilité. Il n'avait jamais pu assouvir sa vengeance, la jeune femme s'étant échappée du bordel dans lequel il l'avait jetée… De

---

[23]La direction générale de la sécurité intérieure, parfois simplement appelée Sécurité intérieure, est l'unique service spécialisé de renseignements intérieurs français.

nombreuses captives avaient cependant payé pour elle et beaucoup d'autres viendraient…

Avant de descendre, il appela le *room service* et demanda qu'on nettoie sa chambre. Exigeant, il ne supportait pas de voir traîner quoi que ce soit. Il emprunta ensuite l'ascenseur privé – un véritable luxe – dont disposait sa suite et partit à la rencontre de ses clients.

Un homme mince et dégarni d'une cinquantaine d'années, Hervé Duteuil, l'un des directeurs adjoints de la DGSE, lui fit un signe de la main. Nadeem le rejoignit et le suivit jusque dans un salon privatif, où l'attendaient deux autres pontes de l'agence ainsi qu'un haut responsable de la DGSI, Franck Resquer, un individu petit et bedonnant à la chevelure blanche. Dans un seau à glace, une bouteille de champagne et, sur la table, des assiettes avec un assortiment de caviar, de truffes, de foie gras… Nadeem sourit devant ces attentions, ils avaient bien travaillé son profil. À présent, il ne négociait que le ventre plein et après quelques verres. Les affaires, oui, mais le plaisir d'abord ! Habitué à boire de grandes quantités d'alcool, il en profitait pour déstabiliser ses interlocuteurs, incapables d'en ingurgiter autant. Il soutirait de la sorte des conditions intéressantes, gonflant un peu plus son patrimoine érigé sur le sang, les larmes et les dépouilles de milliers d'innocents.

— Bonsoir, messieurs ! Dites-moi, vous m'avez gâté !

— Bonsoir, monsieur Al-zahrani. Merci à vous de nous accorder votre temps. Nous vous savons très occupé à votre déménagement…

— Allons, appelez-moi Nadeem. Et je vois que vous êtes bien renseignés !

— C'est notre travail, « Nadeem ».

Le trafiquant sourit et se pencha pour déboucher le champagne mais l'un des Français le devança et s'en chargea. Nadeem fut servi en premier, un geste qu'il apprécia. Il goûta le brut, puis, satisfait, leva son verre.

— J'imagine que vous ne m'avez pas convié pour m'aider à porter des cartons.

— Non, en effet ! réagit Duteuil avec un sourire. Mais nous sommes ravis que vous ayez choisi de vous installer chez nous. Nous pourrons…

— … faire de bonnes affaires ? le coupa-t-il.

— Oui, ou du moins nous entraider.

— C'est donc cela que vous attendez de moi ?

Les fonctionnaires échangèrent un regard.

— Oui, approuva Duteuil. Vous n'ignorez pas que nous sommes inquiets de la situation en Libye et de toute l'instabilité de la région.

— Votre pays ne culpabiliserait-il pas à cause de la guerre ? plaisanta Nadeem.

— Culpabiliser ?

— Oui, culpabiliser ! Après tout, votre ancien président, ce Nicolas Sarkozy, a tout fait pour qu'elle ait lieu[24] !

— Nadeem, je vous rappelle que c'est l'ONU qui a mené la guerre en Libye ! Je conteste avec fermeté vos propos ! Mon pays a tout fait pour protéger la population contre un dangereux dictateur ! Tout le reste n'est que complotisme !

— C'est vrai, j'avais oublié !

Il rit puis avala son champagne d'un trait. Il prit un amuse-bouche et le savoura. Duteuil le laissa manger avant de poursuivre.

— Aujourd'hui, nous avons besoin de vous, car la situation ne s'améliore pas. Pire, deux camps se déchirent et rendent impossible la mise en place d'une paix durable.

— Et vous savez que je parle aux deux belligérants…

— Oui, nous sommes au courant. Vous leur livrez des armes et tout ce dont ils ont envie…

---

[24]Le 10 mars 2011, le président Sarkozy reçoit à Paris les représentants du Conseil national de transition et est le premier chef d'État à reconnaître officiellement cet organe de l'insurrection comme seul représentant de la Libye. Le lendemain, 11 mars 2011, la France, avec le soutien du Royaume-Uni, soumet au sommet de Bruxelles une demande d'instauration d'une zone d'exclusion aérienne. La chancelière allemande Angela Merkel refuse et recueille le soutien d'une majorité des 27 États de l'Union européenne. Le président Sarkozy se retrouve isolé lors du sommet du G8 à Paris. La Ligue arabe demande ainsi l'instauration de cette zone d'exclusion aérienne, ce qui permet au président Sarkozy et à son ministre des Affaires étrangères, Alain Juppé, de lancer une bataille diplomatique au Conseil de sécurité des Nations unies. L'avancée des troupes de Kadhafi sur Benghazi est telle qu'un massacre de grande ampleur est annoncé. Le président Obama rejoint le président Sarkozy et le Premier ministre Cameron. (Source : Wikipédia). En 2016, un rapport du Parlement britannique intitulé « *Libya : Examination of intervention and collapse and the UK's future policy options* » étrille les principaux responsables de l'opération : David Cameron et Nicolas Sarkozy. Pour les parlementaires britanniques qui ont enquêté sur la question, ni David Cameron, ni Nicolas Sarkozy n'ont agi par souci humanitaire…

— Ce n'est que du business…

— Je n'en disconviens pas, Nadeem. Nous cherchons seulement à obtenir des renseignements de premier ordre pour pouvoir…

— … éliminer celui qui ne vous plaît pas !

— Disons que nous tentons d'engager le plus vite possible un processus de paix… Chaque jour, ce conflit entraîne l'apparition de djihadistes prêts à faire des attentats en Europe, et en particulier en France. Nous avons payé un lourd tribut ces dernières années ! Là-bas, nos entreprises ne peuvent pas travailler dans la sérénité. Sans oublier ces milliers de migrants qui arrivent à nos portes ! Il nous faut intervenir !

— La sécurité intérieure de la France est menacée par l'instabilité de cette région ! appuya Franck Resquer. Agir est une priorité !

— Avec plus de délicatesse cette fois, n'est-ce pas ?

Irrités, Duteuil et son confrère ne répondirent pas.

— Je plaisante, ne vous vexez pas.

— D'accord… reprit Duteuil.

— Je veux bien vous aider mais j'aimerais savoir ce que j'ai à y gagner… Les affaires marchent très bien, je ne veux pas perdre ma clientèle. Vous me comprenez, je vis de la guerre…

— Bien entendu. Vous n'ignorez pas que nous vous rendons déjà un fier service en vous laissant opérer en toute impunité…

Nadeem fronça les sourcils.

— Est-ce une menace ? Je vous préviens, je sais beaucoup de choses ! Et je dispose encore d'une immunité diplomatique !

— Mais pas du tout, Nadeem !

— Je l'espère, sinon je m'en vais !

Il fit mine de se lever mais Duteuil l'invita à se rasseoir.

— Nadeem, je vous en prie. Nous discutons !

Le marchand de morts se détendit.

— Je profite seulement un peu du système ! Et vous aussi, vous en avez largement bénéficié ces dernières années ! Le pays a été pillé par tous les Occidentaux, vous y compris ! Alors, ne me cherchez pas avec vos leçons de morale ! Vous-mêmes avez les mains sales !

— Voyons, ne vous énervez pas ! Mes mots ont dépassé ma pensée.

— Il vaudrait mieux…

Duteuil avala un peu de champagne, ses collègues firent de même. Dans la pièce, la tension était palpable. Roublard, Nadeem en jouait…

— Écoutez, Nadeem, nous aimerions juste que vous nous rencardiez sur les activités du gouvernement en place. Nous avons besoin de savoir ce qu'il prévoit, car les intérêts de la France ne sont pas toujours préservés. Rarement, même…

— Ça pourrait se faire…

— Bien ! Très bien, même !

— Une petite seconde ! Je vous repose la question : qu'est-ce que j'y gagne ?

— Nous nous engageons, sous le manteau, à vous permettre de développer vos opérations.

— Toutes ?

— Oui, toutes…

— Et ?

— Et ? C'est déjà beaucoup ! Certains de vos commerces ne correspondent pas vraiment aux valeurs défendues par la France. Nous fermons déjà beaucoup les yeux !

— Je veux plus !

Duteuil se renfrogna.

— Dites-moi…

— Si je ne m'abuse, votre pays, la France, est le troisième exportateur d'armes au monde[25]. J'aimerais bénéficier de tarifs avantageux sur certains équipements. Voire de larges remises…

— …

[25]La France est devenue le troisième exportateur d'armement sur la période 2017-2021, selon le rapport de référence du *Stockholm Institute* (Sipri), derrière les États-Unis et ses 39 % de parts de marché et la Russie, 24 %. La part de marché tricolore est passée de 6 à 11 % sur la période. Depuis 1991, le top 5 des clients de la France est principalement dominé par des pays du Proche et Moyen-Orient (Arabie saoudite, Émirats arabes unis, Égypte et Qatar). En moyenne, plus de 25 % des exportations françaises sont dirigées vers l'Arabie saoudite et les E.A.U, tandis que 7 % sont dirigées vers l'Inde.

— Allons, je ne demande pas tant que cela !

— Je vais en parler avec ma hiérarchie…

— Dois-je m'attendre à un refus ?

— Non, je ne crois pas…

— Parfait ! Une dernière chose, j'ai encore besoin de vous pour régler un petit souci.

— Je vous écoute, Nadeem… souffla Duteuil.

— J'ambitionne de me lancer dans le marché de l'art mais je n'ai pas envie de découvrir mes conteneurs fouillés par vos douaniers… Si vous voyez ce que je veux dire…

— Nadeem…

— Si vous ne m'aidez pas, ces brutes djihadistes détruiront des trésors parfois millénaires ! Quelle perte pour l'humanité !

— D'accord… Vous nous ferez passer les références de vos importations et nous fermerons les yeux.

Cette fois, il se chargea du service. Radieux, il leva son verre pour fêter cette nouvelle collaboration.

— J'aimerais porter un toast à ce nouveau chapitre entre votre beau pays et mon entreprise florissante !

Ils trinquèrent puis se serrèrent la main. Duteuil et Resquer lui laissèrent des cartes de visite anonymisées, insistant sur le fait qu'il pouvait les appeler en cas de problème, n'importe lequel. Les Français quittèrent la pièce pour rédiger au plus vite leur rapport. Quant à Nadeem, il prit le temps de se restaurer. Il passa même commande pour une autre bouteille de champagne et des amuse-bouches, les mettant sur la note de la DGSE. Dans les repas comme dans les affaires, son appétit était insatiable.

*

Dans le même hôtel, Nour aurait déjà dû terminer son harassante journée, mais son supérieur lui avait ordonné de ranger la chambre d'un riche client étranger pendant qu'il se restaurait au bar. Elle s'y était rendue en toute hâte avec un chariot et s'était attelée à la tâche, escomptant ne pas le croiser.

— Dire que je vais être en retard ! se lamenta-t-elle. Mon petit Voyou va m'attendre ! J'espère que ce psychopathe de gardien ne l'a pas trouvé ! J'en mourrais !

Elle ramassa la serviette et le peignoir, les jeta dans le bac à linge de son chariot et les remplaça aussitôt. Elle nettoya la douche et le lavabo, essuya toutes les marques laissées par l'eau. Elle constata l'état déplorable des toilettes et les récura.

— Ah, les hommes…

Elle passa ensuite dans chacune des pièces, remit les coussins en place, et changea les draps à la hâte, même si le client ne l'avait pas expressément demandé. La satisfaction avant tout ! Une fois terminé, elle recula et admira son travail.

Hélas, trop concentrée, elle buta sur une petite valise noire posée sur le sol, qui se renversa, répandant son contenu.

— Oh non, qu'est-ce que j'ai fait ? Je dois vite ranger ça, sinon, je vais avoir de gros ennuis !

Elle commença aussitôt à ramasser mais paniqua en découvrant une série d'objets pour le moins perturbants… Une liasse de papiers évoquait son pays et était illustrée par des armes en tout genre. Glaçant ! Une quantité importante de comprimés se trouvaient dans un sac plastique. De la drogue, assurément ! De l'argent, beaucoup d'argent ! Enfin, des dizaines de photographies de jeunes femmes nues avec des prix à trois ou quatre zéros. Du trafic d'êtres humains ! Apeurée, elle déglutit. Le riche client était un criminel de la pire espèce !

Elle fut prise d'une sueur froide, pensant à son propre calvaire. Ses mains tremblaient ; elle éprouvait toutes les peines du monde à ranger. La malheureuse n'entendit même pas la porte s'ouvrir et Nadeem faire son apparition à l'autre bout de la suite. Malgré la surprise, il resta silencieux, croisant les bras dans l'attente d'explications…

Une fois qu'elle eut terminé de tout ranger dans la mallette et qu'elle s'apprêtait à déguerpir, elle le vit. Elle baissa aussitôt la tête, penchant même son buste en avant pour exprimer ses plus plates excuses.

— Je… Je suis désolée. Je… Je ne l'ai pas fait exprès ! bégaya-t-elle. Je ne fouinais pas, je vous assure ! Je l'ai juste renversé par inadvertance. Ne dites rien à mon patron, je ne veux pas perdre mon travail.

Elle ne l'avait toujours pas reconnu. Lui, non plus : trop éloignée qu'elle était, sans oublier l'inclinaison de son visage.

Silencieux, il s'avança d'un pas lent avant de tourner autour d'elle…

— Eh bien, si j'avais su !

— …

— Je choisis l'hôtel le plus cher et le plus classe de Paris et je retrouve une femme de chambre en train de fouiller mes affaires ! Si ce n'est pire !

— Non ! Je vous assure que…

— Silence !

Nour se mordit la lèvre.

— …

— Quelle honte ! Je vais me plaindre en haut lieu !

— Je vous promets que…

— Ne t'ai-je pas demandé de te taire ?

— …

— Je suis choqué ! Choqué ! insista-t-il, une idée derrière la tête.

— …

— Il nous faut trouver une solution pour arranger la situation…

— …

— J'exige une compensation !

— …

Nour frissonna…

— C'est bien normal, tu étais en train de me voler !

— …

— D'ailleurs, je vais devoir te fouiller pour vérifier.

Passant dans son dos, il fit lentement glisser ses mains sur ses épaules, sa poitrine, son ventre, son bas-ventre, ses fesses, ses jambes, ses chevilles…

— Ou tu ne m'as rien dérobé ou tu l'as bien caché… Je vais refaire un passage !

Il fit le chemin inverse, sa respiration de plus en plus forte tant l'excitation le gagnait.

— S'il... S'il vous plaît... Arrêtez...

Il ricana et s'interrompit.

— Quoi ? Tu me prends pour DSK[26] ?

— ...

— Bon, je te propose un deal. Une petite pipe et on n'en parle plus ! C'est un marché honnête !

— Je... Je ne peux pas...

— Bah quoi, veux-tu courir le risque de perdre ton travail ? Je suis prêt à parier que tu n'as même pas de papiers en règle ! Ton accent français est libyen, si je ne m'abuse ! Je connais bien ton pays ! Sur le bout des doigts...

— ...

— Alors, cette gâterie ? Même si tu as essayé de me voler, je te filerai un petit billet ! J'ai passé une belle journée, j'aimerais qu'elle se termine en apothéose !

— Non, je ne...

Agacé, Nadeem lui fit face, lui saisit le menton, lui redressant la tête. Ils se figèrent tous les deux... Les cicatrices sur leurs visages respectifs !

— Non... Non... Non... répéta-t-elle, bouleversée.

Elle recula, et tomba en arrière dans la précipitation. Elle poussa sur ses jambes pour s'éloigner. Lui fit quelques pas en avant, le sourire aux lèvres.

— Quand je parlais d'apothéose, je n'imaginais pas ça...

Nadeem plongea sur elle et la releva avec force. Elle cria et se débattit. Il la conduisit jusqu'à un grand canapé et la jeta dessus.

— Toi, ici ! dit-il, enthousiaste. Je te croyais morte !

— Na... Nadeem, laissez-moi partir !

---

[26]L'affaire Dominique Strauss-Kahn (abrégée en affaire DSK) ou affaire du Sofitel de New York est une affaire judiciaire de droit commun consécutive aux accusations d'agression sexuelle, de tentative de viol et de séquestration, portées par Nafissatou Diallo contre Dominique Strauss-Kahn, directeur général du Fonds monétaire international (FMI) depuis novembre 2007. Elle affirme qu'il a commis ces actes le 14 mai 2011, dans la suite 2806 de l'hôtel Sofitel de New York, où elle est employée comme femme de chambre depuis 2008.

— Pourquoi ferais-je quelque chose d'aussi insensé ? Je vais enfin pouvoir t'infliger la punition que tu mérites ! Je ne t'ai jamais oubliée ! Regarde ma joue, je suis défiguré !

— Vous n'aviez qu'à pas me violer !

— Te violer ? J'ai fait de toi une femme ! Et j'aurais pu t'offrir tout ce que tu désirais !

— Je n'aurais jamais accepté de passer du temps à vos côtés. Vous… Vous me dégoûtez ! Vous êtes un monstre !

Il la gifla, lui ouvrant la lèvre inférieure.

— Je vais t'apprendre le respect !

Il dégrafa sa ceinture, prêt à la fouetter.

— Si… Si vous me faites du mal, je porterai plainte ! Nous sommes en France, vous ne vous en sortirez pas à si bon compte !

— Tu rêves, je suis de mèche avec ce gouvernement, protégé par les autorités, je suis IN-TOU-CHABLE !

Débordée par une colère irrépressible, Nour menaça de tout révéler.

— Je raconterai tout à des journalistes ! Je sais tout de vous ! Même si je dois y perdre la vie, je vous ferai tomber ! J'y consacrerai mon existence ! Vous m'avez brisée, espèce de porc !

— Petite pute, je vais t'apprendre !

Il abattit son ceinturon, lui cinglant le visage. Mais elle ne se laissa pas faire : elle bondit, le renversa, monta sur lui à califourchon, le souffleta et le cogna. Elle exulta tant la revanche lui plaisait et décuplait presque ses forces. Nadeem n'en revenait pas, ce petit bout de femme prenait le dessus sur lui. Impensable ! Nour, d'apparence si faible mais en réalité si vigoureuse, se battait pour elle et pour toutes les femmes violentées de ce monde, contre la lie de l'humanité ! Elle frappa aussi pour son ami Nordine, également victime de Nadeem le barbare ! Aucune technique de combat, juste de la fureur à l'état brut ! Magnifique !

Cependant, au prix d'un gros effort, il la fit basculer par-dessus sa tête avant de la soulever et de la projeter à travers la pièce. Essoufflés, perclus par la douleur, ils s'observèrent.

Nadeem agit le premier : il ouvrit une fenêtre, laissant pénétrer de l'air frais.

— Bo… Bordel, tu m'impressionnes, j'ignorais que tu avais ça en toi… Mais, ma belle, si tu veux sortir d'ici, c'est l'unique moyen !

— …

— Par contre, tu finiras aplatie ! Ha ha ha !

Elle regarda la porte, peut-être que…

— N'y pense même pas, je te rattraperai… Ou tu me butes, mais on sait tous les deux que c'est impossible, ou tu te rends bien gentiment ou… tu sautes ! Il n'y a pas d'autre échappatoire !

Voyou ! L'image du chat traversa l'esprit de Nour, elle eut peur de mourir. Surtout pas ! Voyou perdrait à nouveau sa mère ! Quant à Nadeem, dépenaillé, sa blague lui procurait beaucoup de plaisir.

— Nadeem, arrêtez ! Vous ne pouvez pas me tuer ici !

— Je peux te tuer et te faire disparaître d'un claquement de doigts. Mes hommes viendront chercher ton cadavre et le dissimuleront dans une grande valise, ni vu ni connu ! Le prince de mon pays l'a bien fait à un opposant [27]!

Nour inspira fort. Pas le choix, elle irait donc jusqu'au bout. Portée par le désespoir, elle se jeta sur lui et, au dernier moment, entama une glissade, levant sa jambe pour le frapper aux testicules. Surpris, il n'eut pas le temps de bloquer l'offensive et hurla, le visage rubicond.

Nour courut vers la porte, la déverrouilla, mit un pied dans le couloir mais Nadeem l'attrapa par les cheveux, la poussa vers l'avant et fracassa son front sur le sol.

— Non… Vo… Voyou… souffla-t-elle.

Nour perdit brièvement connaissance.

---

[27]Référence ici à l'assassinat de Jamal Khashoggi ayant eu lieu le 2 octobre 2018 au consulat d'Arabie saoudite à Istanbul, en Turquie. Le journaliste saoudien, opposant au prince héritier Mohammed ben Salmane, tombe dans un traquenard. Il est séquestré dans l'enceinte du consulat, torturé, assassiné et démembré le jour même par un commando des forces spéciales saoudiennes. Son corps disparaît. L'événement provoque un incident diplomatique majeur entre l'Arabie saoudite et ses alliés, particulièrement la Turquie et les États-Unis. Les soupçons se portent immédiatement sur Mohammed ben Salmane, le fils du roi Salmane ben Abdelaziz, qui est innocenté en 2019 par la justice de son propre pays. Ces tensions diplomatiques sont oubliées au moment de la guerre en Ukraine, quand l'embargo sur le gaz russe augmente la dépendance de nombreux pays vis-à-vis de l'Arabie saoudite.

— Salope… pesta Nadeem. Tu m’as en a fait voir de toutes les couleurs ! Je vais un peu m’amuser avec toi avant de te ramener dans mon palace. Je prendrai mon pied et mon temps !

Il lui saisit les chevilles et la traîna à l’intérieur. Avant de fermer la porte, il s’assura que personne ne furetait à l’étage.

— Bien, distrayons-nous, maintenant ! ricana-t-il.

Il claqua le battant et se frotta les mains.

Toutefois, lorsque Nour rouvrit les yeux, Nadeem criait et se débattait.

— Que… Que se passe-t-il ? murmura-t-elle. Ce n’est pas possible, je dois rêver ? Ou serais-je morte ?

Non, elle était bien en vie !

# 6.

Absente ! Nour était absente ! Le pauvre Voyou s'inquiétait… Son instinct lui criait que quelque chose de terrible s'était produit. Il devait la retrouver ! Nul besoin de flairer sa trace, il savait parfaitement où elle s'était rendue. Terrifié par l'abandon, le félin l'avait suivie plusieurs fois jusqu'à l'entrée de service de l'hôtel. Il y alla donc, le cœur battant, traversant la rue mais, déconcentré, il évita de peu d'être écrasé par l'un des nombreux chauffards de la capitale.

— *Je dois faire plus attention, Maman a peut-être des problèmes !* miaula-t-il.

Sa présence fut remarquée par quelques passants, amusés par cette rencontre exceptionnelle. Certains se penchèrent pour le caresser.

— *Écartez-vous ! Je n'ai pas le temps pour vos stupides caresses !* tempêta Voyou.

— Minou ! Minou ! s'exclama une quadragénaire qui tenta de l'attraper.

— *Fiche-moi la paix, vieille fille ! Trouve-toi plutôt un mec, tu as l'air d'en avoir bien besoin !*

— Maman, maman ! Tu as vu le gros matou ? s'écria un enfant obèse, une glace à la main.

— *« Gros matou » ? Tu t'es regardé, « bouboule » ?*

Remonté, Voyou lui griffa le mollet avant de s'éloigner, satisfait.

— Aïe ! Maman, il m'a fait maaal !

— *Estime-toi plutôt heureux que je sois pressé, gros lard !*

— Sale bête ! lança la mère.

— *Tu t'es vu, mère indigne ! Tu ferais mieux d'enseigner à ce morveux les bonnes manières, avant que je m'en charge !*

— Le chat ! Viens par ici le chaaat ! dit un étudiant, les bras grands ouverts.

*— Un peu de respect ! Moi, c'est Voyou ! Reste à ta place, esclave ! Je te jure, les humains ! À part Maman, ils me désespèrent tous !*

Une dame âgée essaya elle aussi de le saisir mais il lui fila entre les jambes, la faisant chuter sur les fesses. Elle se redressa, sonnée mais sans fracture.

*— Elle n'a rien, dommage ! À part Maman, personne n'est autorisé à me toucher.*

Il contourna l'hôtel et rejoignit la porte réservée au personnel. Fermée !

*— Nom d'une croquette ! J'ai besoin de rentrer ! C'est urgent !*

Il observa les lieux, à la recherche d'un passage…

*— Là-bas !*

Une lucarne ouverte ! Il analysa les environs et trouva un chemin. Doté d'une agilité exceptionnelle, il escalada des poubelles, gagna le sommet d'un muret et sauta sur un fil électrique. Tel le plus doué des funambules ou des *chatscadeurs*, Voyou avança vers son objectif. Le surplombant, il visa et bondit, sans peur. Réussite ! Il atteignit le rebord et se faufila à l'intérieur.

*— Maman, où es-tu ?*

Des bruits de pas ! Voyou se glissa dans un chariot, bien caché par un tissu. Des plateaux-repas du *room service* destinés à des clients affamés. De la viande, du poisson ; ces fumets si alléchants l'étourdirent presque. Bien sûr, il ne manquait jamais de nourriture, Nour s'en assurait. Mais là, c'était le paradis ! Il chaparda un morceau de steak et un autre de daurade et les avala.

*— Pas mal, pas mal, je reviendrai !*

Un employé poussa le chariot.

*— Zut, je risque d'être repéré !*

La sonnerie d'un ascenseur retentit. Voyou n'avait aucune idée de ce qui se passait mais il percevait l'odeur de sa mère. Ils entrèrent, les portes se fermèrent, puis l'élévateur vrombit, montant les étages. Étrange sensation pour Voyou.

*— Elle a dû passer par là…*

Il se figea, il ne devait pas être découvert, surtout pas… Il devinait que sa présence dans un lieu clos déclencherait de la panique chez les humains.

— *Maman, tu me manques...*

Les portes s'ouvrirent, l'employé poursuivit son activité.

— Alors, je dois livrer les chambres 301 et 305... Ils en ont bien de la chance, ça m'a l'air excellent.

S'arrêtant devant la 301, il souleva le tissu et attrapa l'un des plateaux. Son regard croisa celui de Voyou.

— Euh, c'est quoi ce bordel ?

— *Surveille ton langage, toi ! C'est décidé, je ne reviendrai pas ici, le service laisse à désirer !*

Voyou fila, courant pour semer le serveur – un grand blond au faciès ingrat – qui l'avait pris en chasse.

— Hé, arrête-toi !

— *Cause toujours, tu m'intéresses !*

Voyou accéléra, cherchant une échappatoire, n'importe laquelle.

— Un chat est entré dans l'hôtel ! cria l'homme dans un talkie-walkie. Je répète, un chat est entré dans l'hôtel ! Il a volé des repas !

— *Menteur ! Je n'ai rien volé, juste goûté ! Ou... chatpardé* [28]*!*

— Je suis au troisième étage ! Troisième étage !

— *Manquerait plus qu'il balance « à toutes les unités ».*

— À toutes les unités, venez m'aider !

— *Chatpristi, il en tient une bonne couche, celui-là !*

Coincé ! Voyou se trouva coincé au bout d'un couloir : aucune porte ouverte...

— *Zut...*

— Je t'ai eu, mon pote ! Maintenant, tu vas me laisser t'attraper et tout va bien se passer !

— *« Mon pote » ? On ne t'a jamais dit qu'un jour les chats domineront le monde ? Je vais t'apprendre !*

L'homme s'avança, accroupi, les bras tendus.

— Ne bouge pas, tout va bien se passer...

— *Chat alors, il est vraiment laid !*

— Pas besoin de miauler, je ne te ferai pas de mal...

— *Toi, peut-être, mais moi, oui !*

---

[28]Ici, « chaparder ».

Au moment où les mains de l'employé frôlaient Voyou, le félin s'élança, lui montant sur l'épaule, puis la tête et, lui plantant ses griffes dans le cuir chevelu, il sauta.

— Aïe, saloperie ! Tu m'as ouvert le crâne !

*— Hé hé ! Voyou 1, le moche 0 !*

— Venez m'aider, bon sang, c'est une vraie teigne !

*— Peut-être bien, mais moi au moins, je peux me regarder dans le miroir sans dégueuler !*

Voyou chercha une issue mais un grand costaud – un membre de la sécurité, d'origine africaine – apparut à l'autre bout du couloir. Derrière lui, une porte se refermait.

*— Je dois aller par là !*

— Steeve, ne me dis pas que ce stupide chat te cause des problèmes ! Mate-le, il fait pitié !

*— Comment oses-tu ! Je vais te remettre à ta place !*

Son adversaire retira sa veste et la fit danser devant lui.

— Allez, le chat ! Amène-toi ! On ne va pas y passer la soirée !

*— C'est sûr vu que je vais m'occuper de toi !*

— Fais gaffe, Adama ! Il ne rigole pas ! Regarde, je saigne !

— Fais pas ta chochotte !

*— C'est vrai ça, arrête de chouiner !*

— Il a peut-être des maladies !

*— Qu'ouïs-je ? Moi, des maladies ? Avec ta tête de microbe, tu oses m'insulter ?*

— T'en fais pas, Steeve ! Une fois attrapé, on le déposera chez le véto ! Il le piquera ou lui retirera ses petites couilles ! C'est ça qui doit le travailler !

Ils s'esclaffèrent.

— Ouais, tu as raison !

Voyou était choqué ! Choqué !

*— Ah, comme ça, tu veux m'ôter les couilles, hein ?*

Voyou fusa sur le vigile, qui lança sa veste. Voyou avait anticipé la manœuvre ! Il passa par-dessous et, prenant appui sur le mur, se projeta sur une cible de choix : les parties intimes d'Adama. Un coup de griffes déchira le pantalon, révélant un caleçon blanc qui laissa apparaître une tache écarlate. Le blessé hurla, sautilla, abasourdi par tant de sauvagerie.

— Mais… Mais… C'est quoi, ce chat ?

— Je te l'avais dit, il doit avoir la rage !

— La rage ? Déconne pas, mec ! Il vient de me lacérer les burnes !

— *J'espère qu'on va te les retirer, espèce d'inutile !*

Voyou atteignit la porte et poussa, en vain. Il se redressa, et força avec ses deux pattes avant. Toujours pas !

— *Non, je n'ai pas assez de forces !*

— Regarde-le, Adama, il est fait comme un rat !

— *Un « rat » ? Le laideron vient réellement de me traiter de « rat » ?*

— Je te propose de le foutre dans un sac et de lui donner des coups de pied ! suggéra Adama.

— Ouais, j'approuve ! J'emmerde la cause animale ! Il m'a gâché la soirée, car faut que je renvoie tout ça en cuisine ! On va sans doute se faire engueuler à cause de lui !

— On le choppe à « 3 » !

— D'accord !

— 1 !

Voyou les voyait converger vers lui, il comprit leur plan.

— *Vous me prenez vraiment pour un amateur…*

— 2 !

— *Pour le moment, j'étais gentil, mais c'est terminé !*

— 3 ! crièrent-ils à l'unisson.

Voyou miaula fort, très fort, les surprenant. Ensuite, il se déplaça à toute vitesse et leur faussa compagnie. La poursuite reprit avec plus d'intensité, commençant à épuiser le pauvre animal.

— *Ils me les brisent…* pesta Voyou.

— On n'a qu'à le prendre chacun d'un côté et on le coince au milieu du couloir !

— Bonne idée, mec !

Voyou devina à nouveau le stratagème et se dirigea vers Adama, Steeve sur ses talons. À l'instant où le vigile allait le cueillir, il fit un bond de côté, laissant les deux hommes se percuter, front contre front. Sonnés, ils tombèrent, au bord de l'inconscience.

Alertée par le vacarme, une cliente, une très belle femme aux longs cheveux noirs, affublée seulement d'un très court peignoir rose, entrouvrit la porte de sa chambre et découvrit la scène surréaliste.

— Mais que se passe-t-il ? J'ai entendu des coups !

Voyou la regarda avec intensité.

*— La voilà, ma solution !*

Il prit son air le plus innocent, à vous fendre le cœur, gratta sur la porte à ouvrir, avant de la rejoindre et de se frotter contre ses jambes en ronronnant.

*— Viens m'aider ! Je te fais quand même les yeux doux ! La totale, même !*

— Oh, le pauvre petit chou, tu as envie de sortir ! Je vais t'aider, ne t'en fais pas !

*— Miaou miaou, les femmes, elles tombent TOUTES dans le panneau !* rit Voyou.

— Tu es vraiment adorable, tu le sais ?

Elle se pencha et lui caressa la tête.

— Tu es si craquant !

Voyou, qui avait une vue sur son intimité, dissimula du mieux qu'il put son malaise.

*— Ma parole, pas besoin de me montrer ta ch**** ! Beurk ! Aucune décence !*

Elle entrebâilla la porte mais Adama se redressa et l'interpella :

— Madame, arrêtez !

Il accourut, déterminé à mettre fin aux agissements du terrible Voyou.

— M'enfin, il veut juste sortir !

— Madame, je vous demande de vous arrêter !

Il n'était plus qu'à quelques mètres…

*— Faut que je me casse d'ici et que je détourne son attention !*

Voyou se glissa – avec difficulté – dans l'interstice et, se retournant, il ne passa qu'une patte pour agripper le peignoir. Le tenant avec fermeté à l'aide de ses griffes, il tira dessus de toutes ses forces. Le vêtement s'ouvrit, dévoilant le corps de la jeune femme qui, gênée, hurla.

Adama resta planté là, subjugué par ce spectacle saisissant.

— *Désolé, ma belle, j'ai juste besoin d'un peu d'avance ! Un peu d'air en bas, ça n'a jamais fait de mal à personne !*

— Aaah, mais tournez-vous ! gémit-elle.

— Dé… Désolé ! Je suis désolé ! répondit Adama.

— Oh mon dieu ! s'écria Steeve, d'une voix excitée.

— Pervers ! protesta la jeune femme.

Une cage d'escalier ! Voilà ce que dissimulait la porte ! Tout en flairant, Voyou souriait. Les humains l'amusaient autant qu'ils l'insupportaient. Ils se croyaient si supérieurs alors qu'ils ne valaient pas grand-chose face à un chat de son calibre.

— *Ma Maman chérie ! Je sens son odeur ! Elle est plus haut ! Viiite !*

Il gravit les marches sans prendre le temps de souffler. Son instinct animal l'alertait toujours. Il partageait avec Nour une connexion que même la science ne pouvait expliquer.

Il monta jusqu'au dernier étage et tomba sur une porte fermée.

— *Non, si près du but !*

Il observa les lieux et repéra une grille insérée en bas d'un mur. Déployant ses griffes, il tira sur les bords pour se frayer un passage.

— *Allez, bouge !*

Une fois à l'intérieur du conduit, il poursuivit sa quête.

— *J'arrive, Maman !*

Après plusieurs virages, la gaine montait. Voyou escalada les parois, puisant dans ses forces tant les surfaces étaient difficiles à grimper, car très lisses. Il utilisait chaque fente pour se propulser un peu plus haut.

— *Rien ne m'arrêtera… Rien !*

Enfin parvenu au sommet, il se rendit compte qu'il dominait à présent les chambres. Il huma l'air à la recherche de Nour.

— *Non, elle n'est pas là. Pas là non plus. Toujours pas. Ah, ça pue ici, ça m'empêche de la trouver !*

Mais poussé par un amour infini, il n'abandonna pas.

Soudain, un effluve familier se répandit dans ses narines et il sursauta.

— *C'est elle !*

Il scruta à travers une grille et vit Nadeem qui traînait Nour – inconsciente – à l'intérieur.

— *Mais… Mais… Que se passe-t-il ? Pourquoi Maman est blessée ? Qui a osé ?*

— Bien, amusons-nous, maintenant ! s'esclaffa Nadeem.

— *Mais t'es qui, toi ? Pour qui te prends-tu ? Je t'interdis de la toucher ! Tu m'entends ?*

Ses miaulements alertèrent Nadeem.

— Euh, c'est moi ou j'entends un putain de chat ?

Il regarda autour de lui.

— Où est-il ? Il faut que je m'en débarrasse sinon il risque de rameuter le voisinage ! Je ne veux pas que les employés viennent fureter dans ma chambre ! Pas avant que je me sois diverti !

Il arpenta la suite et repéra la grille.

— Hum, on dirait que ça vient d'ici.

Il s'approcha pour essayer de distinguer de quoi il retournait. Voyou recula jusqu'au bout du conduit, prit son élan et fonça.

— *Banzaïïï*[29] *!*

Il défonça la grille et tomba sur le crâne de Nadeem, le renversant.

---

[29]Pendant la Seconde Guerre mondiale, *banzai* servit de cri de guerre aux militaires japonais lors de leurs attaques et, en particulier, lors des attaques suicides, rappelant ainsi le dévouement des Japonais jusqu'à la mort à leur empereur du Japon, Hirohito. Les pilotes d'avion kamikaze étaient censés pousser ce cri avant de s'écraser sur les navires de guerre ennemis.

— Aïe ! Merde !

Voyou fit immédiatement le tour de Nour et lui lécha le visage, constatant de nombreuses plaies. Enragé, il explosa intérieurement et pivota vers Nadeem.

— *MONSTRE, TU VAS ME LE PAYER !*

— Mais qu'est-ce qu'il me veut ce foutu chat ?

Voyou adopta une posture offensive : le dos bien droit, l'arrière-train légèrement surélevé, les poils hérissés depuis le milieu du dos jusqu'à la queue, le bout de la queue bougeant de manière saccadée. Il montra ses crocs et miaula.

— *JE VAIS TE TUER !*

— Dégage de ma suite, vermine ! Déjà que l'autre pute m'a mis en rogne, je ne vais pas supporter qu'un fichu…

Voyou chargea, couvrant la distance qui les séparait à une vitesse folle. Un vrai lion miniature ! Visant la tête, il bondit mais, réactif, Nadeem se pencha à la dernière seconde. Raté !

Le félin fit demi-tour et, d'un réflexe incroyable, évita un vase lancé par un Nadeem déterminé.

— *RIEN NE M'ARRÊTERA !*

Voyou commença par attaquer les mollets, obligeant Nadeem à sautiller et battre l'air avec ses pieds.

— Casse-toi ! Mais casse-toi !

Voyou encaissa plusieurs coups mais il ne lâcha pas ! Il griffait, mordait, sentant le goût du sang dans sa gueule. Nadeem souffrait mais l'adrénaline lui donnait un regain d'énergie.

— Je vais t'écraser ! Tiens, prends ça ! Et ça ! Et encore ça ! Je vais te transformer en tapisserie ! Je me torcherai avec ta fourrure !

— *CRÈVE ! CRÈVE ! CRÈVE ! TU AS FAIT MAL À MA MAMAN !*

Nadeem, le grand criminel, versa quelques larmes et quelques gouttes d'urine. Il n'en revenait pas d'être ainsi malmené par un chat !

— Mais c'est pas possible ! J'hallucine !

— *NON, JE VAIS TE CHATSSASSINER*[30] *!*

— Fini de jouer, saleté !

Voyou sauta pour lui écorcher le visage mais il fut cueilli par un coup de poing qui l'expédia à l'autre bout de la pièce. Nadeem jura, l'une de ses phalanges venait de se fissurer.

— C'est un cauchemar ! Un cauchemar !

Voyou se releva, secoua la gueule ; il apercevait des étoiles. Il jeta un regard à Nour et sa colère remonta en flèche, lui octroyant un second souffle.

— *JE VAIS EN FINIR !*

Il courut puis se rua sur Nadeem, qui le saisit en plein vol, au niveau du cou, le tenant à distance pour éviter de voir sa figure déchiquetée par les griffes. Ses avant-bras encaissaient déjà de profondes lacérations et ses mains, des morsures. Sa souffrance était indicible, jamais il n'avait ressenti cela ! Il devait à tout prix se débarrasser du félin.

— Je vais te balancer par la fenêtre !

Voyou comprit ce qui se tramait, tenta de s'extraire mais Nadeem resserra sa poigne. Le chat manquait d'air.

— *Nooon... Je... Je... dois... sauver... Maman...*

— Il paraît que les chats retombent toujours sur leurs pattes, on va vérifier ça ! Mais à cette hauteur, je ne donne pas cher de ta peau, petite merde !

— *Ma... Maman... Pardonne... moi...*

Voyou cessa de battre des griffes, ses yeux se révulsèrent.

— Ça y est, c'est fini ! Mais ne meurs pas tout de suite, je veux que tu souffres encore un peu !

— LAISSE VOYOU TRANQUILLE ! hurla Nour.

Elle venait de reprendre ses esprits ! Elle agrippa Nadeem par-derrière et l'étrangla. Le Saoudien lâcha la pauvre bête mais, à la

---

[30]Ici, « assassiner ».

manière d'un footballeur, lui décocha un coup de pied qui la fit voler à travers la pièce. Le malheureux roula sur le sol, avalant l'air à grandes goulées. Il n'avait plus aucune force, son champ de vision s'était rétréci. Il distinguait à peine le combat qui faisait rage entre Nadeem et sa mère.

— Déjà réveillée, connasse ? Tu aurais mieux fait de rester allongée !

Il se pencha en avant et la fit passer devant lui. Le choc coupa le souffle de Nour, qui encaissa ensuite la pointe de la chaussure de Nadeem dans la gorge.

— Tu ne m'amuses plus, sale traînée !

Pliée en deux, Nour était incapable de bouger. Nadeem partit dans sa chambre et revint avec une seringue remplie d'un liquide translucide.

— Voilà qui devrait te calmer le temps que mes hommes rappliquent pour te ramener à la maison.

Dans le dos de Nour, Nadeem lui tira les cheveux, dévoilant son cou. Mais alors qu'il s'apprêtait à la piquer, Voyou surgit et mordit la main de Nadeem.

— Pas… possible ! Enc… Encore toi !

Affaibli, Voyou ne tenait que par la force de sa mâchoire. Dans sa tête, une phrase tournait en boucle tel un mantra : « *Sauver Maman ! Sauver Maman ! SAU-VER MA-MAN !* ».

— Lâche-moi ! Je te dis de me lâcher !

Mais Voyou tenait bon !

Nadeem se rapprocha de la fenêtre, passa son bras en arrière.

— Adieu, sale bête !

Au moment où il allait le diriger vers l'avant de toutes ses forces, Nour se rua sur lui. Nadeem recula et crocheta le pied de la Libyenne qui, déséquilibrée, bascula dans le vide, dans un cri déchirant.

Stupéfait, Voyou lâcha sa prise.

— *Ma… Maman ?* miaula-t-il.

Son petit cœur manqua d'exploser.

Nadeem le ramassa et le lança contre un mur. Il le souleva encore et recommença. Ne le voyant plus bouger, il se réjouit de sa victoire.

— Je l'ai eu ! À défaut de ramener la fille, toi, je vais te faire empailler. Mais avant cela, j'ai un coup de fil urgent à passer !

Il récupéra l'une des cartes de visite et composa, à la hâte, un numéro.

— Allô ? Oui, c'est Nadeem ! J'ai besoin de vous, je suis dans une merde noire ! Oui, c'est très urgent ! Vous devez me sortir de là ! Pas le temps de vous expliquer ! Rappliquez tout de suite ! De toute façon, vous ne croirez jamais ce qui vient de m'arriver !

Il raccrocha puis entra dans la salle de bain pour se nettoyer. Il devait faire vite, une clameur montait déjà depuis la rue.

Au pied de l'hôtel, Nour s'était écrasée dans un bruit sourd. Une flaque de sang grandissait autour de son crâne… Quelques badauds courageux s'approchèrent pour la secourir, mais Nour était déjà décédée.

Une vie de souffrance brisée sur l'asphalte…

# 7.

## Paris, 2020

Léopold Santos, lieutenant de police, gara sa voiture à proximité de l'hôtel. Oui, le jeune garçon à l'enfance tragique avait intégré les forces de l'ordre. Il s'était juré de protéger les innocents contre les criminels.

Un cordon de sécurité avait été installé et des gardiens de la paix repoussaient les curieux, les empêchant tant bien que mal de prendre des photos de la malheureuse. Léopold couvrit la défunte et certains badauds, privés du spectacle, râlèrent. Il les fusilla du regard, les faisant fuir sans même prononcer un mot. Il valait mieux, sans quoi il n'aurait pas hésité à faire jouer sa carrure d'athlète.

Il analysa la scène, prenant soin de ne négliger aucun élément. Il leva ensuite les yeux vers l'hôtel, estimant la hauteur de la chute. Un suicide ? Il en doutait : elle n'était pas tombée juste en-dessous des fenêtres…

— Étrange, murmura-t-il.

Il se renseigna auprès des gardiens de la paix, qui lui désignèrent deux hommes : le patron de l'hôtel, un certain Gildas de la Tour, un quinquagénaire à l'allure excentrique, et un client, Nadeem Al-zahrani, de nationalité saoudienne. Il se dirigea vers eux sans tarder, sortant un stylo et un calepin.

— Bonsoir !

Ils le saluèrent, l'hôtelier lui tendit une main mais Léopold ne la serra pas.

— Je suis le lieutenant Santos. Étant de garde, c'est à moi qu'il revient de traiter ce dossier. Nom, prénom et explications, s'il vous plaît.

Ils se présentèrent ; il consigna tout, les faisant répéter, juste pour les éprouver et les mettre mal à l'aise. Les nombreuses plaies sur le visage de Nadeem ne lui avaient pas échappé. Tout de suite, il ne l'aima pas. Des types comme lui, il en avait croisé des centaines durant sa carrière : leurs yeux ne mentaient pas… Il percevait dans ceux de Nadeem de la froideur et une immense sauvagerie.

— Vous, que vous est-il arrivé ? Vous vous êtes battus, n'est-ce pas ?

— Oui, elle m'a agressé ! Elle fouillait ma chambre quand je suis rentré du bar et je l'ai surprise. Là, sans crier gare, elle m'a sauté dessus ! Elle voulait de l'argent !

— Et vous l'avez balancée par la fenêtre ?

— Mais pas du tout ! Elle était hystérique ou… en plein trip ! Une vraie barge ! Regardez ce qu'elle m'a fait !

Santos le dévisagea, cette affaire puait.

— Vos mains…

— Qu'est-ce qu'elles ont ?

— Vous avez été mordu !

Nadeem regarda ses paumes enflées et meurtries, il éprouvait des difficultés à les refermer.

— Vous ne me croiriez pas…

— Dites toujours…

— Un putain de chat s'est jeté sur moi et m'a mordu !

— Effectivement, j'ai du mal à gober cette histoire…

Le patron toussa puis intervint.

— Lieutenant, je vous confirme ces propos. Un chat, probablement enragé, s'est introduit chez nous un peu plus tôt dans la soirée. Deux employés ont bien tenté de le capturer, mais il leur a faussé compagnie. Je vais vous fournir leurs coordonnées.

— Faites donc, je veux les entendre personnellement.

— J'aimerais ajouter que…

Il s'arrêta, gêné.

— Je vous écoute.

— Cette jeune femme…

— Oui ?

— Elle ne travaillait pas ici. J'ai eu le temps de la regarder avant que vous ne la recouvriez… Et, si je puis me permettre, elle ne correspond pas aux standards de mon établissement.

— C'est-à-dire ?

— Vous savez bien…

Léopold avait compris et n'appréciait pas le sous-entendu.

— Elle s'est introduite ici, a volé un uniforme et a tenté de dérober mes clients. Je suis confus, nous avons failli pour les protéger. Si cela se savait, notre réputation en prendrait un coup et…

— Une femme est morte, je vous le rappelle.

— Oui, bien sûr, c'est triste mais c'était une voleuse ou une junkie, ou les deux. Nous sommes souvent confrontés à des groupes de voleurs venus d'Afrique. La sécurité nous coûte très cher. Je ne peux que corroborer les propos de monsieur Nadeem Al-zahrani, un client fidèle qui ne nous a jamais causé le moindre souci, bien au contraire. Nous sommes toujours ravis de l'accueillir chez nous.

Nadeem hocha la tête.

— Monsieur de la Tour, j'aimerais accéder à vos caméras de surveillance ! indiqua Léopold. Maintenant, laissez-nous, j'aimerais m'entretenir avec monsieur Al-zahrani.

— Euh, d'accord, je vais voir ce que je peux faire…

— Merci.

Léopold et Nadeem se toisèrent. La tension était palpable.

— Alors, vous m'expliquez ?

— Vous expliquer ? Je ne comprends pas.

— Comment elle a pu tomber !

— Ah, ça ! Pardonnez-moi, je suis en état de choc.

Léopold n'avait pourtant relevé aucun des symptômes. Nadeem paraissait même s'ennuyer.

— Alors, j'attends !

— Elle m'a foncé dessus et je l'ai évitée. Cette… désaxée n'a pas fait attention à la fenêtre ouverte et a basculé dans le vide.

— Vous ne l'avez pas poussée ?

— Non, je vous assure. Elle a fait ça toute seule… C'est bête, non ?

— …

— Écoutez, je suis fatigué, pourriez-vous me laisser y aller ? Je n'y suis pour rien ! Je suis la victime !

— J'y réfléchis…

— À quoi ?

— À vous laisser partir !

— Attendez, vous me considérez comme un suspect ?

— Bien sûr ! Elle était dans votre chambre, vous vous êtes battus et elle a chuté. J'ignore ce qui s'est vraiment passé là-haut !

— Mais je vous dis la vérité !

— Nous verrons bien… Votre suite sera passée au peigne fin et nous allons procéder à une autopsie.

— Tout ça ?

— Les vérifications habituelles…

— Je suis innocent !

— Si j'avais touché un euro à chaque fois que j'ai entendu cette phrase, moi aussi je pourrais dormir dans cet hôtel.

— Me traitez-vous de menteur ? Je ne vous le permettrai pas ! Je suis un citoyen modèle et je dispose de…

Léopold ne l'écoutait plus : Franck Resquer, le ponte de la DGSI, connu comme le loup blanc, s'avançait vers eux d'un pas décidé. Il invita Nadeem à s'éloigner, et Léopold détecta tout de suite une certaine familiarité entre eux.

— Lieutenant ? lança-t-il, un brin autoritaire.

— Santos, Léopold Santos.

— Je suis Franck Resquer…

— Je sais qui vous êtes…

— Bien, cela nous fera gagner du temps. Vous êtes seul ?

— Mon coéquipier est… absent.

Resquer afficha son dégoût.

— Pas très réglementaire tout ça.

— Je ne décide de rien. C'est la capitaine[31] qui me laisse bosser seul.

[31]Les officiers de la police nationale appartiennent au corps de commandement de la police nationale. Ils assurent les fonctions de commandement opérationnel des services et d'expertise supérieure en matière de police et de sécurité intérieure. Le corps

— Je connais les attributions d'un capitaine ! N'essayez pas de m'apprendre mon métier !

— Je disais juste que…

— Taisez-vous, Santos ! Je prends le relais, vous pouvez rentrer au Bastion[32].

— Vous ?

— Oui, moi ! Vous pensez que je ne connais plus le terrain ? Que je ne suis qu'un haut gradé incapable de mener une enquête ?

— Non, je suis juste un peu surpris…

— Et pour quelle raison ?

— Je ne vois pas ce que la DGSI vient faire dans cette histoire de défenestration.

— Vous n'avez pas à le savoir !

— J'en ai besoin pour mon rapport !

— Cette femme était une voleuse ! Elle a agressé un touriste fortuné et en a payé le prix ! Il n'y a rien de plus à savoir !

— Mais…

— Écoutez, Santos. J'ai déjà entendu parler de vous ! Tout le monde a entendu parler de vous ! Le flic taciturne, amoureux des animaux, le mec plus intègre qu'un saint et qui n'hésite pas à balancer ses collègues aux « bœufs carottes[33] » à la moindre

---

comprend trois grades : lieutenant de police, capitaine de police, commandant de police. Références : voir décret n°2005-716 du 29 juin 2005 portant statut particulier du corps de commandement de la police nationale.

[32]Le 36, quai des Orfèvres est le bâtiment où se trouvaient le siège, l'état-major et les services communs de la Direction régionale de la police judiciaire de la préfecture de police de Paris. Attenant au Palais de justice de la capitale, il est situé au numéro 36 du quai des Orfèvres, sur l'île de la Cité, face à la rive gauche, dans le 1er arrondissement. En septembre 2017, après le départ, en juin, de la Brigade criminelle et de la Brigade des stupéfiants (BS), les derniers services de la police judiciaire ont déménagé au Bastion dans la cité judiciaire de Paris près du nouveau tribunal de Paris, porte de Clichy. Seule la Brigade de recherche et d'intervention (BRI), nommée aussi l'« antigang », reste dans les locaux pour « intervenir plus vite en cas d'attaque terroriste ». Source : Wikipédia.

[33]Cette expression, popularisée dans la deuxième moitié du XX^e siècle, trouverait son origine dans deux films : « Les Flics » (1969) réalisé par André Larue, et « Les Ripoux » (1984) de Claude Zidi. Dans le premier cas, le policier qui a été démis de ses fonctions ne pourra s'offrir que du bœuf aux carottes, mets soi-disant peu cher, comme repas. Pour le second, il s'agit d'une technique d'interrogatoire de l'IGS. En effet, ces derniers laissent « mijoter » leur suspect avant de l'interroger, comme un plat de bœuf aux carottes.

occasion ! Voilà pourquoi vous bossez tout seul ! Personne ne vous fait confiance ! Je vous préviens, ou vous m'obéissez sur ce coup ou je vous fais muter dans le fin fond de la Corrèze !

— Ça ne me dérangerait pas, j'aime beaucoup la nature…

— Jouez pas au plus con avec moi ! Ce monsieur Nadeem Alzahrani est un citoyen saoudien on ne peut plus réglo et il dispose de l'immunité diplomatique. Sans oublier que…

— S'il était si réglo, vous ne seriez pas intervenu ! Si je puis me permettre, à quel titre agissez-vous vraiment ?

— Non, vous ne pouvez pas ! Vous fermez juste votre gueule et vous m'obéissez. Sinon, je vous fais virer de la police ! Est-ce que vous m'avez bien compris ?

— Oui, « chef »…

— Parfait, on avance enfin ! Maintenant, allez plutôt vous occuper du corps et des formalités administratives ! Pour le reste, tout le reste, je m'en charge !

Resquer rejoignit Nadeem et l'invita à le suivre à l'intérieur de l'hôtel. Léopold se promit qu'il se renseignerait sur les conclusions de l'autopsie. Une junkie était reconnaissable entre mille : des marques de brûlures sur les lèvres et sur les doigts[34], des marques de piqûres, le plus souvent sur les bras[35], des infections de la peau, une maigreur avancée…

*

Voyou reprit connaissance dans une suite déserte. La truffe en sang, il essaya de se redresser mais échoua, c'était trop douloureux. Petit à petit, des images, terribles, affluaient. Sa mère…

---

[34]Les consommateurs de crack présentent ce type de brûlures car ils allument, pour fumer, un petit instrument spécialement prévu à cet effet : la pipe à crack.

[35]Certains usagers de la cocaïne se l'injectent dans les veines à l'aide d'une seringue. Les effets de la drogue sont alors immédiats. Ce mode d'administration comporte ses propres risques pour la santé. Il peut entraîner une endocardite (c'est-à-dire une inflammation du cœur) et diverses pathologies cardiovasculaires, ainsi que des infections et des abcès. Le risque d'overdose est également accru. La prise de drogue par intraveineuse est aussi un facteur de risque non négligeable en ce qui concerne la transmission de maladies par voie sanguine, notamment du VIH et des hépatites.

— *Ma... Maman...* miaula-t-il.

Puisant dans ses dernières réserves, il se releva, tituba mais parvint à se maintenir. Très lentement, il se déplaça jusqu'à la fenêtre, l'odeur de Nour disparaissait là...

— *Peut-être... Peut-être qu'elle a survécu... Maman est si forte...*

Il secoua la gueule pour retrouver ses esprits. Malgré la souffrance, il devait la retrouver !

— *Je dois l'aider ! Je suis sûr qu'elle m'attend quelque part ! Elle doit être très inquiète !*

Voyant la porte d'entrée ouverte, il quitta les lieux. Des bruits de pas ! Il se précipita derrière un grand vase noir, laissa passer des policiers et descendit dans la cage d'escalier.

— *J'arrive, Maman !*

À chaque marche, il grimaçait tant son corps avait été malmené durant la bagarre. Pour se rassurer, il imaginait sa mère saine et sauve.

— *Je suis sûr qu'elle a fait comme les chats : elle est retombée sur ses pieds. Dès que je vais la retrouver, elle va me faire plein de bisous ! Ensuite, on mangera ensemble et elle me laissera dormir contre elle. Elle me dira qu'elle m'aime et que je suis son « bébé d'amour ».*

Des larmes affluèrent, brouillant sa vision.

— *Tout va bien se passer...*

Il arriva dans les cuisines, assez calmes au regard de l'heure tardive.

— *Surtout, ne pas me faire repérer...*

Il slaloma entre les jambes des quelques cuisiniers présents, qui ne le remarquèrent même pas. Il aurait pu s'arrêter pour voler de belles pièces de viande, mais il n'avait qu'un seul appétit : savourer ses retrouvailles avec une Nour vivante !

La lucarne étant toujours ouverte, il sauta sur un très chic et coûteux meuble en bois, avec des poignées en or massif, atteignit la fenêtre, s'élança sur le fil électrique et regagna le muret puis le passage menant à l'entrée de service. Il flaira l'odeur de sa mère et déglutit, l'effluve métallique du sang empestait...

*— Non ! Non ! Non !*

Il se rua vers l'émanation avant que son corps, faible, soit tellement perclus de douleurs qu'il ne puisse plus que boiter. Il fendit la foule des curieux et des policiers et découvrit sa mère, sous un drap.

Il lui lécha une joue.

*— Maman ! Maman ! Réveille-toi ! C'est moi, Voyou ! Ton « bébé d'amour » !*

Aucune réaction. La mort, voilà ce que percevait Voyou. Il se coucha sur elle et pleura, pleura, pleura, toutes les larmes de son corps. Il miaula ensuite. Sa peine, il ne pouvait plus la contenir.

*

Léopold maugréa quelques secondes avant de se concentrer sur son travail. Toutefois, alors qu'il venait d'ordonner l'évacuation de la dépouille, une séquence surréaliste se produisit : un chat roux boitilla jusqu'à la victime et se blottit contre elle. Il miaula fort, très fort. Le cœur de Léopold se serra, il n'avait jamais vu cela.

Un vieux gardien de la paix ventripotent s'esclaffa.

— Ha ha, il veut la bouffer ou quoi ?

Il tenta de saisir Voyou mais le félin cracha et lui griffa la main.

— *Ne me touche pas, sale humain ! Vous avez tué ma Maman !*

Énervé, le fonctionnaire lui donna un coup de pied pour le renverser avant de le saisir par la base du cou. Sonné, fatigué, dévasté, Voyou perdit connaissance.

— Sale bête ! Faut appeler la SPA[36] et le faire piquer !

Furieux, Léopold, intervint et récupéra l'animal.

— Hé, on ne t'a jamais dit que les animaux sont des êtres sensibles ?

— Bof, ma femme ne l'est déjà pas ! plaisanta-t-il.

— Espèce de connard, dégage de là !

— Oh, Santos, calme-toi, c'est qu'un stupide animal !

— Un stupide animal ? Il vaut beaucoup mieux que toi ! Les animaux sont meilleurs que nous !

Stupéfaction chez ses collègues puis quelques rires.

— Vous me dégoûtez !

Léopold amena Voyou à son véhicule, ouvrit le coffre et le déposa sur une serviette moelleuse au fond d'une large cage. Amoureux des bêtes, il avait toujours dans sa voiture de quoi les secourir.

— Mon pauvre, je vais prendre bien soin de toi…

Il caressa Voyou, inconscient. Ses doigts touchèrent son collier et le médaillon.

— Voyons voir comment tu t'appelles…

Il lut « Voyou » ainsi qu'un numéro de téléphone. Il le composa avec précipitation. Une sonnerie retentit alors dans l'une des poches de Nour.

— Hé, Santos, le téléphone du macchabée est en train de sonner ! cria un policier.

— Merde… souffla Léopold.

Il ignora totalement son confrère. À la place, il observa Voyou.

— Serais-tu intervenu pour défendre ta maîtresse… ?

---

[36] Créée le 2 décembre 1845, l'association Société protectrice des animaux est, en France, la plus ancienne des sociétés de protection des animaux, sociétés œuvrant dans le domaine de la protection animale.

Soudain, il entendit une présence dans son dos.

— Euh, excusez-moi…

Le gardien du parc !

— Oui, que voulez-vous ?

— Ce chat…

— Oui ?

— C'est un nuisible ! Je peux m'en débarrasser pour vous. J'imagine que cette terrible affaire va vous prendre beaucoup de temps, alors je vais m'en occuper pour vous. Ni vu ni connu…

— Vous vous proposez de le tuer ?

— Oui, mais ce sera rapide ! Un bon coup de pelle sur la tête ! Je me suis déjà chargé de sa mère et…

Léopold l'empoigna par le col et le souleva. Oui, les pieds de l'agent municipal battaient l'air.

— Mais… Mais… Que faites-vous ?

— Ceux qui font du mal aux animaux sont des pourritures !

— Excusez-moi ! Je suis… Je suis…

— Ce n'est pas à moi que tu dois présenter tes excuses !

Léopold reposa son interlocuteur, lui attrapa la nuque et l'obligea à se pencher sur Voyou.

— Dites-le à ce petit être sans défense !

L'homme demeura silencieux.

— Ou bien vous lui présentez vos excuses ou je me charge de vous ! La maltraitance animale, ça va chercher dans les trois ans d'emprisonnement et les quarante-cinq mille euros d'amende[37] !

— D'accord ! Je suis désolé d'avoir voulu lui faire du mal !

— Et sa mère !

— Je… Je m'en veux de l'avoir frappée ! J'ai… J'ai honte !

Léopold le relâcha avec violence, le faisant chuter.

— Enfoiré, je te conseille de ne plus jamais croiser ma route !

Une fois debout, le gardien déguerpit.

---

[37]Article 521-1 du Code pénal : le fait, publiquement ou non, d'exercer des sévices graves ou de commettre un acte de cruauté envers un animal domestique, ou apprivoisé, ou tenu en captivité, est puni de trois ans d'emprisonnement et de 45 000 euros d'amende.

— Un vrai lâche, en plus…

Léopold caressa Voyou, ferma la cage, monta dans la voiture et rentra chez lui, une idée derrière la tête.

*

Léopold traversa une partie de Paris pour rejoindre le 18^e^ arrondissement, où il vivait depuis une dizaine d'années dans une petite résidence avec jardin. Au diable son rapport, une vie était en danger ! Il gara sa voiture, récupéra la cage et entra dans l'immeuble. Il gravit les marches quatre à quatre et s'arrêta devant l'appartement en face du sien. Quelque peu anxieux, il sonna et patienta.

— Oui, qui est là ? demanda une voix féminine.

— C'est Léo, ton voisin. J'ai besoin de ton aide.

— J'arrive !

Une belle jeune femme noire, grande et élancée – Félicie, originaire de la Martinique et récemment débarquée à Paris – ouvrit la porte et afficha un beau sourire. Elle portait un t-shirt blanc près du corps et un mini-short révélant de magnifiques jambes…

— Bonsoir, Léo. Quel plaisir de te voir ! Tu sais, tu n'as pas besoin de préciser que tu es mon voisin à chaque fois que tu sonnes. Je n'oublie pas qui tu es.

Malgré son métier, ses compétences en combat rapproché, sa stature et ses gros muscles, Léopold déglutit. Sa voisine le mettait dans tous ses états.

— Oui, désolé…

— Pas besoin de t'excuser non plus.

— Oui…

— Que puis-je faire pour toi ? Tu n'as plus d'eau chez toi et tu as besoin de prendre une douche ? plaisanta-t-elle.

Il sursauta ; elle rit car elle aimait bien jouer avec la timidité de cet homme si mystérieux.

— Non, en fait, je suis venu te voir pour une urgencc vétérinaire.

Il lui montra la cage.

— Oh, pauvre chou ! Tu l'as ramassé sur l'une de tes enquêtes ?

— Oui, et j'ai foncé droit chez toi dès que j'ai pu !

Impressionnée, elle le dévisagea. Vétérinaire, amoureuse des animaux, administratrice de deux groupes Facebook® dédiés aux chats et aux chiens, elle ne pouvait qu'être touchée par la générosité de Léopold.

— Entre vite, je vais l'examiner !

— Merci, tu me sauves.

— C'est normal ! Pose la cage sur la table du salon, je vais chercher mon matériel.

Léopold obéit et s'assit devant la cage.

— Tout va bien se passer, mon grand. La gentille dame va bien s'occuper de toi. Après ça, j'enquêterai sur le décès de ta maman…

Pour lui, les animaux n'avaient pas de « maître », mais des parents humains.

Soudain, un petit chien, un carlin prénommé « Roger », essaya de lui monter sur les genoux. Léopold le connaissait bien puisqu'il l'avait gardé plusieurs fois pour rendre service à Félicie.

— Salut, Roger.

Le chien aboya.

— Chut, mon pote. Tu vas réveiller le malade.

Léopold le caressa, Roger se coucha, se mit sur le dos et montra son ventre.

— Toi, tu veux des grattouilles, hein ?

Il caressa Roger, qui exprima son contentement.

Félicie revint avec une sacoche en cuir marron et une serviette violette.

— Ah, Roger n'a pas pu s'empêcher de venir voir ce qui se passe. Je te jure, une vraie commère !

— Il est adorable, ton petit.

— C'est bien vrai ! Mon petit rayon de soleil !

Elle installa ses affaires.

— Je suis prête. Sors le chat et dépose-le ici.

Léopold souleva Voyou avec délicatesse et l'installa avec douceur sur le drap. Félicie procéda tout de suite à un examen. Elle palpa Voyou, examina son poil, écouta son petit cœur.

— Alors, ton diagnostic ? Il va mourir ?

— Non, je ne pense pas. Il a bien souffert mais sa vie ne me paraît pas en danger.

— Souffert ?

— Il a été battu !

— Le suspect m'a dit que le chat l'avait attaqué sans raison ! Il avait des marques de griffures sur le visage. Ses mains ont été mordues.

— Un chat n'attaque jamais sans raison. Pour s'en prendre autant à ce type, il a dû se passer quelque chose…

— On est d'accord.

— Mis à part ça, il est en bonne santé. Pas une puce ! La personne qui s'en occupait le faisait bien ! Je dirais même qu'il a reçu beaucoup d'amour ! Regarde-moi ce poil magnifique.

— Oui, Voyou est très beau.

— Voyou ?

— C'est le nom sur son collier.

— Ah, je n'avais pas vu. J'étais trop occupée à l'examiner.

— Il va vivre, alors ? Je peux donc me détendre ?

— Oui, grand sensible, tu peux.

— C'est juste que…

— Que ? Je t'écoute, tu m'intrigues.

— Si tu l'avais vu… Je suis intervenu suite à la défenestration d'une jeune femme.

— Oh, c'est terrible…

— Oui, tu l'as dit… Je venais d'ordonner la levée du corps quand Voyou est arrivé. Il a léché la victime avant de se coucher sur elle et de miauler.

— C'était sa maîtresse ?

— Oui. J'ai appelé le numéro sur le médaillon et le téléphone de la malheureuse a sonné…

Bouleversée, Félicie essuya une larme.

— Pauvre petit…

— Il va être perdu…

— Tu vas le garder ?

— Oui, en tout cas les premiers jours. Je ne peux pas le déposer à la SPA, ça le briserait.

— Oui, il sera mieux chez toi. Par contre, penses-tu que ça va bien se passer avec…

— Je l'espère…

— Tu me raconteras !

— Compte sur moi !

— Dans tous les cas, tu me le déposeras à la clinique pour que je lui fasse une radio. Même si je pense que ça devrait aller, on va lui faire un examen plus poussé. En attendant, je vais nettoyer ses plaies et lui donner de quoi se détendre. Si je me base sur ce que tu m'as raconté, il risque d'être agité. Mieux vaut éviter ça !

Léopold laissa Félicie soigner Voyou. À peine avait-elle terminé qu'il se réveilla. Il se redressa, regarda autour de lui et, prenant conscience de la situation, bondit dans un coin de la pièce. En position défensive, il gronda.

— Tout doux, Voyou… déclara Léopold, d'un ton calme.

*— Hé, tocard, comment connais-tu mon nom ?*

— Je suis policier et…

*— Qu'est-ce que j'en ai à faire !*

— … je vais te ramener chez moi. Je prendrai bien soin de toi…

*— Je ne veux pas aller chez toi, je veux ma Maman !*

Léopold s'approcha lentement mais Voyou cracha et montra ses dents.

— Léo, il est traumatisé… intervint Félicie.

*— C'est qui cette greluche ?*

Félicie s'avança aussi, prête à saisir Voyou.

Léopold regarda intensément le félin, se rappelant de sa vie à la ferme, là où il côtoyait les animaux, ses seuls amis. Lui aussi avait vécu un déracinement après le meurtre non résolu de ses parents. Il partageait donc sa peur et sa peine.

— Je m'en rends bien compte, Félicie. Mais je ne peux pas le laisser chez toi…

*— Je ne veux pas rester ici, ça pue ! Ramenez-moi auprès de Maman ! Je veux ma Mamaaan !*

Alerté par les miaulements, Roger vint à la rencontre de Voyou, le reniflant. Le chat sortit les griffes, le faisant reculer.

— *Salut, moi, c'est Roger !* aboya le carlin.

Soudain, à la surprise générale, il péta, empestant l'air.

— *Ah, quelle puanteur ! Espèce de gros dégueulasse !* s'emporta Voyou.

— *Dis, tu veux être l'ami de Roger ?*

— *Non, surtout pas, espèce de boule puante ambulante ! Si tu m'approches, je te tue !*

Surpris, Roger recula.

— Ils n'ont pas l'air de s'entendre… nota Léopold.

— Tu l'as dit…

— Je vais le ramener avant que ça ne dégénère.

— Oui, il vaut mieux. Je pense que Voyou a été assez traumatisé comme ça. Je doute que les flatulences de mon Roger l'aident à aller mieux.

— Oui, ton chien est assez…

— Malodorant ?

— C'est le mot !

— Je viens de lui changer son alimentation mais, même moi, vétérinaire expérimentée, je n'arrive pas à venir à bout de ses pets. Je te jure, s'il n'était pas aussi mignon…

Léopold ricana, admirant encore plus sa voisine de palier… Puis, ramassant la cage, il fit un pas vers Voyou.

— Mon pote, si tu ne veux pas mourir asphyxié ici, je t'invite à monter là-dedans…

— *Je n'ai pas confiance en toi, humain, mais je préfère encore ça à la suffocation ! Les chiens, je te jure !*

Voyou monta dans la cage et s'installa.

— *Vite, fuyons avant qu'il ne recommence !*

— Félicie, merci pour ton aide. Je te tiens informée !

— De rien, Léo. Tu m'inviteras à dîner à l'occasion…

Il rougit et se gratta la tête.

— Pas… Pas de problème…

— *Oh, les amoureux, je ne vous dérange pas ? Je suis fatigué et je veux voir ma Maman ! On peut s'en aller ?*

— Je… Voyou s'impatiente, je vais y aller !

Félicie les raccompagna jusqu'à la porte et les regarda disparaître dans l'appartement du policier. Elle n'avait jamais été invitée à y entrer…

— *Hé, les copains, revenez vite voir Roger ! On va bien s'amuser ! Voyou, Voyou, t'es l'ami de Roger, hein ?*

Il ne vit pas la griffe levée de Voyou, comme un doigt d'honneur…

Léopold alluma l'entrée de son trois pièces.

— Bienvenue, Voyou. Tu es ici chez moi. Tu verras, tout se passera bien. Je dois juste te prévenir que…

Voyou ne l'écoutait plus : partout sur les murs et le mobilier, un effluve bien particulier… Un autre chat !

Au fond d'une pièce, Voyou aperçut deux yeux qui brillaient.

— *Un piège, je suis tombé dans un piège !* miaula-t-il, outré.

— Tout va bien, Voyou. Je te présente…

Encore trop fragile et, bien aidé par le calmant, le félin s'évanouit.

— Bon, les présentations attendront…

Léopold installa Voyou dans son bureau, sur un confortable canapé bleu et le couvrit avec un plaid du même coloris.

— Ici, tu seras bien. Bonne nuit…

Il installa un bac à litière et, à l'autre bout de la pièce, déposa une gamelle de croquettes et une autre remplie d'eau. Il ferma la porte, se rendit dans la salle de bains pour une longue douche et, épuisé par cette situation, alla se coucher.

— Quelle journée ! Décidément, mes semblables sont des êtres terribles… Mais j'irai jusqu'au bout pour connaître la vérité. Jusqu'au bout, DGSI ou non !

Il s'endormit vite mais, comme chaque nuit, son sommeil fut peuplé de cauchemars…

# 8.

Chaque nuit, Léopold vivait à nouveau les événements traumatisants de son enfance ou de son adolescence ou bien des épreuves traversées après le baccalauréat. Parti sur les routes de France, sa vie avait été très difficile. Seul, sans aucun but ni repère, il avait erré durant des mois, des années même. Une déchirante vie de sans-abri…

Déjà dégoûté par les êtres humains, il avait fait de très mauvaises rencontres : on l'avait volé, battu, menacé de mort. Il avait même subi plusieurs tentatives de viol, mais s'en était toujours sorti à temps. Il s'était attelé à se forger un physique robuste et cela lui avait rendu de fiers services. Il ne commençait jamais les bagarres mais les terminait toutes, à coups de poing, de pied ou de bottes. Quand il assistait à une agression, il intervenait à chaque fois pour protéger les plus faibles. Sa violence l'avait conduit à plusieurs reprises au poste de police, sans pour autant être retenu ou présenté à un juge. La raison ? Lorsqu'un fonctionnaire entrait son nom dans le système, sa tragédie familiale incitait les autorités à le relâcher. Un sermon et c'était terminé.

Jeune homme de principes, il n'avait jamais volé pour s'en sortir, quitte à s'évanouir à cause de la faim. Il partageait même ses rations avec des animaux errants ; chats, chiens, oiseaux venaient à lui sans peur, percevant en lui un cœur en peine, mais toujours empli de générosité. Touchés par ses gestes désintéressés, des bénévoles l'avaient aidé : Nicole, Régine, Simone… Mais comme un animal effarouché par l'être humain, il avait fini par fuir…

À mesure que les heures défilaient, plusieurs souvenirs douloureux se succédèrent dans sa tête. Il luttait contre les séquelles de son si terrible destin…

Il finit toutefois par en vivre un autre, plus joyeux cette fois.

Un jour, en pleine traversée de l'Ardèche, sous une pluie froide et battante, il s'était réfugié dans une grange vétuste et s'était assis sur des bottes de foin. Il avait été réveillé par le canon d'un fusil, tenu par un vieil homme, Henri.

— Hé, que fais-tu sur ma propriété ? avait-il demandé, méfiant.

— Je… Excusez-moi, je cherchais juste à m'abriter de l'orage. Je vais m'en aller.

Henri l'avait bien regardé avant d'abaisser son arme.

— Désolé, gamin, j'ai déjà eu la visite de chapardeurs. J'ai beau vivre en autarcie au milieu de nulle part, il y a toujours des gens pour venir m'emmerder. Et si tu me parlais de toi ! J'aimerais savoir…

Le ventre de Léopold avait gargouillé.

— Toi, tu as faim.

— Oui, un peu…

— Plus qu'un peu, si tu veux mon avis !

— …

— Suis-moi !

— Où ça ?

— Je vais te concocter de quoi casser la croûte !

— Vous n'êtes pas obligé…

— Ça, c'est sûr ! Mais si tu t'évanouis, je devrai appeler les secours et je n'apprécie pas d'être dérangé, avait-il plaisanté.

Léopold avait souri et accepté la main tendue. Henri possédait un vieux corps de ferme en pierre claire, bien entretenu.

Henri s'était avéré être un excellent cuisinier, préparant un repas gargantuesque pour son invité. Il avait ensuite observé Léopold en silence.

— T'es tout seul ?

— Comment ça ?

— Un jeune de ton âge sur les routes, c'est triste.

— …

— Tu es en froid avec tes parents ?

— Non…

— Ils sont … ?

— Oui… À l'époque, j'étais enfant…

— Accident de voiture ?

— Non, meurtre…

— Je suis désolé…

— Ne le soyez pas, c'est loin…

— Tu n'as personne d'autre ? Je peux me rendre au village et passer un coup de fil.

— Pas la peine… Je ne veux pas revoir ma famille adoptive.

— Des monstres, hein ?

— On peut dire ça…

— …

— Ne vous inquiétez pas, monsieur. Je ne suis pas malheureux. Je me promène, je passe du temps avec les animaux. Je suis tranquille.

— Appelle-moi Henri.

— OK, Henri. Enchanté.

— Moi de même. Comme ça, tu aimes les animaux ?

— Oui, beaucoup. Ils sont innocents, ils ne me font pas de mal.

— Moi aussi je les aime beaucoup.

— Vous en avez ?

Henri avait sifflé. Un berger australien aux poils noirs et blancs avait accouru et reniflé Léopold.

— J'ai également des chats, mais tu sais que c'est : ils font toujours la sourde oreille !

Léopold avait ri et caressé le chien.

— Je te présente Nana.

— Elle est très belle !

— Oh, ne te fie pas à sa gueule d'ange, c'est une authentique chipie !

— Je suis sûr que non !

— Je t'assure ! Je concède quand même que c'est une très bonne gardienne pour mes moutons.

— Vous avez des moutons ?

— Oui, et des poules aussi ! Je te les montrerai un peu plus tard.

— Ça me ferait plaisir mais je ne veux pas vous déranger !

— Ne t'en fais pas pour ça, j'habite seul dans cette grande baraque. Je t'installerai dans la chambre d'amis. Tu seras son premier locataire ! C'est dire !

Ils avaient ri. Henri avait servi du vin rouge, une vraie piquette ! L'alcool aidant, ils s'étaient raconté leur existence respective. Henri avait versé une larme en entendant les calvaires vécus par son nouveau camarade.

— Je te plains, Léo. T'as pas eu de chance…

— La vie est dure… avait-il répondu sobrement.

— Dire que je pensais que la mienne était à chier !

Il s'était alors épanché sur ses malheurs : capitaine de police à Paris, il avait vu toute la misère du monde et, surtout, le côté sombre de l'âme humaine. Un matin, dans les vestiaires de son commissariat, après une rude enquête sur un évêque pédophile, affaire enterrée par ses supérieurs, il avait voulu en terminer. Le canon dans la bouche, il avait fait ses prières. Il avait pressé la détente mais son arme s'était enrayée… Prenant cela pour un signe du destin, il avait démissionné, à la grande stupéfaction de ses collègues, qui le considéraient comme une légende. Henri avait ensuite sillonné la France dans un van, visitant surtout des bars, avant d'arriver ici, dans la campagne ardéchoise, où il ne connaissait personne.

Il avait racheté la ferme pour une bouchée de pain, l'avait rénovée et avait mené une tranquille vie d'éleveur. Il avait tout juste de quoi vivre et cela lui suffisait amplement.

— Le seul regret que j'ai, c'est d'avoir abandonné des victimes… avait-il avoué. Certains dossiers, j'aurais dû aller au bout ! J'ai été lâche, je n'ai pensé qu'à moi… Peut-être que si j'avais parlé à la presse…

— Vous avez fait ce que vous avez pu !

— J'en doute…

— Ne dîtes pas ça, je vois que vous êtes quelqu'un de bien. Vous n'étiez pas obligé de m'aider… Personne ne m'aide !

— C'est fini ça, tu peux compter sur moi ! Je vais t'épauler et te remettre sur les bons rails.

— Vrai… Vraiment ?

— Pour sûr ! Qu'aimerais-tu faire dans la vie ? Tu as ton bac, c'est déjà pas mal !

— Euh, policier…

Henri avait écarquillé les yeux.

— T'es sûr ? Après tout ce que je viens de te confier ?

— Oui, j'y ai beaucoup réfléchi. On n'a jamais retrouvé les assassins de mes parents. Je ne veux pas que d'autres crimes restent impunis !

— Je comprends…

— Vous désapprouvez ?

— Non, non… Toi, tu as du caractère. Tu peux y arriver ! Bien que le système soit bancal et corrompu, tu as les capacités pour t'en sortir. Je vais même t'entraîner !

— M'entraîner ?

— Oui ! J'ai été instructeur en *self-défense*. Je t'apprendrai le tir et tout ce que je sais de la formation dispensée à l'école de police. Comme ça, tu n'auras plus qu'à préparer le concours et leur montrer que tu es déjà en avance.

— Je ne sais pas quoi dire…

— Pas la peine ! Je veux juste que tu réussisses !

— Merci du fond du cœur !

— Merci à toi ! Grâce à toi, je dormirai mieux la nuit en sachant qu'il y a au moins un flic sérieux dans les rues !

— J'espère être à la hauteur…

— Ne t'en fais pas, tu le seras ! On va d'abord te requinquer et pendant une année faire de toi une vraie machine de guerre ! Tu réviseras tous les jours le concours de gardien de la paix[38], une porte d'entrée dans la police. Tu grimperas ensuite les échelons ! J'en suis persuadé !

— Je ne vous décevrai pas !

---

[38]En France, le gardien de la paix et les gradés (brigadier de police, brigadier-chef de police et major de police) constituent le corps d'encadrement et d'application (CEA) de la Police nationale. Ils participent aux missions qui incombent aux services actifs de police et exercent celles qui leur sont conférées par le Code de procédure pénale. Ils sont dotés d'une tenue d'uniforme. Ce sont des agents de catégorie B de la fonction publique. Après leur titularisation, ils peuvent faire carrière au sein de la Police nationale.

— Tu n'as pas intérêt sinon, tu auras affaire à moi !

Henri avait tenu promesse, faisant de Léopold un vrai policier avant même l'obtention de son examen. Il avait réussi brillamment les épreuves écrites et sportives. Lors de l'oral, il avait expliqué ses motivations profondes liées aux meurtres de ses parents, sidérant le jury.

Sa scolarité avait été tumultueuse, ses aptitudes physiques et intellectuelles supérieures suscitant de la jalousie. Fidèle à lui-même, Léopold avait ignoré ses camarades. Premier au classement de sortie, il avait choisi une affectation à Paris, au 36 quai des Orfèvres. Intelligent, doué pour résoudre les enquêtes, il avait passé le concours interne de lieutenant, et avait été classé premier.

Hélas, son incapacité à tisser des liens avec ses collègues avait freiné sa progression. Son sens inné de la justice l'avait conduit à en dénoncer certains – les pires enflures – auprès de la police des polices, lui valant l'opprobre des siens.

Mis au placard, il s'était contenté des miettes, souvent de sordides dossiers dont personne ne voulait. Heureusement, sur son temps libre, il s'occupait de protection animale, de quoi lui faire oublier tout le reste.

Quant à sa vie sentimentale : un désert ! Il ne parvenait jamais à exprimer ses émotions. Il finissait toujours seul : Magalie, Sabrina, Mathilde, elles l'avaient toutes abandonné.

Léopold n'avait jamais oublié Henri – un père de substitution –, qu'il visitait dès qu'il le pouvait. Hélas, le retraité avait succombé à une crise cardiaque lors de ses activités agricoles. Le jeune homme l'avait découvert dans un champ, décédé depuis plusieurs jours, Nana à ses pieds. La chienne ne s'était jamais remise de sa mort, s'éteignant quelques heures après l'enterrement.

Dans un testament rédigé dans le plus grand secret et déposé chez un notaire, Henri avait légué la ferme à Léopold, mais il ne s'y rendait presque plus. Il avait placé les animaux et scellé la porte. Il n'avait pas voulu vendre non plus, les murs renfermant ses rares bons souvenirs…

2 h 41 du matin ! Tiraillé par une migraine, Léopold ouvrit les yeux. Toujours la même heure sans qu'il ne puisse se l'expliquer.

Son médecin lui avait prescrit des somnifères mais il refusait de les prendre.

Il se leva, vêtu seulement d'un caleçon, se rendit aux toilettes pour uriner puis se lava ensuite les mains. Devant le miroir, il contempla son torse puis son dos, couverts de cicatrices. La rue lui avait laissé des souvenirs, que ce soit lors de sa pérégrination ou lors d'interventions policières.

Il alla dans son bureau et s'agenouilla à côté de Voyou, toujours endormi. Il l'observa quelques minutes. De peur de le réveiller, il n'osa pas le caresser. Il sortit, ferma derrière lui et rejoignit le salon. Là, dans un arbre à chat installé devant une fenêtre, se trouvait Rita, une chatte « sphynx[39] », sauvée d'un trafic d'animaux. Forcée à se reproduire, elle mettait au monde des chatons vendus à prix d'or. Séquestrée dans une minuscule cage insalubre, elle n'avait même pas la possibilité de se lever ou de se tourner.

— Salut, ma belle.

Il lui déposa un baiser sur le sommet du crâne avant de la cajoler.

— Tu m'as manqué, tu sais. Excuse-moi, je t'ai délaissée, j'ai passé une sale journée.

— *Bonsoir, Papa !* miaula-t-elle.

Il lui sourit, il l'aimait tant sa Rita.

— *Ma fifille, s*i ça ne te dérange pas, je vais te parler un peu. Ça me fait toujours un bien fou…

— *Avec plaisir ! Raconte-moi ta journée !*

— Qu'est-ce que j'aimerais te comprendre !

— *Ne t'en fais pas, moi je le peux !*

— Tu as vu ? Je t'ai ramené un compagnon.

---

[39]Race de chat sans poil mais à duvet léger, à grandes oreilles, à queue comme une queue de rat. Cette race est en fait relativement récente : apparu dans les années 60 au Canada, le Sphynx est le produit d'une portée "dégénérescente" issue de chats de gouttière. Par la suite, deux chattes furent importées aux Pays-Bas et croisées avec des *Devon Rex* (autre race au poil très ras) par le docteur Hugo Hernandez. Une portée entière, importée en France en 1983, fut présentée à une grande exposition féline et remporta un franc succès. Les échanges ont continué entre les Pays-Bas et la France, finissant de développer le prototype qui servit plus tard de base au standard de la race, avant son entrée au LOOF à la fin des années 80. La race peut donc être considérée comme d'origine française. Cependant, des chats nus avaient déjà été décrits au Nouveau Mexique et reconnus sur des gravures précolombiennes d'il y a bien longtemps…

— *Oui, j'ai remarqué ! Très mignon, d'ailleurs.*

— Il s'appelle Voyou. Je te préviens, il est un brin sauvage. Sois patiente avec lui, il a vécu un vrai traumatisme.

— *Oh, un bad boy ! Mon type préféré !*

— Te connaissant, je suis persuadé que tu seras très gentille avec lui.

— *Si tu savais, Papa ! J'ai hâte d'en faire mon goûter ! Miam...*

— Ah ma fifille ! Tu es si belle, si douce, si sage ! Il ne faudra pas faire de polissonneries avec notre invité. Ton « papounet » ne l'autorisera jamais !

— *Compte sur moi pour te désobéir ! Je vais lui sortir le grand jeu : poses lascives et suggestives, miaulements, frottements, la totale ! Je vais le dévergonder ton petit Voyou !*

Platonique, Léopold prit cela pour une chaste approbation. Il bailla et s'étira.

— Je savais que je pouvais compter sur toi ! Tu ne me déçois jamais. Il a tellement souffert, le pauvre. Il vient de perdre sa maman humaine. Elle a fait une chute mortelle…

Ému, il se tut quelques instants.

— Je ne sais pas s'il s'en remettra un jour, mais je ferai tout pour l'aider… Bon, je vais me recoucher. À tout à l'heure, ma chérie.

Il l'embrassa et retourna dormir. Cette fois, d'un sommeil apaisé, sans rêve…

# 9.

Au petit matin, vers 5 h 45, Léopold se leva, prit une douche rapide et s'habilla sobrement : un jeans bleu délavé, un t-shirt blanc à col rond, un blouson noir usé par le temps. Souvent sur le terrain pour des interventions, il privilégiait une tenue simple et fonctionnelle.

Il prépara ensuite – avec beaucoup d'attention – le repas de sa protégée, Rita : quelques croquettes, de la pâtée et des morceaux de jambon, sa friandise préférée.

Avant de partir, il rendit visite à Voyou, toujours endormi. Le félin respirait normalement, recroquevillé sur le plaid. Rassuré, Léopold sourit. Il quitta la pièce et ferma la porte de son bureau, le temps pour Voyou de s'habituer à son nouvel habitat. Il voulait aussi être présent lors des présentations avec Rita. Les chats étant territoriaux, cela pouvait mal se passer…

— Je ne suis même pas encore parti que j'ai déjà hâte de rentrer pour les retrouver tous les deux… souffla-t-il.

Il embrassa le crâne d'une Rita assoupie puis la caressa.

— Qu'est-ce que tu es belle, ma magnifique Sphynx ! Quel bonheur de t'avoir dans ma vie !

Son regard parcourut la pièce, visualisant les nombreux jouets de la féline.

— Une vraie princesse ! Il ne te manque rien !

Il récupéra son trousseau de clefs, enfila de confortables baskets avec une grande virgule imprimée dessus et sortit, l'esprit focalisé vers cette singulière enquête.

La porte d'entrée claqua, et la clé tourna dans la serrure de manière sonore. Rita dressa alors l'oreille. Depuis son perchoir devant la fenêtre, elle observa son père monter dans la voiture, démarrer, et filer avant la survenue des embouteillages.

*— Bonne journée, mon petit Papa adoré. Rita, son Altesse Sérénissime, va avoir un emploi du temps chargé !*

Elle s'étira et se lécha, ne négligeant aucun endroit de son anatomie… Aucun !

— *Enfin seule avec mon petit Voyou ! D'ailleurs, il est temps de rencontrer mon nouveau sujet…*

Elle sauta de son arbre à chat et se rendit devant la porte du bureau.

— *Papa, espèce d'amateur, tu aurais mieux fait de la verrouiller à double tour. Cela fait longtemps que ta fille sait l'ouvrir…*

Rita se précipita sur la poignée, la tint fermement entre ses griffes et, grâce à son poids, la fit descendre. Victoire ! Elle retomba sur ses pattes et fit une entrée triomphale, humant l'air.

— *Miam, ça sent la rue et le mauvais matou ! J'adooore ! C'est si… excitant !*

Elle bondit sur le canapé et s'approcha de Voyou.

— *S'il savait ce qui l'attend, celui-là… Je n'en ferai qu'une bouchée…*

Elle se pencha sur lui, le renifla avec délectation. Elle avait envie de le lécher, partout, mais se contint.

— *Prenons notre temps… Pas besoin de brusquer les choses, n'est-ce pas ? De toute façon, tu m'appartiendras ! Je ferai de toi tout ce que je veux ! Tout !*

L'odeur de Rita alerta Voyou, qui se redressa et, la découvrant, recula avec précipitation à l'autre bout de la banquette.

— *To… Toi ! Arrière ! Sinon, je vais te… te… te…*

Il cherchait ses mots.

— *Mais parle, bad boy… Je veux entendre tout ce que tu comptes me faire !*

— *Que ? Quoi ?*

— *Griffe-moi ! Mords-moi ! Domine-moi ! Je suis prête !*

Sidéré, Voyou demeura silencieux et immobile.

— *Bah alors, tu ne dis plus rien ? Toi, le beau mâle, aurais-tu peur d'une femelle sans défense ? Pourtant, d'après ce que je vois, on ne t'a pas castré !*

Piqué au vif, Voyou se reprit et adopta une posture plus offensive.

— *Silence, femelle !*

— *N'y compte pas, le mâle !*

*— Je te dis de te taire !*

*— Fais-moi taire, alors ! Je ne demande que ça !*

Elle avança, choisissant une attitude lascive qui avait fait tourner la gueule de plus d'un matou…

*— Voyou… Voyou… Voyou… Tu es si jeune, si inexpérimenté, si « chatrmant*[40] *»… Je suis toute excitée… Depuis ton arrivée, je suis toute chose… Si tu savais ce que j'ai envie de te faire. Laisse-moi t'apprendre tout ce que je sais ! Je te ferai découvrir des plaisirs dont tu ne soupçonnes même pas l'existence.*

L'assurance de Rita paralysa le pauvre Voyou. Elle le rejoignit, se frotta à lui avant de placer sa tête près de son arrière-train.

*— Je sens tes phéromones, Voyou. Elles sont partout dans l'air ! Si fortes, si viriles, elles me rendent dingue ! J'ai envie de miauler mon désir !*

*— Arr… Arr… Arrête…*

Rita contempla les deux testicules de Voyou et donna un léger coup de patte dessus.

*— Jolis joujoux…*

Voyou sursauta et traversa le canapé pour se poster sur un accoudoir.

*— Chat… « Chatlope » !*

*— Oh, tu veux la jouer salace, mon mignon ! Vas-y, insulte-moi ! Traite-moi comme une chatte des rues ! Si c'est ton délire, je veux bien te suivre !*

*— Bordel ! Il est passé où, l'humain ?*

*— Il ne te sauvera pas ! Il est parti travailler ! Il faut bien payer le loyer et ma pâtée ! Tu es à moi pour la journée ! Cesse donc de résister, tu ne m'échapperas pas !*

*— Nom d'une croquette au saumon ! Les humains, on ne peut jamais compter sur eux !*

*— Détrompe-toi, Léopold est aux petits soins avec moi ! Je fais ce que je veux de lui ! Un vrai esclave !*

*— Tu ne m'apprends rien, les humains sont TOUS nos esclaves !*

---

[40]Ici, « charmant ».

*— Mais celui-là est vraiment dévoué ! Je le manipule comme jamais ! Il suffit d'un miaulement pour qu'il accoure !*

*— Je m'en fous ! Je dois me tirer d'ici ! Je veux retrouver ma maman humaine ! Elle me manque ! Il n'y a qu'elle qui compte dans ma vie !*

Le sourire de Rita s'effaça.

*— Voyou, il faut qu'on parle…*

*— Tais-toi ! Je ne veux plus t'écouter ! Je vais me casser d'ici !*

*— Voyou, je suis on ne peut plus sérieuse !*

*— Je m'en moque !*

Elle se rua sur lui, le saisit avec ses griffes, le retourna et le surplomba. Abasourdi, il la fixa avec de grands yeux.

*— Fini de jouer, Voyou ! Il faut que tu m'écoutes !*

*— Je… Je n'ai pas envie de coucher avec toi !*

*— Oh, on finira par le faire, petit puceau ! Et plus d'une fois ! Je saurai te rendre accro ! Mais je ne vais pas te parler de ça, pas maintenant. Là, c'est au sujet de ta mère…*

Elle se retira et laissa Voyou lui faire face.

*— Je te préviens, si tu dis du mal d'elle, je vais me fâcher !*

*— Même si j'ai bien envie que tu me fasses mal, j'adore ça, je veux seulement t'informer de la situation.*

— …

*— Léopold m'a tout raconté.*

*— C'est qui ça, Léopold ?*

*— Mon « Papa » !*

*— L'humain ?*

*— Oui, lui !*

*— Que t'a-t-il dit ?*

— *Que…* commença-t-elle, hésitante.

*— Crache le morceau !*

*— Que ta maman humaine est morte ! Je suis désolée pour toi. Sincèrement.*

*— Non ! Tu mens !*

*— Je t'assure que c'est la vérité !*

*— Je ne te crois pas ! Elle est juste tombée !*

*— De quelle hauteur ? Tu sais bien que les humains sont fragiles et que, contrairement à nous, ils ne retombent pas sur leurs pattes ! Ta mère n'a pas survécu à sa chute...*

*— Non ! Elle... Elle dormait !*

*— Voyou...*

*— Maman ne peut pas mourir !*

*— Ils sont comme nous... Les neuf vies en moins*[41]*...*

*— Pour une humaine, elle était encore jeune !*

*— Cela ne veut rien dire !*

*— Tu te trompes !*

*— Voyou, Léopold m'a dit la vérité... Je te présente mes condoléances.*

Voyou sentit les larmes monter et son cœur se briser. Les dernières secondes avant son évanouissement lui revenaient à présent. Sa maman exhalait la mort...

Soudain, il vomit sur le canapé, tituba et bascula sur un touffu tapis gris. Hagard, il resta étendu là...

*— Ma... Maman...*

Rita se coucha à ses côtés.

*— Voyou, reprends-toi.*

— ...

*— Je sais que c'est difficile, mais tu ne dois pas te laisser abattre !*

---

[41]S'agissant des neufs vies du chat, cet animal était vénéré des Égyptiens dans l'Égypte antique, représenté dans leur mythologie par la déesse Bastet, qui portait une tête de chat sur un corps de femme. Par conséquent, un pouvoir mystique et divin était attribué aux chats, et ils étaient connus et admirés pour leur don à se sortir des situations dangereuses qui pourraient leur coûter la vie. Et encore aujourd'hui, nous savons que le chat possède un talent certain pour déjouer la mort, puisque nous disons qu'il retombe toujours sur ses pattes ! Les Égyptiens attribuaient donc aux chats une sorte d'immortalité en raison de leur faculté à survivre à des chutes de plusieurs mètres de haut. Dans la religion polythéiste égyptienne, le panthéon des dieux comptait neuf dieux principaux, le chiffre 9 étant ainsi considéré comme un symbole de perfection, ce qui en faisait aussi un chiffre porte-bonheur. D'autre part, les Égyptiens croyaient également en la réincarnation, et étaient convaincus que les chats pouvaient se réincarner sous forme humaine à l'issue de leurs neuf vies. Les neuf vies du chat peuvent donc être vues comme une métaphore du voyage de l'âme à travers les étapes qui mènent à son aboutissement. Le chiffre 9 est aussi associé à la renaissance et à l'éternité dans d'autres cultures.

*— Tu ne comprends rien ! Ma Maman, elle m'a sauvé la vie ! J'avais déjà perdu ma maman chat et tous mes frères et sœurs ! Elle s'est occupée de moi alors que j'allais mourir ! Elle m'a tout donné et, surtout, beaucoup d'amour ! Elle me disait que j'étais le plus beau des chats ! Elle me caressait pendant des heures ! Elle venait tous les jours pour me nourrir et me parler ! Je n'avais qu'une envie : la retrouver !*

*— ...*

*— Tu vois, c'est horrible !*

*— Je ne le nie pas, mais tu dois vivre pour elle ! Elle ne voudrait pas te voir ainsi !*

*— ...*

*— Si ça peut te consoler, mon Papa est policier. Il va enquêter pour arrêter le ou les coupables.*

*— Je sais qui c'est...*

*— Ah bon ?*

*— Oui, je me suis battu avec lui... Un homme très très méchant... Un monstre, même ! Il faisait du mal à ma Maman. Je suis intervenu pour la protéger mais je n'ai pas réussi à le chatssassiner...*

*— Oui, les humains sont malheureusement durs à tuer...*

*— Elle est passée par la fenêtre en essayant de me sauver...*

*— Elle t'a défendu jusqu'au bout...*

*— Oui, au péril de sa vie...*

*— Brave humaine...*

*— La meilleure...*

*— Tu veux un câlin ?*

Offusqué, il se redressa.

*— Arrête de me faire du rentre-dedans !*

*— Parce que j'ai besoin que toi tu me rentres dedans ! Je m'ennuie ! Rita a besoin de s'envoyer en l'air !*

*— Non, je n'ai pas été élevé comme ça !*

*— Ah bon ?*

*— Je ne toucherai pas une femelle avant de l'avoir présentée d'abord à ma...*

*— Voyou, elle n'est plus là...*

*— Je ne te toucherai pas !*

*— Ça te ferait pourtant le plus grand bien !*

*— Non !*

*— Tu es un animal, tu ne peux échapper à ta nature ! Assouvis tes bas instincts !*

*— Je refuse ! Et d'abord, je ne suis pas un animal !*

*— Qu'est-ce que tu me chantes !*

*— Maman m'appelait son « petit prince » !*

Rita retint un rire.

*— Ça tombe bien, Léopold m'appelle sa « belle princesse » ! Nous sommes donc faits l'un pour l'autre !*

*— Tu me saoules, Rita !*

*— J'aime bien ta façon de prononcer mon prénom ! Ton accent de la rue est à croquer ! Recommence !*

*— T'es vraiment pas nette comme chatte !*

*— Justement, lèche-la !*

*— Mais... Mais... Beurk ! Je me casse !*

Voyou essaya de sortir du bureau mais elle lui bloqua le passage.

*— Pousse-toi !*

*— Non, tu es sur mon territoire ! Si tu veux passer, tu dois respecter mon autorité !*

*— Justement, je veux me barrer et le laisser, ton terrain de jeu !*

*— Tu ne peux pas faire ça !*

*— Pourquoi ?*

*— Parce que ça ferait de la peine à Léopold !*

*— Qui c'est l'esclave ? Toi ou lui ?*

*— Lui, mais il s'inquiète beaucoup pour toi !*

*— J'en doute !*

*— Je t'assure ! Je l'ai entendu te rendre visite hier soir !*

*— Sérieux ?*

*— Oui !*

*— Il m'a regardé dormir ?*

*— Oui !*

*— Le vicieux !* Ton père *est un foutu désaxé !*

*— Je ne te permets pas !*

*— Bah sa copine m'a filé un produit pour pioncer ! Et ton père en a profité pour me mater ! Moi, j'appelle ça un chatophile*[42] *! T'imagines s'il m'a caressé pendant que j'étais vulnérable ! Je vais porter plainte ou lui griffer ses couilles de sale pervers !*

*— Un « chatophile » ?*

*— C'est comme un pédophile, mais pour les chats !*

*— Voyou, premièrement, je reconnais que mon père aime beaucoup les animaux mais je ne t'autorise pas à l'insulter de la sorte ! Deuxièmement, la femme qui habite en face n'est pas sa copine, il n'a que moi dans sa vie !*

*— C'est bien ce que je disais : ce mec a un sacré problème !*

Rita lui donna un coup de patte sur la truffe.

*— Je te rappelle que tu n'es qu'un invité ! Respecte un peu Léopold car il paye le loyer et les croquettes pendant que toi tu ne fais que gémir !*

Voyou se tut… Les deux félins se toisèrent. Tout à coup, le ventre du rouquin se contracta de façon sonore.

*— Tu as faim ?*

*— Non… Je… J'ai besoin de…*

*— De ?*

*— De faire mes besoins…*

*— Petite ou grosse commission ?*

*— Ça ne te regarde pas !*

*— Ha, ha, ha ! Pour un chat des rues, tu es drôlement maniéré !*

*— Ce n'est pas drôle, je ne peux plus me retenir ! Le médicament a dû me rendre malade ! Les vermifuges m'ont déjà fait le coup ! Vite, dis-moi comment je fais pour aller dehors, j'ai besoin de me soulager !*

*— Dehors ?*

*— Oui, j'ai toujours fait ça dans un parc !*

*— Ici, on fait ça dans une litière !*

*— Une « lit » quoi ?*

*— Une litière !*

*— J'ignore ce que c'est !*

---

[42]Le vrai terme est « ailurophile », une personne qui aime les chats.

*— Le bac, là-bas !*

*— Oui et alors ?*

*— Tu fais tes affaires dedans et tu recouvres le tout ! Je ne veux pas que tu empestes mon appartement !*

*— Dans... ce truc ?*

*— Oui.*

Voyou en fit le tour, monta à l'intérieur. Il toucha des granules[43].

*— C'est quoi cette... chose ?*

*— De la litière agglomérante d'origine végétale ! Ça va absorber et cacher les effluves. La meilleure du marché ! Les autres irritent mon royal séant !*

*— Et qu'adviendra-t-il de mes déjections ? Elles vont finir par s'accumuler...*

*— Ne t'en fais pas : Léopold les ramasse et les fait disparaître. Ni vu ni connu.*

*— Attends, t'es en train de me dire que l'humain vole tes cacas !*

*— Oui, en quelque sorte...*

*— Et ça ne te choque pas ?*

*— Non, ils font tous ça d'après ce que j'ai entendu...*

*— Mais il fait quoi avec ?*

*— Aucune idée...*

*— Ne me dis pas qu'il les mange !*

*— Euh, non, je ne pense pas.*

*— Ça expliquerait pourtant la mauvaise haleine de nos esclaves !*

---

[43]Litière 100 % naturelle. Elle se présente sous forme de fibres et de granulés. La litière en fibres est composée de fibres de bois, de sciures ou de copeaux qui ont l'avantage de contenir la multiplication des bactéries. L'inconvénient des fibres : elles sont assez légères et elles collent aux pattes des chats, ce qui peut être une source de rejet de la litière pour le chat. La litière végétale en granulés est plus confortable pour le chat, car elle est composée de petits bâtonnets, qui sont donc moins légers et non volatiles. L'avantage de cette litière écologique est qu'elle est biodégradable pour l'environnement donc elle peut se jeter dans les toilettes. En tant que matière écologique, son coût n'est pas forcément plus cher que les autres types de litières. La litière, qu'elle soit en fibres ou en granulés, se change tous les 4 à 5 jours.

*— Maintenant que tu le dis, j'ai un doute. Enfin, pas pour Léopold. Il me vénère mais je ne pense pas qu'il aille aussi loin. Et s'il le faisait, je lui ordonnerais d'arrêter !*

*— Les humains sont encore plus bizarres que je ne l'imaginais ! Et dégueulasses...*

Malgré cette bouleversante révélation, Voyou se mit en position avant de se raviser.

*— Qu'est-ce que t'attends ?*

*— Que tu sortes !*

*— Tu es gêné ?*

*— Oui !*

*— Tu plaisantes ?*

*— Pas du tout ! Tu me bloques ! Fiche-moi la paix !*

*— Chochotte !*

*— Si tu veux, mais va-t'en !*

*— Et si je te disais que ça m'excite de te voir faire ta crotte ?*

*— Rita, t'es une vraie barge ! T'es bonne pour la « psychaterie[44] » !*

Elle rit et s'éloigna pour le laisser se concentrer.

*— N'oublie pas de t'essuyer les pattes sur les rideaux ! Ils servent à ça !*

*— Les rideaux ?*

*— Les morceaux de tissu de chaque côté de la fenêtre, gros bêta !*

*— D'accord, d'accord, pas besoin d'être vexante !*

*— Quand tu auras fini, rejoins-moi dans le salon. J'aimerais te montrer quelque chose...*

Voyou déféqua, recouvrit ses excréments et, suivant les conseils de Rita, s'essuya les coussinets sur la tenture. Il se rendit ensuite dans la pièce adjacente et découvrit le luxe dans lequel elle vivait. Allongée au sommet de son arbre à chat, elle le contemplait.

— ...

*— Qu'est-ce qui t'arrive, mon beau Voyou ?*

*— Tu ne manques de rien...*

---

[44]Ici, « psychiatrie ».

*— Oui, je l'avoue. Mon esclave me traite bien.*

*— Plus que bien !*

*— Tu sais, je n'ai pas toujours vécu dans l'opulence…*

*— C'est vrai ?*

*— Je te le jure sur ma boite de pâtée préférée !*

*— Raconte !*

*— Je suis née dans un élevage intensif d'animaux. Chats, chiens, tortues, oiseaux… Une horrible ménagerie illégale ! Des humains nous obligeaient à nous reproduire à la chaîne et à faire des petits qu'ils nous enlevaient pour les vendre hors de prix.*

*— C'est affreux !*

*— Oui, terrible… J'étais une jeune chatte, enfermée dans une cage minuscule, forcée à m'accoupler avec de gros matous puants…*

*— …*

*— Et si je n'entrais pas en gestation, ils menaçaient de me cuisiner !*

*— Les monstres !*

*— Tu peux le dire…*

*— Comment as-tu fait pour t'en échapper ?*

*— Léopold !*

*— Vraiment ?*

*— Oui, il a débarqué un jour, a frappé tout le monde et m'a délivrée ainsi que tous les autres animaux. Comme j'étais malade, il s'est occupé de moi et m'a gardée. Cinq ans déjà.*

*— Il n'a pas l'air d'être un si mauvais humain…*

*— Je te l'ai dit, c'est un très bon esclave. Attachant même.*

*— …*

*— Allez, assez parlé de moi. Le passé est le passé ! Je préfère me concentrer sur l'avenir et les petits minets dans ton genre. Maintenant, je veux du plaisir, fini les rapports forcés ! Je pars à la reconquête de ma « chatteminité » !*

*— « Chatteminité » ?*

*— Les humaines parlent bien de « féminité ».*

*— Arrête avec tout ça !*

*— Quoi, je ne te plais vraiment pas ?*

*— …*

*— Tu n'aimes pas les chattes sans poil ?*

*— …*

*— Les mâles humains aiment beaucoup ça ! Je l'ai entendu à la télé !*

*— La télé ?*

*— Décidément, tu ne connais rien à rien… Tu vois le grand objet rectangulaire posé dans un coin ?*

*— Oui.*

*— C'est une télévision !*

*— Et ça fait quoi ?*

*— Ça te montre des images !*

*— Des images ?*

*— Oui, des humains sont enfermés à l'intérieur et parlent toute la journée.*

*— Mais… Mais comment font-ils pour tenir dedans ?*

*— Aucune idée ! Mais tu apprends beaucoup de choses intéressantes ! Et comme je te disais, des humains racontaient que, de nos jours, les hommes préfèrent les chattes sans poil. Je suis donc à la page ! Pas toi avec tout ce pelage !*

*— Je m'en fiche ! Ma Maman me disait que j'étais le plus beau ! Ça me suffit !*

*— Jaloux !*

*— Je t'assure que non !*

*— Tu me trouves belle ou non ?*

*— Je ne te répondrai pas !*

*— Tu es désespérant, Voyou. Moi qui pensais avoir affaire à un mâle alpha…*

*— …*

*— Je n'abandonnerai pas ! Tu finiras par me prendre. Ils en rêvent tous !*

*— Tous ?*

*— Tous les matous du quartier ! Je suis leur fantasme ! Ils ne devraient d'ailleurs plus tarder. Monte !*

Voyou escalada l'arbre à chat et s'assit à côté de Rita.

— *Ils arrivent !* signala-t-elle.

Voyou repéra trois chats sur une avancée de toit, un vrai gang félin. Rita les lui présenta : à droite, Pacha, un persan gris ; au centre, Salem, un chat de type européen au pelage noir et, à gauche, Snow, tout blanc avec de magnifiques yeux bleus mais bigleux.

— *Qui sont-ils pour toi ?*

— *Mon fan-club ! Ils font tout ce que je leur demande dans l'espoir de passer un bon moment en ma compagnie. Il suffit que je me mette à la fenêtre et que je commence à me lécher, à écarter les pattes et ils rappliquent. Tu les verrais baver...*

— ...

Choqué, Voyou préféra ne pas répondre.

— *Tu veux leur parler ?*

— *Comment ? La fenêtre est fermée !*

— *Je vais y remédier !*

Rita glissa sa patte dans l'interstice du battant et tira. L'air frais du matin pénétra dans la pièce, avec les senteurs de la ville.

— *Elle n'était que poussée. Léopold me laisse marcher sur le toit. Il a toujours peur pour moi mais, dans le même temps, il ne peut rien me refuser ! Maintenant, va te présenter.*

— *J'hésite... Je suis si triste...*

— *Ça te fera le plus grand bien ! Tu as besoin d'amitié.*

Touché par cette attention, Voyou sourit enfin.

— *Merci pour ce que tu fais.*

— *Détrompe-toi, je le fais pour moi !*

— *Miaou ?*

— *Je compte sur eux pour te faire réaliser la chance qui est la tienne !*

— *C'est-à-dire ?*

— *Que tu es bien stupide de résister à mes avances ! Ils donneraient tout pour être à ta place.*

— ...

— *Allez, file, joli cœur. Mais sache que je n'ai pas dit mon dernier mot. Et demande-leur où est le quatrième ! Ils sont toujours quatre, ces branquignoles ! Les quatre « chatsquetaires*[45] *», c'est leur surnom !*

Voyou lui passa devant ; elle en profita pour lui humer l'arrière-train avec délectation.

— *Je t'aurai, un jour… Je t'aurai…*

Il ignora sa remarque mais se hâta de s'éloigner.

Les trois chats s'arrêtèrent à un mètre de lui et le jaugèrent. Nullement impressionné, Voyou soutint leur regard inquisiteur.

[45] Ici, « mousquetaires ».

# 10.

Au petit matin, Franck Resquer, costume gris, chemise blanche et portant une mallette en cuir marron, retrouva Nadeem Al-zahrani dans un restaurant du 8e arrondissement – détenu secrètement par le trafiquant – proposant les meilleures spécialités arabes de la capitale : le taboulé, le houmous, les boulettes de viande (keftas), les mezzés, le fata'ir, le falafel, le chawarma… Des effluves d'épices – cumin, cardamome, citron noir, clous de girofle – embaumaient l'air, flattant les narines.

Fier de son établissement, Nadeem l'exploitait pour blanchir une partie de son argent sale, tout en utilisant ses nombreuses caves pour stocker certains de ses trafics ou organiser des réunions clandestines avec des personnalités de tout bord : des salafistes, des diplomates, certains dirigeants de grandes entreprises occidentales prêtes à dépouiller de nouveaux pays arabes…

Devant Resquer, sur la table, quelques dattes, du *gahwa*[46] et du pain au fromage, un petit déjeuner typique en Arabie Saoudite.

— Cher monsieur Resquer, merci pour votre intervention hier soir. Grâce à vous, j'ai dormi comme un bébé !

Le policier sirota son café, semblant l'apprécier. Il s'éclaircit la gorge avant de poser ses coudes sur la table et de croiser ses mains.

— Nadeem, appelez-moi Franck.

— D'accord, Franck.

— Veuillez excuser mon trait d'esprit mais je vais mettre les pieds dans le plat : vous êtes dans la merde !

---

[46]Le café arabe (ou gahwa en Arabie saoudite) désigne généralement (mais pas toujours) le café préparé avec les grains d'arabica. « En Arabie Saoudite, *servir le café* (gahwa) est un signe d'hospitalité et de générosité ». Traditionnellement, lors d'une invitation chez quelqu'un pour le café, les grains de café sont supposés être rôtis, rafraîchis et moulus devant les invités, en utilisant un mortier et un pilon. L'hôte ajoute alors des cosses de cardamome aux grains de café pendant le moulage. Une fois que le café est infusé, il est alors proposé aux invités. Aujourd'hui, le gahwa n'est plus préparé devant les invités, mais simplement servi dans une cafetière traditionnelle saoudienne, le *dallah*, et ensuite versé dans de petites tasses appelées *finjan*.

— Vraiment ? Je pensais que vous aviez tout arrangé !

— Bien sûr, toute la nuit, j'ai pesé de tout mon poids pour régler les choses mais je suis persuadé que le lieutenant Santos ne va pas lâcher l'affaire.

— Vous ne pouvez pas le muter ou le sanctionner ?

— Non, ça soulèverait des questions gênantes.

— Dans mon pays, les fâcheux disparaissent du jour au lendemain sans laisser de traces. On les assassine même à l'étranger, dans nos consulats[47] !

— Chez vous, peut-être ! Mais ici, vous êtes en France ! Le pays des droits de l'Homme !

— Quand ça vous arrange…

— Pardon ?

— Vous n'hésitez pas à éborgner vos opposants !

— Si c'était vrai, plus de la moitié de la population française serait borgne et les autres, aveugles ! Heureusement, on parvient à garder le peuple au calme sans recourir à la violence.

— Si vous le dites… Mais que pouvons-nous faire pour contrer ce « fouille-merde » ? C'est bien la bonne formulation ?

— Oui, c'est une expression typiquement française et elle correspond parfaitement au lieutenant Santos.

— Que pouvons-nous faire ? Je ne vais pas le laisser ruiner ma vie ! Si ça devait arriver, vous auriez vous aussi des problèmes !

— Détendez-vous, Nadeem. Je ne suis pas venu les mains vides.

Le Saoudien sourit, il devinait déjà ce qui allait se produire…

[47] Référence ici au journaliste saoudien, Jamal Khashoggi, né le 13 octobre 1958 à Médine (Arabie saoudite) et mort assassiné le 2 octobre 2018 au consulat d'Arabie saoudite à Istanbul (Turquie). Le 2 octobre 2018, Jamal Khashoggi, à la demande de l'ambassade d'Arabie saoudite à Washington DC, entre au consulat d'Arabie saoudite à Istanbul pour obtenir un certificat de célibat nécessaire à son remariage, prévu pour le lendemain avec sa fiancée, une journaliste turque, Hatice Cengiz, rencontrée peu auparavant. Le journaliste s'était rendu une première fois au consulat le 28 septembre pour obtenir l'attestation de divorce indispensable à son remariage. Il y rencontre alors un diplomate, qui l'adresse à un autre interlocuteur. Celui-ci s'avère être membre des services de renseignement saoudiens. Il indique à Jamal Khashoggi que le consulat n'est pas en mesure de lui fournir le document immédiatement, mais qu'il peut venir le récupérer la semaine suivante. Selon la police turque, le 2 octobre, Jamal Khashoggi y est séquestré, torturé et assassiné par des forces spéciales saoudiennes, puis son corps est démembré et transporté hors du consulat en direction d'un autre pays.

— Je vous écoute, Franck…

— Je vous ai apporté son dossier administratif.

Il le sortit de son attaché-case et le posa devant lui.

— Vous saurez tout ce qu'il y a à savoir sur notre ami…

— Combien ?

— Je ne vois pas de quoi vous parlez, je ne suis pas ce genre de fonctionnaire et…

— Cinquante mille euros, en cash !

— Non, je…

— Voyez ça comme une généreuse contribution d'un admirateur des forces de l'ordre. Ayant moi-même œuvré dans les services de sécurité de mon beau pays, je sais que tous les efforts ne sont pas récompensés.

Il claqua des doigts et l'un de ses sbires déposa une épaisse enveloppe devant Franck, qui l'ouvrit et apprécia son contenu.

— Si vous insistez…

— Oui, j'insiste, cher ami.

Nadeem se saisit du dossier et le parcourut avec attention.

— Intéressant… En voilà un homme singulier…

— Sa genèse est terrible.

— Oui, il a assisté au meurtre de ses parents. Ça le rend encore plus dangereux.

— Pourquoi pensez-vous cela ?

— Il n'a rien à perdre ! Si je comprends ce que je lis, il chasse les criminels et ne leur fait aucun cadeau.

— Il a une sacrée réputation…

— Précisez, s'il vous plaît.

— Il est une sorte de légende : un enquêteur de haut niveau, un maître des arts martiaux, un tireur d'élite mais, surtout, un asocial patenté !

— Quel étrange tableau !

— J'ai gardé le meilleur pour la fin : il aime plus les animaux que ses semblables !

— Quel imbécile ! S'il savait tout ce que je soutire de la contrebande animale ! Je me fais des couilles en or avec les espèces rares et protégées ! Sans parler du braconnage !

— J'en ai entendu parler…

— Il faut bien vivre, Franck !

— Oh, je ne vous fais aucun reproche ! Après une vie à servir l'État et mes concitoyens, j'estime m'être fourvoyé dans mon choix de carrière…

— Pourquoi ?

— Toutes ces heures à œuvrer sous les ordres de vils politiciens et à encadrer une populace à l'encéphalogramme plat. Dire que je n'ai même pas encore terminé de rembourser l'emprunt de mon logement parisien ! Vingt ans déjà ! Je n'ai pourtant pas compté mes heures et pour quelle récompense ? Rien, pas même une tape dans le dos !

— Vous êtes néanmoins bien placé : directeur adjoint de la DGSI, c'est du haut niveau de responsabilités !

— Si vous saviez le nombre de carrières de collègues prometteurs que j'ai dû briser pour en arriver là…

— Vous n'hésitez donc pas à vous salir les mains ! On se ressemble beaucoup.

— Peut-être…

— Je vous assure ! Je vais vous faire une confidence : je vous aime bien, Franck.

— Euh, merci… Je vous apprécie aussi.

— Comme nous sommes sur la même longueur d'onde, je vais vous faire une proposition.

— Je vous écoute…

— Laissez-moi me charger de ce Santos.

— Que voulez-vous dire ?

— Il a l'air de causer des soucis à la Police nationale.

— On peut dire cela. Il a dénoncé nombre de ses collègues…

— C'est-à-dire ?

— Comme je vous le disais, nous sommes déconsidérés et cela se voit sur nos fiches de paye. Il arrive donc que des policiers se servent.

— Ça ne me choque pas.

— Moi non plus. Ne le prenez pas mal, mais je ne peux pas accepter qu'un jeune des banlieues gagne plus en vendant du cannabis que des fonctionnaires qui protègent la population au péril de leur vie[48].

— Je partage votre point de vue. C'est bien pour ça que j'ai décidé de passer de l'autre côté !

— Santos a également fait des rapports contre la violence supposée de certains agents. Vous vous rendez compte !

— L'imbécile !

— Tout à fait !

— M'autorisez-vous donc à intervenir ? Il ne faut surtout pas qu'il creuse la vie de Nour… Euh, de la défenestrée !

— Avant de vous donner ma réponse, qui était-elle exactement ?

— …

— Nadeem, vous pouvez me faire confiance.

— Lorsque je l'ai connue, elle n'était encore qu'une gamine qui avait survécu à un bombardement de l'ONU sur Tripoli.

— …

— On me l'a offerte pour me divertir.

— Intéressant…

— Elle était magnifique, d'une beauté à couper le souffle ! Très farouche également.

— Que… Que s'est-il passé ?

Excité par la tournure de la conversation, Resquer rougissait. Nadeem le remarqua et en joua.

---

[48]Le revenu d'un guetteur dans une cité est estimé à 90 €/jour par l'Observatoire français des drogues et des tendances addictives. Un vendeur toucherait quant à lui 150 euros et un chef de vente, 535 euros. Un « bras droit » peut gagner 1 450 euros en moyenne à la tâche. Le procès du réseau dit de La Castellane, à Marseille, en 2015, avait permis d'apporter un nouvel éclairage sur les revenus tirés du trafic de stupéfiants. Un guetteur gagnait entre 50 et 80 euros, selon des témoignages relayés par *Le Parisien*. Pour un vendeur, c'était 100 euros par jour. Une nourrice, chargée d'héberger chez elle de la drogue ou d'autres biens liés au trafic, assure avoir été payée 1 600 euros par mois. Les revenus grimpent pour certains membres plus importants du réseau. Un « gérant de point de vente » a eu 30 660 euros de revenus en deux mois et demi, rapporte Mediapart. Un « logisticien de gérants de points de deal », 77 280 euros sur la même période.

— J'ai fait d'elle une femme. Je l'ai prise dans tous les sens ! Si vous l'aviez vue, si douce, si innocente, se débattant pour m'échapper tout en prenant beaucoup de plaisir.

Resquer déglutit.

— Et… ?

— Elle a fini par se rebeller et m'a laissé cette vilaine cicatrice.

— La sal… gêné par sa réaction, Resquer s'interrompit.

— Oui, vous pouvez le dire : une belle petite salope, cette Nour ! Je lui ai rendu la pareille avant de l'envoyer dans l'un des pires bordels de Tripoli.

— Vous n'y êtes pas allé de main morte !

— Non, elle a beaucoup souffert.

— Comment est-elle arrivée à Paris ?

— Je n'ai pas tous les détails, mais j'imagine qu'elle s'est évadée et a traversé la Méditerranée dans l'espoir d'une vie meilleure.

— A-t-elle réussi ?

— Non, elle était exploitée par un réseau clandestin.

— Dans l'hôtel ?

— Oui. De nombreux établissements emploient des sous-traitants peu chers avec des travailleurs sans-papiers. L'ironie du destin a fait que nous nous sommes retrouvés dans ma suite. Elle avait renversé l'une de mes valises, la diplomatique, où je planque tout ce que je cache à la douane. J'ai mis du temps à reconnaître Nour car elle baissait la tête. Puis il a suffi d'un regard…

— Quelle histoire !

— Je ne vous le fais pas dire !

— Et ensuite ?

— Nos visages marqués par notre première rencontre ont servi d'étincelle ! Elle m'a alors attaqué !

— Cette frêle jeune femme ?

— Je peux vous assurer qu'elle cachait bien son jeu ! Une vraie furie ! J'ai honte de le dire, mais elle m'en a fait voir de toutes les couleurs !

— Je n'en reviens pas !

— Attendez, ce n'est pas tout ! Pendant que je la dominais, un foutu chat roux a surgi de la ventilation et m'a agressé !

— Oui, vous en parliez hier lors de votre interrogatoire avec Santos. Je n'ai rien compris à ce passage.

— Moi de même ! Peut-être le karma… Avec tout le mal que j'ai fait à des centaines d'animaux, il était temps que je paye l'addition.

— Comment a-t-elle basculé dans le vide ?

— Cette conne a essayé de protéger le chat ! N'importe quoi ! Je m'apprêtais à le jeter par la fenêtre lorsqu'elle m'a sauté dessus. Je lui ai fait un croche-pied et elle est tombée.

— …

— Vous êtes choqué ?

— Un peu. Oh, je me fiche bien de cette femme. Nous avons assez d'illégaux en France, je ne vais pas la pleurer. C'est juste que ça arrive à un moment crucial. Nous avons besoin de vous pour asseoir notre suprématie en Libye. Ce Santos risque de tout gâcher…

— Que me conseillez-vous ?

— Vous devez faire disparaître le corps !

— Vous ne pouvez pas m'y aider ?

— Je ne peux plus m'impliquer. Ce serait suspect.

— Dommage…

— Je vais quand même vous offrir un tuyau intéressant : la dépouille se trouve à cette adresse, assura-t-il en tendant une feuille. La sécurité est quasi inexistante, qui voudrait voler des macchabées ? Vous n'aurez donc aucun mal à récupérer le cadavre.

— J'enverrai mes meilleurs hommes.

— Bonne idée ! Surtout, ne laissez rien au hasard.

— Ne vous en faites pas. Avec toutes les informations que vous m'avez données, nous allons faire les choses proprement.

— Vu votre réputation, je n'en doute pas.

— Concernant Santos, quelle est ma marge de manœuvre ?

— Ne le tuez pas ! Vous pouvez toutefois l'expédier à l'hôpital pour quelques mois. Il ne manquera à personne, vu qu'il n'a que des animaux dans sa vie !

— J'ai peur que ça ne soit pas suffisant. Vous l'avez dit, il ne lâchera rien…

— Je ne peux pas autoriser l'assassinat d'un policier !

— Non, bien entendu. Disons que mes gars feront tout ce qu'il faut pour éviter ça. Cependant, un accident peut toujours survenir…

— Je… Je ne sais pas, il est quand même de la maison… C'est contraire à tous mes principes…

Nadeem claqua des doigts et une nouvelle enveloppe fut déposée devant Resquer, fébrile.

— Encore cinquante mille euros pour apaiser votre conscience.

— …

— Franck, je vous assure que nous ferons tout pour ne pas commettre un meurtre. Si ça devait en arriver là, nous dissimulerions chez lui de la drogue et du cash pour ternir sa réputation. Aucune police au monde n'aime les scandales. L'affaire sera étouffée et, comme il n'a pas de famille, on oubliera Nour la pute et Santos, l'enquiquineur !

— Vous avez pensé à tout…

— Je ne suis pas arrivé là où j'en suis pour rien…

— En effet. Je suis content de vous avoir dans notre camp, vous êtes redoutable !

— Merci pour le compliment !

— Il est sincère, Nadeem.

— Je vais y aller, une grosse journée m'attend. Ravi d'avoir pu échanger avec vous.

Resquer se leva et tendit la main, Nadeem la serra mais ne la lâcha pas…

— Franck, avant de partir, j'aimerais vous offrir un dernier présent.

— Cela ne sera pas nécessaire, vous avez déjà fait preuve d'une… grande générosité.

— Franck, faites-moi confiance, vous ne serez pas déçu. Cela vous aidera à passer une agréable journée.

— Mais…

— Je vous assure !

— D'accord, je vous suis…

Le dossier de Léopold sous le bras, Nadeem le conduisit dans un salon privé richement décoré avec des objets en or massif et de belles tapisseries. Assise dans un coin, une très jeune femme patientait dans une élégante tenue orientale.

— Franck, voici Samira.

— Euh, enchanté, mademoiselle. Nadeem, je ne comprends pas ce que…

— Détendez-vous, Franck.

Resquer se mordit la lèvre inférieure.

— Mon ami, j'ai bien vu votre… intérêt lorsque je racontais ma nuit avec Nour. J'aimerais que vous ressentiez ce que ça fait d'être dans la domination la plus totale. Malgré son jeune âge, Samira est très douée avec sa bouche.

— Non, je suis marié et…

— Quel âge a votre femme ?

— Comme moi, cinquante-huit ans…

— À cet âge, on trouve encore de belles femmes, à la condition qu'elles s'entretiennent ! Que vaut madame Resquer par rapport à cette magnifique jeune fille ?

— Madame Resquer et moi faisons chambre à part depuis des années…

— Eh bien, profitez-en ! Vous verrez, je l'ai bien entraînée !

Nadeem donna une tape amicale dans le dos de Franck, le poussant vers Samira.

— Ne soyez pas timide, mon ami !

— Je… Je ne sais pas… Elle est mineure…

— Justement, Franck ! C'est une occasion unique ! Samira, aide le monsieur à se décider !

— Oui, Nadeem.

Elle se leva et s'agenouilla devant Resquer. Elle défit sa ceinture et baissa son pantalon avant de lui masser l'entrejambe. Il en lâcha sa mallette.

— Mon… Mon dieu…

— Allez, je vous laisse ! Amusez-vous bien, Franck ! Ce plaisir est offert par la maison ! Revenez quand vous voulez pour en profiter !

Tandis que Resquer gémissait de bonheur, Nadeem quitta la pièce. Il se rendit dans son bureau, s'assit sur un canapé en cuir rouge et parcourut le dossier de Léopold. Dans son esprit machiavélique, un plan se dessinait. Il saisit alors son smartphone, et composa un numéro qu'il connaissait par cœur.

— Amène-toi, j'ai du boulot à te confier.

Quelques instants plus tard, Yacine, un grand costaud au visage patibulaire, un ancien des forces spéciales marocaines, fit son apparition.

— Vous avez besoin de moi, chef ?

— Oui, Yacine. J'ai besoin que tu te charges de deux soucis urgents…

— Lesquels ?

— Voler un cadavre dans une morgue et buter un connard de flic. Penses-tu en être capable ?

Yacine sourit et se frotta les mains.

— Je m'y mets tout de suite, monsieur.

— Pour la morgue, tes hommes et toi, faites ça proprement. Pour le poulet, je veux qu'il souffre. Je n'ai pas apprécié la façon dont il m'a traité hier soir…

— Vos désirs sont des ordres. Pour la morgue, j'ai un contact sur place. Cela ne devrait pas poser de problème. Pour le flic, j'ai déjà ma petite idée…

— Parfait ! Prends ce dossier, tu trouveras tout ce qu'il y a à savoir sur la cible. Quant au macchabée, je t'envoie les détails sur la messagerie sécurisée. Tu pourras fournir les informations à ton contact, il t'orientera pour gagner du temps. S'il faut payer, sers-toi dans le coffre dédié aux opérations spéciales.

Il inclina la tête et sortit. Nadeem se détendit : Yacine ne l'avait jamais déçu.

# 11.

## Institut médico-légal[49] (IML) de Paris

Léopold se gara dans le parking de l'IML, une morgue située 2 place Mazas, le long du quai de la Rapée, dans le 12e arrondissement de Paris. Comme tout policier officiant à la criminelle, il connaissait bien ce lieu dépendant de la préfecture de police de Paris. En effet, l'institut recevait les corps des défunts lors des décès sur la voie publique, accidentels ou non, mais aussi les décès d'origine criminelle ou considérés comme suspects et, enfin, les corps non identifiés ou d'autres liés à des requêtes émanant de la famille ou par mesure d'hygiène publique. Léopold classait mentalement le dossier de la jeune femme dans les deux premières catégories.

Il passa à l'accueil, montra sa carte professionnelle et se dirigea vers la chambre froide, là où sont conservées les dépouilles dans l'attente du départ pour les obsèques. Il prit un ascenseur et descendit à l'étage correspondant. Là, il se rendit au guichet, déclina son identité et la raison de sa venue. Il demanda ensuite à joindre le docteur Nathalie Valzas, une médecin légiste de confiance. On le fit patienter plus d'une heure. Léopold regretta de ne pas avoir amené un livre. Il aimait lire sur son temps libre. Baignant dans le crime à longueur de journée, il appréciait de se divertir avec des ouvrages de science-fiction ou de fantasy. Son dernier coup de cœur : un roman appelé *Num_anité – Tome 1 – Le commencement* d'un auteur indépendant, un récit futuriste mêlant réalité virtuelle, dystopie et anticipation. Il venait de commander la suite et l'attendait avec impatience. Lire lui permettait de s'évader et d'oublier, quelques

---

[49] L'institut médico-légal est inauguré en 1923, dix ans après l'ouverture du chantier, celui-ci ayant été retardé par la Première Guerre mondiale. C'est un bâtiment en briques conçu par l'architecte Albert Tournaire, dont le nom est ensuite donné au square situé à proximité. Selon les informations fournies par la préfecture de police de Paris, l'IML reçoit 3 000 corps en moyenne chaque année, sur lesquels 2 000 autopsies et 1 000 examens externes (examens sans incision) sont effectués, soit six à neuf autopsies par jour. Source : Wikipédia.

heures durant, le visage des victimes… Ses autres passions : les longues balades en forêt ou l'escalade, qu'il pratiquait régulièrement. Ses qualités de grimpeur étaient saluées par tous les membres de son club.

Tout à coup, en provenance des blocs dédiés aux autopsies, Valzas poussa deux grandes portes battantes et rejoignit Léopold. Proche de la retraite, cette petite femme d'un mètre cinquante-cinq à la chevelure rousse grisonnante s'était, au fil des ans, liée d'amitié avec le taciturne lieutenant. Dégoûtée par l'espèce humaine à force de constater sa barbarie, elle vivait seule avec trois chats.

— Ah, Santos ! Que me vaut le plaisir de votre visite ? Vous m'invitez enfin à boire une bonne bière pour me sortir de ce lieu sinistre ?

— Bonjour docteur Valzas. Ravi de vous revoir. Hélas, ma visite est strictement professionnelle. Je n'oublie pas la promesse que je vous ai faite de vous inviter à prendre un pot. C'est juste que…

— Je vous taquine, Santos. Je sais bien que les relations sociales ne sont pas votre fort. Mais on finira par le prendre ce verre, j'y crois !

— Comptez sur moi pour honorer ma promesse. Dès que cette nouvelle affaire sera bouclée…

— Ha ha, je me disais bien que vous veniez encore m'embêter avec un dossier urgent.

— Il doit surtout rester confidentiel…

Valzas exprima sa désapprobation.

— Santos, passer vos dossiers en haut de la pile est une chose. Je le fais parce que j'apprécie votre sérieux et votre acharnement à coincer tous les salopards de la capitale. Une fois que vous les coffrez, ça me fait moins de boulot ensuite, car je suis sûre qu'ils ne commettront plus de meurtres ! Mais je ne veux pas avoir de problème avec ma direction, qui m'a déjà dans le viseur ! Je pars bientôt à la retraite !

— Je sais, Nathalie et j'en suis désolé. Mais cette affaire me tient vraiment à cœur…

— Comme toutes les précédentes ! Vous me faites le coup à chaque fois ! En plus, j'ai maintenant droit à du « Nathalie » !

Léopold lui fit un regard implorant.

— Et voilà votre regard de chien battu !

Il rit et se gratta la tête.

— Excusez-moi, Nathalie. Je ne l'ai pas fait exprès.

— Mais oui !

— Laissez-moi vous raconter tout ce qu'il y a à savoir, je suis persuadé que vous m'aiderez !

— Vous m'avez l'air bien sûr de vous…

— Oui, je le suis. Vous connaissant, vous ne pourrez qu'être touchée par cette terrible affaire…

— Je suis sûre que je vais le regretter… Allez, venez dans mon bureau ! Les murs ont des oreilles ici !

Il la suivit à travers un dédale de couloirs, jusque dans un étroit bureau sans fenêtre. Dans un coin, une cinquantaine de dossiers posés sur une commode métallique dévoilait l'ampleur de la tâche. Derrière un fauteuil en cuir noir, une armoire faisant toute la longueur de la cloison débordait de boîtes en carton.

— Ne faites pas attention au fouillis ! lança-t-elle, lasse. Ça n'arrête pas en ce moment ! Les Parisiens s'entretuent pour des broutilles !

— Je vois ça…

— Les humains sont désespérants…

— Je suis du même avis…

— C'est la raison pour laquelle nous nous entendons si bien !

— Tout à fait, Nathalie.

Elle s'assit et fit signe à Léopold de faire de même.

— Racontez-moi tout…

Léopold retraça les événements de la nuit passée, insistant sur la scène avec Voyou, en particulier sa détresse. Il évoqua l'intervention suspecte de la DGSI, ses soupçons concernant Nadeem Al-zahrani ainsi que les marques de griffes et de morsures.

— Je vous le concède, Santos, cette histoire pue ! Et pas le formol ! Ça sent la merde à plein nez !

— Je ne vous le fais pas dire…

— Pauvre chat…

— Oui, Voyou a beaucoup souffert et les prochains jours seront terribles pour lui. Je l'imagine recroquevillé chez moi…

— Et votre chatte, comment s'appelle-t-elle déjà ?

— Rita ! Je les ai séparés pour le moment. Je ferai une tentative de présentation en rentrant ce soir.

— Comment est-elle d'habitude ?

— Ma petite princesse est du genre timide. La présence d'un jeune mâle doit l'effrayer. Je tâcherai de la rassurer…

— Si je me souviens bien, c'est une sphynx.

— Oui. Je l'avais sortie d'un réseau criminel pratiquant l'élevage intensif.

— Ah, Santos ! Vous êtes assez incroyable !

— Que voulez-vous dire ?

— Qui imaginerait que sous cette couche de muscles et derrière ce caractère renfermé se cache un cœur en or !

Gêné, Santos rougit, toussa et se tut.

— Allons, lieutenant, n'allez pas vous évanouir dans mon bureau ! Je ne suis pas habituée à traiter les vivants !

Ils s'esclaffèrent.

— Plus sérieusement, cette affaire est sordide. Je comprends mieux votre désir de la résoudre.

— M'aiderez-vous ?

— À votre avis ?

— Merci beaucoup, Nathalie.

— Laissez-moi consulter la base de données. Ensuite, nous agirons dans la discrétion.

— Ça me convient.

Elle pianota sur son vieil ordinateur. L'unité centrale ronronnait et les données s'affichaient avec une extrême lenteur.

— Si j'ai bien saisi, ça s'est déroulé hier soir.

— Oui, j'ai ordonné la levée du corps.

— OK, ça charge…

Le PC souffla plusieurs fois, puis crépita.

— Bingo, je l'ai ! Jeune femme inconnue, défenestrée et placée dans la chambre froide. Tiens, étrange…

— Que se passe-t-il ?

— Il y a déjà une note de la DGSI…

Elle fit pivoter l'écran. Léopold put lire : « Dossier classé : mort accidentelle ». Outré, Léopold serra les poings.

— Quel connard !

— De qui parlez-vous ?

— De Franck Resquer !

— J'ai déjà entendu ce nom…

— C'est l'un des pontes de la DGSI. C'est lui qui m'a ordonné de ne pas m'occuper de cette affaire ! Il n'a vraiment pas perdu son temps !

— Non, on dirait bien…

— Quand jc vous disais que cette histoire est louche !

— Il est mentionné qu'il s'agit d'une sans-papiers et d'une junkie.

— Même si c'est vrai, c'est un être humain. Cette jeune femme mérite le respect ! On doit savoir ce qui s'est passé !

— Je suis d'accord.

— Dire qu'un chat lui a montré plus de considération que toutes les personnes présentes ! Entre les curieux, les collègues stupides et le suspect, tout le monde se foutait de son sort ! Couchée sur l'asphalte, elle n'émouvait personne !

— Triste monde…

— Monde de dingues, oui ! Je lui rendrai justice, quoi qu'il m'en coûte !

— Permettez-moi de rectifier : NOUS lui rendrons justice !

— Merci, Nathalie, vous êtes quelqu'un de bien.

— Santos, au diable les compliments ! Invitez-moi plutôt à sortir !

— Oui, Nathalie, ce sera fait !

Elle lui tendit une main, qu'il s'empressa de serrer.

— Très bien, nous avons un accord ! Maintenant, suivez-moi, je vais l'examiner. Je vous précise qu'il ne s'agira que d'un examen externe. Comme c'est officieux, je ne peux pas faire plus.

— Je m'en contenterai. J'aimerais juste que vous m'en disiez plus sur elle. Son passé, ses addictions, tout ce que vous pourrez déchiffrer…

Ils se rendirent dans l'annexe de la chambre froide et s'équipèrent. Le docteur Valzas ouvrit le casier renfermant Nour. Elle dézippa le haut du sac mortuaire et observa un visage en partie écrasé.

— La pauvre…

— Je ne vous le fais pas dire, Nathalie.

— Je vais étudier le reste du corps…

Elle dévoila l'intégralité de la dépouille, contusionnée, et pratiqua une investigation sommaire. N'ayant jamais travaillé sur un tel dossier avec Santos, elle procéda à quelques explications.

— Santos, dans le cadre d'un décès suite à une défenestration, la médecine légale ne pourra pas se prononcer sur les circonstances dans lesquelles est intervenue la chute. L'examen autopsique aura pour seul objectif d'analyser l'ensemble des blessures et de déterminer si celles-ci peuvent être la conséquence d'une chute ou si certaines plaies étaient antérieures à celle-ci.

— OK…

— Si nous avions agi dans le cadre normal, voici comment nous aurions opéré. Au niveau des lésions externes, celles-ci peuvent être multiples mais parfois très difficilement visibles voire absentes, c'est le cas des éraflures ou des érosions. Dans le cas d'une défenestration où le but est d'écarter toute intervention humaine, il est important de rechercher toutes les traces de violence, de défense ou de prise, pouvant apporter des informations sur les circonstances de la chute. C'est pourquoi, en complément de l'autopsie médico-légale, les officiers de police judiciaire et la police technique et scientifique vont travailler de concert. Le recueil des témoignages sera effectué par les OPJ ; les mesures, les prises de vues numériques, les recherches de traces : papillaires, biologiques, microtraces, au niveau du point présumé de la chute, pour les agents de la scientifique. Mais vous savez déjà tout ça.

— En effet…

Elle s'éclaircit la gorge puis reprit son explication :

— Généralement, les lésions internes sont importantes et leur gravité est proportionnelle à la hauteur de la chute. Là encore, il existe des exceptions à la règle. Une personne qui va par exemple chuter d'une hauteur d'homme peut très bien succomber à ses blessures, alors qu'un autre individu chutant de plus de dix mètres pourrait s'en sortir indemne. Ce dernier cas est rare, mais il est déjà arrivé ! J'ai même entendu l'histoire d'une femme qui aurait survécu après avoir fait une chute de plus de dix mille mètres[50] !

— Incroyable !

— Comme vous dites !

— Il n'est pas rare lors de l'autopsie d'une personne ayant chuté de retrouver des organes totalement arrachés de leurs attaches anatomiques voire parfois complètement broyés. Parmi les lésions classiques d'une chute, on citera des fractures multiples : bassin, cage thoracique, boîte crânienne, colonne vertébrale, des ruptures vasculaires comme une rupture de l'aorte thoracique ou l'éclatement des organes pleins comme la rate, les reins ou le foie, provoquant une hémorragie interne.

— Horrible…

— Nous ne sommes pas grand-chose…

— …

— Santos, aidez-moi à la soulever un peu. J'ai besoin de vérifier quelque chose…

Il l'assista, mal à l'aise de toucher ce corps nu et si froid.

— Santos, je peux vous dire deux choses. La première : elle a beaucoup souffert dans la vie…

— Ah bon ?

— Sachez qu'un corps ne ment jamais : il accumule tous les sévices que vous subissez, vos maladies chroniques ou toutes vos addictions. Ensuite, c'est à moi qu'il incombe de décrypter le tout. Cette femme a des cicatrices un peu partout. Si je devais deviner, je dirais qu'elle a été forcée à faire des choses dégradantes…

— La pauvre…

— Ce n'est pas tout !

---

[50]En 1972, Vesna Vulovic, une hôtesse de l'air serbe, a survécu miraculeusement au crash d'un vol de la compagnie serbe JAT après avoir fait une chute de plus de 10 000 m. Après une heure de vol, le DC-9 s'était désintégré au-dessus de ce qui s'appelait encore la Tchécoslovaquie. Selon l'enquête officielle, l'explosion est due à une bombe placée par un terroriste croate. Seule survivante parmi les 28 occupants de l'appareil, l'hôtesse s'est réveillée sur un lit d'hôpital après vingt-sept jours de coma. La chute libre l'a considérablement blessée : deux jambes et des côtes cassées, le crâne et plusieurs vertèbres fracturées, ainsi que le bassin broyé.

— Dites-moi…

— Voici le deuxième point : elle n'était pas une junkie !

— En êtes-vous sûre ?

— Oui ! Je ne vois aucune marque de piqûres. Rien ! Elle était clean. Bien entendu, il faudrait que je procède à une analyse sanguine pour confirmer tout ça, mais je peux déjà m'avancer avec cette conclusion : on vous a raconté des bobards ! Elle a été passée à tabac avant de chuter ! Regardez ici et ici et encore ici ! Elle a beaucoup souffert les minutes précédant sa défenestration !

— Nadeem Al-zahrani a donc bien menti. Resquer aussi…

— Vous avez une piste ! À vous de l'explorer !

— Comptez sur moi ! J'irai jusqu'au bout pour rendre justice à cette jeune femme et à son chat !

Soudain, Léopold entendit des éclats de voix et un bruit sourd en provenance du couloir. Le docteur Valzas afficha un air inquiet.

— Que se passe-t-il ?

— Nathalie, ça ne me dit rien qui vaille. Restez derrière moi !

Ils abandonnèrent Nour et se dirigèrent vers la porte. Léopold l'entrebâilla et aperçut cinq hommes cagoulés, tout de noir vêtus. Au sol, un policier, fraîchement maîtrisé…

— Merde…

— Santos, que se passe-t-il ?

— Cinq mecs, ils doivent être là pour la fille…

— Quoi ? Comment sont-ils entrés ?

— Impossible sans une aide interne.

— Qui ferait ça ?

— L'argent achète tout…

— …

— Je vais me charger d'eux, suivez bien mes instructions.

— J'ai… J'ai peur…

— Moi aussi, mais je vous protégerai au péril de ma vie.

Il saisit son arme, un SIG-Sauer SP 2022[51] et cria :

---

[51] Le SIG-Sauer SP 2022 est un pistolet semi-automatique, de la série SIG-Sauer Pro, conçu en Suisse par SIG et produit en Allemagne par Sauer. Il équipe plusieurs services de police dans le monde. En France, cette arme est classée en catégorie B-1. Sorti gagnant

— Police nationale ! Levez les mains ou je tire !

Léopold sortait le grand jeu pour les impressionner. Hélas, les assaillants firent de même : ils braquèrent eux aussi des pistolets.

— Rendez-vous ou on bute ce sale flic ! répondit l'un d'entre eux, visant le blessé.

— Bor... Bordel, ils sont dingues ! s'offusqua Léopold. Attendez, ne le tuez pas ! Il ne vous a rien fait !

— Que... Que fait-on ? demanda Nathalie.

— Je vais gérer...

— Comment ?

— Je vais d'abord vous mettre en sécurité ! Y a-t-il une autre sortie ?

Deux des ennemis se rapprochèrent, canons braqués sur la porte. Le troisième individu menaçait toujours l'homme à terre. Léopold se mordit la lèvre inférieure.

— Rendez-vous ! enjoignit le meneur. Dernière sommation !

— Vous êtes dans un bâtiment de la police ! tenta Léopold. Si vous tirez, vous ne sortirez pas d'ici vivants !

Le docteur Valzas reprit enfin ses esprits.

— Oui, Santos, il y a une porte au fond de la salle ! Elle mène à une autre chambre froide et ainsi de suite !

— OK, allez-y !

— Et vous ?

— Je vais m'assurer qu'ils ne fassent pas de mal à un innocent.

Elle recula, tremblant de tous ses membres, et s'échappa.

— Je vais compter jusqu'à cinq et après, je bute l'otage !

— Inutile, je me rends ! annonça Santos.

— Jette donc ton arme !

Le cœur battant, Léopold la déchargea et la jeta dans le couloir.

---

d'un appel d'offres lancé en 2002 et commandé à 260 000 exemplaires, le SP 2022 équipe depuis, en calibre 9 mm Parabellum, la police nationale, la gendarmerie, les douanes et l'administration pénitentiaire françaises. Le processus de sélection a été large : plus de quatre cents policiers, gendarmes et douaniers ont tiré 460 000 cartouches. Le Sig-Sauer SP 2022 a été retenu notamment pour ses nombreux dispositifs de sécurité : cran de sécurité du chien, au verrouillage, à la percussion et la culasse « sécurité ». Source : Wikipédia.

Il fut rejoint par les cinq malfaiteurs, qui le mirent en joue avant de le plaquer contre un mur.

— Trouvez la pute ! dicta le chef. On doit dégager le plus vite possible.

— Bah, c'est elle ! indiqua l'un d'eux.

Le meneur fut surpris de découvrir que le cadavre de Nour était en plein examen. Il s'approcha de Léopold et le retourna violemment. Il éclata alors d'un rire sonore.

— D'une pierre deux coups ! se réjouit-il. Lieutenant Santos, vous me faites gagner un temps précieux !

Yacine n'espérait pas tomber si tôt sur Léopold !

— On se connaît, ordure ?

Son sang bouillait. Yacine lui asséna un coup de poing dans le ventre, le pliant en deux.

— Surveille ton langage, poulet !

— …

— Tu vas nous suivre bien gentiment.

— …

Léopold se sentit piégé… Il se redressa toutefois, prêt à tout. Deux hommes portaient Nour, bien emballée dans son sac. Ils rejoignirent le couloir, laissant Léopold face à trois ennemis.

— Allez, bouge, Santos ! Je te déconseille de me résister sinon je te troue sur place !

— …

— N'essaie pas de jouer au plus fin !

Soudain, Nathalie apparut à l'autre bout de la salle. Tenant un extincteur, elle aspergea à tout-va, générant un épais brouillard irritant. Cette intervention providentielle permit à Léopold de désarmer Yacine grâce à une torsion du poignet. Le policier se jeta ensuite sur l'arme et fit feu, à l'aveugle. Il entendit un râle de douleur et courut vers Nathalie. Il la souleva du sol, l'emportant avec lui comme un joueur de rugby le ferait avec un ballon, juste à temps pour éviter plusieurs balles.

— Bande de cons ! On se casse ! On se casse ! s'époumonait Yacine.

Léopold traversa deux pièces. Arrivé dans une nouvelle salle, il verrouilla les portes et fit glisser devant deux brancards. Le docteur Valzas pleurait et tremblait. Léopold l'aida à s'asseoir sur une chaise. Il lui tint les mains.

— Rassurez-vous, Nathalie, ils n'entreront pas. C'est fini.

— Co… Comment pouvez-vous en être aussi sûr ?

— Ils étaient venus pour la jeune femme, ils l'ont récupérée. Et vu les coups de feu, ils sont pressés de filer. Attendons les secours…

Il l'enlaça.

— Merci, Nathalie.

— Pour… Pourquoi ?

— Vous m'avez sauvé la vie…

— Vous aussi…

Une dizaine de minutes plus tard, des renforts débarquèrent. Léopold dut montrer son insigne et crier plus fort que ses collègues pour leur expliquer la situation. Traumatisée, la courageuse Nathalie fut prise en charge par les pompiers.

Un gardien de la paix tendit un téléphone à Léopold, sa hiérarchie le demandait.

— Et merde… souffla-t-il.

*

Au Bastion, le nouveau quartier-général de la Police nationale, Léopold faisait face à Rose-Marie Le Jandec, sa capitaine, une Bretonne au caractère bien trempé ; en somme, comme toutes les Bretonnes….

— *Mallozh Doue*[52], Santos ! Vous pouvez m'expliquer ce qui vient de se passer ?

Sous les incessantes invectives de sa supérieure, Léopold se justifia du mieux qu'il put. Elle ne lui épargnait aucune insulte :

---

[52]Expression bretonne signifiant : « Nom de Dieu » / « Malédiction de Dieu » / « Bordel de merde ».

« *genaoueg*[53] », « *torr-penn*[54] », « *Kozh kaoc'h ki brein*[55] ». Au fait de sa tragédie familiale, elle se retint quand même d'injurier ses parents. En réalité, elle était énervée à cause de son comportement de franc-tireur mais aussi parce qu'elle en pinçait depuis toujours pour lui. L'inaccessible était toujours désirable…

— Ouvrez donc les yeux, capitaine ! Cette jeune femme est importante, contrairement à ce que dit la DGSI ! répliqua-t-il.

— Je m'en contrefous, vous avez désobéi aux ordres ! J'ai déjà reçu un coup de fil de Resquer, il vous avait commandé d'oublier cette affaire !

— Et ça ne vous paraît pas suspect ? Bon sang, vous m'avez sans cesse poussé à ne pas lâcher les criminels ! Je sens que j'en tiens un ! Un gros ! Un très gros ! On se moque de la DGSI et…

— La DGSI traite ses dossiers en toute confidentialité ! Il faut s'écraser quand elle le demande, question de sécurité nationale ! Vous le savez bien, Santos !

— Putain de merde ! vociféra Léopold.

— Surveillez votre vocabulaire, Santos ! Ce n'est pas une façon de s'adresser à un supérieur et encore moins à une femme aussi raffinée !

— Non ! Écoutez-moi ! Une sorte de commando a débarqué dans un bâtiment de la Préfecture de police pour récupérer la dépouille d'une pauvre sans-papiers ! Il y a quelque chose à creuser !

— Vous n'en ferez rien, Santos !

— Vous êtes sérieuse, capitaine ?

— Oui ! Je ne tolérerai plus aucune insubordination !

— Vous me décevez, cheffe ! Moi qui croyais que vous auriez à cœur de rendre justice à une malheureuse…

— Santos, si j'apprends que vous avez ne serait-ce que jeté un coup d'œil dans ce dossier, je vous colle une sanction disciplinaire !

— Capitaine, la véritable sanction serait de ne pas rendre justice à une victime !

---

[53] « Imbécile ».

[54] « Casse-pieds ».

[55] Littéralement : « vieille merde de chien pourri ».

Cette répartie laissa sa supérieure bouche bée. Léopold en profita pour sortir en claquant la porte.

— San… Santooos ! rugit-elle. Ramenez vos miches ici ! Je n'en ai pas terminé avec vous !

Trop tard, Léopold dévalait les escaliers et filait vers son véhicule. De l'air, il avait besoin d'air ! L'injustice le dégoûtait ! Les meurtres non élucidés comme celui de ses parents le révoltaient ! Quand la police enterrait des affaires, il explosait ! Il ne connaissait pas cette pauvre femme, mais il irait jusqu'au bout pour comprendre ce qui lui était arrivé et arrêter Nadeem Al-zahrani. Il savait qu'il l'avait poussée. Voyou, ce brave chat roux, avait montré la voie à Léopold. Il en était persuadé, aussi saugrenu que cela puisse paraître…

Il se décida à rentrer, pour retrouver Rita et Voyou, les seuls capables de le calmer.

*

Dans un crématorium clandestin, Nadeem observait le corps de Nour se consumer.

— Je suis enfin débarrassé de cette emmerdeuse.

À ses côtés, Yacine se frottait le poignet.

— Je suis désolé, patron…

— Tu peux l'être, tu m'as déçu sur ce coup !

— Que puis-je faire pour me rattraper ?

— Rien, je vais demander à Resquer de s'en charger.

— Mais s'il refuse ?

— J'ai une vidéo de lui en train d'accepter deux pots-de-vin et une autre où il se fait sucer par une mineure. Je le tiens par les couilles, cet abruti. Il parviendra à étouffer cette affaire pour sauver sa carrière. L'administration française aussi est gangrenée par la corruption et les magouilles[56]. Les Français sont d'incorrigibles

[56]L'ONG *Transparency international* porte un regard assez critique sur le 22e rang français dans l'édition 2021 de son classement sur la corruption, dévoilé le mardi 25 janvier 2022. La France est positionnée entre l'Uruguay et les Seychelles et gagne une place

donneurs de leçons mais leur système ne vaut pas grand-chose. Dès que le lieutenant Santos sera mort, toute cette histoire ne sera qu'un mauvais souvenir.

— À vos ordres…

Yacine s'éloigna en maugréant, il voulait prendre sa revanche sur Léopold… Nadeem se fit remettre les cendres de Nour. Au moment où il s'apprêtait à les refuser, il changea d'avis. Amateur de trophées, il leur trouverait une place de choix dans sa nouvelle demeure.

---

en améliorant légèrement son score (71 sur 100, +2 points à l'indice de la perception de la corruption) par rapport à 2020. Mais elle apparaît très en retard sur les nations modèles que sont le Danemark, la Finlande et la Nouvelle-Zélande. Trois pays qui se partagent la première place du classement avec 88 points. *L'indice de la perception de la corruption est établi en agrégeant des données d'enquêtes collectées par 12 institutions indépendantes, telles que l'OCDE.* Source : capital.fr.

# 12.

Sur l'avancée de toit devant l'appartement de Léopold, les trois chats, l'air menaçant, faisaient face à Voyou.

— *T'es qui, toi ?* demanda Pacha, le persan au pelage gris.

— *Ouais, qu'est-ce que tu fous chez Rita ?* interrogea, Salem, le félin de type européen à la fourrure noire. *T'es son matou officiel ? Il n'y a pas intérêt, on était là avant ! Ça fait des années qu'on la reluque à la fenêtre se lécher, écarter les pattes et tout ! On lui offre nos meilleures friandises, on chasse pour elle, on fait tout pour qu'elle nous ait à la bonne !*

— *Impossible, c'est un rouquin !* s'offusqua Snow, aux poils blancs et aux beaux yeux bleus mais bigleux. *Elle mérite mieux que ça !*

— *Moi, c'est Voyou ! Et non, je ne suis pas le matou de Rita ! Surtout pas !*

— *Quoi, tu préfères les mâles ?* questionna Pacha.

— *Mais non !* s'indigna Voyou.

— *On dirait bien qu'il préfère les mâles !* se gaussa Salem.

— *Ça m'en a tout l'air !* approuva Snow. *Qui serait assez fou pour repousser Rita ?*

— *Ma parole, vous êtes aussi cinglés qu'elle !*

— *Peut-être qu'il est castré !* proposa Pacha.

— *Ouais, ça doit être ça !* avalisa Salem.

— *Couic couic, ils lui ont coupé les couilles et monsieur n'a plus aucun désir !* se moqua Snow.

— *Non, je les ai encore ! Je suis un chat des rues, ramené ici par l'esclave de Rita !*

— *Par le flic ? Qu'est-ce que t'as fait pour en arriver là ?*

— *Mon humaine est morte...*

Ils se regardèrent, navrés. La tension s'évanouit.

— *Désolé pour toi, Voyou...* commença Pacha.

— *Ouais, ça craint...* émit Salem.

— *C'est toujours triste quand un chat perd son esclave...* commenta Snow. *C'est là que les galères démarrent. Ils sont bien utiles pour nous servir et nous vénérer...*

Voyou voulut préciser qu'il parlait de sa « Maman » et non d'une simple « servante » mais il se tut. Il avait bien compris qu'ils ne connaissaient pas une relation aussi forte avec leur « domestique » à deux pattes.

— *Merci...* miaula Voyou.

— *De rien, c'est normal !* reprit le persan. *Au fait, moi c'est Pacha. Le black, c'est Salem. Et le cachet d'aspirine, Snow. Sache que tant que tu ne touches pas à Rita, on veut bien te causer.*

— *Enchaté*[57] *!* déclara Voyou. *Je ne suis que de passage de toute façon. Alors pas de chatlousie*[58] *entre nous.*

— *Bonne nouvelle !* se réjouit Salem. *En attendant, bienvenue dans le quartier !*

— *Oui, c'est un endroit plutôt chouette !* décrivit Snow. *Du moins avant...*

Ils se turent, gênés.

— *Que se passe-t-il ?* s'informa Voyou. *Il y a un souci ?*

— *Non, laisse tomber...* dit Pacha.

— *Ouais, ça ne te regarde pas...* estima Salem.

— *Trop compliquée cette histoire...* justifia Snow.

— *Non, je vous écoute ! Il est arrivé quelque chose à votre chatpain*[59] *?*

— *Rita t'a dit ?* demanda Pacha.

— *Oui, elle m'a précisé que vous êtes toujours quatre...* expliqua Voyou.

— *En effet, il est bien arrivé quelque chose à notre chatmi*[60]...éventa Salem. *Mufasa, un bengal*[61].

---

[57]Ici, « enchanté ».

[58]Ici, « jalousie ».

[59]Ici, « copain ».

[60]Ici, « ami ».

[61]Le bengal est né d'un croisement entre un chat domestique et un félin sauvage typique du Bengale appelé chat-léopard, un animal qui se distingue notamment par son pelage tacheté. Le premier croisement s'effectue en 1963 sous l'initiative de la généticienne américaine Jean S. Mill qui crée le premier chat hybride en accouplant une femelle de

— *Racontez-moi, je peux peut-être faire quelque chose !* s'écria Voyou.

— *Il a des problèmes avec un humain, tu ne peux plus rien pour lui !* douta Snow.

— *Vous me connaissez mal !* contesta Voyou. *Je me suis battu avec deux d'entre eux ! Je les ai griffés, mordus, blessés ! J'ai même lacéré leurs parties intimes !*

Ils miaulèrent de surprise et d'admiration.

— *T'es sérieux, Voyou ?* s'enthousiasma Pacha.

— *Très ! Dites-moi tout !*

— *T'es une vraie légende !* ajouta Pacha, élogieux. *Moi, la seule chose que j'aie faite pour énerver un humain, c'était déféquer sur le canapé.*

— *Moi, pisser un peu partout sur le sol et savourer l'instant où mes humains marchaient dessus en pleine nuit ou de bon matin !* se vanta Salem. *J'ai même posé mes fesses sur leurs oreillers tout propres ! Je me suis bien marré quand ils ont commencé à avoir des boutons sur le visage !*

— *Moi, j'ai fait les coups classiques à mon humaine : déchirer le papier toilette, voler de la nourriture, la griffer ou la mordre pour aucune raison et renverser tout ce que je trouvais sur les étagères !* énuméra Snow. *Avec mes yeux bigleux, elle me prend pour un innocent et me passe toutes mes bêtises... L'imbécile !*

— *Bon, j'ai aussi détruit des plantes et joué avec la terre des pots de fleur !* ajouta Pacha qui ne voulait pas en rester là. *Je l'ai étalée sur leur tapis tout blanc ! J'ai grimpé sur leurs rideaux et les ai déchiquetés et j'ai...*

— *Hé, du calme !* intervint Voyou. *Nous avons tous emmerdé les humains à un moment ou un autre de nos vies et nous pouvons en être fiers ! Nos esclaves méritent de subir tout cette chatnarchie*[62]

---

chat-léopard avec une race d'american shorthair. Depuis cette date, un important travail est effectué pour que le bengal puisse afficher l'apparence du chat-léopard tout en restant un animal domestique. Jean S. Mill a notamment collaboré avec l'université californienne de Davis pour réussir ses croisements. La première exposition du bengal quant à elle s'effectue en 1985. Un an plus tard, la race sera officiellement reconnue par la TICA (The International Cat Association).

[62]Ici, « anarchie ».

*car, après tout, ils nous vénèrent depuis des siècles. Mais revenons-en à votre chatmi !*

— *D'accord, tu m'as l'air de savoir de quoi tu parles,* appuya Pacha. *On va te faire confiance. Si tu nous aides, tu pourras intégrer la bande.*

— *Mais juste le temps que tu squattes chez notre Rita !* précisa Salem.

— *Pour les adhésions permanentes, il te faudra faire plus !* prévint Snow.

— *Pas de problème, je ne veux pas m'imposer !* accepta Voyou.

— *Alors, écoute bien !* prononça Pacha. *Un humain, un vilain type faisant office de gardien d'immeuble, a catnappé*[63] *Mufasa !*

— *Nom d'une litière sale !* s'énerva Voyou. *Le fils de chien !*

— *Tu l'as dit !* cautionna Salem. *C'est choquant !*

— *On n'a rien pu faire pour le secourir !* raconta Snow. *Il est resté coincé dans une cage. Il a toujours faim le Mufasa. Il a été attiré par l'odeur d'un morceau de jambon et, une fois à l'intérieur, il s'est retrouvé piégé !*

— *Vous n'avez pas réussi à le sortir de là ?*

Honteux, ils baissèrent la gueule.

— *Attendez un peu ! Vous n'avez même pas essayé ?*

— *Ce mec, il nous fait trop peur !* justifia Pacha. *Il s'appelle Hannibal et vient d'Europe de l'Est, c'est un vrai barge ! Le crâne rasé, le corps tatoué et tout en muscles ! Il est terrifiant !*

— *Mais votre chatmi est en danger !*

— *On ne peut pas y aller, c'est trop dangereux...* protesta Salem.

— *Je vais m'en charger !*

— *Tu ferais ça pour Mufasa alors que tu ne le connais même pas ?* s'étonna Snow.

— *Oui ! Foi de Voyou, je ne laisse pas un frère dans la difficulté ! Montrez-moi l'endroit où il est retenu prisonnier !*

— *T'es un brave, Voyou !* décréta Pacha.

— *Un vrai « chatventurier*[64] *», ouais !* confirma Salem.

---

[63]Équivalent de kidnappé mais pour un chat.

[64]Ici, « aventurier ».

— *Un vrai dur !* entérina Snow.

Sous le regard amusé de Rita, qui n'en avait pas raté une seule miette, ils l'entraînèrent à travers les toits. Ils sautèrent, grimpèrent, rampèrent, se faufilèrent dans des conduits et parvinrent à proximité d'une luxueuse résidence entourée d'un magnifique jardin. Voyou s'imaginait déjà utiliser cette litière géante, bien plus agréable que celle mise à disposition par Léopold.

— *Nous sommes arrivés !* dit Pacha. *Le gardien, un certain Hannibal je le répète, vit au sous-sol... Passe par cette fenêtre pour atteindre un escalier qui te mènera chez ce monstre. Nous, on t'attend ici...*

— *Désolé...* miaula Salem.

— *Faut pas nous en vouloir...* s'excusa Snow.

— *Pas de problème, je n'ai pas peur ! Les chatlopards*[65]*, je m'en charge !*

Tel un *chatscadeur*[66]*,* Voyou escalada un muret, s'élança sur un autre, afin d'accéder à une petite lucarne. Il rejoignit les escaliers et les descendit, à l'affût, en mode *chatsseur*[67]. Il arpenta ensuite un couloir sombre empestant la mort... De tous côtés, des pièges à insectes ou rongeurs avec des victimes parfois agonisantes... Voyou ne pouvait plus rien pour eux. Il espérait toutefois pouvoir secourir Mufasa, s'il n'était pas déjà trop tard...

Voyou entra par la gaine de la ventilation et déboucha dans le logement du gardien.

— *Horreur et « chatmnation*[68] *» !* souffla Voyou.

Partout, des cadavres d'animaux empaillés ! Le félin ne put réprimer un frisson.

— *Je... Je ne peux pas reculer... Ce gourmand de Mufasa a besoin de moi...*

---

[65]Ici, « salopards ».

[66]Ici, « cascadeur ».

[67]Ici, « chasseur ».

[68]Ici, « damnation ».

Voyou avança au milieu de cet abject cimetière : chats, chiens, lapins, et quelques oiseaux naturalisés semblaient l'observer de leurs yeux mornes.

— *Bienvenue dans le musée du crime*... commenta-t-il.

Au centre d'un véritable capharnaüm composé d'outils, de boîtes de carton, de vêtements jetés au sol et de quelques meubles branlants, Voyou trouva la cage de Mufasa. Ce magnifique bengal aux yeux verts perçants et à la robe pourvue de splendides taches disposées horizontalement, ressemblait à un léopard miniature.

— *Chatlut*[69]*, moi c'est Voyou !*

— *Euh, chatlut. Moi, je suis Mufasa. Peux-tu m'aider à sortir de cette cage ? Je suis piégé ! Un méchant humain m'a piégé !*

— *Je sais, ce sont tes chatmis qui m'envoient.*

— *Pacha, Salem et Snow t'ont envoyé ici ?*

— *Ouais !*

— *Je pensais qu'ils m'avaient abandonné...*

— *Miaou, non !* mentit Voyou. *Ils cherchaient la meilleure « chatégie*[70] *» pour te tirer de là.*

— *Et, c'est toi ? Ne le prends pas mal, mais tu m'as l'air d'un rouquin assez banal...*

— *Arrête ton roucisme*[71] *! Et, pour ta gouverne, sache que j'ai l'habitude de me battre avec les humains !*

— *Vraiment ?*

— *Oui, je ne leur épargne rien ! Tu veux une démonstration ou tu me laisses te filer un coup de patte ?*

— *D'accord, d'accord, je te crois ! Sors-moi de là avant qu'il ne revienne !*

Voyou fit plusieurs fois le tour de la cage pour en comprendre le mécanisme. Il finit par trouver le dispositif permettant l'ouverture mais celui-ci étant trop rouillé, il échoua dans ses tentatives.

— *Chatastrophe, c'est coincé !*

---

[69]Ici, « Salut ».

[70]Ici, « stratégie ».

[71]Ensemble des discriminations faites envers les personnes ayant les cheveux roux et la peau claire.

*— Oh non ! Pas ça ! Ne m'abandonne pas là ! Pitié !*

*— Je ne te lâcherai pas, Mufasa !*

Hélas, la porte d'entrée s'ouvrit et le Russe, un géant pour les deux chats, fit son apparition.

— Foutue journée ! Ils m'emmerdent, ces Parisiens ! Jamais contents ! Et xénophobes, en plus !

Il jura à plusieurs reprises dans sa langue natale avant de s'arrêter, humant l'air.

— Ça sent bizarre…

Il fouilla, ajoutant du désordre au désordre ; Voyou se cacha, la peur au ventre. Il ne fallait surtout pas se faire repérer maintenant ! Pour détourner l'attention, Mufasa remua et miaula de toutes ses forces.

*— Hé, tocard ! Regarde-moi ! Je suis là !*

Agacée, la brute cessa sa recherche et donna des coups de pied dans la cage.

— Hé, calme-toi, foutu chat ! Hannibal va s'occuper de toi dans quelques minutes !

Effrayé, Mufasa se figea.

— Ouais, je vais prendre plaisir à te tuer et t'empailler ! Avec ta fourrure, tu deviendras l'une de mes plus belles pièces !

*— Non, pas ça ! Voyou, tu l'as entendu ? Il faut que tu trouves une solution et vite !*

Penché sur la cage, Hannibal était d'humeur à faire des confidences.

— Je vais prendre une bonne douche et je reviens ! Ça va être fun ! Je commence toujours par droguer l'animal, mais pas trop pour qu'il reste conscient de tout ce qui se passe ! Je dévore même quelques morceaux. La touche personnelle à mon art. Je fusionne avec mon œuvre !

*— Fichu cinglé*[72] *! Fiche-moi la paix ! Je ne veux pas mourir ! J'ai encore tellement de minettes à rencontrer ! Et je veux copuler avec Rita, j'en rêve !*

---

[72] Ici, « salaud ».

— Ah, tu me saoules avec tes miaulements ! Profites-en, car je vais bientôt en finir !

L'homme disparut dans la salle de bain, jetant son linge sale hors de la pièce.

— *Ma parole, il pue le rat crevé !* nota Voyou.

Il essaya à nouveau de libérer Mufasa, en vain. Concentré à l'extrême, il ne faisait plus attention à son environnement. Dans la douche, l'eau coulait de manière sonore ; Voyou n'entendit donc pas l'assassin approcher.

— *Voyou, derrière toi !* prévint Mufasa, apeuré.

Par réflexe, Voyou bondit comme un *chatratéka*[73], évitant de peu un coup de pied. Une fois à terre, il découvrit Hannibal, une serviette blanche nouée autour de la taille et le corps forgé par des heures de musculation intensive. Sur sa peau, des dizaines de têtes de mort d'animaux, représentant l'espèce et le nombre de ses victimes…

— *Meurtrier !* miaula Voyou.

— Ha ha, je me disais bien que ça sentait le matou ! dit l'homme. Qu'est-ce que tu fous là, toi ? T'essaye d'aider ton pote, c'est ça ? Bordel, j'aurai tout vu !

— *Libère Mufasa !*

— Pas la peine de miauler, je pige rien !

— *Ouvre la cage ou je te ferai regretter toutes tes atrocités !*

— Oh, ta gueule !

Il empoigna un balai et le fit tourner dans ses mains d'un air menaçant.

— Je vais t'assommer, le rouquin !

— *Essaie un peu, le Russkof !*

Une bagarre épique commença entre les deux ! De nombreux objets volèrent dans le logement. Malicieux, Voyou lui fit renverser certaines de ses créations, le rendant complètement fou.

— Petit connard, attends que je t'attrape ! Je vais t'écorcher vif !

— *Voyou, il est trop fort ! Tant pis, sauve-toi ! Je… Je ne veux pas que tu meures à cause de moi !*

— *Non, j'ai un plan, mon chatmi !*

---

[73]Ici, « karatéka ».

— *Un plan ?*

— *Oui, mais laisse-moi me concentrer !*

Voyou se plaça à proximité de la cage mais reçut un coup de balai sur le dos. Il s'effondra.

— Voilà, c'est terminé ! Tu m'en auras fait baver !

Prudent, Hannibal bougea Voyou avec le manche. Aucune réaction ! Rassuré, il se pencha pour le saisir par le cou. Voyou ouvrit alors les yeux et s'élança. Passant sous la serviette, il agrippa de toutes ses griffes la verge et les testicules de l'assassin.

— *Hannibal, quand j'en aurai fini avec toi, tu ne pourras plus jamais te reproduire !*

L'homme hurla à pleins poumons, d'une intonation primale. Il gesticula, retira sa serviette et découvrit avec horreur un Voyou qui ne lui épargnait rien. La douleur, trop intense, le renversa, pile sur la cage, qui se fractura sous le poids. Mufasa sortit enfin, soulagé.

— *T'as réussi, Voyou ! Merciii !*

— *Va tout droit, tu trouveras un conduit. Je te rejoins dans les escaliers ! Je n'en ai pas encore fini avec sa petite Knacki® !*

Nour lui apportait souvent des saucisses de cette marque, une friandise très appréciée par Voyou.

— *T'es sûr ?*

— *Oui !*

Hannibal, en larmes, s'évertuait à le repousser mais Voyou tenait bon. Le sang giclait, des morceaux de peaux tombaient, un épluchage en règle !

— Lâche-moi ! Aïe ! Au secours ! À l'aide ! À l'aiiideee ! Je vous en supplie !

Voyou n'arrêta qu'une fois qu'il estima avoir assez dépiauté le pénis de son ennemi.

— Ça t'apprendra, *chatlopard* de *chatnnibale*[74] !

Il s'enfuit alors, rejoignit Mufasa et lui ouvrit la voie. Ils retrouvèrent très vite le jardin et leurs *chatmis,* qui sautèrent de joie.

— *Bravo, Voyou !* le félicita Pacha.

— *T'es redoutable !* le complimenta Salem.

[74]Ici, « cannibale ».

— *On a entendu ses lamentations jusqu'ici !* révéla Snow. *T'assure !*

– *Ce n'était rien. Un esclave n'a aucune chance face à un chat.*

— *Ne sois pas modeste, Voyou !* démentit Mufasa. *Tu m'as sauvé la vie ! Hannibal voulait me bouffer et m'empailler !*

— *Comment tu t'y es pris ?* interrogea Pacha.

— *Il lui a massacré les parties !* raconta Mufasa. *C'est très efficace, l'humain a tout de suite flanché !*

— *Impressionnant !* commenta Salem. *D'où t'est venue cette idée ?*

— *J'ai toujours trouvé bizarre que les mâles humains aient une queue à l'avant et qu'ils soient obligés de la cacher. J'ai donc estimé que c'était leur point faible !*

Ils le congratulèrent encore, le qualifiant de légende. Voyou avait gagné leur respect et l'histoire se répandrait bientôt dans le quartier : les chats pouvaient vaincre les humains mâles en leur attaquant la verge.

Soudain, une flèche siffla juste au-dessus d'eux ! Ils découvrirent, sidérés, une scène digne d'un film : Hannibal, nu et ruisselant de sang, un carquois dans le dos et une arbalète dans les mains, les prenait pour cible !

— Силой Владимира !

Il venait de crier en russe : « Par la force de Vladimir ! »… Il tira à nouveau, manquant Voyou de quelques centimètres.

— Ah, j'ai affaire à une meute de chats ! Bande d'inconscients, j'ai abattu des loups et des ours en Sibérie ! Je vous buterai tous !

— *Cassons-nous d'ici !* miaula Pacha. *Je suis trop beau pour finir en tapisserie !*

Ils se réfugièrent dans des bosquets et rampèrent pour se cacher. Hannibal les cherchait, décochant de temps à autre un carreau.

— *Non, les mecs !* s'opposa Voyou. *Montrons-lui ce que valent des chatssassins !*

— *Tu débloques, Voyou !* s'écria Salem.

— *Fuyez donc, espèces de lâches !* s'exaspéra Voyou. *Vous commencez vraiment à m'énerver ! Je terminerai le travail tout seul ! Je ne reculerai plus jamais devant un humain, encore moins s'il est un tueur d'animaux !*

— *OK, OK, on te suit !* dit Mufasa. *J'ai un compte personnel à régler avec lui de toute façon. Mais comment s'y prend-on ?*

— *On se sépare et on le prend en tenaille !* commanda Voyou. *À la « chatsse », les chatmis !*

— *Inchatllah, comme disent certains humains !* réagit Mufasa.

Les cinq félins s'égaillèrent, troublant Hannibal. Une résidente hurla depuis son balcon en découvrant son gardien nu, armé et ensanglanté. Elle s'évanouit même ! Alertés par les exclamations, des voisins sortirent pour identifier de quoi il retournait.

— Merde, je vais perdre mon boulot ! vociféra Hannibal, dos à l'ennemi.

Lorsqu'il se concentra à nouveau sur les chats, il les vit arriver depuis toutes les directions. La surprise le paralysa quelques secondes. Voyou, le plus courageux, en profita et attaqua de face, lui sautant au visage. Il planta les griffes de ses pattes avant au sommet du crâne du gardien et se servit de celles à l'arrière pour lui lacérer la face et le torse. Pacha et Salem s'occupèrent des jambes tandis que Snow s'en prit au dos et Mufasa, aux fesses.

Hannibal lâcha son arme et tenta, sans succès, de les faire renoncer.

— Arrêtez ! Arrêtez ça !

Ils ne l'écoutaient pas, redoublant même d'efforts au nom de la solidarité animale ! Toutes ces vies volées obtenaient enfin justice ! *Chatstice* ! La vengeance dura longtemps, personne n'osant intervenir…

Des sirènes retentirent enfin, et l'entrée de la propriété s'ouvrit, laissant passer pompiers et policiers, alertés par les habitants.

— *Merde, voilà les poulets !* s'écria Voyou. *On se casse, les chatmis !*

Ils abandonnèrent Hannibal, évanoui, et quittèrent les lieux.

Derrière eux, un pompier pourtant expérimenté vomit. Un policier tourna presque de l'œil en voyant la verge sanguinolente.

— Les… Les mecs ! Regardez ce que les chats ont fait à sa bite ! C'est… C'est… horrible !

— C'était peut-être un zoophile… suggéra un autre.

Euphoriques, Voyou et sa bande rejoignirent l'immeuble de Rita. Derrière sa fenêtre, la sphynx à l'esprit libertin observait la scène avec une excitation sans borne. Une fois arrivés, Pacha, Snow, Salem et Mufasa encensèrent le courageux Voyou, l'intronisant membre d'honneur de leur gang.

— *Ma première castration d'un humain !* s'enthousiasma Voyou. *J'adore ça, jouer au chatrurgien*[75] *!*

Alors qu'il discutait avec ses *chatmis*, Voyou vit Léopold sortir de sa voiture et marcher vers le bâtiment.

— *Voyou, tu vas devenir le roi du quartier !* affirma Pacha.

— *Grâce à toi, on va pouvoir imposer notre loi !* imagina Salem.

— *Oui, fini les croquettes, ce sera pâtée tous les jours !* se réjouit Snow.

— *À nous les minettes !* annonça Mufasa. *Hakuna matata*[76] *!*

— *« Hakuna matata » ?* répéta Voyou. *Qu'est-ce que ça veut dire ?*

— *« Il n'y a pas de problème » ! Ma maîtresse dit ça à longueur de journée ! Elle est dingue d'un dessin animé. Je te jure, elle m'a même baptisé en hommage à l'un des personnages, un lion...*

— *Elle craint, ton humaine !* jugea Pacha.

— *Je trouve que nos esclaves font toujours preuve d'un flagrant manque d'originalité pour nous choisir un prénom !* évoqua Snow.

Ils discouraient sur la médiocrité de l'espèce humaine mais Voyou ne les écoutait plus : il avait aperçu quelque chose d'étrange. Son instinct animal se réveillait, comme le soir de la mort de sa Maman. Un danger ! Imminent !

— *Voyou, qu'est-ce qu'il y a ?* demanda Pacha. *Tu as l'air bizarre ! T'aurais quand même pas avalé un morceau de la saucisse de ce psychopathe d'Hannibal ? Mon humaine fait parfois ça à son mâle mais elle ne la mange pas...*

---

[75]Ici, « chirurgien ».

[76]*Hakuna matata* est une devise issue de l'expression swahilie *Hakuna matatizo*, signifiant « il n'y a pas de problème ». L'expression s'est d'abord fait connaître dans les pays occidentaux en 1983, avec la reprise, par Boney M., de la chanson *Jambo Bwana* (« Bonjour Monsieur ») du groupe kényan Them Mushrooms **(en)**, sortie l'année précédente et qui reprend la phrase *« Hakuna matata »* dans son refrain. Elle a ensuite connu une nouvelle popularité avec la chanson *Hakuna Matata* dans le film d'animation *Le Roi lion* en 1994. Source : Wikipédia.

— *Oui, la mienne aussi faisait pareil mais ça fait longtemps qu'elle n'en a pas vu...* intervint Snow. *Ça la déprime tellement qu'elle passe plus de temps avec moi ! Faut que je lui trouve un reproducteur sinon je vais crouler sous les câlins. Beurk !*

— *Tu as peur que ton nouvel esclave t'embête ?* questionna Salem. *Je ne me fais aucun souci pour toi, tu vas le domestiquer !*

Tout à coup, à la surprise de ses *chatmis*, Voyou courut sur le toit, visa sa cible et, sans plus réfléchir, sauta dans le vide ! Oui, le vide ! Terrifiée, Rita se plaqua contre la vitre.

— *Nooon, mon amour !*

Léopold, toujours le cœur gros après son altercation avec sa supérieure, leva les yeux à ce moment précis. Il frôla littéralement l'arrêt cardiaque. Il leva les bras et cria :

— Voy... Voyooou ! Nooon !

Tel un gardien de football, il bondit pour rattraper Voyou mais le rata. Trop haut ! L'animal atterrit derrière lui, tandis qu'un coup de feu retentissait, stupéfiant Léopold. Panique générale dans la rue !

— Putain de chat, tu sors d'où ? tempêta un homme au sol avec un casque de moto.

Il bouscula Voyou, puis fit feu à nouveau mais le courageux félin le gêna encore. Léopold eut tout juste le temps de faire une roulade. Il s'abrita derrière une voiture et dégaina son arme.

— Po... Police ! cria-t-il, choqué.

Voyou ! Son compagnon était en danger !

— Voyou ! Viens ici, tout de suite ! tonitrua-t-il.

Mais le chat l'avait déjà rejoint et s'était posté à ses côtés.

— *Tu m'en dois une, humain...* miaula-t-il en se léchant les coussinets d'une patte.

Une moto s'arrêta à côté du tueur, qui monta à l'arrière. Le mystérieux duo quitta les lieux à toute vitesse, slalomant entre les véhicules et grillant plusieurs feux. Léopold aurait pu tirer, mais il ne prit pas le risque de blesser un innocent.

En revanche, il souleva Voyou et le serra contre lui.

— Voyou, tu m'as sauvé la vie !

— *Oh, du calme ! Si j'avais su que tu serais aussi démonstratif, je l'aurais laissé t'abattre !*

Voyou se dégagea et lança un regard noir à un Léopold larmoyant.

— Désolé, mon grand. L'émotion… J'ai cru que tu allais mourir, mais en fait tu voulais me secourir. Comment as-tu su ?

— *Ouais, ouais… Je m'en fous. Rentrons, Rita va s'inquiéter.*

Léopold se rendit compte que les piétons le dévisageaient. Il montra sa carte de police pour les rassurer.

— Tout le monde va bien ? Parfait ! Mes collègues vont bientôt arriver, gardez votre calme.

Voyou miaula pour lui rappeler sa présence.

— Oui, je ne peux pas te laisser là. Suis-moi, Voyou.

— *Non ! Toi, suis-moi !*

Le chat passa devant et attendit que Léopold déverrouille tous les accès. Parvenus à l'étage, Félicie ouvrit la porte de son appartement et se jeta dans les bras de Léopold.

— J'ai… J'ai tout vu ! gémit-elle. J'étais à la fenêtre pour aérer à cause de Roger et… et…

Léopold l'étreignit en retour.

— *Les humains, quelle bande de chouineurs…* pesta Voyou. *On peut rentrer ? J'ai faim, moi !*

— Tout va bien, Félicie. Voyou m'a sauvé la vie.

— *Bla bla bla ! Dépêchez-vous, bon sang !*

— Oui, c'était incroyable ! Mais qu'est-ce qui se passe, Léopold ? Qui veut ta peau ? Pourquoi ?

— C'est à cause de la maman de Voyou.

Le chat dressa l'oreille.

— *Ma… Maman ? Parle, humain !*

— Que veux-tu dire ?

— J'étais à la morgue ce matin pour une autopsie…

— *Une « auto » quoi ? Explique-toi ou je te griffe !*

— Des malfaiteurs ont attaqué et volé le corps !

— *Non, Maman ! Ma petite Maman !*

— C'est horrible !

— Oui, affreux ! Ils ont bien failli me tuer mais je m'en suis sorti de justesse grâce à une courageuse collègue.

— On dirait bien qu'ils voulaient finir le travail…

Voyou tremblait de rage. Trop, c'était trop ! Il n'avait qu'un seul désir : se venger !

— Félicie, il faut que je rentre chez moi. Je dois voir Rita. J'en ai besoin et…

— N'en dis pas plus, je comprends.

— Tu ne m'en veux pas ?

— À une seule condition : puis-je t'accompagner ? Je ne veux pas te laisser seul. Et… Et j'ai un peu peur…

Léopold demeura interdit. Voyou lui griffa le mollet.

— Aïe ! Voyou, qu'est-ce qui te prend ?

— *Bouge-toi, imbécile ! La femelle ne te lâchera pas, alors amène-la ! Je suis pressé ! Je dois récupérer des forces pour mieux planifier ma vengeance !*

Léopold sortit ses clefs et invita Voyou et Félicie à entrer. Rita accourut vers Léopold et sauta dans ses bras. Elle se mit à ronronner comme jamais.

— *Autant d'affection pour un esclave ?* se moqua Voyou. *Pitoyable !*

Elle ignora la pique mais lui signifia sa gratitude.

— *Merci de l'avoir sauvé…*

— *De rien, de rien…*

— *Voyou, tu es encore plus désirable à mes yeux ! Ton plongeon, j'en suis toute retournée ! Enfin, si ça t'intéresse…*

— *Nom d'un jambon sans couenne, si j'avais su…*

Voyou se rendit dans le bureau ouvert et, s'aidant de sa patte arrière, poussa la porte pour s'enfermer. Rita, Félicie et Léopold en furent troublés.

Le chat mangea un peu avant de sangloter. Oui, il s'était gaussé de l'affection de Rita pour son humain mais, en réalité, il la jalousait. Sa Maman lui manquait terriblement, il aurait tout donné pour pouvoir se blottir contre elle une toute dernière fois…

Voyou se cacha sous le canapé, se mit en boule et miaula sa peine.

— *Maman, Maman, Maman…* répétait-il.

Au pied de l'immeuble, des policiers se rassemblèrent. Léopold les rejoignit et leur expliqua la situation. Solidaires avec leur collègue, ils lui exprimèrent leur soutien. D'ordinaire imperturbable, Léopold apprécia le geste.

Bouleversée par les circonstances mais trop professionnelle pour l'admettre, la capitaine Rose-Marie Le Jandec s'avança comme une furie, énonçant une nouvelle litanie de jurons bretons dont elle avait le secret : « *kac'her*[77] », « *klouks*[78] »… Au milieu des insultes plus salées qu'un beurre breton, Léopold entendit : « congés ou suspension », « votre choix », « enquête administrative », « vous allez m'entendre, Santos ». Il acquiesça, la surprenant au plus haut point. Las, il lui tourna le dos et lui claqua la porte de l'immeuble au nez. Elle tapa dessus, il l'ignora. « Je vais vous choper par les couilles, Santos ». De sa part, cela relevait plus du fantasme que de la menace, mais Léopold s'en moquait… À présent, deux choses l'obnubilaient : ses chats et cette singulière affaire de défenestration. Non ! Une troisième chose le frappa une fois de retour dans son logement : Félicie ! Elle l'enlaça à nouveau et lui annonça qu'elle lui préparait un bon repas. Léopold voulut refuser mais il comprit qu'on ne pouvait s'opposer à une femme, encore moins à une Martiniquaise…

Dans le bureau, Voyou imaginait tous les sévices qu'il ferait subir à Nadeem Al-zahrani… Il sortait les griffes et les rétractait machinalement.

Ce qu'Hannibal avait subi n'était rien en comparaison de ce qu'il prévoyait de lui faire…

---

[77]Traduction du breton : « chieur ».

[78]Traduction du breton : « con ».

# 13.

Nadeem Al-zahrani avait rendez-vous dans l'une des cités à risques du « 93 ». Accompagné de ses gardes du corps, il pénétra dans une tour sordide et entra dans un ascenseur tagué qui l'était tout autant. Une forte odeur d'urine empestait l'air, obligeant le riche contrebandier à se couvrir le nez avec un mouchoir en soie.

Tout ce potentiel gâché… déplora-t-il.

Ses sbires, pour certains des voyous, acquiescèrent. Ces îlots regorgeaient de talents mais l'absence d'égalité des chances, la disparition de l'État et l'appât du gain obéraient toute possibilité de développement…

Les portes s'ouvrirent dans un long grincement. Là, Nadeem et ses hommes découvrirent un étage somptueusement décoré. Il sourit, cela seyait plus à sa personne. Des gardes, pistolets à la main, le toisèrent puis le fouillèrent. Il montra patte blanche avant d'être invité à entrer dans un luxueux appartement comportant une salle de sport, un sauna, un jacuzzi et beaucoup de jeunes femmes dévêtues. Un Maghrébin d'une trentaine d'années, en peignoir doré, l'accueillit à bras ouverts. Ils s'enlacèrent et rirent.

— Nadeem, mon ami !

— Youssef, quel plaisir de te retrouver !

— Combien de temps ça fait, hein ?

— Deux ans, je crois !

— Le temps passe tellement vite !

— Tu ne me le fais pas dire !

Puis, les bras écartés, Nadeem tourna sur lui-même.

— Ton retour en France t'a bien réussi !

— Oui oui, le business ne fonctionne pas trop mal…

— Justement, je viens pour cela !

— Allons dans mon bureau, veux-tu ?

Deux vigiles firent coulisser deux portes, Nadeem découvrit une grande pièce meublée avec goût, avec plus d'objets en or qu'il n'en avait jamais vu. Excepté chez lui ! Partout, des écrans affichant les informations, du sport et même du porno.

— Magnifique ! Tout cela est magnifique !

— Merci, Nadeem. Je passe beaucoup de temps à travailler, j'ai donc besoin de le faire dans les meilleures conditions.

— Avec toutes ces jeunes femmes à portée de main ou de… doigt ?

— Ah, tu sais bien que depuis le *djihad*, j'ai envie de m'amuser !

Ils s'esclaffèrent.

— Oui, je te comprends. Je te revois encore en Syrie, armé jusqu'aux dents et capable de décapiter le moindre infidèle.

— Le bon vieux temps !

— J'en conviens ! Pourquoi es-tu donc rentré ? Tu avais l'air de t'épanouir là-bas !

— Oui, oui, c'était bien. J'avais beaucoup de combattants sous mes ordres mais j'ai fini par me lasser. Le manque d'argent, la nourriture, les conditions de vie, les attaques de drones…

— Et le manque de femmes !

— Ha ha, tu me connais bien !

— On est pareils, vieux frère.

— Je t'offre un verre ?

— Tu bois ?

— Oui, mais seulement les meilleurs alcools !

Youssef lui fit signe de s'asseoir avant de lui servir un verre d'un cognac hors de prix, l'une de ses récentes découvertes.

— Mes hommes ont fauché ça la semaine dernière. Trois mois que je faisais surveiller l'entreprise !

— Fauché ? Tu pourrais te le payer !

— Oui, mais j'aime trop jouer au mauvais garçon !

— Je vois ça !

— En parlant de ça, dis-moi ce qui t'est arrivé au visage ?

Affichant un air menaçant, Nadeem toucha les petites plaies laissées par Nour et Voyou.

— J'ai dessoudé un désagréable souvenir…

— Ah bon ?

— Ouais, je l'ai balancé par la fenêtre…

— Ha ha ha, je te reconnais bien là ! Tu n'hésites pas à te salir les mains quand il le faut !

— Il faut en passer par là pour réussir. C'est ce qui nous différencie du commun des mortels !

Ils levèrent leur verre et burent en silence, savourant cet alcool délicieux. Youssef s'assit en face et sourit.

— Alors, pourquoi es-tu venu me voir ?

— Pour parler affaires !

— Génial ! J'ai toujours apprécié bosser avec toi ! En Syrie, tu nous fournissais les meilleures armes, les meilleures drogues et les meilleures filles. Mes gars t'adoraient.

— Je choie systématiquement mes clients !

— Excellente stratégie commerciale ! Et qu'as-tu en tête, ici ?

— Écoute, je m'installe à Paris. J'ai assez bourlingué et mis ma peau en danger comme ça. Il est temps pour moi de profiter de la vie et j'ai choisi la France. Dans ce pays, je peux faire ce que je veux.

— Et la police ?

— J'ai quelques flics dans ma poche…

— Intéressant…

— Tu peux le dire. Le fonctionnaire français est un peu plus difficile à convaincre que le Libyen ou le Syrien, mais je trouve toujours le juste prix. S'ils étaient mieux payés…

— Je suis bien d'accord. L'une de mes putes était enseignante. Elle gagne cinq fois son salaire depuis qu'elle bosse pour moi.

— Tu payes la pipe si cher ? se moqua Nadeem.

— Non, imbécile ! Je lui ai confié le recrutement de lycéennes. Il y a un marché pour ça. Elle utilise les réseaux sociaux, elle est douée.

— Et ça marche ?

— Tu sais, les gamines du coin, elles veulent qu'on leur vende du rêve.

— Mais quand même…

— J'en ai attiré plein dans le bourbier syrien. Tu penses bien qu'elles se bousculent pour un peu d'oseille et une gloire éphémère !

— C'est vrai…

— Tu désapprouves ?

— Non, au contraire ! J'admire ton évolution !

— Que veux-tu dire ?

— Là-bas, tu citais le livre sacré à longueur de journée. Maintenant, tu as mis le pouvoir au centre de tes préoccupations.

— C'est en Syrie que j'ai appris tout ça. On a rackетté toutes les cimenteries et les pétroliers, on a pris des otages, exigé de fortes rançons pour des Occidentaux, vendu des êtres humains…

— Et, comme moi, tu as réalisé que, dans la vie, il faut savoir mettre ses scrupules ou la tradition de côté !

— Tout à fait, Nadeem. Pourquoi devrais-je dormir sur une paillasse dans un désert alors que je peux mener la grande vie chez moi ?

— Et tu n'as pas eu de problèmes à ton retour ?

— Je me suis bien fait arrêter et interroger mais ils ont fini par me relâcher. Ils ont bien vu que j'avais d'autres passions.

— Et ils te laissent faire ?

— Bah, faut croire. Je pense qu'ils ont du mal à suivre tout le monde et qu'ils se focalisent sur ceux qui foutent le *dawa*[79] !

Nadeem porta un toast :

— À ton succès !

— Et au tien !

— Parlons-en, si tu veux bien.

Youssef se pencha vers lui.

— Je t'écoute…

— J'aimerais écouler du Captagon en Syrie.

— Oui et ?

— Tu dois encore avoir des contacts, n'est-ce pas ?

— Ça se pourrait bien…

— Je te file une commission sur chaque transaction et on s'en met plein les poches.

Youssef réfléchit.

— Ça pourrait me placer dans le radar des autorités. Je viens de te dire que j'ai réussi à m'en sortir et…

---

[79]Mot arabe signifiant « désordre ».

— Ne t'en fais pas pour ça : je gère !

— Vraiment ?

— Mes relations…

— Il faudra m'en dévoiler plus.

— Disons qu'ils sont haut placés. Je les aide, ils m'aident. Tu vois ?

— Oui… Tu en as de la chance…

— Si tu me permets de me développer, je te les présenterai. Entre partenaires, il faut s'épauler.

Youssef lui tendit une main que Nadeem serra.

— Youssef, mon ami, tu as fait le bon choix !

— Je pense aussi. C'est tout ce dont tu avais besoin ?

— Non, j'ai également besoin de travailleuses !

— Quel genre ?

— Celles qui écartent les cuisses, qui vident des bourses et remplissent la mienne ! plaisanta Nadeem.

— Ça peut se trouver. Et pour le transport ?

— Je m'en occupe ! Pille les villages, rassemble des filles et je me charge du reste. Je te paierai un pourcentage sur chaque tête vendue !

— Entendu, je ferai passer le message.

— Quelle joie d'être venu ici !

— Partagée ! Pour fêter ça, ça te dirait un petit *show* ?

— Tu m'intrigues…

— Viens avec moi dans le salon !

Nadeem accompagna son associé et s'installa sur un canapé en cuir rouge. Youssef tapa des mains, des rideaux furent tirés, une lumière tamisée arrangée, une musique suggestive lancée ; les jeunes femmes s'animèrent dans des poses lascives.

— Youssef…

— Oui, Nadeem ?

— Le djihad, c'est vraiment du passé !

— Oui, ici, c'est le paradis !

— Mais c'est bien dommage qu'elles ne soient pas vierges !

Ils s'esclaffèrent puis contemplèrent le spectacle. Nadeem applaudit, se déhancha, fessa des danseuses avant de retourner s'asseoir.

— Alors, que penses-tu de ma petite fête ?

— Elle est géniale ! J'en organise souvent.

— Ah bon ? Et tu ne m'as jamais invité !

— Laisse-moi me rattraper ! Je te ferai découvrir quelque chose d'exceptionnel ! Quelque chose réservé à l'élite parisienne !

— Je compte sur toi !

— Je te donne ma parole, tu ne le regretteras pas !

— Toi non plus !

Il claqua des doigts et les filles se mirent à nu. Nadeem cria son excitation, presque un aboiement…

Une bonne heure plus tard, Nadeem monta dans sa berline blindée de marque allemande et ordonna un retour sur Paris. Il savoura cette négociation rondement menée. Il obtiendrait de nouvelles parts de marchés et céderait la gérance à Youssef, un homme de paille qu'il balancerait à la DGSI dès qu'il n'aurait plus besoin de lui… Il avait tout prévu. Ainsi, il s'assurerait le maintien de relations prospères avec les autorités françaises. Cela ferait même de lui un héros national, il le pensait très sincèrement. Il se voyait déjà décoré de la prestigieuse Légion d'honneur[80]. Après tout, nombre de personnalités publiques au passé trouble avaient été honorées : Benito Mussolini[81], le général Franco[82], le dictateur

[80]L'ordre national de la Légion d'honneur est l'institution qui, sous l'égide du grand chancelier et du grand maître, est chargée de décerner la plus haute décoration honorifique française. Instituée le 19 mai 1802 par Bonaparte, alors Premier consul de la République, elle récompense depuis ses origines les militaires comme les civils ayant rendu des « services éminents » à la Nation. En 2016, il existait 93 000 récipiendaires vivants, et environ un million de personnes avaient été décorées de l'ordre depuis sa création.

[81]Responsable de milliers de morts entre 1922 et 1943, le chef fasciste Benito Mussolini avait été décoré en 1923 par le ministre du Commerce français de l'époque, Lucien Dior.

[82]Le général Franco est devenu officier de la Légion d'honneur en 1928. L'Espagnol, qui imposa sa loi de 1939 jusqu'à sa mort en 1975, ne fut jamais déchu, même à titre posthume.

socialiste Nicolae Caeusescu[83], Vladimir Poutine[84], Omar et Ali Bongo[85], Mouammar Kadhafi[86] et Bachar al-Assad[87]... Nadeem s'estimait leur égal et attendait que son pays d'adoption le reconnaisse comme tel. Il ferait tout pour atteindre son objectif, quitte à briser le plus de vies possibles pour y parvenir.

Son chauffeur le déposa devant son restaurant. Sa sécurité lui ouvrit la porte et le conduisit jusque dans son bureau. Il sursauta lorsqu'il vit l'expression contrariée de Yacine.

— Parle ! lança-t-il, autoritaire.

— J'ai foiré, patron...

— Comment ça ! Explique-toi ! Et vite !

— J'ai voulu abattre ce chien de Santos dans la rue. Comme dans les règlements de compte pour les trafics de drogue... Vite fait, bien fait...

— Tu l'as manqué, c'est ça ? Je t'avais pourtant dit que Resquer s'en chargerait !

— Oui...

— Comment c'est possible ? s'énerva Nadeem. Tu faisais partie des forces spéciales marocaines !

— Vous ne me croirez jamais...

Excédé, Nadeem se mordit le poing avant de saisir le pistolet de Yacine, qui ne bougea pas. Surentraîné, le Marocain aurait facilement pu désarmer son employeur et le tuer mais il ne s'y risquerait pas. Nadeem lui avait révélé que si l'un de ses hommes se rebellait, une faction secrète s'occuperait de lui et de tous les membres de sa famille. Un massacre sur plusieurs générations...

— À genoux !

Yacine s'exécuta, priant pour son salut.

---

[83]Charles de Gaulle a décoré le Roumain pour des raisons politiques. Mise en place en 1945, la dictature de Caeusescu prendra fin en décembre 1989. Le jour de Noël, il se fera exécuter avec sa femme.

[84]Décoré en 2006 par le président Jacques Chirac.

[85]Dictateurs gabonais de père en fils, ils ont tous les deux été décorés. Ali Bongo l'a été par Nicolas Sarkozy.

[86]Il aurait été décoré en 2007 par Nicolas Sarkozy.

[87]Décoré par le président Jacques Chirac en 2001. Bachar al-Assad a rendu sa Légion d'honneur en 2018.

— Maintenant, parle ! Je te préviens, ton histoire a intérêt à être convaincante ! Je ne tolère pas l'incompétence ! Jamais !

— Juste… Justement, c'est fou ce qui m'est arrivé…

Nadeem lui plaqua le canon contre son front.

— Laisse-moi en juger !

— Un chat…

Nadeem tressaillit, ses blessures lui firent mal à nouveau.

— Un… chat ?

— Oui, roux ! Et hargneux !

— Mais… Mais… Comment ?

— J'allais buter Santos, il ne m'avait même pas vu venir quand, soudain, ce maudit félin m'est tombé dessus.

— D'où ?

— Du toit !

— Du toit ?

— Oui, il a dû sauter pour sauver le flic !

— Pas… Pas croyable…

Blême, Nadeem déposa l'arme sur son bureau, se servit un verre d'un alcool fort et s'assit. L'intervention de Voyou le laissait pantois. Deux fois qu'il contrecarrait ses projets. Deux fois ! Il n'aurait jamais imaginé qu'un animal si insignifiant serait capable de mettre en péril ses opérations.

— Lève-toi…

— À vos ordres.

— Yacine, je vais te donner une dernière chance. Tu vas réfléchir à un plan pour faire tomber ce flic et tu vas me capturer ce chat.

— Je ne le supprime pas ?

— Non, je veux que tu me l'amènes. Je m'en occuperai moi-même. J'ai un compte personnel à régler avec lui…

— Avec le chat ou le flic ? Désolé, mais je ne suis pas sûr de comprendre.

— Avec le chat, Ducon ! Le poulet, tu t'en débarrasses ! Par contre, l'emmerdeur à quatre pattes, je vais le torturer bien comme il faut !

Yacine haussa les épaules et se gratta la tête.

— Euh, OK. Je m'y mets tout de suite.

— Prends ton temps cette fois : aucune erreur ne sera tolérée.

— Ne vous inquiétez pas, je ferai ça discrètement. Santos va disparaître dans la nature…

Une fois Yacine sorti, Nadeem composa le numéro de Franck Resquer.

— Allô, Resquer ? On a un nouveau problème !

— Oui, je sais ! Je suis dans votre restaurant !

— Vous êtes déjà là ?

— Oui, j'arrive.

Quelques secondes plus tard, Resquer, visage rubicond, fit son apparition. Le doigt levé, il s'avança vers Nadeem.

— Quelle pagaille ! Vous avez essayé de buter ce fouille-merde de Santos au grand jour ! Je suis dans la mouise ! Comment vais-je étouffer ça ?

Nadeem alla à sa rencontre, et lui sourit avant de lui asséner une gifle retentissante. Surpris et bousculé par la violence de l'attaque, Resquer s'écroula. Il se tint la joue.

— Mais vous êtes fou, Nadeem ? Pour qui vous prenez-vous ?

Le Saoudien le domina.

— Pour ton nouveau patron !

— Avez-vous perdu l'esprit ?

Nadeem s'empara d'une télécommande posée sur une commode en bois sombre. Il visa un téléviseur et appuya sur le bouton lecture. Plusieurs séquences s'enchaînèrent en boucle. On y voyait Resquer, pantalon sur les chevilles en train de jouir. Il apparaissait ensuite dans une autre scène suggérant de la corruption.

— Vous… Vous m'avez filmé ?

— Oui, bien sûr.

— Mais c'est interdit !

— Tout comme jouir dans la bouche d'une gamine ou accepter un pot-de-vin !

Resquer se redressa avec difficulté. Il suait à grosses gouttes, une énorme veine visible sur son front.

— Je vais vous foutre au trou ! Terminé notre accord ! Vous ne reverrez plus jamais la lueur du jour !

Impassible, Nadeem le saisit par la cravate, l'attira à lui avec violence et lui maintint la tête en direction de l'écran.

— Si jamais tu tentes quoi que ce soit contre moi, sache que je dispose de l'immunité diplomatique. Et si tu entreprends de me faire disparaître avec quelques flics ripoux, une spécialité française, ces vidéos tourneront en boucle dans tous les médias. Ta carrière sera terminée et, pour ainsi dire, ta vie !

Il relâcha Resquer, qui tituba avant de s'asseoir par terre, incrédule.

— Nous devions… Nous devions nous entraider… balbutia-t-il.

— Oui, tout à fait. Et nous le ferons. Ces vidéos, ce sont juste des polices d'assurance. Si je veux m'épanouir en France, je dois m'assurer que tout se passe pour le mieux. Nos accords perdureront et se renforceront. Dans quelques mois, je vous livrerai le nom de financeurs du djihadisme. Vous pourrez fanfaronner devant les caméras et devenir le nouvel homme fort de la DGSI. Vous voyez, j'ai à cœur les intérêts de votre service.

— …

— Allons, Franck, reprenez-vous !

— …

— Dois-je faire venir la gamine pour qu'elle vous remonte le moral ?

— …

Les yeux rougis, Resquer, débraillé, se releva et remit son costume en place.

— Je… Je ferai en sorte d'étouffer cette affaire.

— Parfait !

— Par pitié, ne commettez plus d'impair. Je ne peux pas faire de miracle et je ne tiens pas à ce que tout me retombe dessus.

— Ne vous en faites pas, tout va rentrer dans l'ordre. Vous pourrez profiter de votre bonus et venir vous détendre ici autant de fois que nécessaire.

— Ne comptez plus sur moi pour…

— Vous ferez ce que je vous ordonne ! Si je veux que vous baissiez votre froc, vous le ferez avec le sourire ! Ai-je été assez clair ?

— Ou… Oui…

— Très bien. Maintenant, allez gérer ce dossier. Nous en finirons dans les prochaines heures ou les prochains jours. Santos doit être en état de choc. Il devrait faire profil bas après avoir échappé deux fois à la mort. Nous avons le temps de planifier notre revanche. La dernière !

Humilié, Resquer fila sans demander son reste. Nadeem tira d'un tiroir un ordinateur portable avec un fruit pour logo. Il pianota sur internet les mots « *chat démon* » et essaya de trouver une explication à la malédiction Voyou…

Il n'en découvrit aucune. Aucun auteur n'avait jamais abordé un tel sujet…

# 14.

Après un excellent dîner en compagnie de Félicie – enfin rassérénée –, Léopold lui affirma être fatigué. Elle quitta son logement à regret, tout de même satisfaite d'avoir passé un agréable moment en sa compagnie. Elle l'embrassa même sur la joue, troublant un peu plus le taciturne policier, qui bafouilla. Après quelques taquineries de la part de la vétérinaire, ils convinrent de se revoir le lendemain pour s'assurer de leur état respectif. L'armure de Léopold se fissurait peu à peu, il s'en rendait bien compte. Lutterait-il contre les charmes de sa sympathique voisine ? Il n'était pas sûr d'en avoir envie. Il voyait en elle plus qu'une partenaire potentielle. Sa douceur, sa joie de vivre contagieuse et son amour des animaux faisaient d'elle une personne digne d'être aimée.

Installé devant son ordinateur, Léopold chassa néanmoins ces pensées et tapa sur Google® : « Nadeem Al-zahrani ». Il dénicha quelques articles de presse en langue arabe, que Google traduisit automatiquement. Il serra les poings en découvrant les mots « philanthrope » et « homme de paix ». L'argent pouvait donc tout acheter, même une réputation…

— Incroyable ! Ce Nadeem ne recule devant rien pour se faire mousser !

À la mention du prénom de son ennemi, Voyou sortit de sa cachette et sauta sur le bureau.

— *T'as trouvé quelque chose, humain ? Dis-moi tout ! Où est-ce que je peux le rencontrer ?*

— Voyou, quel plaisir de te voir ! Viens là, mon beau !

Léopold tenta de le caresser mais le chat l'écarta d'un coup de patte.

— *Arrière, esclave ! Tu n'es pas digne de me toucher !*

— C'est encore trop tôt ? OK, je patienterai…

— *Tu seras mort avant que je ne te tolère dans ma vie ! Ma Maman est... était...*

Il se tut, toujours incapable d'accepter le décès de Nour.

— Voyou ? Tu en fais une tête…

*— Tu veux qu'on parle de la tienne ? Avec ta face de coincé devant la voisine ! Ne me donne pas de leçon !*

Léopold se leva et quitta la pièce.

*— Quoi, t'es vexé ? Les humains sont tellement susceptibles !*

Léopold revint toutefois le sourire aux lèvres avec un paquet de friandises pour chat, acheté une petite fortune dans une boutique spécialisée de la capitale.

— Tiens, Voyou, c'est cadeau ! Ça devrait te remonter le moral !

— ...

— Allez, goûte ! Rita les adore !

*— Vu qu'elle bouffe à tous les râteliers, je ne suis pas sûr que ce soit un gage de qualité...*

— Allez, mange dans ma main.

*— Hé, pour qui me prends-tu ? Je viens peut-être de la rue mais je ne mange pas dans la main d'un inconnu !*

Bien que Léopold ne parlât pas le « chat », il comprit la situation et s'en alla chercher un bol, qu'il remplit.

— Voilà, monsieur est servi !

*— Enfin, je suis traité avec un peu d'égard ! Je finirai peut-être par faire de toi un domestique convenable ! Du moins, le temps que je passerai ici...*

Voyou avala quelques gourmandises. Poulet, bœuf, saumon, d'exquises saveurs pour ses délicates papilles !

— Je vois que ça te plaît. J'en rachèterai.

*— Fais donc ça, esclave. Ton maître mérite le meilleur.*

Léopold tendit une main vers le félin mais arrêta son geste devant son regard noir.

— Désolé…

*— Bien essayé, forceur, mais c'est toujours non ! Quelques gâteries ne me feront pas changer d'avis. Intègre que le consentement mutuel, ça s'applique aussi chez les animaux. Continue donc de bosser, je veux tout savoir !*

Léopold se remit devant son écran et pianota sur son clavier.

— Bon, revenons-en à nos moutons, je vais tenter d'en apprendre plus sur ce Nadeem.

Il sélectionna l'onglet « images » et les passa en revue. Voyou se redressa et donna des coups de patte sur le moniteur.

— *Meurs ! Meurs ! Meurs !*

— Du calme, Voyou ! Il n'est pas vraiment là !

— *Mais je le vois, ce meurtrier !*

— Ce n'est qu'une photo !

Voyou se rappela sa conversation avec Rita sur la télévision. Il s'apaisa mais maugréa quand même.

— *C'est bien dommage...*

— Voyou, j'ai l'impression que tu essayes de me dire quelque chose...

— *T'es sérieux ? Je viens de te désigner l'assassin ! T'es vraiment un flic ? Chatpristi, je suis tombé sur un incompétent !*

— Tu m'as l'air bien énervé... Ça confirme mes soupçons... Ce salaud a fait du mal à ta mère...

— *Ouiii !*

Léopold demeura pantois devant l'agitation de Voyou.

— C'est comme si tu me comprenais...

— *Bah oui, gros bêta ! Je comprends tout ce que tu dis ! Vous les humains, vous vous croyez si supérieurs ! Nous les chats, on saisit votre langue mais vous, vous êtes incapables de piger la nôtre !*

Soudain inquiet, Léopold se mordilla la lèvre inférieure.

— Malheureusement, je ne trouverai rien de plus sur le net... Nadeem est un malin, il ne montre que ce qu'il veut.

— *Tu ne vas quand même pas abandonner ?*

— Je vais devoir demander un service pour en apprendre plus...

— *Ah, tout de même ! J'ai eu peur !*

— Je vais enquêter discrètement sur les avoirs de ce type...

Léopold sortit son smartphone de sa poche et fit défiler les dix numéros qu'il comportait. Il sélectionna le contact d'un certain Geoffrey Bazas, un collègue des renseignements rencontré à l'école de police. Léopold avait gardé plusieurs fois son chat, suscitant ainsi une solide amitié. On ne confie jamais son animal à n'importe qui !

Il prit son inspiration, cliqua sur le logo du téléphone et utilisa le mode haut-parleur. Geoffrey, toujours au bureau malgré l'heure tardive, décrocha à la troisième sonnerie. Il manifesta son enthousiasme, faisant de ce fait plaisir à Léopold. Après lui avoir relaté tous les faits, il fut heureux d'apprendre que Geoffrey ne supportait pas Franck Resquer.

— Tu as failli te faire tuer à deux reprises ? C'est fou ! Tu vas bien ? Tu veux que je passe ?

— Pas besoin, ne t'inquiète pas.

— Tu veux rester chez moi quelques temps ?

— Non, ne t'en fais pas.

— Je suis là, hein !

— Je sais, Geoffrey. Merci beaucoup !

— Je n'arrive pas à y croire. Ton histoire va loin…

— J'avoue que j'ai eu beaucoup de chance mais ça ne m'empêchera pas d'aller jusqu'au bout.

— Je te reconnais bien là, Léo. C'est ce que j'apprécie chez toi : tu as des tripes et du cœur ! C'est vraiment sympa de ta part d'avoir recueilli ce chat. Il va être bien dans ton appart.

— *Oh, laisse-moi en juger, humain ! Pour le moment, c'est pitoyable ! Entre l'obsédée sexuelle et le chatophile, j'ai peur !*

— Geoffrey, je crois que Voyou te salue ! C'est un amour ! Un peu craintif, mais adorable !

— *Menteur ! Je ne le salue pas du tout ! Je l'emmerde même ! Quant au mariole au bout du fil, aboule les informations avant que je ne t'ajoute sur ma liste !*

— Coucou Voyou ! Moi, c'est Geoffrey ! Je te fais plein de bisous !

— *Ma parole, ils sont tous dingues ! FILE-NOUS CES PUTAINS D'INFOS, GEOFFREY !*

— Il a l'air vraiment content de t'entendre ! se trompa Léopold. Je te le présenterai à l'occasion, je suis sûr que vous vous apprécierez !

— *C'est ça, oui ! Je lui grifferai les parties !*

Geoffrey toussa pour s'éclaircir la gorge.

— Léo, je devine que tu vas me demander un petit service.

— Oui, j'aimerais des renseignements sur un certain Nadeem Al-zahrani. Un riche Saoudien. Resquer et lui me semblent bien proches et…

— Je vais me répéter concernant Resquer : c'est un con ! Hautain, sanguin, la totale ! Personne ne peut le piffer ! Mais ce mec, c'est un gros bonnet ! Tu risques ta carrière, Léo !

— Je sais, Geoffrey…

— Bon, je t'envoie tout ce que j'ai d'ici quelques minutes. Tiens-moi au courant et n'hésite pas à me contacter en cas de problème.

— Tu me sauves, l'ami ! Je t'en dois une !

— Mais non, les amis sont faits pour ça ! Comme il se fait tard, je vais bientôt rentrer. Je te laisse prendre connaissance du dossier et on se rappelle dans les prochains jours pour en discuter. Ça te convient ?

— C'est parfait !

— Pas de bêtises, on est bien d'accord ?

— Promis !

Ils raccrochèrent. Léopold s'empressa de se connecter à sa boîte mail. Durant l'attente, il joua avec un stylo. Voyou apprécia l'implication du policier, sans montrer toutefois le moindre signe de reconnaissance.

— Yes ! Le courriel est arrivé !

Léopold se hâta de l'ouvrir et de télécharger la pièce jointe. Trois pages seulement.

— Mince, il n'y a pas grand-chose…

Il imprima les documents et parcourut les lignes avec attention. L'identité de Nadeem était déclinée, ainsi qu'une partie de ses activités clandestines supposées. Léopold s'étonna qu'aucune enquête ne fût en cours avant de se raviser : cela prouvait bien que le Saoudien bénéficiait d'une certaine clémence de la part de l'Administration. Certains de ses établissements étaient listés, sa nouvelle résidence et son restaurant photographiés, plusieurs noms d'entreprises consignés… Il se focalisa sur ces dernières, entrant leurs informations dans le moteur de recherche. Nombre d'entre elles étaient fermées ou ne renvoyaient à rien de traçable…

— Il est doué pour brouiller les pistes…

Au détour d'une page web, il tomba par hasard sur l'adresse d'un entrepôt et la nota dans son GPS. Il réfléchit avant de succomber à la tentation…

— Je vais aller y faire un tour… Rien ne dit qu'il occupe toujours les lieux, mais je trouverai peut-être un indice !

— *Génial ! Allons-y !*

Cependant, sans le savoir, Léopold calma ses ardeurs.

— Voyou, sois bien sage pendant que j'enquête !

— *Sérieux ? Tu vas me laisser ici ?*

— Je suis content que tu comprennes. C'est bien trop dangereux pour un chat.

— *N'importe quoi ! Je viens de te sauver les miches !*

Léopold rangea le dossier dans un tiroir, sous une pile de factures, avant d'aller embrasser Rita. Il s'équipa ensuite puis partit sans un bruit : il craignait la réaction de Félicie.

— *Je n'y crois pas ! Cet ingrat me laisse en plan !*

Voyou se rua dans le salon et grimpa sur l'arbre à chat.

— *Rita, ouvre la fenêtre !*

— *Désolée, mon mignon, mais je ne peux pas faire ça !*

— *Laisse-moi sortir !*

— *Non, mon amour ! J'ai peur de te perdre !*

— *Ah, mais t'es grave, tu devrais voir un psychatre*[88] *! Tu me saoules avec cette histoire ! Le chatrcèlement*[89] *sexuel est puni par la loi !*

— *Seulement chez les humains ! Les chattes montrent souvent leur croupe dans l'espoir d'être fécondées durant leurs chaleurs. Je ne t'apprends rien. Ou bien serais-tu... puceau ?*

— *Tu m'énerves !*

Elle rit.

— *Ouvre, femelle !*

— *Non, je ne veux pas qu'il t'arrive quoi que ce soit !*

— *Réfléchis un peu, Rita ! J'ai déjà sauvé la vie à ton esclave !*

— *Oui et ?*

— *Il fonce vers le danger ! Il a donc besoin que je couvre ses arrières !*

---

[88]Ici, « psychiatre ».

[89]Ici, « harcèlement ».

Déstabilisée, elle réfléchit enfin.

— *Tu as raison...* concéda-t-elle. *Je compte sur toi pour faire bien attention à lui et... à toi.*

— *Je m'y engage, Rita.*

Elle lui ouvrit.

— *Reviens-moi vite, mon beau mâle !* miaula-t-elle dans la nuit.

— *Chat alors, tout le monde a dû l'entendre ! La honte qu'elle me met, cette naturiste...* pesta Voyou. *De toute façon, je ne suis le chat que de ma petite Maman !*

Voyou sauta sur la toiture en contrebas et atterrit sur une poubelle, qui se renversa de manière sonore. Léopold sursauta et, par réflexe, se retourna. Voyou se cacha derrière une voiture, et rampa dessous pour rejoindre celle de son esclave. Profitant de son inattention, il s'infiltra au dos du siège conducteur avant que la portière ne se referme. Surtout pas un bruit...

Après un trajet d'une quarantaine de minutes, Léopold se gara dans une zone industrielle, à quelques mètres d'un vieil édifice – une usine – en apparence à l'abandon.

— Zut, ça a l'air désert !

Ne voulant pas s'être déplacé pour rien, il décida d'aller l'explorer. À peine était-il sorti qu'il remarqua enfin la présence de Voyou, à ses pieds.

— Mais... Mais... Qu'est-ce que tu fais là ? Je t'avais dit de rester bien sagement à l'appartement !

— *Dans tes rêves !*

— Voyou, c'est dangereux ! Attends-moi dans la voiture !

— *Non !*

Léopold tenta de l'attraper mais Voyou disparut sous le véhicule.

— Tant pis, reste là. Je reviens dans cinq minutes !

— *Compte là-dessus !*

Léopold récupéra une lampe de poche, vérifia son armement puis trottina jusqu'au bâtiment. Il en fit le tour et chercha une entrée. Il fut étonné de découvrir plusieurs portes blindées, suscitant d'autant plus sa curiosité.

— Il doit y avoir quelque chose d'intéressant à l'intérieur… Qui dépenserait autant pour empêcher l'accès d'une ruine ?

Il poursuivit son enquête avant de tomber sur un escalier qui dirigeait vers un sous-sol. Il le descendit et rencontra une porte à double battant, dissimulée derrière des palettes. Un peu moins moderne, il avait bon espoir de la crocheter. Henri, son mentor, lui avait tout appris sur le sujet. Il dégagea le passage, en prenant soin de ne pas faire de bruit. Il s'attela ensuite à déverrouiller la serrure. Concentré, il ne remarqua pas Voyou, bien caché dans l'ombre d'un tonneau rouillé.

— *Tu vas y arriver, l'humain ! Tu m'as l'air d'être un empoté avec les femelles mais tu maîtrises un minimum ton boulot.*

Soudain, un déclic retentit.

— Bingo, j'ai réussi !

— *Dépêche-toi d'entrer ! Ma Maman est peut-être dedans !*

Comme s'il obéissait à Voyou, Léopold ouvrit lentement la porte et pénétra vers l'inconnu. Il cala néanmoins une pierre dans l'entrebâillement pour la laisser entrouverte, juste au cas où… Le félin le suivit dans la pénombre.

Ils remontèrent un couloir insalubre aux murs recouverts de mousse et empestant l'humidité. Un nouvel escalier se présenta à eux. Ils le gravirent et débouchèrent sur une salle immense. Le cœur de Léopold se serra : des femmes – entourées par des gardes – y étaient retenues prisonnières. Des clandestines ! Il se hâta de se cacher derrière des caisses et observa. Elles s'affairaient sur des machines à coudre : de la contrefaçon !

— Nadeem, espèce d'ordure, tu es un vrai touche-à-tout…

Il souleva discrètement le couvercle d'un caisson et dévoila des sacs. Il en attrapa un et l'examina : la copie parfaite d'une grande marque de luxe…

Il inspecta les lieux. La salle avait été séparée en plusieurs blocs : un endroit pour le couchage, un autre avec des commodités sommaires et un dernier pour travailler.

— Les pauvres, il les exploite sans vergogne… souffla-t-il. Tu parles d'un philanthrope…

Il se déplaça encore, prenant même quelques photos avec son smartphone. Hélas, le manque de luminosité rendait les clichés de mauvaise qualité.

Léopold repéra enfin un bureau allumé mais désert. Il hésita… Poussé par la curiosité, il entra et fouilla. Il déglutit lorsqu'il découvrit des écrans. Des caméras l'avaient filmé mais, fort heureusement, le garde n'était pas à son poste.

— Faut que je me tire d'ici…

Au moment de partir, il vit un ordinateur portable. Sur le moniteur, des tableurs Excel avec des noms, adresses et d'importantes sommes d'argent.

— Super, je pourrais peut-être dénicher des informations intéressantes sur Nadeem…

Il s'en saisit et se dirigea vers la porte. Malheureusement, il tomba alors nez à nez avec un vigile, qui tressaillit avant de porter la main à un pistolet. Léopold lui asséna un coup de poing au visage, l'homme para puis répliqua du pied. Le policier bloqua avec son tibia mais vit le canon être pointé sur lui. Le tir détona mais Léopold plongea, roula avant d'utiliser la seule chose qu'il tenait : le PC ! Il le jeta comme un frisbee au front de son adversaire, qui gémit et s'écroula. Léopold l'assomma en le cognant contre une armoire, dégaina et se rua vers la sortie.

Des cris, des ordres, quelques coups de feu approximatifs ! Grâce à l'obscurité, Léopold put s'éloigner de la zone de combat et fila vers l'extérieur. Hélas, à quelques mètres de l'escalier menant au sous-sol, un homme corpulent le mit en joue. Malgré la distance, Léopold comprit que l'ennemi ne comptait pas faire de prisonnier. L'inspecteur n'avait aucune échappatoire si ce n'était…

*

De son côté, Voyou, à la recherche de sa mère, inspectait aussi les lieux.

— *Non, elle n'est pas là, ni là et encore moins là. Ma Maman chérie, où es-tu ?*

Il repéra deux gardes et se cacha pour les écouter.

— Hé, t'as vu les petites nouvelles ?

— Oui, j'en ai déjà remarqué des pas mal.

— Pas mal ? Il y en a deux ou trois qui m'ont filé la gaule !

— Ha ha, t'es chaud !

— Je vais essayer d'en choper…

— Fais gaffe, le patron n'aime pas du tout ça. Elles doivent se concentrer sur leurs tâches.

— Tu parles, il préfère se les garder…

— Oui, aussi…

Ils s'éloignèrent.

*— Les humains me dégoûtent : ils ne peuvent pas s'empêcher de faire des misères à leur prochain. Si les méchants n'étaient pas aussi nombreux, je me serais occupé de ce pervers ! Maman a beaucoup souffert à cause de l'un d'eux…*

Toutefois, pour se venger, Voyou commit quelques bêtises. Dans un coin cuisine, il avala les saucisses de plusieurs hot-dogs tout juste sortis du four.

*— Bim, ça vous apprendra, bande de chatlauds !*

Traversant leur vestiaire, il urina sur leurs affaires

*— Hé hé, bonjour l'odeur !*

Toujours révolté, il se contorsionna pour déposer un étron dans le café encore fumant d'un vigile parti aux toilettes.

*— J'espère qu'il l'aime corsé !*

Dans une pièce où trônait un tas de billets, il en déchiqueta plusieurs. Un jour, sa mère lui avait expliqué qu'ils permettaient de se procurer des croquettes. Des montagnes de croquettes ! Il comprenait donc qu'ils avaient de la valeur…

*— Apprenez que le crime ne paie pas ! Tiens, mais c'est puissant, ça ! Je la ressortirai !*

Alors qu'il réfléchissait à une nouvelle série de vengeances, il entendit les pleurs d'une jeune femme. Des images de sa maman saturèrent son esprit… Ému, il se rendit auprès de la captive pour la consoler.

Prostrée dans un coin, une adolescente à la peau bronzée et aux beaux cheveux noirs sanglotait. Son visage ensanglanté démontrait la brutalité de ses cerbères. Voyou se frotta contre ses jambes et ronronna.

*— Accroche-toi, petite humaine, on va t'aider. Peut-être pas maintenant, c'est trop dangereux autant pour toi que pour nous, mais tu peux compter sur Léopold et moi pour trouver une solution.*

Reconnaissante, elle le caressa et s'apaisa.

*— Voilà, sèche tes larmes, ces monstres ne les méritent pas.*

Elle lui sourit, réchauffant son petit cœur blessé.

*— Ne les laisse plus jamais te faire pleurer, tu vaux mieux qu'eux et...*

Des coups de feu l'interrompirent.

*— Ah, Léopold, qu'est-ce que t'as encore fichu ? Humaine, je dois t'abandonner, mon esclave s'est une nouvelle fois mis en danger !*

Humant l'air, il repéra la position du policier et s'y précipita.

*— Nom d'une castration, ce type attire les problèmes comme une chatte en chaleur les prétendants !*

Traversant la grande salle à toute vitesse, il déséquilibra même un criminel en pleine course, en passant entre ses jambes.

*— Bien fait !*

Près de la sortie, il repéra enfin Léopold en fâcheuse posture.

*— J'active le mode « chatratéka*[90] *» !*

*

L'inspecteur n'avait aucune échappatoire si ce n'était... Voyou ! Oui, à la surprise de Léopold, le chat s'attaqua au criminel ! Il bondit sur l'arme, déviant les tirs avant de terminer par un saut périlleux arrière. Magistral !

— Voyooou ! ne put réprimer un Léopold reconnaissant.

*— Ça va te coûter cher en pâtées et croquettes !*

Grâce à son élan, Léopold réalisa un coup de pied sauté qui libéra la voie.

— Voyou, on file !

*— Pas besoin de me le dire deux fois ! Maman n'est pas là et l'accueil est à déplorer !*

---

[90] Ici, « karatéka ».

Ils coururent dans le couloir et ressortirent sains et saufs.

— Vite, à la voiture !

— *Je te suis, chauffeur !*

Léopold ouvrit sa portière et fit monter Voyou, qui s'installa sur le siège passager. Dressé sur ses pattes arrières, il vit arriver les gangsters.

— *Dépêche, les méchants sont là !* miaula-t-il.

— Cramponne-toi, mon Voyou !

— *Stop les familiarités ! N'en profite pas, chatophile !*

Léopold démarra à toute vitesse, zigzaguant pour éviter les balles. Quand ils furent assez éloignés, et après avoir vérifié de ne pas être pourchassés, Léopold gara l'automobile, et entra dans une boutique de quartier, une casquette noire vissée sur la tête. Il tendit un billet au gérant et, avec son autorisation, utilisa le téléphone. Il appela la police pour signaler la présence de femmes retenues dans l'atelier clandestin ainsi que d'hommes armés. Après s'être assuré que l'adresse avait bien été notée, il raccrocha et partit rapidement.

Une fois dans le véhicule, il regarda Voyou.

— *Quoi ? Qu'est-ce que tu veux ?*

— Tu m'as encore sauvé la vie !

— *Ne te réjouis pas trop vite, ça veut juste dire que tu crains !*

Il mit en route le moteur, s'inséra sur la voie et prit le chemin de son domicile en recourant à un autre itinéraire, bien plus long. Durant le trajet, ils croisèrent un convoi policier, gyrophares allumés et sirènes hurlantes. Les malheureuses seraient bientôt secourues… Les malfaiteurs n'auraient jamais le temps de les évacuer, ils abandonneraient les lieux et recommenceraient autre part, avec une autre équipe. Vu la misère du monde, ils n'auraient aucune difficulté à profiter des rêves de migrants pleins d'espoir.

Léopold reprit la conversation.

— Voyou, je donnerais cher pour te comprendre. Je suis sûr que tu me dis que tu m'aimes ! Oui, j'en suis persuadé vu que tu me protèges tout le temps !

— *Si tu savais, tocard ! Je ne fais que te tolérer et mon seuil est très bas ! Tu flirtes dangereusement avec la ligne rouge !*

— N'empêche, on forme un redoutable duo !

— *Uniquement grâce à moi !*

Galvanisé par les miaulements de Voyou et ignorant tout de leur tonalité acerbe, Léopold s'emballait.

— On est un peu comme… Batman et Robin ! Mais dans une version plus féline : Catman et son fidèle acolyte Voyou. Bon, Voyou ça sonne mal, mais je t'inventerai quelque chose de mieux.

— *Moi, un acolyte ? Décidément, plus je t'écoute, plus j'ai envie de retourner vivre dans la rue ! Et ne t'avise pas de changer mon prénom, c'est Maman qui me l'a attribué !*

— Allons, il est temps de rentrer chez nous. C'est dommage, je détenais un de leurs ordinateurs… Je vais devoir trouver autre chose pour faire tomber Nadeem.

— *Quel que soit le moyen, je le ferai tomber. Tu n'as qu'à me suivre, humain !*

Ce que Léopold ignorait encore, c'est que Nadeem avait tout observé via des caméras de sécurité…

*

De retour de leur mission, Léopold et Voyou, côte à côte, gravirent les marches menant à l'appartement. Dans le hall, le policier avait bien tenté de porter son complice mais celui-ci, excédé par tant d'irrévérence, l'avait menacé d'un coup de griffes. Arrivés devant la porte, Léopold remarqua les signes d'une effraction : la serrure avait sauté !

— Attention, Voyou ! Quelqu'un est venu en notre absence !

— *Chatgneur*[91]*, nous sommes chartcelés !*

Léopold dégaina son arme et, le cœur battant, entra. Rita, sa petite princesse, sa fille adoptive… Le protecteur des animaux était terrifié à l'idée de la perdre ! Après une rapide analyse : personne, seulement un immense fouillis. Les cambrioleurs avaient tout retourné et fracturé.

— Riiita ! Ritaaa ! Où es-tu, ma chérie ? Viens vite voir Papa !

Il criait, les larmes aux yeux.

---

[91]Ici, « Seigneur ».

— *Rita, je ne pensais jamais dire cela un jour mais... ramène vite tes fesses ! Sinon, ton esclave va nous faire une syncope !*

Elle sortit alors et accourut vers Léopold, qui la prit dans ses bras et la cajola.

— Quel soulagement ! Tu es vivante !

— *Papa ! J'ai eu si peur !*

— Je suis rentré, il ne t'arrivera plus rien !

— *Ils... Ils étaient quatre et armés ! Comme dans les films qu'on regarde tous les deux à la télévision !*

— Tout va bien, ils ne te feront pas de mal ! J'y veillerai !

— *J'étais aussi très stressée pour vous deux...*

— *Fallait pas, Rita,* on *a assuré ! la rasséréna* Voyou. *Enfin, j'ai assuré car j'ai encore dû sauver la vie de ton humain...*

— *Encore ?*

— *Oui. Mais t'inquiète, il n'est pas blessé.*

— *Merci, Voyou...*

— *Ne me remercie pas ! Surtout pas ! Je te connais, ça va dériver et je ne veux pas entendre l'une de tes propositions obscènes. Profite de ton esclave, je vais me reposer. Je dois garder des forces pour ma vengeance.*

— *Voyou...*

— *Je t'ai dit de ne pas m'embêter !*

— *Il faut que tu saches qu'ils voulaient tuer Léopold et te capturer.*

Voyou se retourna.

— *Qu'est-ce que tu viens de miauler ?*

— *Ils vous avaient dans le viseur. Ils ont mentionné Léopold et ont ajouté « Le patron veut aussi qu'on lui ramène un putain de chat roux ! ».*

— *Ça devient hors de contrôle... Sans parler du roucisme !*

— *Je ne te le fais pas dire.*

— *Le « patron »... Ont-ils prononcé son nom ?*

— *Je crois qu'ils ont parlé d'un certain « Nadeem ». Ça te dit quelque chose ?*

— *Oui, c'est mon ennemi juré...*

*— Ton « ennemi juré » ?*

*— Le monstre qui a tué ma Maman…*

*— …*

*— C'est un nuisible ! Je vais l'étriper !*

*— Il est bien trop dangereux !*

*— Moi aussi !*

*— Voyou, tu n'es qu'un chat ! Je le concède, tu es beau, « chatrismatique*[92] *» et ton côté rebelle m'excite plus que tout mais tu ne peux pas vaincre un homme !*

*— Détrompe-toi, j'ai dominé Hannibal en lui infligeant une douloureuse castration !*

*— Oui, tu as réalisé un sacré exploit, mais il était seul. Ce Nadeem dispose de toute une organisation. Regarde, ils n'ont pas hésité à cambrioler l'appartement d'un policier !*

*— Je l'ai déjà fait saigner !*

*— Ce n'est pas suffisant ! Ils ont des armes !*

*— Mes griffes sont acérées !*

*— Des armes, Voyou !*

*— En fait, tu ne crois pas en moi ! Tu veux juste copuler !*

*— Non, c'est faux !*

*— Si, ça y ressemble bien.*

*— Non, je te dis. Comme toute bonne partenaire, je ne veux pas qu'il t'arrive quelque chose de fâcheux.*

*— Nous ne sommes pas des partenaires ! Jamais !*

Cette remarque blessa Rita.

*— Voyou, je sais que tu es traumatisé par la mort de ta mère mais ça ne t'avancera à rien de repousser tous ceux qui te veulent du bien.*

*— Je préfère être seul, je souffrirai moins… Maintenant, laisse-moi tranquille, j'ai besoin de me reposer.*

*— Un instant, je n'ai pas terminé !*

*— Je t'ai demandé de…*

*— Écoute-moi, il s'est passé quelque chose de grave !*

---

[92]Ici, « charismatique ».

— *OK, OK, je t'écoute, femelle...*

— *Les cambrioleurs s'en sont aussi pris à la voisine !*

— *La vétérinaire en chaleur ?*

— *Oui, elle-même !*

— *Mince, l'humain va criser ! Ça se voit qu'il en pince pour elle !*

— *Justement, je ne sais pas comment lui annoncer...*

— *Je m'en charge !*

Durant l'échange, Léopold s'était tu, attendri par leur grande conversation qu'il pensait chaleureuse. Voyou se dirigea dans l'entrée et miaula fort.

— *Hé, l'humain ! Viens par ici !*

— Non, Voyou, il ne faut pas sortir ! Je ne veux pas que Félicie s'inquiète !

— *Trop tard, mon gars !*

Voyou se posta devant la porte de la voisine.

— Voyou, écoute-moi !

Le chat s'appuya sur le battant, qui s'entrebâilla. Comprenant la situation, Léopold blêmit. Arme à nouveau à la main, il pénétra dans le logement. Il redoutait de découvrir le corps de son amie... Surtout pas cela !

— Fé... Félicie, tu es là ? C'est Léo !

Aucune trace d'elle, hormis des gouttelettes de sang sur le sol. L'enquêteur ne manqua pas de les remarquer...

— Si ces salauds lui ont fait du mal... déclara-t-il, les poings serrés.

— *Hélas, ça m'en a tout l'air...*

— Comment vais-je faire pour la sauver ? Je n'ai aucune piste ! Nadeem a pu l'embarquer n'importe où !

— *Tu m'as moi ! Le meilleur chatspecteur ou chatquêteur de la capitale !*

— Félicie, je te retrouverai et je leur ferai payer !

— *Voilà, c'est que je voulais entendre ! On va remonter leur piste et s'occuper de leur cas !*

Tout à coup, Roger, blessé, s'approcha en titubant.

— Oh non, mon pauvre Roger, ils t'ont passé à tabac !

Léopold se pencha, l'examina avant de le caresser.

— Rien de cassé apparemment. Je vais panser tes plaies. Tu vas rester à la maison, le temps pour moi de secourir ta maman.

— *Il ne manquait plus que ça ! Après la chatrceleuse sexuelle, le chatophile, j'ai droit au chien qui pète !*

Reprenant un peu ses esprits, Roger les dévisagea.

— *Sa… Salut, moi c'est… c'est… Roger…*

— Oh, tu as du mal à aboyer, constata Léopold, peiné. Ne te force pas…

— *Mince, il a l'air encore plus idiot que d'habitude… Je vais quand même devoir le faire parler, une vie est en jeu !*

Son regard, intense, perturba le carlin qui, effarouché, se redressa aussitôt. Voyou allait procéder à son premier interrogatoire ou… *chaterrogatoire* !

# 15.

Félicie ouvrit les yeux et scruta les alentours: elle se trouvait dans une sorte de cachot très sombre ! Sa tête l'élançait. Elle la palpa et trouva une plaie ouverte sur un côté, avec du sang séché.

— Où... Où est-ce que je suis ? souffla-t-elle.

Des souvenirs affluèrent aussitôt. Alertée par des bruits en provenance de l'appartement de Léopold, elle était sortie pour s'enquérir de la situation. Elle avait immédiatement remarqué la serrure fracturée et aperçu des hommes louches dans l'entrée en face. Effrayée, elle avait rabattu sa porte mais trop tard : repérée ! Yacine, le plus prompt à réagir, s'était rué chez elle. Elle avait pu refermer mais, d'un coup de pied au bon endroit, il avait fait sauter le verrou.

— Tiens, tiens, mais qui avons-nous là ?

— Sort... Sortez de chez moi ! avait-elle hurlé.

— Non, je ne crois pas !

— Je... Je vous préviens, je vais appeler la police ! Déjà que vous êtes chez l'un d'entre eux et...

— Oh, tu m'as l'air d'assez bien connaître ce flic...

— ...

— On dirait bien que j'ai vu juste.

— Vous êtes en train de faire une grossière erreur !

— T'inquiète pas, c'est mon métier de les corriger !

Elle avait reculé vers son téléphone portable, posé sur la table du salon. Lentement, un bras tendu vers l'avant comme pour se protéger. Yacine avait avancé au même rythme, un large sourire sur le visage.

— On t'a déjà dit que tu es belle ?

— ...

— J'imagine que oui...

Yacine se lécha les lèvres, montrant son excitation.

— Pau... Pauvre type !

Entendant la voix apeurée de sa maîtresse, Roger avait accouru et regardé Yacine.

— *Salut, moi c'est Roger !*

— Dégage de là, mocheté !

— Roger, va te cacher !

— *Moche ? Roger n'est pas moche ! Maman dit que je suis le plus beau des chiens !*

Yacine prit un air menaçant.

— Ta gueule, le clebs ! Tes aboiements me cassent les couilles !

Roger s'interposa et, gêné par l'odeur particulière de son adversaire, il éternua.

— *Wouf, wouf ! Vous sentez bizarre ! Mais au fait, qui êtes-vous ? Ma Maman n'a pas l'air de vous apprécier. Roger aimerait que vous sortiez !*

— Vire de là ou je te bute !

— Je vous préviens, si jamais vous touchez à mon chien, je…

Elle se pencha pour protéger Roger, mais il s'échappa.

— Roger, non !

— *Je m'occupe de lui, Maman ! Monsieur le Méchant, allez-vous-en ou… ou… ou… Roger va mordre !*

Roger avait aboyé de plus belle, montrant même les crocs. Bien que terrifié, il avait fait le choix de protéger sa mère. Il avait ensuite grondé et gratté le sol d'une patte, annonçant une prochaine attaque.

— Tu l'auras voulu, sale clebs !

Roger avait bondi mais Yacine l'avait cueilli d'un coup de pied et expédié contre le dos du canapé tout proche.

— Ro… Roger !

Félicie s'était jetée sur l'agresseur mais il lui avait asséné une claque retentissante.

— Attends ton tour, femme !

— *Mamounetteee !*

Roger s'était relevé et, oubliant la peur, avait attaqué avec une énergie incroyable. Il avait saisi un mollet et serré de toutes ses forces. Yacine s'était dégagé après avoir bougé, presque des pas de danse ridicules. Roger, déterminé, lui avait ensuite agrippé l'avant-bras.

— Aïe ! avait gémi Yacine. Putain de chien !

Il avait écrasé Roger contre un meuble à chaussures avant de le piétiner à plusieurs reprises.

— Sale cabot, je vais t'apprendre !

Ivre de rage, Félicie s'était jetée sur le dos de Yacine, s'y était agrippée et l'avait cogné comme elle le pouvait.

— Je t'interdis de faire du mal à mon Roger ! Tu m'entends, crapule ?

Yacine avait réussi à l'attraper par le cou et la faire basculer devant lui. Le choc, terrible, avait résonné dans tout le logement. Du sang avait perlé, un râle de douleur avait monté ; Roger avait alors tenté de se remettre sur pattes mais un dernier coup de semelle avait eu raison de lui…

— Ro… Roger !

La détresse de son « enfant » avait donné un second souffle à Félicie, qui s'était démenée pour punir Yacine. Après avoir lancé un vase, une chaise et plusieurs verres à vin, elle l'avait griffé, renversé même, avant d'entamer une strangulation. Une strangulation !

— Espèce de… Espèce de connard, tu as fait du mal à mon bébé !

Yacine lui avait alors cogné la gorge, la privant d'air, avant de la soulever et de la projeter à l'autre bout de la pièce, sur la table basse, brisée sous le choc.

— Bor… Bordel, t'es pas banale, toi. Le patron va t'adorer !

La dernière chose que Félicie avait vue était Yacine, satisfait de sa débauche de violence.

Incapable d'ouvrir les yeux, elle avait senti qu'on la transportait. Elle avait gémi lorsqu'elle avait été jetée à l'arrière d'une camionnette. Elle s'était ensuite évanouie pour se réveiller à cet instant, choquée et courbaturée.

— Mon petit Roger, j'espère que tu vas bien… sanglota-t-elle.

Elle fit le tour de la pièce : un mince filet de lumière filtrait sous la porte. Sous ses doigts, des briques froides. Dans un coin, un seau et une bouteille d'eau en plastique. Au sol, un matelas taché de sang et d'autres auréoles dont elle ne souhaitait pas connaître la provenance. Elle s'assit dans un coin et patienta. Elle pensa beaucoup à Roger avant de visualiser le visage de Léopold. Elle espérait qu'il ne lui soit rien arrivé. Elle l'appréciait beaucoup, plus que cela même. Elle se voyait bien vivre avec lui. En sa présence, son cœur battait la chamade, ses sens se trouvaient en ébullition et, parfois, s'invitait une douce et enivrante moiteur… Le policier représentait aussi son unique espoir : personne ne signalerait sa disparition avant plusieurs jours. Ses collègues la penseraient malade et ne s'inquiéteraient de son silence qu'au bout de trois ou quatre jours. En Martinique, ce serait la même chose. Son côté indépendant laisserait supposer à sa famille qu'elle était occupée à mener la grande vie parisienne. D'ici là, elle serait bel et bien morte ou, pire, vendue ou vidée de ses organes. Elle frissonna, tant en raison de la température ambiante que de son imagination.

— Je dois fuir cet endroit !

Elle se rendit près de la porte et força, en vain. Le vétuste battant tremblait mais résistait à ses assauts. Des larmes perlèrent avant que sa détermination ne prenne le dessus.

— J'y arriverai ! Je ne laisserai pas ces connards me faire du mal !

Soudain, des bruits de pas, un tintement de clefs ! Elle recula au fond de sa cellule et fut éblouie lorsque la porte s'ouvrit. Face à elle, un corpulent homme basané. Il alluma deux néons, et Félicie cligna des yeux, dissimulés derrière la paume de sa main. Elle mit quelques secondes pour accommoder sa vision et découvrir le visage de son geôlier.

— Bonsoir, dit-il.

— Bon… Bonsoir.

— Je me présente, je m'appelle Nadeem. Je serai votre hôte pour les prochains jours.

— Et après ?

— Tout dépendra de vous.

— C'est-à-dire ?

— De votre comportement.

— Vous vous attendez à ce que je reste sage après avoir été violentée et kidnappée ?

— Oui.

— Mais vous êtes fou, ma parole !

— Non, prévenant.

— Vous vous moquez de moi ?

— Pas le moins du monde. Je tiens seulement à vous expliquer les règles du jeu. Ici, vous ferez ce que je vous dis, quand je vous le dis. Sinon…

— …

— Me suis-je bien fait comprendre ?

— …

— Dernière chance.

— Oui.

— Bien, on avance.

— Que voulez-vous de moi ?

— J'y réfléchis.

— Je ne comprends pas ce que je fais là.

— L'un de mes hommes vous a ramenée ici à cause de votre proximité avec l'un de mes ennemis : le lieutenant Léopold Santos.

— …

— Vous le connaissez, n'est-ce pas ?

— Il est… Il est mon voisin.

— Seulement un voisin ?

— …

— Au moins vous n'essayez pas de me mentir, c'est déjà ça.

— Que comptez-vous faire de moi ?

— Vous servirez d'appât.

— Et après ?

— Je n'ai pas encore décidé.

— Vraiment ?

— Oui, tout dépendra de votre attitude.

— Et quelle serait la plus appropriée ?

Il sourit, révélant des dents impeccablement blanches.

— J'aime les femmes dociles.

— N'y comptez pas, plutôt crever !

Il se renfrogna avant de s'approcher.

— Êtes-vous sûre ?

— Sûre et certaine ! Je préfère encore crever que de coucher avec une pourriture telle que vous !

Il leva une main avant de se raviser.

— Non, ce serait trop bête d'abîmer la marchandise.

— La marchandise ? Comment osez-vous !

— Ma chère, sachez que, potentiellement, nous sommes tous des produits de consommation. Une Française – exotique qui plus est – ça plaira beaucoup !

— Je vous l'ai dit, je préfère…

Il s'avança au plus près, suant et dégageant une forte odeur de transpiration. Écœurant ! Bien que dégoûtée, Félicie l'observa avec intensité : sur son visage, plusieurs plaies rouges ou boursouflées, il souffrait.

— Vous avez de la fièvre…

— Quoi ?

— Vous avez de la fièvre !

— …

La gêne changea de camp ; Félicie s'engouffra dans la brèche.

— Le chat !

— De quoi parles-tu ?

— Voyou vous a mordu ! C'est ça ?

— Je… Voyou ?

— C'est le prénom du chat roux !

— …

— Vous avez une infection !

— J'ignore ce dont…

— Je suis vétérinaire ! J'en ai vu, des morsures de chats et des complications, c'est très dangereux[93] !

---

[93]La gueule et la salive des chats renferment des milliers de bactéries et de germes potentiellement très nocifs pour l'homme (en particulier *pasteurella multocida*, qui se trouve dans la flore buccale normale de 70 à 90 % des chats). Il existe donc un réel risque d'infection ou d'abcès, en cas de morsure de chat. Par ailleurs, les dents des chats, bien que petites, sont également très acérées et peuvent causer des lésions profondes dans les tissus ou les tendons, particulièrement dans les zones sensibles comme les articulations. Il ne faut pas perdre de temps pour se soigner en cas de blessure. À titre d'exemple, aux États-Unis, l'article du Dr Brian Carlsen dans le *Journal of Hand Surgery*. Avec ses collègues de la Mayo Clinic de Rochester (États-

Elle l'imaginait déjà au bord de la mort et s'en réjouissait.

— On dirait que ça te fait plaisir de me savoir souffrant.

— Du tout… ironisa-t-elle.

— Pour ta gouverne, je suis sous antibiotiques. D'ici quelques jours, je serai guéri. En revanche, toi, ton calvaire ne fait que commencer !

— Léopold me sauvera ! Voyou également ! Vous n'auriez jamais dû vous en prendre à eux !

Offensé, Nadeem lui saisit la gorge, la soulevant du sol.

— T'as de la chance de ne pas être un boudin, sinon je t'aurais brisé la nuque.

Il la relâcha et prit plaisir à la voir tituber avant de s'effondrer.

— Femme, tu m'appartiens à présent !

— Je m'appelle Féli…

— Rien à foutre ! Tu n'es qu'un bout de viande que je peux faire débiter à chaque seconde !

— Non, je…

— Ou te remplir de bites si l'envie m'en prend !

Scandalisée, elle demeura coite.

— Voilà, reste sage. Je ne supporte plus l'insubordination féminine ! Cela ne m'a que trop coûté.

Le regard dans le vide, il toucha machinalement la cicatrice sur son visage. Félicie se retint de tout persiflage.

— Le chat, comment as-tu dit qu'il s'appelait déjà ?

— Voyou…

— En voilà un qui porte bien son nom…

Elle se mordit la langue pour ne pas lui répondre.

— Comment va-t-il ?

— Bien…

— Mais encore ?

— N'a-t-il pas empêché l'assassinat de Léopold ?

— Ah, tu as assisté à la scène ?

---

Unis), les morsures de chat vues aux urgences conduisent une fois sur trois à une hospitalisation, et au bloc opératoire dans deux cas sur trois.

— Oui, depuis ma fenêtre. Je n'avais jamais vu ou imaginé cela…

— Moi non plus… J'en ai vu des bêtes sauvages, j'en ai même chassé lors de safaris, mais là… Ce rouquin de malheur me surprend. Qu'en penses-tu en tant que professionnelle ?

— C'est… difficile à dire…

— Essaie toujours.

— Il est différent. Très intelligent.

— Ça reste un animal !

— Un animal capable de mettre en défaut et en péril toute votre organisation, non ?

— Plus pour longtemps…

— Que voulez-vous dire ?

— Le lieutenant Santos est un homme fragile. Une personne saine d'esprit n'aimerait pas autant les bêtes. J'ai parcouru son dossier et…

— Attendez, vous êtes en train de me dire que vous avez eu accès à son dossier ?

— Oui, tout à fait.

— De quelle manière ?

— L'argent, ma petite ! Je peux tout acheter !

— Non, pas en France !

Il s'esclaffa, si fort qu'il se tint les côtes.

— Encore une naïve ! En échange de quelques billets, je sais tout de ce maudit Santos. Sa façon de penser, les heures où il se rend à la selle, tout est consigné !

— Il n'est pas comme les autres !

— Justement ! Je connais son point faible !

— Lequel ?

— La vie lui a tout pris. Du moins, tous les humains qu'il appréciait.

— De quoi parlez-vous ?

— Il ne t'a rien dit sur ses parents ?

— Non…

— Ils sont morts dans un cambriolage qui a mal tourné alors qu'il n'était qu'un môme.

— …

— En te kidnappant, mes hommes ont donc parfaitement agi : il va péter les plombs, prendre des risques inconsidérés pour te sauver. Ça le poussera à commettre des erreurs et j'en profiterai.

Félicie trembla, Nadeem s'en félicita.

— Il viendra seul, mes gardes le maîtriseront et je m'assurerai que ses dernières heures soient un véritable supplice. Et je ne parle même pas du chat !

— Vous êtes un monstre !

Il rit avant de lui tourner le dos. Sur le seuil, il conclut :

— Repose-toi, femme ! Mes hommes viendront te chercher dans quelques heures pour un premier test.

— Un test ?

— Tu verras le moment venu. En attendant, cogite, petite esclave !

Il éteignit et claqua la porte.

Félicie serra les poings, elle lutterait jusqu'au bout. Comme toutes les Antillaises, elle partageait l'histoire de grandes femmes comme Sophie Lumina[94] ou Mulâtresse Solitude[95]. Son sang bouillonnait face à la violence, l'injustice et encore plus face à… l'esclavage !

---

[94]Lumina Sophie, surnommée « Surprise », née le 5 novembre 1848 au Vauclin et morte le 15 septembre 1879, est une héroïne de la révolte de 1870 qui a lieu sur l'île de la Martinique, à l'époque une colonie française, deux décennies après l'abolition de l'esclavage et dans un contexte marqué par le racisme et la proclamation de la Troisième République à la suite de la chute du Second Empire.

[95]Solitude, de son prénom Rosalie, née vers 1772 en Guadeloupe et morte le 29 novembre 1802 sur la même île, est une figure historique incarnant *a posteriori* la résistance des esclaves noirs luttant contre le rétablissement de l'esclavage en 1802. À la suite de l'échec du mouvement de résistance de Louis Delgrès face aux forces coloniales, elle fut condamnée à mort à l'âge de 30 ans et exécutée le lendemain de son accouchement.

— Tu ne perds rien pour attendre, Nadeem, je vais t'apprendre à jouer au « béké[96] »…

---

[96]Le mot « béké » désigne les 3000 descendants créoles (nés sur l'île) des colons esclavagistes de la Martinique.

# 16.

Pendant que Léopold s'affairait à analyser l'appartement de Félicie, Voyou commença le *chaterrogatoire* d'un Roger mal à l'aise.

*— Écoute, foutu clébard. Toi et moi, on est partis de la mauvaise patte et je suis prêt à passer l'éponge si…*

— Salut, moi, c'est Roger !

*— Oh, bon sang de bonsoir. Je vais le tuer, ce con !*

— Roger et Voyou sont amis !

*— Ce n'est pas possible, il doit le faire exprès !*

— Amis pour la vie !

*— Si tu veux, mais donne-moi un indice ! Juste une piste ! Tu as bien dû flairer quelque chose !*

— Une odeur d'épices ! Roger a éternué, il avait mal au nez !

*— Attends, qu'est-ce que tu viens de dire ?*

— Salut, moi, c'est Roger !

*— Non, l'autre truc !*

— Roger et Voyou sont amis ?

*— Pas ça, tocard !*

— Amis pour la vie ?

Voyou sortit ses griffes et lui fit un regard noir, un regard de *chatssassin…*

*— Je te laisse une toute dernière chance, Roger…*

— Ça sentait les épices, très très fort, même !

*— Une piste, nous avons une piste !*

— Ah, Roger a donc été utile ?

*— Oui…* avoua Voyou, avec beaucoup de réticence.

— Roger et Voyou sont amis ?

*— Non ! Estime-toi heureux, tu vivras un jour de plus !*

Les yeux du carlin s'embuèrent.

— *Oh...*

Comprenant la détresse de son interlocuteur, Voyou fit un effort pour l'apaiser.

— *Bon, en attendant qu'on te ramène ta maman, on peut être « potes ». Mais pas plus !*

La queue de Roger frétilla, il sautilla même sur place.

— *Roger a un ami ! Roger a un ami !*

— *« Pote » ! J'ai dit « pote » ! Ne me fais pas regretter ma générosité !*

Euphorique, Roger lécha Voyou qui, écœuré, recula avant de lever une patte, prêt à l'abattre. Le geste surprit le chien qui… péta.

— *Roger est désolé... Quand Roger est excité, Roger pète...*

— *Quelle horreur ! Ça sent… Ça sent le rat crevé ! Non, pire : l'haleine fétide d'un humain distributeur patenté de bisous !*

— *Roger n'a pas fait exprès... Maman répète souvent qu'elle aimerait mettre un bouchon dans le cucul de Roger pour bloquer ses pétous. Dis, Voyou, on t'a déjà mis un bouchon dans le cucul ? Tu peux me le dire, ce sera notre secret.*

— *Roger, tais-toi…*

— …

— *Voilà, ce n'était pas si difficile ! À présent, laisse-moi réfléchir…*

— *À quoi ?*

N'en pouvant plus, Voyou sortit de ses gonds.

— *Écoute-moi bien, mon pote…*

— *Roger est tout ouïe...*

— *J'imagine la meilleure façon de te chatssassiner avec le plus de douleurs possible. Tu veux qu'on en parle ?*

— *Euh, non... Roger n'est pas intéressé...*

— *C'est bien ce que je pensais ! Maintenant, va te reposer, je m'occupe du reste !*

Perturbé, Roger resta sur place avant de se lécher les parties intimes pour se détendre. Dégoûté, Voyou s'éloigna, il lui fallait par-dessus tout mettre ses idées au clair et réussir à informer Léopold qui, inquiet, tournait en rond.

— *Quel imbécile, ce Roger ! Si sa mère n'était pas en grand danger, je l'aurais épluché ! Bref, passons, ce péteur n'en vaut pas la peine. Concentre-toi, Voyou. Le sort de cette humaine dépend de toi... Léopold ne devinera jamais où elle a été conduite. Il faut donc que je trouve un moyen de le lui expliquer. Je peux le faire...*

Voyou ferma les yeux pour visualiser les derniers événements.

— *Eurêka !*

Il quitta l'appartement de Félicie pour s'engouffrer dans celui de Léopold. Une fois dans le bureau, il fouilla le désordre à la recherche d'un objet bien particulier. Assise sur le canapé éventré, Rita l'observait.

— *Que fais-tu, Voyou ?* l'interrogea-t-elle, perplexe. *Tu m'as l'air bien énervé.*

— *Je suis occupé !*

— *À quoi ?*

— *Hé, est-ce que je t'en pose des questions ?*

— *Non, mais j'aimerais bien... « Rita, comment te sens-tu ? ». « Rita, as-tu besoin d'un petit chatlin*[97] *» ? Rita, mon chatmour, veux-tu copuler ? »*

— *Ne commence pas avec tes idées lubriques ! Je n'ai pas le temps pour ça !*

— *Je souffre de stress post-traumatique et j'ai besoin de réconfort !*

— *La belle affaire ! Je t'aurais bien aidée, mais j'ai une mission à mener !*

— *Ah, j'ai compris, Monsieur cherche sa litière et il est gêné d'en parler ! Pas de chance pour toi, ils l'ont répandue dans toute la pièce !*

— *Non, ce n'est pas ça !*

— *Je donne donc ma langue au chat... Et vu que tu es le seul dans le bureau...*

— *Chatgneur, confère-moi la force de la supporter...*

---

[97]Ici, « câlin ».

Incapable de débusquer son objectif, Voyou s'irritait de plus en plus. Elle descendit de la banquette et s'approcha, se plantant carrément devant lui.

— *Rita, je n'ai pas le temps pour tes bêtises !*

— *Du calme, espèce de matou mal-léché. Littéralement, d'ailleurs ! Je veux juste t'aider ! Que cherches-tu dans ce fouillis ?*

— *Une photographie... Zut, comment t'expliquer ?*

— *Je sais ce que c'est ! Je te rappelle que c'est toi qui viens de la rue ! Léopold et moi, nous avons fait plein de photos ! D'abord, des polaroids, qu'il collait sur le frigo. Ensuite, des chatlfies*[98]*, avec son téléphone. Il adore se tirer le portrait avec sa princesse.*

— *Désolé, Rita, je suis sous pression... Peux-tu... Peux-tu me filer un coup de patte ?*

Elle s'y attela avec sérieux, ne prononçant aucune remarque déplacée. Une première ! Quelques instants plus tard, sous un tiroir arraché du bureau, elle fit une découverte intéressante.

— *Voyou, par ici !*

Il accourut et se pencha : le dossier de Geoffrey comportant un cliché du restaurant de Nadeem !

— *Oui, c'est ça ! Bravo, Rita ! Tu assures !*

— *Tu vois que je peux t'être utile... Je peux te soulager, quelle que soit la situation...*

— *Euh...*

— *Je n'ai pas le droit à un petit bisou ? Les humains font ça dans les films...*

— *Nous ne sommes pas des humains mais des chats ! DES CHATS ! Des êtres supérieurs aux humains !*

— *Dommage, j'en ai bien besoin...*

Voyou roula des yeux puis s'inclina fugacement et déposa un baiser sur la joue de Rita. Il se retira avant qu'elle ne tente quoi que ce soit de gênant.

— *Voilà, femelle, j'ai payé ma dette !*

Tenant à présent la photographie dans sa gueule, il se retourna et fila vers Léopold, laissant Rita en extase.

---

[98]Ici, « selfies ».

— *Oh, Voyou…*

Devant la table, Léopold soignait Roger, allongé sur le flanc.

— C'est bien, Roger, tu es courageux.

— *Mais Roger est triste, si triste…*

Voyou sauta sur le plateau et posa l'objet.

— *Hé, humain !*

— Pas maintenant, Voyou.

— *Mais j'ai une piste !*

— Je m'occupe de Roger et, après ça, je vais essayer de trouver un indice, n'importe lequel…

— *Mais j'ai déjà quelque chose d'intéressant !*

— Je sais que tu es perturbé par tout ça, mais je te promets d'arranger les choses. En tout cas, je ferai tout pour. Je ne peux pas solliciter des renforts, car je suis mis sur la touche et cette foutue tête de mule de capitaine me balancerait au trou. Les Bretonnes, je te jure… Cependant, je mène toujours mes affaires jusqu'au bout, quel que soit le danger et les difficultés.

— *Écoute-moi, esclave !*

Cette fois, Léopold le regarda et sursauta.

— Voy… Voyou, que fais-tu avec ça ?

— *Bah, c'est notre prochaine destination !*

Décontenancé, Léopold se passa une main dans les cheveux avant de se gratter le crâne.

— Je… Je suis perdu là…

— *Génial, l'humain me prend de haut ! Vu que je suis un chat, il doute !*

— Pourquoi donc m'as-tu amené cette photo ?

— *Parce qu'elle est liée à l'enquête !*

— Non, non, non… C'est impossible ! Tu ne peux pas m'aider sur ce coup… Je perds la tête !

— *Ouvre un peu ton esprit ! Je dirais même plus : tes « chatkras*[99] *» !*

— En fait, les gens ont raison, je débloque complètement !

---

[99]Ici, « chakras ».

*— Oui, t'es barge, un foutu chatophile qui mériterait de finir en cage ! Mais sur ce « coup » comme tu dis, tu peux te fier à ton instinct et me faire confiance !*

— Si seulement je pouvais dormir, mais je n'ai pas le temps pour ça…

*— Oui, nous n'avons pas de temps à perdre ! Active-toi au lieu de te poser des questions !*

Voyou tapota plusieurs fois sur la photographie et la fit même glisser vers Léopold.

— Qu'est-ce que je dois faire ? Toute cette histoire n'a aucun sens…

*— Mince, il est borné ! Comment vais-je bien pouvoir le faire tilter ?*

Soudain, Roger se redressa, observa la photographie et aboya.

— Voyou et Roger sont amis !

*— Oh, tais-toi, sale cabot !*

— Mais Roger peut aider Voyou !

*— Ah bon ? J'aimerais bien voir ça ! Je dois faire piger à l'humain que ta maman a peut-être été conduite dans ce restaurant ! Ce serait un miracle si tu y parvenais !*

— Roger va te soutenir ! Roger a compris que tu veux sauver sa mamounette ! Roger est très reconnaissant !

*— Euh, je ne sais pas quoi dire…*

— Pas besoin, laisse faire Roger !

Après Rita, Roger intercédait pour épauler Voyou, bouleversé mais trop fier pour exprimer sa gratitude. Le carlin aboya de plus belle et, lui aussi, toucha le tirage.

— Léopold, Roger a une révélation à faire !

Le policier tenta bien de calmer le chien mais celui-ci redoubla d'efforts.

— Roger, reste tranquille. Tu dois te ménager et…

— Non, Léopold, tu dois écouter Roger !

— Mais qu'est-ce qu'ils ont tous avec ce cliché ?

— *L'un des méchants sentait les épices ! Roger le sait ! Voyou dit que ça doit venir du restaurant ! Alors, Roger dit qu'il faut écouter Voyou !*

Léopold ramassa la photographie et la scruta.

— Je n'arrive pas à le croire mais je reçois un tuyau de la part d'un chat et d'un chien…

— *Hé, je ne suis pas n'importe qui !* s'écria Voyou.

— *Ouais, Roger pense que Voyou n'est pas n'importe qui !* approuva Roger, la queue frétillante.

— Bon… Je vais devoir suivre cette piste… Pas le choix, c'est la seule dont je dispose.

— *Alléluia ! L'esclave a pigé ! Ces humains, si longs à la détente ! Comment ont-ils donc réussi à dominer la planète ?*

— *Voyou est le meilleur !*

— *Je te félicite, Voyou…* dit Rita, enfin à leurs côtés.

— *T'es venue, toi ?* s'étonna Voyou.

— *Oui, mon beau. J'étais prête à intervenir mais il semblerait que tu te sois montré assez persuasif.*

— *T'aurais pu dire quelque chose…*

— *Pas besoin, tu te débrouilles très bien. Roger, si horripilant soit-il, te soutenait déjà.*

— *Si tu le dis…*

— Oh, ma fifille, ma princesse, que dis-je, ma reine est là ! s'enthousiasma Léopold. T'imagines, Voyou et Roger ont aidé ton papounet à trouver une piste. Ne sont-ils pas merveilleux ?

— *Voyou, assurément ; Roger, je passe mon tour…* répondit-elle.

— *Salut, Rita ! Moi, c'est Roger !* s'excita le chien.

— *Roger, tu nous les brises !* intervint Voyou.

— *Mon brave Roger, n'aboie plus un mot…* souffla Rita.

— *D'accord, Rita ! Roger fera tout ce que tu veux !*

— *Rita, tu l'as bien discipliné…* s'étonna Voyou.

— *Oui, je l'ai domestiqué lorsque mon papa le gardait à l'appartement. Un coup de griffes bien placé sur son anatomie et il file droit. Je le soupçonne même d'aimer ça, le coquin…*

— *Oh, je vois : il en tient une sacrée couche…*

Elle rit. Léopold caressa Rita, puis Roger mais s'abstint devant l'expression hostile de Voyou.

— Les enfants, je vais devoir enquêter. Comme je suis placé en congés forcés, je vais devoir agir dans la discrétion et me procurer clandestinement tout ce dont j'ai besoin. En attendant, je vais vous laisser dans mon appartement. C'est un peu le bazar, mais ils ne prendront pas le risque de revenir. Paradoxalement, c'est devenu un lieu sûr !

— *Si tu crois que tu vas m'abandonner derrière, tu te goures !* s'offusqua Voyou.

Léopold remarqua l'agitation du félin.

— Voyou, c'est bien trop dangereux ! Ce soir, on a eu beaucoup de chance.

— *T'as besoin de moi, humain, et tu le sais !*

— Je ne comprends pas tes miaulements mais je devine que tu n'es pas content…

— Tu n'imagines pas à quel point ! Si tu ne changes pas d'avis, je vais te…

— *Du calme, Voyou ! Ta Rita chérie va t'aider encore une fois ! Mais je te préviens, j'attends plus qu'un bisou pour ce coup de patte...*

— *Que vas-tu faire ?*

— *Observe et prends-en de la graine !*

Elle sauta, avança jusqu'à l'entrée de son logement et appela Roger.

— *Hé, Roger, amène-toi. Laissons Voyou et Léopold retrouver ta maman.*

— Super, Roger va passer du temps avec Rita !

Malgré ses courbatures, le carlin, heureux, sautilla jusqu'à sa baby-sitter. Prenant exemple sur Voyou, la féline utilisa sa patte arrière pour fermer la porte. Voyou et Léopold se toisèrent.

— *Je ne te lâcherai pas, humain. Alors, ne rends pas les choses encore plus difficiles.*

Les mains sur les hanches, le policier capitula.

— Tu as gagné, Voyou…

*— Bien ! Je te préfère docile, comme un bon esclave de ton espèce.*

— Le soleil va bientôt se lever. Voici donc ce que je te propose : durant la journée, on va se procurer tout ce dont j'ai besoin. Nous agirons en soirée…

*— Et si ce monstre de Nadeem lui fait du mal avant ?*

Comme s'il l'avait compris, il répondit :

— J'ignore comment l'expliquer, mais Félicie est en vie. Elle compte sur nous mais c'est aussi une femme forte, qui résistera le temps qu'il faudra.

*— Nous ne la décevrons pas pour deux raisons : je veux voir la femelle te mettre le grappin dessus, ça doit valoir le détour. Et surtout, je ne veux pas partager le bureau avec Roger ! Plus vite la vétérinaire en chaleur sera rentrée, plus vite nous serons débarrassés de lui !*

— Je sais que tu t'inquiètes pour elle et Roger. Tu as du cœur, Voyou.

*— Euh, non, pas vraiment… Je suis plus motivé par ma vengeance. Ta femelle, c'est juste du bonus !*

— Tu es un chat extraordinaire !

*— Ça, par contre, c'est bien vrai.*

— Mettons-nous en route ! Catman et…

Voyou lui griffa la main.

— Aïe, Voyou !

*— Cesse tes conneries ! Estime-toi plutôt heureux que je n'aie pas encore attaqué ta saucisse !*

— OK, OK, plus de surnoms !

Voyou sortit dans le couloir de l'immeuble et miaula.

*— Dépêche-toi, humain ! Mes griffes me démangent, car nous avons des méchants à « chatsser » !*

Léopold claqua la porte et rattrapa Voyou. Ensemble, ils rejoignirent le véhicule et filèrent vers un quartier malfamé où Léopold avait des contacts.

*

Paris, la Goutte d'Or[100], un coin du 18e arrondissement, usé par la violence et le trafic de drogue à ciel ouvert ; les bagarres de rue entre mineurs maghrébins en errance, une sorte de rituel quotidien ; les agressions et vols à l'arraché, monnaie courante, presque une tradition diraient les habitants.

Concentrés sur leur environnement, Léopold et Voyou marchaient côte à côte sur le trottoir.

— *Nom d'une croquette, ça craint ici... Je sens toute cette animosité dans l'air, sans parler de cette odeur d'urine. Beurk ! Et à chaque coin de rue, je repère des « prédateurs ». Mais qu'ils s'amènent, je leur réserve un sacré traitement !*

— Ne t'en fais pas, Voyou, je suis là.

— *Qu'ouïs-je ? Je n'ai pas peur !*

— Je viens régulièrement ici, j'ai un contact sérieux.

— *Tu frayes avec des criminels ? Je ne te voyais pas t'encanailler...*

— Pour tout te dire, c'est un amoureux des animaux.

— *Attends, j'espère que tu ne m'emmènes pas rencontrer un autre chatophile ! Je te préviens, je...*

— Plutôt du genre exotique...

— *Ouais, vaut mieux même si ça me dégoûte...*

— Nous sommes presque arrivés.

Alors qu'ils marchaient vers leur destination, quatre hommes, la vingtaine, les encerclèrent : un grand, un autre à la limite de l'obésité, un courtaud et un dernier de taille moyenne et au nez déjà cassé.

— Hé, pédale ! s'exclama l'individu corpulent, le leader.

Léopold s'arrêta et fit un geste de la main à Voyou pour qu'il fasse de même.

— Monsieur ? demanda le policier.

---

[100]Le quartier de la Goutte d'Or tient son nom du vin qui y était produit jusqu'au XIXe siècle. Délimité par le boulevard de la Chapelle au sud, la rue des Poissonniers à l'ouest et la rue Marx-Dormoy à l'est, il est aujourd'hui un quartier cosmopolite et populaire.

— T'es une petite pédale, toi, non ?

— Monsieur, je crains de ne pas comprendre…

— Bah ouais, tu te promènes avec ta petite chatte !

— *Attends, il vient de dire quoi, « bouboule » ?*

— Calme-toi, Voyou… déclara Léopold.

— Hé, tu me traites de voyou ? s'énerva le délinquant.

— *Non, abruti, c'est mon prénom !*

— Vous faites erreur, c'est le prénom de mon chat.

— *Je ne suis pas ton chat !*

— Tu as appelé ton chat : « Voyou » ? Tu te foutrais pas de ma gueule ?

— *Mais je ne suis pas son chat ! Surtout pas ! Et c'est Maman qui a choisi mon prénom. Je ne laisserai personne lui manquer de respect !*

— Je ne me moque pas de vous.

— Il se fiche de toi, Nabil ! s'écria le grand.

Les deux autres approuvèrent.

— Non, je vous assure que…

— Ferme ton putain de clapet, la pédale ! Et file-nous ton smartphone et tout ton blé.

— *Pitoyables ! Ils sont pitoyables !*

— Messieurs, je ne peux pas faire ça… En plus, je suis policier. Je vais donc vous demander de…

— Un poulet ? J'avais raison : les flics sont tous des fiottes ! Toujours à s'enculer entre eux au commissariat !

— Ouais, des tantouzes ! renchérit le petit.

Ils s'esclaffèrent. Léopold souffla de dépit ; quant à Voyou, il fulminait.

— *Ces bâtards m'ont manqué de respect et se sont moqués de mon esclave ! C'est… impardonnable !*

— Messieurs, je vous conseille de… commença Léopold.

Soudain, Voyou bondit sur le meneur. Grâce à ses griffes, qu'il lui planta d'abord dans le ventre, il atteignit son visage et le lacéra en miaulant de toutes ses forces.

— *C'est parti, Voyou contre la racaille !*

— Voyou, non ! cria Léopold.

Le leader hurla tant sa surprise que sa douleur, tentant désespérément de faire lâcher le félin. Léopold réagit lui aussi. Il saisit le courtaud par le col et le fit passer par-dessus son épaule : K.O ! Les deux autres l'assaillirent mais il para leurs coups de poing et de pied avant de réaliser une balayette sur le grand et de fracturer à nouveau le nez du dernier, qui gémit puis s'effondra en larmes.

— J'arrive, Voyou !

Mais le chat n'avait pas besoin de son aide : sa victime, assise, tenait son visage à deux mains. Du sang coulait de plaies profondes. En état de choc, un filet d'urine ruisselait entre ses jambes.

— Mais… Mais… Mais… répétait-il en boucle.

*— Je te conseille de quitter le monde du crime, ta chair est bien trop tendre !*

— Voyou, qu'est-ce que tu lui as fait ?

*— Je lui ai donné une bonne leçon ! Ça ne se fait pas d'insulter les gens, surtout mon prénom, et de leur voler leurs biens !*

— Je ne sais pas ce que tu miaules mais regarde-le… On dirait qu'il a eu affaire à un fauve…

*— Merci du compliment !*

— Bon, allons-nous-en. Je ne veux pas avoir à m'expliquer.

*— Ouais, partons ! Ils me feraient presque de la peine, ces tocards !*

Ils arrivèrent au pied d'un immeuble parsemé de graffitis. Léopold utilisa le digicode, et un signal sonore retentit. Ils entrèrent, gravirent les marches branlantes pour se rendre au sixième et dernier étage.

— Voyou, veux-tu que je te porte ?

*— N'importe quoi ! Ne t'avise pas de me toucher, chatophile !*

— OK, OK… Je voulais juste rendre service !

*— Mais bien sûr, pervers !*

Sur l'ultime palier, Léopold s'arrêta devant une lourde porte blindée d'un rouge écarlate. Il sonna et salua la caméra qui surplombait le battant. Quelques secondes plus tard, un homme couvert de piercings et de tatouages apparut, la langue bifide[101] suite à une opération.

— Léo, mon pote !

— Salut, Fred. Comment vas-tu ?

Ils se donnèrent une franche accolade.

— Ma foi, tout va bien. Et ton ami, qui est-ce ?

*— Je suis son maître !*

— Je te présente Voyou et c'est une longue histoire…

— Enchanté, Voyou. Moi, c'est Fred, un ami des animaux. Entrez donc, on va papoter tranquille.

Il s'écarta pour les laisser pénétrer. Une fois à l'intérieur, Voyou découvrit une vingtaine de vivariums accueillant serpents, araignées, tortues ou amphibiens multicolores.

*— Euh, c'est quoi ce délire ?*

Les bêtes se pressèrent pour observer Voyou.

*— Salut, moi c'est Voyou ! Je vais emprunter votre esclave quelques minutes. Surtout, restez bien dans vos petites baraques.*

Léopold fit le tour du salon, contemplant chaque terrarium.

— Fred, je vois que le nombre de tes pensionnaires a encore augmenté…

— Ouais, je dépanne une association débordée. Tous ces malheureux proviennent d'un horrible trafic. Le temps de leur trouver une solution pérenne, je les chouchoute.

— Heureusement que tu es là !

— Il faut bien que quelqu'un rattrape les conneries de mes semblables.

— Et tu le fais avec beaucoup d'amour. Tes invités ne manquent de rien.

— Je donnerais ma vie pour eux… Enfin, tu sais ce que c'est. Je suis sûr que tu prendrais une balle pour ce beau rouquin.

*— Hé, l'homme à la langue de serpent, pas de chatophilie !*

— Oui, je prendrais une balle pour Voyou.

---

[101]Le *tongue split* est un type de modification corporelle visant à séparer les deux côtés de la langue pour lui donner l'apparence d'une langue de serpent.

— *Sérieux ? Miaou miaou miaou, ne me donne pas d'idées…* rit Voyou.

— On dirait que ta réponse ravit ton compagnon ! poursuivit Fred.

— Oui, il est trop chou.

— *Chou, moi ? Tu viens juste de me communiquer un moyen de te tuer et je m'en réjouis…*

— Qu'est-ce qui t'amène, Léo ? Enfin, qu'est-ce qui vous amène Voyou et toi ? D'ailleurs, je kiffe son prénom !

— *Merci, humain. Malgré ton apparence, euh… singulière, tu as du goût.*

— C'est sa mère qui l'a baptisé ainsi. Elle a plutôt bien cerné le personnage…

— *C'est-à-dire ? Fais gaffe, Léo… Un allié peut vite se transformer en ennemi…*

— Où est-elle ?

— Je vais te raconter, Fred. Mais on devrait s'asseoir, car cette affaire est terrible.

— « Affaire » ? Diantre, ça s'annonce mal… Pas de problème, j'ai tout mon temps.

À peine assis, le ventre de Léopold gargouilla.

— *Un peu de tenue, esclave !*

Il fut suivi par celui de Voyou.

— *Euh, je n'ai rien miaulé…*

— Ah, je crois comprendre que vous êtes affamés. Une petite minute, je vais vous préparer un casse-croûte !

Fred disparut dans la cuisine. Il revint les bras chargés de victuailles : plusieurs petits sandwichs pour Léopold, de la pâtée, du jambon et des croquettes pour Voyou.

— Merci, Fred, tu nous gâtes.

— *C'est bien vrai ! Hum, je devrais peut-être changer de serviteur…*

— Mangez, on parlera après.

Fred offrit de l'eau à Voyou et du café à Léopold. Revigoré, l'enquêteur raconta les tragiques événements à son ami. Fred pleura en apprenant la mort de Nour et toute la souffrance ressentie par le félin. Voyou demeura silencieux, imaginant tous les sévices à infliger à Nadeem.

— Mon Dieu, quelle histoire ! déplora Fred. Je n'ai pas les mots…

— Tu l'as dit…

— Si j'ai bien compris, tu as besoin de moi pour te trouver du matériel ?

— Oui, c'est bien ça… Tu peux refuser, je ne veux pas que tu aies d'ennuis et…

— Ne t'inquiète pas ! Grâce à toi, je ne suis plus dans le radar des autorités.

Fred avait en réalité une longue carrière criminelle à son actif, en majorité avec la casquette de hacker militant contre les grandes compagnies pétrolières. Alors qu'il risquait la prison, Léopold était intervenu auprès des services du Procureur de la République et avait plaidé en sa faveur, mettant en exergue ses activités en faveur des animaux. Pour convaincre définitivement le Parquet, il avait fait travailler Fred comme indic sur plusieurs affaires de trafic d'animaux. Du sursis et une amende furent les seules condamnations prononcées.

— T'as besoin de quoi ?

— Un flingue, intraçable. Équipé d'un silencieux ! Un gilet pare-balles. Une matraque. Des grenades fumigènes et assourdissantes. La totale…

— Pas de problème, on trouve tout ça sur le *dark web*[102] !

— Tu peux te faire livrer ?

— Bien sûr. Sur Paris, ta liste de courses devrait être prête d'ici une ou deux heures !

— Sérieux ?

[102]Le *dark web* est surtout connu pour des usages illicites comme le trafic de drogues ou de marchandises prohibées. On y trouve aussi des forums de discussions ou autres médias pour les pédophiles, les terroristes ou amateurs de pornographie extrême. Toutefois, les actions illégales n'y sont pas majoritaires. Ce réseau est également utilisé par des lanceurs d'alertes, des journalistes qui ne veulent pas être victimes de censure et des opposants politiques vivant dans une dictature.

— Drogues, filles, armes, je peux tout avoir à bon prix ! Enfin, si j'étais un criminel, ce que je ne suis plus, monsieur le lieutenant de police ! plaisanta-t-il.

— Je te laisse commander et tu me diras combien je te dois.

— C'est offert par la maison !

— Que dis-tu ?

— *Décidément, il marque des points cet esclave !*

— Sans toi, Léo, je pourrirais au fond d'une cellule. Permets-moi de te rendre service.

— Mais…

— Accepte ma contribution.

— Je ne sais pas…

— Je le fais aussi pour Voyou : il mérite justice, sa mère également.

— *Merci, humain…*

Léopold céda devant l'attitude reconnaissante de Voyou.

— Merci, Fred…

— De rien, mon pote. Je ferai tout pour vous aider.

— *Comme quoi, les humains ne sont pas tous mauvais…*

— Léo, Voyou, allez vous reposer le temps que tout soit prêt. Prenez la chambre d'amis, au fond du couloir, à droite.

Fred se dirigea dans son bureau avec pas moins de quatre écrans accrochés au mur. Voyou et Léopold entrèrent dans la pièce qui leur était attribuée.

— Voyou, tu peux te coucher sur le lit… Rita le fait bien.

— *Monsieur le chatophile, encore un mot, UN MOT, et je t'arrache ton organe reproducteur !*

Voyou grimpa sur un fauteuil, s'y allongea et ferma les yeux.

— *Non mais !* maugréa-t-il.

— Je crois que ça veut dire non… constata Léopold, déçu.

Malgré la tension des dernières heures, ils se reposèrent. Ils devaient gagner des forces pour ce qui les attendait.

# 17.

Plusieurs heures après le départ de Nadeem, Félicie reçut la visite de Yacine, accompagné de deux gardes. Après l'avoir menottée et recouvert sa tête d'un sac noir, elle fut poussée hors de sa cellule. Ils lui firent traverser un couloir et monter un escalier en béton. Elle sentit de l'air frais et entendit un véhicule s'arrêter à quelques mètres.

— Avance ! ordonna Yacine.

— Où m'amenez-vous ?

— Ta gueule !

— J'ai le droit de savoir ce que vous…

Un coup dans les côtes ! La douleur la fit gémir, suscitant l'hilarité des brutes.

— Va falloir que tu apprennes à obéir ! Le patron n'a aucune patience et moi non plus.

— …

— C'est bien, tu commences à piger. Maintenant, lève le pied.

Félicie obtempéra et grimpa dans le coffre d'une camionnette. Yacine l'aida à s'installer sur une banquette sommaire en contreplaqué. Il coupla les menottes à une chaîne avant de tirer sur l'ensemble pour en vérifier la solidité.

— Parfait ! On se retrouve dans quelques minutes.

— …

Il claqua les portières et s'assit côté passager. La fourgonnette démarra, suivie à distance par deux berlines.

Félicie tenta de se libérer, forçant sur l'attache de tout son poids, en vain.

— *Don't think about it, it's impossible*[103]… murmura une voix féminine.

— Euh, qui est là ?

---

[103]Traduction de l'anglais : « N'y pense pas, c'est impossible ».

— *Shhh, don't make so much noise*[104].

— *Sorry*[105]... s'excusa Félicie, à voix basse. *Do you speak french*[106] *?*

— Oui, pas beaucoup peu...

— Qui es-tu ?

— Une *slave*... Comment on dit dans ta langue ?

— Une esclave !

— Oui, une esclave.

— C'est horrible !

— Oui.

— Moi, c'est Félicie. Et toi ?

— Moi, Aïssata. Mais pas seule, autres femmes avec moi.

Plusieurs chuchotements confirmèrent ses propos.

— Où nous emmène-t-on, Aïssata ?

— Je... Moi pas comprendre question.

— Zut... Euh, *where*[107] ?

— Je pas savoir lieu mais moi esclave pour sexe.

— Le... sexe ?

— Oui, sexe !

— Que veux-tu dire ?

— Nadeem envoyer moi et autres filles pour grande fête.

— Oh non, pas ça... Tout mais pas ça...

— *Calm down*, sinon ils vont te... *hit*... Te battre !

— Il faut nous échapper !

— *Not possible*[108]...

— Pourquoi ?

— Sécurité.

— Tu parles de Yacine ?

---

[104]Traduction de l'anglais : « Chut, ne fais pas autant de bruit ».

[105]Traduction de l'anglais : « Désolée ».

[106]Traduction de l'anglais : « Parles-tu français ? »

[107]Traduction de l'anglais : « Où ? ».

[108]Traduction de l'anglais : « Pas possible ».

— Oui. Avec *many*[109] hommes et *dogs*[110].

— Quel cauchemar !

— *What ?*

— Hum, en anglais on dit « *nightmare* », je crois.

— OK, je comprends.

Le véhicule quitta la route pour emprunter un cahoteux chemin de terre.

— Où nous conduisent-ils ?

— *Could be anywhere*[111]...

— Que dis-tu ?

— Nadeem envoyer nous partout : *night-clubs*, restaurants, *boats*...

— Bateaux ?

— Oui, bateaux.

La camionnette freina brusquement, des portières claquèrent. Yacine ouvrit l'arrière et commanda à toutes les captives de sortir. Les gardes aidèrent les malheureuses, se retenant d'avoir les mains trop baladeuses.

— Mesdames, nous sommes bientôt arrivés. Je vous préviens, la première qui tente quoi que ce soit de stupide finira avec les deux jambes brisées !

Il répéta sa menace en arabe et en anglais. Les miséreuses furent ensuite attachées les unes aux autres et tirées à l'intérieur d'un bâtiment. Leurs pas résonnèrent, Félicie imagina un lieu avec un très haut plafond. Les prisonnières descendirent un escalier, arpentèrent un très long couloir, au moins un kilomètre, avant d'atteindre une salle sentant l'humidité.

Yacine retira un à un les sacs et sourit. Félicie observa ses compagnes d'infortune : des Africaines du nord et d'autres de la partie subsaharienne.

— Bienvenue, mesdames ! Comme vous le verrez très vite, vous êtes dans un château réservé pour l'occasion. Nadeem, que vous connaissez toutes, vous a louées pour la soirée. Il compte sur vous

---

[109]Traduction de l'anglais : « beaucoup ».

[110]Traduction de l'anglais : « chiens ».

[111]Traduction de l'anglais : « Ça pourrait être n'importe où ».

pour assurer le spectacle et répondre à toutes les demandes des invités. Toutes, me suis-je bien fait comprendre ?

Elles acquiescèrent, Félicie serra les poings.

— Bien ! Vous êtes dans les douches. Vous allez vous laver mais aussi raser tout ce qui dépasse. Pour ça, vous trouverez, à votre droite, une trousse de toilette avec tout le nécessaire : savon, rasoir, parfum, maquillage… Nombre d'entre vous sont déjà au fait de la musique. Je vais donc m'appuyer sur elles pour expliquer aux petites nouvelles ce qu'il convient de faire. Après la préparation, vous enfilerez les tenues confectionnées pour l'occasion.

Yacine tendit devant lui un ensemble : un très court uniforme de soubrette, cousu dans des tissus de bonne qualité : en soie et en dentelle. Il montra ensuite les sous-vêtements, un soutien-gorge noir et un string du même coloris. Des talons aiguilles complétaient le tout.

— Vous avez trente minutes pour vous arranger !

Les femmes récupérèrent le sachet de toilette et commencèrent à se déshabiller sous la surveillance constante de Yacine et de son équipe. Malgré l'humiliation, Félicie se plia aux ordres. L'eau, chaude, noya ses larmes.

Quelques sèche-cheveux furent distribués ; les femmes s'entraidèrent pour se coiffer et se farder. Les estimant assez apprêtées, Yacine les applaudit.

— Bravo, mesdames, vous êtes ravissantes. Je vais vous donner les dernières instructions. Vous porterez chacune un numéro et vous baladerez au milieu de la foule, avenantes et sourire aux lèvres. Les clients vous solliciteront, ils nous paieront pour que vous réalisiez une prestation, n'importe laquelle. J'insiste sur le fait que vous devez leur donner entière satisfaction ! Si ce n'est pas le cas, j'en serai informé grâce à votre identifiant et la sanction sera douloureuse !

Une fois ses ordres traduits, toutes hochèrent la tête. Un papier à la main, Yacine fit distribuer les numéros. Félicie reçut le « 13 ».

— Encore un point, mesdames : pour nous assurer de votre totale coopération, nous allons vous munir d'un collier GPS.

Des colliers en métal furent verrouillés autour de leurs cous.

— Allez, c'est parti ! On se bouge ! Remuez donc vos jolis petits culs !

À l'exception de Félicie, toutes se déhanchèrent. Yacine la prit à part.

— Tu devrais y mettre du tien, ma belle…

— C'est… C'est trop humiliant.

— Ou tu fais ce que je te dis ou je te jette en pâture à mes gars.

Félicie se résigna et adopta une démarche lascive sous les sifflets des goujats. Arrivées dans la grande salle du manoir, elles découvrirent près d'une centaine de convives masqués et en tenue de soirée : luxueuses robes longues, magnifiques bijoux sertis de diamants, smokings et nœuds papillon. Félicie remarqua la présence de migrants masculins, utilisés eux aussi pour satisfaire sexuellement les riches invités.

— Au moins, ces monstres respectent la parité… souffla-t-elle, écœurée.

Yacine claqua des mains, et les jeunes femmes se dispersèrent. Le cœur de Félicie battait à tout rompre, elle suffoquait en raison des regards libidineux qui lui arrachaient presque ses vêtements.

Tout à coup, affublé d'un *smoking* hors de prix, Nadeem fendit la foule jusqu'à son centre. Là, il leva les mains pour ordonner le silence ; tous se turent et l'observèrent avec admiration. Il savoura cet instant quelques secondes avant de s'éclaircir la gorge.

— Mes amis, dans quelques jours, vous serez reçus chez moi, dans ma magnifique demeure parisienne, où je vous prépare la plus grande des soirées. Oui, la plus grande des soirées ! J'aimerais tant vous en dire plus mais il est préférable que je garde encore un peu la surprise sur le thème et le programme des réjouissances. Vous me connaissez, je ne lésine jamais sur les moyens ou le… personnel !

Les invités rirent, les malheureux déglutirent.

— En attendant, je vous fournis une poignée de jeunes éphèbes, hommes et femmes, qui combleront le moindre de vos désirs ! poursuivit-il. Nadeem peut tout vous procurer, vous n'avez qu'à demander.

Ils l'applaudirent, il s'inclina à plusieurs reprises. Les festivités reprirent.

Soudain, un participant caressa l'épaule de Félicie et la convia à le suivre. Félicie chercha du regard Aïssata mais ne la vit pas. En revanche, elle croisa celui de Yacine, qui leva un pouce… Félicie opina du chef et accompagna son client dans une chambre avec des dorures aux murs ainsi qu'au plafond et disposant d'un grand et ancien lit à baldaquin ainsi que de chaises et d'un bureau d'époque.

Porte fermée, l'homme attira Félicie à lui et la palpa.

— *What a beautiful body !*[112] commenta-t-il avec un accent français. *Where are you from ?*[113] *Mali ? Niger ? Chad ? Ethiopia ? I want to know everything about you !*[114]

— Euh, de la Martinique…

— *What ?* Quoi ? Tu es française ?

— Oui…

Il retira son masque : Youssef ! Son visage affichait sa déception.

— Mince, je voulais quelque chose de plus exotique !

Félicie se mordit la lèvre inférieure.

— Nadeem va m'entendre ! Il m'avait promis des migrantes. Des meufs dans ton genre, j'en ai baisé plein dans ma cité.

— …

— Comment t'es-tu retrouvée là ?

— Les hommes de Nadeem m'ont kidnappée…

— Sérieux ?

— Oui…

— Pourquoi ?

— Je préfère ne pas aborder le sujet…

Youssef la saisit par la gorge.

— Réponds à mes questions !

— OK… Ne… Ne vous énervez pas…

Il la relâcha, elle toussa.

— Parle !

— Nadeem est en conflit avec mon voisin…

— Qui est-ce ?

---

[112]Traduction de l'anglais : « Quel joli corps ! ».

[113]Traduction de l'anglais : « D'où viens-tu ? ».

[114]Traduction de l'anglais : « Je veux tout savoir te concernant ! ».

— Un policier…

— Bizarre, je croyais qu'ils lui mangeaient tous dans la main.

— Pas celui-là…

— Et pour quelle raison les gorilles de Nadeem s'en sont-ils pris à toi ?

— J'étais là au mauvais endroit au mauvais moment…

— Hum…

— C'est la vérité !

— J'en doute : connaissant Nadeem, il doit penser que tu lui seras utile d'une façon ou d'une autre.

— …

— On dirait que j'ai vu juste !

— Pourriez-vous m'aider ?

— À quoi ?

— À m'échapper !

— Pourquoi ferais-je ça ?

— Regardez ce qu'il fait à toutes ces pauvres femmes ! C'est ignoble !

Youssef s'esclaffa.

— Je fais exactement la même chose ! Les filles, ça rapporte un max de pognon ! Surtout les plus jeunes !

— …

— Ça te choque ? Figure-toi que, au départ, j'ai eu des réticences. J'ai quand même prêché le djihad avant de le réaliser moi-même.

Ces propos ébranlèrent Félicie, elle comprit qu'elle ne le raisonnerait pas.

— Et puis je m'y suis fait. Je ne peux donc rien pour toi. Tu devrais d'ailleurs te méfier… Nadeem n'appréciera pas que tu essayes de t'enfuir !

— Ne lui dites rien !

— Ça, ça dépendra de toi…

— Pitié… Ne me faites pas de mal !

— Non, je vais te faire du bien…

Il agita sa langue avant de se toucher les parties génitales.

— Je bande déjà… Tu me soulages ?

— No… Non… Pas ça…

Il lui agrippa les épaules, la maîtrisa et la jeta sur le lit, seul son buste y reposait, ses jambes étant à l'extérieur. Youssef défit son pantalon et retira son caleçon, libérant un sexe turgescent. Avant qu'elle ne puisse se retourner, il lui arracha son string.

— Comme tu le constates, j'ai de l'expérience en la matière. Tu peux te défendre, j'adore ça !

Il se blottit contre elle, sa verge contre ses fesses.

— Je te préviens, tu vas crier, ma petite esclave sexuelle.

— Es… Esclave ? Parce que je suis black ?

— Oui, cette partie de l'Histoire m'a toujours excité !

Il la fessa et ricana. Dans l'esprit de Félicie, quelque chose se brisa. Souple, elle se contorsionna et, d'un coup de semelle, lui frappa les testicules. Youssef, plié en deux, recula, aspirant l'air à grandes goulées.

— Espèce de violeur, je vais t'apprendre !

Elle lui empoigna la tête par les deux oreilles et fit monter son genou qui percuta le nez. Un craquement retentit, du sang gicla, Youssef gémit et s'effondra sur le dos, dans une position humiliante.

— Tu veux jouer gros porc ? On va jouer !

Elle lui planta l'un de ses talons aiguilles dans les testicules, qui émirent un bruit insupportable.

Il pivota sur le ventre pour se protéger. D'un coup sec, elle lui inséra son talon dans l'anus, le lacérant.

Il rampa alors vers la porte, laissant une traînée de sang et d'urine derrière lui.

— Je me… Je me vengerai… sal… salope… bafouillait-il.

Félicie comprit qu'elle n'avait plus le choix… Elle souleva un objet de décoration, le buste d'une Marianne. Elle le leva, les bras bien tendus.

— Hé, connard, je t'envoie rejoindre tes soixante-douze vierges[115] ! N'est-ce pas ce que racontent les enfoirés de djihadistes dans ton genre ?

[115]Dans le Coran, le paradis céleste est un lieu de plaisirs infinis. Le mythe des soixante-douze vierges (appelées les « houris ») est exploité par la propagande djihadiste pour encourager les combattants au sacrifice, les élevant au rang de martyrs.

Elle abattit son arme de fortune : une fois, deux fois, trois fois ! Une mare écarlate entoura la tête de Youssef, qui après quelques tressautements demeura immobile.

— Un monstre de moins sur Terre…

Lasse, Félicie tomba à genoux. Elle pleura, non pas pour Youssef mais pour elle-même. Elle finit par se relever et chercha un moyen de retirer son collier, sans succès. Elle tenta d'ouvrir la fenêtre, mais les battants refusèrent de bouger.

Tout à coup, la porte s'ouvrit sur Yacine, qui sursauta.

— Mais… Mais…

Perdant toute contenance, Félicie rit à gorge déployée. Elle ne vit le poing de Yacine qu'à la toute dernière seconde. Tout devint sombre et elle s'affaissa.

Lorsqu'elle reprit connaissance, elle se trouvait ligotée et adossée contre le lit. Nadeem faisait les cent pas dans la pièce pendant que Yacine et l'un de ses subalternes déposaient le corps de Youssef dans un sac mortuaire.

— Bordel de Dieu, elle a tout gâché !

— Vous voulez que je la bute, chef ?

— Pas encore ! Et de toute façon, je m'en chargerai moi-même ! Je l'égorgerai devant ce maudit flic !

Félicie tressaillit, faisant grincer les montants. Alerté, Nadeem se rua sur elle et la souleva par la gorge. La jeune femme battit des pieds dans le vide.

— Salope, tu m'as bien foutu dans la mouise !

— Argh…

— Je venais d'en faire un partenaire commercial !

— Argh…

Incapable de résister, Félicie se sentit partir mais son bourreau la relâcha avant de lui donner des coups de pied, un véritable acharnement. Saturée par la douleur, Félicie perdit connaissance.

— Je vais t'apprendre à m'emmerder ! cria Nadeem. Décidément, tout ce qui touche à Santos et ce chat me pourrit la vie !

Yacine intervint.

— Patron, vous allez finir par la tuer…

Nadeem retrouva ses esprits.

— Tu… Tu as raison… Je vais la garder pour plus tard.

— Où dois-je la déposer ?

Nadeem se recoiffa puis répondit, un sourire mauvais sur le visage.

# 18.

Chez Fred, Léopold passait en revue l'équipement disposé sur une grande table en bois brut. Le hacker s'était procuré de l'excellent matériel : un Glock[116] que Léopold démonta et remonta, un silencieux compact et toutes les munitions nécessaires. Il bénéficiait également de deux grenades assourdissantes et de deux autres de type fumigènes. Le gilet pare-balles, flambant neuf, provenait visiblement d'un stock de la Police. Léopold ne fit aucun commentaire sur ce point. Mû par son instinct, Voyou flaira tous les objets et arbora une expression satisfaite.

— Content ? questionna Fred.

— Ma foi, oui. Merci, l'ami ! C'est dingue ce qu'on peut trouver en ligne de nos jours.

— Un instant, tu n'as pas encore tout vu…

— Que veux-tu dire ?

— J'ai gardé le meilleur pour la fin.

— Bah, montre.

— Tu devrais t'asseoir.

Léopold obtempéra.

— *Qu'est-ce qui se passe encore ?* râla Voyou. *On perd du temps ! Je veux retrouver Nadeem, je dois savoir où est le corps de ma Maman !*

Fred sortit d'un carton un gilet pare-balle miniature.

— Tadaaaaa !

Après un léger silence, Léopold rit.

— Je ne m'attendais pas du tout à ça !

— Ça te plaît ?

— À moi, oui, mais c'est à Voyou qu'il faut demander.

— *Humain à la langue de serpent, tu n'es qu'un traître !*

---

[116] Le Glock est une série de pistolets semi-automatiques, fabriqués en Autriche par la manufacture d'armes Glock GmbH.

— Il n'a pas l'air ravi… déplora Fred.

— Il devrait, pourtant. C'est une adorable attention !

— Je ne cherche qu'à le protéger.

— *Ouais, ouais, vous voulez plutôt vous payer ma tête !*

— Qui a bien pu créer ça ? interrogea Léopold.

— C'était vendu par un Russe. Apparemment, il était destiné à un chien de petit gabarit, propriété d'un richissime homme d'affaires mais le type a été buté avant… Une sale histoire si j'ai bien compris.

— Tu penses qu'il va convenir à Voyou ?

— Il n'y a qu'une seule façon de le savoir…

— La plus difficile…

Voyou leur jeta un regard noir.

— *N'approchez pas ou je vous griffe !*

— Il s'est levé de mauvais poil… commenta Fred.

— Non, il n'aime pas qu'on le touche.

— Ah, c'est problématique. Si je me souviens bien, Rita n'est pas comme ça.

— En réalité, elle est plutôt timide mais très affectueuse avec moi.

— *Rita, timide ? N'importe quoi ! C'est la chatte la plus dévergondée du quartier, voire de Paris !*

— À ton avis, Léo, qu'est-ce qu'il dit ?

— Je pense qu'il nous remercie tout en nous faisant part de sa peur. C'est un grand sensible.

— *Je ne vous remercie pas du tout, je vous méprise !*

— Ouais, je le vois bien nous remercier, estima Fred.

— Voyou est un bon chat, je comprends que sa maman humaine se soit autant attachée à lui.

Ces mots troublèrent Voyou, qui baissa un peu la garde.

— *Merci, esclave…*

— Je suis d'accord, mais comment lui faire essayer ? reprit Fred, pragmatique.

— Je vais lui expliquer.

— Lui expliquer ?

— Il est beaucoup plus intelligent que tu ne l'imagines.

— Sérieux ?

— *Hé, ça se voit, pourtant !*

— Oui. Il m'a quand même sauvé deux fois la vie en anticipant les gestes de mes assaillants.

— C'est vrai que c'est perturbant…

— *Que voulez-vous, je suis un authentique chatratéka !*

— Sans compter la photo du restaurant.

— *J'assure !*

— Ouais, ça, ça dépote !

— Je ne te le fais pas dire. Bon, je me lance. Voyou…

— *Qu'est-ce que tu veux ?*

— J'aimerais que tu m'autorises à t'enfiler ce gilet…

— *Non, il est moche ! J'aurais l'air d'un « chatbécile » si on me voit avec ! Et je ne supporte pas quand tu utilises des mots comme « enfiler » lorsque tu t'adresses à moi !*

— C'est très important…

— *Ah bon et pour quelle raison ?*

— Je souhaite absolument garantir ta sécurité…

— …

— Je t'ai promis de m'occuper de l'assassin de ta maman, mais je ne peux pas le faire si ta vie est en danger…

— *Hum…*

— Cette protection te permettra d'aller jusqu'au bout de l'enquête.

— *Tu marques un point mais qui porterait ce truc, hein ?*

— Tu sais, les chiens policiers des groupes d'intervention bénéficient d'équipements[117].

— *Ah, mauvais point ! Je ne veux pas ressembler à un clebs et surtout pas à Roger !*

---

[117]À titre d'exemple, le STS-K9 est le gilet pare-balles canin de dernière génération, développé en collaboration avec des unités d'intervention. C'est un système de protection modulaire équipé de panneaux de protection balistique, pare-coups et d'un pack flottabilité, qui permet également plusieurs possibilités de portage.

— Voyou, je t'en prie, fais-moi confiance… J'ai… J'ai besoin de toi à mes côtés… Mais je veux que tu sois aussi bien protégé que moi. D'accord ?

*— Tu as besoin de moi ?*

— On forme une belle équipe, très originale. En tant que coéquipier, j'aimerais que tu puisses te battre ou te défendre dans les meilleures conditions.

*— Ah, je vais sans doute le regretter, mais… OK !*

Voyou s'avança et tendit sa gueule.

— Stupéfiant ! se réjouit Fred. On dirait bien qu'il a tout compris !

— Ça c'est mon Voyou !

*— Hé, arrêtez un peu avec vos familiarités, sinon je change d'avis !*

Léopold l'équipa. Toutefois, de peur de le braquer, il prit soin de ne pas trop le toucher.

— Et voilà, tu es… impressionnant ! commenta le policier, sincère.

— J'avoue, il pourrait jouer dans un film d'action ! approuva Fred.

*— Qu'est-ce que vous croyez, les esclaves, j'ai la classe !*

Léopold retira le gilet à Voyou et mit tout le matériel dans un sac de sport offert par le cyber-délinquant. Il glissa seulement le pistolet au creux de ses reins, juste au cas où…

— C'est parfait, nous sommes prêts. Merci Fred !

— Je t'en prie. Non… je VOUS en prie !

*— Hé, je ne t'ai pas remercié, l'homme serpent ! Tu n'as fait qu'accomplir ton devoir d'esclave vis-à-vis d'un être majestueux.*

— On dirait bien que Voyou t'est reconnaissant ! se trompa Léopold.

— Oui, ça m'en a tout l'air.

*— Si vous saviez…*

Fred et Léopold se firent une franche accolade. Le policier promit à son ami de le tenir informé à chaque étape ; Fred se frappa le front et lui tendit un nouveau téléphone. Voyou, déjà à côté de la porte, grattait le montant pour signifier son impatience.

— *Ah, ces humains, toujours à se papouiller !*

Léopold le rejoignit et, tous les deux, descendirent à la hâte les escaliers.

Une fois dehors, un groupe de jeunes délinquants se déplaça vers eux pour se venger. Voyou se mit en première ligne et adopta une posture offensive : le dos droit, l'arrière-train légèrement surélevé, les poils hérissés depuis le milieu de la colonne jusqu'à la queue, bougeant de manière saccadée.

Derrière, Léopold passa la main sous son blouson pour leur faire comprendre qu'il était armé. Ils détalèrent.

— *Ouais, vous faites bien d'avoir peur* ! miaula Voyou, se pensant à l'origine de leur fuite.

— On file à la voiture et on se tire d'ici avant que ça ne dérape.

— *T'inquiète, humain, je te couvre. Ce ne sont pas ces rigolos qui vont m'effrayer. J'ai bien vaincu Hannibal !*

Ils grimpèrent dans le véhicule et rejoignirent le 8e arrondissement, là où se situait le restaurant de Nadeem. Durant le trajet embouteillé, Léopold alluma la radio, fit défiler les stations et s'arrêta sur l'une d'entre elles qui diffusait de la *soul*[118], « *What become of the brokenhearted*[119] » de Jimmy Ruffin[120].

— J'aime bien celle-là…

— *C'est… plaisant.*

À la chanson succédèrent les informations. Voulant se tenir informé, Léopold les écouta. Un passage l'interpella au point qu'il monta le son, la voix de la journaliste emplit l'habitacle.

---

[118]La musique *soul* ou simplement la *soul* est une musique populaire afro-américaine ayant émergé à la fin des années 1950 aux États-Unis, dérivée, entre autres, du *gospel* et du *rhythm and blues*. Elle est considérée par certains comme un retour du *rhythm and blues* (ou « R&B », genre né dans les années 1940) aux racines dont il est issu : le *gospel*. Source : Wikipédia.

[119]Traduction de l'anglais : « Qu'advient-il des cœurs brisés ».

[120]Jimmy Ruffin est un chanteur américain de musique *soul* né le 7 mai 1936 à Collinsville, Mississippi, et mort le 17 novembre 2014 à Las Vegas. Il rejoint le label Motown au début des années 1960. Son plus grand succès est *What Becomes of the Brokenhearted*, qui se classe dans le Top 10 en 1966.

— *Revenons sur l'incroyable fait divers qui a secoué Paris. Comme nous vous l'avons annoncé plus tôt, un homme a été conduit de toute urgence à l'hôpital, suite à une singulière agression l'ayant laissé nu et en sang. Son pronostic vital est engagé.*

— Pauvre gars… commença Léopold.

— *Nous en savons plus sur l'identité des assaillants. Chers auditeurs, vous serez très surpris de l'apprendre mais tous les renseignements ont été confirmés par la police, les pompiers et les témoins de la scène.*

— Parle, j'ai hâte de savoir !

— *Mince…* miaula Voyou.

— *Des chats ! Oui, vous m'avez bien entendu ! Une bande de félins s'en serait pris au gardien de l'immeuble et l'aurait griffé partout. L'homme encourrait même l'amputation de son anatomie intime… Les médecins sont à pied d'œuvre pour en sauver tout ou partie mais…*

— Des chats ? s'étonna Léopold. J'ai du mal à le croire…

— *Faut qu'elle se taise, cette bonne femme !*

— *D'après les témoignages recueillis par un confrère, un chat roux aurait particulièrement sévi durant l'attaque…*

Voyou se dressa sur ses pattes arrière et pressa le bouton d'arrêt.

— *C'est bon, on a compris !*

— Voyou ! J'étais en train d'écouter et…

— …

— Attends un peu ! « Un chat roux » ! Elle a dit « un chat roux » ! Mais… Mais…

— *Et merde…*

— Voyou, aurais-tu agressé quelqu'un ?

Mal à l'aise, le félin détourna la tête. Stupéfait, Léopold ralluma la radio pour en apprendre plus.

— *… d'après un enquêteur ayant souhaité garder l'anonymat, le concierge empaillait des animaux dans son logement, n'hésitant pas à en piéger certains pour assouvir sa passion. Il en aurait même mangé quelques-uns mais des analyses sont encore à effectuer pour vérifier ce point. Les choses auraient-elles mal tourné pour lui ? Nous reparlerons de cette affaire dans les prochains jours. Dans un* *communiqué transmis à notre rédaction, la Société Protectrice des Animaux nous a informés qu'elle se saisissait du dossier.*

Bouche bée, Léopold éteignit le tout.

— Je n'en reviens pas ! lâcha-t-il, abasourdi.

— *Quoi ?*

— Pendant que j'étais sur le terrain, Monsieur est parti en vadrouille !

— *D'abord, c'est ta Rita qui m'a laissé sortir ! Ensuite, ce chatnnibale l'avait bien cherché !*

— Bon, je vais passer l'éponge pour cette fois... Si ce type se livrait à de telles activités, tel un Hannibal Lecter appâté par la chair animale, il ne mérite pas ma compassion.

— *Ah, quand même...*

— Mais ne te méprends pas sur un point : je suis tout de même en colère, car tu t'es mis en danger !

— *Mais non, je maîtrisais...*

— Bref, je t'ai à l'œil, Voyou !

— *Dans tes rêves, chatophile !*

Léopold se gara à une centaine de mètres de l'objectif et s'équipa. Il endossa son gilet avant de revêtir son blouson par-dessus.

— Il ne faudrait pas que j'attire trop l'attention...

Il vérifia son arme et plaça les grenades dans ses poches.

— À ton tour, Voyou !

Il enfila le gilet sur le félin et sourit.

— Oui, tu as une classe folle ! Ta maman serait fière de toi !

— *Merci...*

— J'ai vraiment des scrupules à t'emmener en mission mais je sais très bien que, quoi que je fasse, tu finiras par me suivre.

— *Tu peux compter là-dessus !*

— Promets-moi juste une chose...

— *Je t'écoute.*

— Ne prends pas de risques inconsidérés, d'accord ?

— *Ouais...*

— Allez, tope là !

Léopold tendit la main devant lui, Voyou hésita avant de la toucher de la patte.

— *Je l'ai juste fait pour t'éviter la honte. Pouah, c'était tellement malaisant !*

— Yeah, merci ! Je suis sûr que tu m'aimes !

— *Dans tes rêves, vicieux !*

— Le plan, maintenant.

— *Facile : il suffit de contourner le bâtiment pour trouver une entrée à l'abri des regards. Nous, les chats, on fait ça tout le temps !*

— J'y ai beaucoup réfléchi et…

— *Ça promet…*

— … basé sur mon expérience, je pense que la meilleure option serait de contourner le bâtiment pour trouver une entrée à l'abri des regards. Pas mal, n'est-ce pas ?

— *C'est exactement ce que je viens de miauler !*

— Je sais, Voyou, ton Léopold t'impressionne. Ne t'inquiète pas, je t'apprendrai toutes mes astuces de policier.

— *Nom d'une croquette au lapin, cet esclave me désespère…*

Ils sortirent, remontèrent la rue et bifurquèrent dans un passage étroit. Ils slalomèrent entre les nombreuses poubelles – malodorantes – du restaurant et découvrirent une porte métallique grise. Léopold tenta de l'ouvrir, sans succès. Il s'attela à la crocheter, réussit à la déverrouiller mais un loquet l'empêcha d'entrer.

— *Pfff, je prends le relais !*

Voyou escalada la façade et se faufila dans une lucarne.

— Non, Voyou, c'est trop dangereux !

Quelques secondes plus tard, Léopold l'entendit s'acharner sur le verrou mais aussi renverser plusieurs ustensiles.

— *Ah, zut, quel bazar ! Et toi, coulisse, mais coulisse, je te dis !*

— Tu vas y arriver, Voyou ! Essaye d'attraper la pièce qui dépasse et de la pousser.

— *Oh, je sais ce que je fais et arrête de me déconcentrer !*

Tenant le loquet entre ses griffes, il le fit glisser avec précaution. Victoire ! Léopold entra, s'apprêta à caresser Voyou mais se retint au dernier moment.

— Oups, désolé, un réflexe acquis avec Rita…

— *Beurk, ne me confonds pas avec la naturiste ! Je t'ai à l'œil, chatophile…*

Soudain, des bruits de pas ! Alertés par l'agitation, six cuisiniers d'origine saoudienne surgirent. Ils repérèrent les deux justiciers, les insultèrent en arabe, puis se munirent aussitôt de couteaux et autres objets tranchants ou contondants à disposition dans une cuisine.

— *On a de la compagnie, humain ! Va falloir faire attention !*

— Messieurs, je suis policier et… commença Léopold.

Un hachoir frôla son visage.

— *Ils ne rigolent pas mais moi non plus !*

Voyou se rua sur eux, les décontenançant au plus haut point. Léopold vint à la rescousse, ramassant au passage une poêle, qu'il abattit sur le front d'un jeune commis. Un marteau manqua de peu le menton du lieutenant, qui balança un coup de pied dans un genou qui craqua. Il assomma le blessé aussi sec avec son arme de fortune. Une fourche l'atteignit dans le dos mais le gilet bloqua le coup. Léopold tourna sur lui-même à toute vitesse et étourdit l'employé d'un magnifique revers à base de fonte. Un cri ! Voyou mordait l'avant-bras d'un quinquagénaire pour l'empêcher de lancer un couteau. En réponse, l'homme le cogna plusieurs fois mais Léopold lui envoya un violent coup de pied dans le ventre, le renversant. Pour se venger, Voyou, à l'aide de petits coups de patte, fit bouger une casserole contenant de l'huile chaude.

— *Alors, comme ça on frappe les animaux…*

Le chat fit basculer l'ustensile sur son agresseur, qui gémit et se contorsionna de douleur.

— *Ça t'apprendra !*

Déstabilisé par cet acte, Léopold ne vit pas arriver un grand costaud affublé d'une toque blanche et encaissa un coup de poing. L'individu l'insulta en langue arabe, suscitant l'hilarité de l'enquêteur : visiblement, il appréciait un bon combat. Tels deux boxeurs, ils se tournèrent autour avant d'échanger quelques *jabs*[121]. Bien formé par Henri, son mentor, Léopold prit l'ascendant et mit K.O son adversaire d'un spectaculaire *uppercut*. Le dernier commis

---

[121]Le direct du bras avant (en anglais, *jab*) est un coup de poing généralement non appuyé et rapide, contrairement au direct du bras arrière (en boxe, *lead* ou *cross*) qui est souvent de puissance supérieure.

de cuisine empoigna deux hachoirs et se jeta sur Léopold en hurlant ; toujours sur le plan de travail, Voyou fit rouler une orange directement sous ses pieds, le faisant lourdement chuter.

— *Trop facile...*

— Merci, Voyou.

— *Je te rends la pareille, l'autre brute commençait à me faire mal.*

Ils quittèrent les lieux et atteignirent la grande salle… Mauvaise surprise ! Une dizaine d'hommes de main les y attendaient.

— Bonsoir, bienvenue chez Nadeem, déclara l'un d'eux, en costume et veston chic. On vous espérait ! Nadeem suspectait que vous pourriez vous pointer ici.

— *Ça se corse...*

Léopold ressentit instinctivement le doute de son compagnon et le rassura :

— Ne t'en fais pas, je m'en occupe.

— *Comment ?*

— Voyou, ferme les yeux et bouche-toi les oreilles !

D'un geste rapide, Léopold, déjà une main sur une grenade assourdissante, la récupéra, la dégoupilla et la lança. Il renversa ensuite une table et se planqua derrière, Voyou à ses côtés.

La détonation étourdit les ennemis. Profitant de leur confusion et à l'aide de la crosse de son pistolet, Léopold se chargeait de les maîtriser les uns après les autres. Voyou l'observait et lui reconnut une certaine bestialité. Léopold montait dans son estime.

Alors que le policier venait de neutraliser deux porte-flingues coup sur coup, il aperçut à sa droite, dans son champ de vision périphérique, l'élégant délinquant sortir une arme de poing. À sa gauche, Voyou accourait déjà.

— *Laisse-le-moi, humain !*

Léopold sut instinctivement ce qu'il avait à faire : il se pencha, et le chat se servit de son dos comme d'un tremplin pour désarmer le coquet malfaiteur. Un vrai *chatscadeur* ! La manœuvre réussit, le policier plaqua alors son révolver sous le nez du criminel, l'obligeant à s'asseoir. Il lui attacha les mains au dossier de la chaise.

— Où est la fille ?

— Je ne vois pas de qui tu parles…

— OK, tu veux la jouer comme ça…

Léopold le gifla, lui faisant sauter une dent.

— *Trop génial !* s'enthousiasma Voyou, qui s'amusa avec l'incisive.

— Merde, ça fait mal !

— C'est le but, connard ! Maintenant, dis-moi où je peux trouver la jeune femme française !

— Elle… Elle doit être avec Nadeem.

— Où ça ?

— Aucune idée…

— Mauvaise réponse.

Léopold lui frappa un genou avec la crosse de son pistolet, déclenchant un hurlement.

— Aïe ! Pi… Pitié…

— Je te préviens, je n'ai aucune patience avec les enflures de ton espèce. Servir un mec aussi méprisable que Nadeem me débecte. Où est la fille ?

— Plus ici ! Plus ici, je vous jure ! Elle était dans l'une des caves, mais c'est fini.

— Où, alors ?

— Je ne sais pas, un château, c'est tout ce que j'ai compris ! Nadeem l'a emmenée à l'une de ses soirées avec d'autres meufs.

— Quel genre de soirée ?

— Une orgie…

Léopold déglutit, Voyou sortit les griffes.

— Laissez-moi, je ne sais rien de plus !

— Je n'ai pas terminé mon interrogatoire : tes potes ont volé un corps à la morgue.

— Oui, j'en ai entendu parler…

— Où est-il ?

— Aucune idée mais…

— Mais ?

— Nadeem a dû s'en débarrasser… Il propose ce genre de services…

Voyou trembla, Léopold le remarqua.

— Tu en es sûr, enflure ?

— Non, je ne côtoie presque jamais Nadeem, il me fiche trop les jetons. Mais vous n'allez pas me tabasser pour un foutu macchabée ! On s'en branle, il paraît que c'était une pute !

— Oh, je ne te ferai plus rien mais lui, oui !

Il désignait Voyou qui lui sauta sur les cuisses avant de se dresser sur les pattes arrière.

— *Chatligaud*[122]*, t'as osé insulter ma Maman !*

Il lui griffa les joues, le nez, le front…

— Éloignez-le ! Vite, il va me bouffer le visage !

— *Non, t'es bien trop dégueulasse pour ça !*

— Je ne contrôle pas Voyou, c'est un chat unique, très indépendant et plutôt sévère avec les criminels.

— Mais c'est dingue ça ! Aïe ! Pas mes yeux ! Pas mes yeux !

Voyou s'amusait en effet à lui titiller les paupières.

— Si tu veux qu'il cesse, révèle-nous où trouver notre amie.

— Je… Aucune idée.

— Fais un effort !

— Je surveillais certains travaux pour lui ! On vient d'installer plusieurs espaces pour ses futures concubines.

— Où ça ?

— Son hôtel particulier !

— Il ne loge plus dans un palace ?

— D'ici quelques heures, il sera chez lui. Si votre copine est toujours en vie, elle devrait y être… Mais je vous préviens, vous vous ferez mettre en pièces, la sécurité est d'enfer !

— *Pas pour moi !* répondit Voyou. *Rien ni personne n'arrêtera ma vengeance !*

Léopold toisa son prisonnier.

— Merci pour les informations ! Maintenant, espèce d'enfoiré, il est temps pour toi de faire un petit somme !

— Non, atten…

---

[122]Ici, « saligaud ».

D'un poing rageur, Léopold l'envoya rejoindre les bras de Morphée[123].

— *On a gagné ! Encore une belle victoire de Voyou ! Quand je raconterai ça à Snow, Pacha, Salem et Mufasa ! Je suis quand même déçu de ne pas avoir pu castrer un autre humain... J'adore ça !*

— Bravo, Voyou, tu as assuré ! Je n'aurais jamais cru un chat capable de pareilles prouesses. J'ai déjà vu des chiens policiers à l'œuvre, mais toi tu les dépasses tous. C'est tellement simple de bosser avec toi.

— *Que veux-tu, je suis le meilleur chatspecteur de la ville !*

— Quand toute cette affaire sera bouclée, j'aimerais bien que nous conti...

— *Je t'arrête là : je suis trop cher pour toi ! Surtout pour un chatophile et...*

Soudain, apparut un dernier malfrat en provenance de la réserve, casque audio sur la tête et musique à fond dans les oreilles. Un véritable colosse : plus de deux mètres, au moins cent cinquante kilos, un visage aux traits épais en partie recouvert d'une longue barbe brune et des sourcils broussailleux, presque un ours !

— *Je me charge du monstre !*

— Voyou, non !

Le félin attaqua mais fut balayé d'un simple revers de main ; il s'écrasa sur une table dont il emporta la nappe.

— Toi, l'armoire à glace, comment oses-tu frapper Voyou ?

Léopold se jeta sur l'ultime obstacle, lui assénant plusieurs coups de poing et de pied dans le ventre. Aucun effet ! Léopold encaissa même une gifle retentissante qui le fit reculer sur plusieurs mètres.

C'est alors que Voyou, toutes griffes dehors, fusa sur Léopold. Une rébellion contre le policier ? Non, ce dernier comprit qu'il

---

[123]Morphée était chez les anciens Grecs et chez les Latins le dieu du sommeil et des songes. À ce titre important, Morpheus, fils d'Hypnos et de Nyx (le sommeil et la nuit), avertissait les rois de grands événements à venir par le moyen des rêves prophétiques. Cependant, son rôle le plus quotidien consistait à endormir les mortels. Il était doté d'ailes légères comme des ailes de papillon qui lui permettaient de se déplacer en un instant d'un point à un autre de la Terre. D'où l'expression venue à l'époque moderne « être dans les bras de Morphée », pour indiquer un sommeil calme et profond, une sorte de bonheur par l'oubli. Source : Le Figaro.

n'était pas visé ! Voyou sauta, Léopold le saisit, tourna sur lui-même et transmit « la passe » au garde, surpris, qui reçut le félin en plein visage. Déchaîné, Voyou lui lacéra ses broussailleux sourcils, faisant couler abondamment du sang dans ses yeux.

— *Finis-le, esclave !*

Aveuglé, l'ennemi ne vit pas Léo arriver et le gratifier d'un coup de pied dans les testicules. À présent à genoux, le gangster récolta un coup de crosse en plein milieu du front. Il s'affaissa, inconscient pour plusieurs heures.

— Bravo, Voyou, c'était bien pensé.

— *Je sais…*

— On devrait inspecter le bâtiment avant de partir. Juste au cas où l'autre nous aurait menti. Mais avant ça…

Il photographia tous les criminels, les fouillant au passage. Hélas, ils ne portaient aucun papier sur eux.

Voyou et Léopold explorèrent ensuite les caves et toutes leurs alcôves, renfermant des objets de contrebande. Léopold prit tout un tas de clichés compromettants et quelques vidéos, notamment d'une geôle. Voyou la renifla.

— A*u milieu de toutes ces fragrances de pisse, je peux te confirmer que ta femelle était bien là ! Désolé, humain… J'espère qu'on la sauvera et que tu pourras copuler, t'en as bien besoin.*

— J'ai l'impression qu'elle était là. Je le sens…

— *Moi aussi ! C'est ce que je viens de miauler !*

— C'est ma faute si elle s'est retrouvée dans toute cette histoire. S'il lui arrive quelque chose, je ne me le pardonnerai jamais…

Léopold quitta la pièce le cœur gros, les larmes aux yeux.

— *Ça va aller, humain.*

Voyou lui donna un petit coup de patte amical. Le lieutenant sourit.

— Tu as raison, Voyou : continuons notre enquête !

Remotivé, il trouva une réserve de cannabis et de comprimés en tout genre. Dans le même temps, Voyou chercha quand même une trace de sa maman, en vain… Léopold le devina et le consola.

— Je pense qu'il faut aller chez Nadeem pour retrouver une piste sur ta maman. Toutes les pistes mènent là-bas !

— *Je suis d'accord ! Allons lui flanquer une raclée !*

— Mais avant ça, je vais devoir préparer notre opération…

Léopold appela Fred, pour un dernier service. L'air grave, il raccrocha.

— *Alors, il a dit quoi, l'homme-serpent ?*

— Malgré les risques et les nombreuses emmerdes judiciaires qu'il encourt, il va encore nous aider pour ta maman et Félicie !

— *Comme quoi, il ne faut jamais se fier aux apparences. Lui, pour un esclave au physique reptilien, est en fait plutôt sympathique. Toi, pour un « poulet », tu envoies du steak ! Et moi, un magnifique rouquin, je suis le chat le plus dangereux de Paris.*

— Je ne comprends pas ce que tu miaules mais sache que, moi aussi, je suis content de faire équipe avec toi.

— *Je n'ai pas dit ça, je notais juste tes progrès ! T'es un vrai forceur !*

— En tout cas, lui et moi, on est d'accord sur un point : la préparation va nous occuper une grosse journée. Nous attaquerons donc demain, à la tombée du jour. D'ici là, j'espère que Félicie tiendra le coup…

— *J'en suis persuadé ! Cette vétérinaire en chaleur ne se démontera pas. Ce privilège t'est réservé…*

— Merci pour ton soutien, Voyou, tu es adorable ! Maintenant, quittons les lieux ! Du travail et un peu de repos nous attendent !

Ils prirent la fuite en passant par l'arrière et filèrent dans la nuit.

# 19.

Félicie se réveilla dans une grande geôle, le corps perclus de douleurs. Autour d'elle, les jeunes femmes – en sous-vêtements – ayant participé à l'orgie. Certaines l'ignoraient, d'autres lui jetaient un regard courroucé.

— Bon… Bonjour, tenta-t-elle. Euh, hello.

— Hello ! répondit Aïssata. Tu es… OK ?

— J'ai mal partout. Nadeem m'a tabassée…

— Tabassée ? demanda Aïssata, peinant à cause de son manque de maîtrise du français

— Battue !

— Oui, toi plein de marques.

— Il a failli me tuer…

— Toi vouloir te lever ?

— Oui, s'il te plaît.

— Moi aider toi.

— Merci, Aïssata.

Grâce à la main secourable, Félicie put se redresser. Prise de vertiges, elle tituba mais sa compagne d'infortune la soutint.

— Toi, OK ?

— Oui, ce n'est rien.

— Sûre ?

— Oui, oui, merci.

Tout à coup, une femme cracha aux pieds de Félicie.

— Hé, qu'est-ce qui te prend ? s'emporta la Martiniquaise.

Aïssata l'attira à l'écart.

— Filles en colère.

— Mais pourquoi ? Qu'est-ce que j'ai fait ?

— Nadeem punir nous.

— À cause de moi ?

— Oui !

— Qu'est-ce qu'il vous a fait ?

— Nous pas manger… Seulement boire…

— Mince, je suis désolée…

— Moi, savoir.

— Merci, Aïssata.

— Tu peux leur dire que je suis navrée ?

— Oui, moi expliquer. Mais toi d'abord dire moi.

— J'ai tué un homme…

— Toi, tuer un homme ? *How ?*

— Comment j'ai fait ? J'ai frappé ses couilles, transpercé son anus avec mes talons et écrasé son crâne avec une statuette !

Elle mima chacun de ses gestes, attirant l'attention de toutes.

— *Oh, my God*[124]…

— Je suis contente qu'il ne m'ait pas violée mais j'ai quand même tué quelqu'un…

— Non, toi héros !

— Une héroïne ?

— Oui, grande héroïne pour nous !

— Non, il ne faut pas dire ça !

Mais Aïssata ne l'écoutait plus : à la place, elle racontait déjà tout à ses camarades. Après un long silence dû au choc, elles applaudirent avant d'aller serrer la main de la combattante et même de l'enlacer.

— Mer… Merci… balbutia Félicie.

— Toi, exemple pour nous ! expliqua Aïssata. Les filles plus en colère contre toi ! Filles, fières de toi !

— Je ne sais pas si je le mérite…

Elle baissa la tête, mais Aïssata lui redressa le menton.

— Toi, guerrière ! Toi, inspirer nous !

— Merci…

— Toi, aider nous sortir !

---

[124]Traduction de l'anglais : « Oh mon Dieu ».

— Quoi ?

— Oui, nous vouloir partir !

— Mais… Mais…

— Toi, forte ! Toi, femme française !

Félicie réprima un fou rire nerveux.

— J'ignore comment faire !

— Toi, trouver la solution. Nous sûres de ça.

— Hum, OK… Je vais essayer.

Elle commença par faire le tour de la pièce, à la recherche de la moindre faille. Hélas, elle ne constata que des murs épais sans fenêtre, des barreaux à la place de la porte, un cabinet de toilette et une douche. L'endroit empestait la peinture fraîche et les sanitaires venaient d'être posés.

— Aïssata…

— Oui ?

— Où sommes-nous ?

— Nous être sous grande maison Nadeem.

— Chez Nadeem ?

— Oui !

Visiblement, Nadeem avait créé cette prison pour disposer d'une réserve immédiate de concubines. Toutefois, en dépit de cette terrible information, Félicie reprit un peu espoir. Si Léopold était toujours en vie, il passerait forcément par ici.

— Merci pour ta réponse.

— Toi, solution ?

— Non, pas encore ! J'ai besoin de réfléchir.

— Toi faire vite, soirée pour bientôt !

— Une nouvelle soirée ?

— Oui, souviens-toi discours Nadeem.

— Mince, c'est vrai. Il faut que je trouve quelque chose avant qu'il n'y ait trop de monde et, par conséquent, trop de sécurité.

Elle fit une dernière vérification, sans succès. Elle s'assit pour méditer, toute l'attention portée sur elle. Soudain, un tintement de clefs retentit et la tira de ses pensées. Yacine apparut, suivi de

Nadeem et de deux hommes armés. Félicie se leva et leur fit face, les bras tendus pour protéger ses amies.

— Oh, je vois que nous avons une rebelle ! Petite idiote, la salle est truffée de caméras ! Tu ne peux rien pour elles, vous êtes sous surveillance étroite, même dans les chiottes !

— Nadeem, laissez-les ! Elles ont déjà assez souffert !

Yacine s'avança, Nadeem le retint.

— Pas besoin de lui infliger une nouvelle leçon. Sa puérile insoumission m'a donné une idée ! Vu que j'ai privé ses copines de nourriture, elle, je vais l'inviter à déjeuner.

Consternée, Félicie serra les poings : Nadeem voulait absolument qu'elles se retournent contre elle.

— Je n'ai pas faim !

— Ça, je m'en moque ! Tu avaleras tout ce que je t'ordonne, tu m'entends !

— …

— Ne me pousse pas, femme !

— …

— Yacine, emmène-la !

La brute passa derrière Félicie et lui attacha autour du cou un collier équipé d'une laisse.

— Comme ça, tu seras bien obéissante !

Il sortit une télécommande de sa poche, tourna une molette rouge et appuya sur un bouton du même coloris : instantanément, une décharge électrique se répandit dans tout le corps de la malheureuse, qui hurla avant de tomber à genoux.

— Pitié, arrêtez !

— Ah, la forte tête fait moins la fière ! se réjouit Nadeem. Vous toutes, regardez-la bien ! Si la moindre d'entre vous tente quelque chose de stupide, je vous ferai bien pire ! Comme vous le savez, je vais organiser une fête comme Paris n'en a jamais connu ! Vous devrez être irréprochables !

Après la traduction, Yacine tendit la laisse et la télécommande à son patron, qui s'en saisit avec délectation. Il actionna une nouvelle salve et ricana.

— Maintenant, viens avec moi !

Il tira sur le cordon ; sous la pression, des petites pointes dissimulées dans le collier piquèrent Félicie, lui ôtant toute velléité de rébellion. La jeune femme suivit ses ravisseurs dans un escalier en colimaçon. Le groupe déboucha dans une réserve, puis sur une cuisine digne d'un restaurant étoilé – en pleine effervescence – avant de rejoindre un hall similaire au Palais de l'Élysée.

— Pas mal, hein ? se vanta Nadeem.

Impressionnée, Félicie hocha la tête.

— Excitée ?

— …

— Unc femme ne résiste jamais devant le luxe !

Félicie se retint de l'insulter, lui ainsi que tous ses ancêtres.

— Pendant que mon cuisinier finit de nous préparer un bon dîner, je vais te faire visiter. Je veux que tu comprennes qu'ici, tu es dans une prison dorée.

Pour Félicie, Nadeem souffrait plutôt du besoin maladif d'étaler ses richesses, dans le vain espoir d'obtenir l'attention de la gent féminine. Toutefois, elle tut son analyse de peur de susciter sa colère.

La première chose que remarqua la jeune femme fut le nombre impressionnant de caméras et les patrouilles des gardes, des mercenaires libyens.

Ensuite, elle fut frappée par le faste, partout, dans tous les coins, même dans les toilettes en or massif. Aucun doute : les trafics en tout genre, la traite des êtres humains et la guerre rapportaient de quoi bâtir un empire ainsi qu'un palace, sur des fondations à base d'un ciment constitué d'os et de sang.

— Viens, ma petite lionne, j'ai quelque chose à te montrer !

— Petite lionne ?

— Tu es très exotique ! Tu as beau être une Française habitant sous le soleil de la Caraïbe, tes origines sont africaines.

— …

— Allons, ne te vexe pas ! Grâce à moi, tu te reconnectes avec tes racines !

— Je ne comprends pas…

— Tu connais le même sort que tes aïeux : tu es là pour me servir ! J'ai un droit de vie et de mort sur toi !

— …

Ils reprirent leur marche et pénétrèrent dans un vaste salon décoré avec des cornes d'éléphants et de rhinocéros, une tête de lion albinos, une lionne empaillée avec ses petits et, enfin, quelques armes et statuettes africaines.

— Magnifique, n'est-ce pas ?

— C'est vous qui… ?

— Oui, j'ai abattu toutes ces bêtes. Mais ce n'est pas fini !

Dans la pièce à côté, un nouvel escalier conduisait à une salle encore plus grande avec, à l'intérieur, une immense cage enfermant trois guépards bien vivants.

— Ils sont si beaux ! s'enthousiasma Nadeem. Je te présente Terreur, Horreur et Malheur. Charmant, n'est-il pas ?

— …

— D'ordinaire, je vends ces carnivores mais, cette fois, je me suis offert un petit plaisir. Ils feront sensation durant ma fête ! Approche, je veux que tu les admires !

Il l'attira tout près des barreaux.

— Les pauvres…

— Mais non, ils ont toute la nourriture dont ils ont besoin…

D'un coup, il lui agrippa les cheveux et mit sa tête à quelques centimètres des prédateurs, au point qu'elle sentit l'haleine fétide de l'un d'eux.

— Si je le souhaitais, je pourrais te filer comme casse-croûte à mes beaux bébés.

— No… Non, arrêtez !

— Personne ne pourrait m'en empêcher…

— Nadeem, je… je vous en prie…

Il la relâcha puis s'esclaffa.

— Je plaisante ! Du moins, pour l'instant. Je suis toujours en colère contre toi pour la mort de Youssef.

— Il n'a eu que ce qu'il méritait !

— Je n'en disconviens pas, ce type était une sombre merde ! Néanmoins, je faisais des affaires avec lui et je comptais bien bénéficier de son carnet d'adresses. Ces cons de djihadistes sont très difficiles à approcher.

— Je n'ai aucun regret…

— On en reparlera quand j'aurai Santos à mes pieds. Tu comprendras ce que ça fait de perdre quelqu'un d'important.

— Ça n'a rien à voir ! Ne comparez pas une relation basée sur des atrocités avec une autre basée sur…

Elle se tut, il jubila.

— Sur ? Termine donc ta phrase, ma jolie !

— …

— Sur des sentiments ? Que c'est beau ! Ah, je vais prendre un tel pied à le démembrer devant toi ! Non, mieux : je lui infligerai exactement les mêmes supplices que ceux subis par Youssef ! Comme ça, nous serons à égalité !

— Ne faites pas ça, c'est un homme bien.

— C'est bien ça le problème ! Ce n'est pas le premier fonctionnaire à se dresser contre moi, mais il finira comme tous les autres : mort !

Elle ne répondit pas, son interlocuteur n'avait d'humain que l'apparence…

Ils poursuivirent la visite dans un couloir transformé en galerie d'art, marquée par la présence d'œuvres impressionnantes, dont certaines avaient été volées comme l'expliqua Nadeem, campé devant la « *Femme à l'Éventail* »[125] d'Amedeo Modigliani.

— Je n'y connais rien en matière d'art… avoua Nadeem. En revanche, je sais qu'elle m'a coûté une petite fortune sur le marché noir !

— Quel intérêt ?

— Pour le prestige !

— Désolée, je ne comprends pas…

[125]« *La Femme à l'Éventail* », d'Amedeo Modigliani, a été volé en 2010. Ce tableau, ainsi que quatre autres chefs-d'œuvre signés de Picasso, Matisse, Braque et Léger, ont été subtilisés ensemble dans la nuit du 19 au 20 mai 2010 au musée d'Art moderne de la Ville de Paris. Une véritable razzia, évaluée à près de 115 millions d'euros. Entré par une fenêtre, le cambrioleur, surnommé « Spiderman », déjà condamné treize fois pour des faits similaires, est retrouvé et mis en examen en septembre 2011, mais personne depuis n'a remis la main sur ces toiles de maître.

— Pour convaincre un potentiel client, je n'ai qu'à le convier chez moi et lui montrer ce tableau. Il intégrera tout de suite que je peux lui procurer tout ce dont il rêve ou presque.

— …

— Regarde, j'en ai d'autres qui valent des millions !

Il lui présenta « *Le pigeon aux petits pois* »[126], l'une des œuvres analytiques du maître espagnol Pablo Picasso, avant de désigner « *Les Fleurs de pavot* »[127] de Vincent Van Gogh.

— C'est triste… souffla-t-elle.

— Où veux-tu en venir, ma belle ?

— Priver le monde de ces peintures juste pour vous faire mousser…

Une décharge modérée sanctionna ses mots.

— Attention… menaça-t-il.

— Aïe… J'ai… J'ai compris…

— Parfait, continuons.

Il la conduisit ensuite dans un dédale de couloirs qui déboucha sur un vaste hammam dont il détailla la construction : quatre pièces avec l'entrée et le vestiaire, *al-maslakh* ; la première pièce de baignade, non chauffée, *bārid* ; la deuxième salle de baignade, modérément chauffée, *wastānī* ; et la troisième pièce de baignade, complètement chauffée, *ḥarāra*. Il expliqua que ces lieux seraient occupés par les plus belles jeunes femmes dont il avait la propriété. Elles n'auraient qu'un but : les satisfaire, lui et ses invités. Il offrirait à la capitale les meilleures orgies, pervertissant ainsi toutes les personnes d'influence. Il ferait chanter les puissants et obtiendrait de plus en plus de faveurs le menant au sommet.

Malgré sa révolte intérieure, Félicie garda le silence. Nadeem la dirigea ensuite vers les jardins, où des employés s'affairaient à

[126]L'œuvre a été dérobée dans un musée parisien en 2010. Elle est caractéristique du cubisme analytique, un mouvement cofondé par Picasso et Georges Braque visant à fusionner l'espace et l'objet, mais aussi à éclater l'homogénéité de la forme grâce à des figures géométriques, ainsi qu'une palette de couleurs neutres. Bien que le voleur du « *Pigeon aux petits pois* » ait été appréhendé, il prétend que le tableau a été détruit.

[127]« *Les Fleurs de pavot* » de Vincent Van Gogh ont été retirées de leur cadre au musée Mohamed Mohmoud Khalil au Caire, en 2010, et n'ont pas encore été récupérées. Estimée à 39,3 millions de livres sterling, l'œuvre a été peinte en 1887, trois ans avant le suicide de Van Gogh.

préparer la fête inaugurale, avec pour attraction une haute pyramide factice entourée de deux sphinx.

— J'adore l'Égypte antique ! justifia-t-il. Les pharaons m'inspirent beaucoup : ils sont la grandeur incarnée !

— Et qu'avez-vous prévu d'autre ?

— Pour cette « soirée pharaon », les filles et toi, vous revêtirez des coiffes et des tenues d'époque. Bien sûr, le tout avec les seins nus. Vous serez à l'entière disposition du public pour assouvir le moindre désir. Quant à moi, j'arriverai au milieu des invités, juché sur un trône recouvert de feuilles d'or et porté par des esclaves. Mes léopards, maintenus en laisse, impressionneront la foule. Si tu es sage, je ferai de toi ma Cléopâtre.

Félicie se promit de l'arrêter avant qu'il ne pût réaliser ses rêves de grandeur. Elle n'aspirait qu'à une chose : que sa chute fût terrible !

— …

— Avant d'aller manger, j'aimerais te montrer une surprise. Tu vois, malgré toute cette opulence, un seul objet me procure vraiment un bonheur infini.

Il l'invita dans son bureau et lui présenta une urne funéraire noire.

— Qui est-ce ? interrogea Félicie. Un membre de votre famille ?

— Non, la responsable de toute cette agitation !

Félicie réfléchit avant de sursauter.

— Vous… Vous parlez de la jeune femme de l'hôtel ? La maman de Voyou !

— Tout à fait. Cette salope s'appelait Nour !

— Pourquoi la gardez-vous ainsi ?

— Il s'agit d'un trophée ! Et bien plus important que toutes mes chasses d'animaux. Bientôt, viendront s'ajouter les cendres du lieutenant Santos et de ce maudit chat.

— …

— Tu finiras peut-être comme elle si tu ne veux pas te montrer docile… Je compte sur toi pour faire passer un message aux filles : vous avez intérêt à bien vous comporter lors des prochains jours ; sans quoi, j'ordonnerai à Yacine de s'occuper d'elles. Sauf toi, je t'enverrai moi-même dans l'au-delà !

— …

— Maintenant, allons nous restaurer !

Elle le suivit dans la salle à manger et se força à ingurgiter des mets pourtant délicieux. Nadeem s'empiffrait, la dégoûtant davantage. Comme le lui avait demandé Aïssata, elle échafauda alors un plan… Elle prendrait tous les risques, car seule la mort l'attendait entre ses murs. Elle espérait juste que Léopold ne tarderait pas…

# 20.

Après leur intervention au restaurant de Nadeem, Voyou et Léopold étaient retournés chez Fred pour se reposer et, surtout, préparer l'assaut final. De son côté, le hacker s'était aussitôt mis à analyser l'hôtel particulier, propriété du criminel saoudien. Grâce à sa maîtrise hors pair d'Internet, il avait retrouvé les plans du bâtiment et, spécialement, accédé aux réseaux de surveillance. Les yeux injectés de sang après de longues heures sans aucune pause, il retira ses lunettes et se massa les paupières.

— Ouf, j'ai enfin terminé… souffla-t-il, fatigué. Léo, amène-toi !

Le policier entra dans la pièce et examina les écrans. Voyou sauta sur le bureau. Cette apparition amusa les deux hommes.

— Mon pote, on dirait bien que Voyou te suit partout.

— C'est vrai, Fred. Lui et moi, nous sommes partenaires sur cette affaire.

— *On se calme, les esclaves ! C'est surtout que je veux vous empêcher de faire des conneries !*

— Tu as vu son regard, il ne rigole pas ! plaisanta Fred.

— Non, Voyou est toujours sérieux.

— *Euh, vous pouvez arrêter de parler de moi ? Ce n'est pas que je ne suis pas flatté, je le suis, sa Majesté Voyou adore la vénération, mais on doit avancer ! Je veux entrer chez Nadeem et retrouver ma Maman. Et un peu la vétérinaire, sinon l'autre coincé va faire la gueule.*

— Je crois qu'il aimerait que je vous explique mes découvertes.

— Je suis d'accord. Vu son caractère, tu ferais mieux de commencer…

— *Oui, dépêche-toi avant que je ne t'épluche ta saucisse !*

Fred s'éclaircit la gorge puis pointa un écran.

— Je démarre par la bonne nouvelle. Ton Nadeem a vu les choses en grand pour la rénovation de son palace. Il a embauché l'un des cabinets d'architecte les plus cotés d'Europe, installé ici, à Paris. J'ai pu entrer dans leur base de données, un vrai jeu d'enfant ! Leur système n'est pas du tout sécurisé. J'ai donc récupéré les plans. D'après ce que j'ai consulté, ce mec est un mégalomane. Regarde ça !

Il lui expliqua le détail de ses découvertes.

— Et ça, au sous-sol, qu'est-ce que c'est ?

— Les grandes salles ? On dirait des réserves ou…

— Oui, Fred, on s'est compris. C'est là qu'il doit détenir ses captives.

— Quel psychopathe !

— *Vivement que je m'occupe de lui…*

— Et concernant la mauvaise nouvelle ?

— La sécurité est impressionnante.

— Ça, je m'en doute mais comment le sais-tu ?

— Je peux accéder à leur système de vidéosurveillance.

— Peux-tu le désactiver ?

— Ce serait trop compliqué. En revanche, je peux le faire tourner en boucle pour vous masquer sur les images.

— Génial !

— Mais pas d'ici…

— Mince !

— Pour y arriver, il faudrait que tu parviennes au boîtier de commandes. Il est sur les toits, près d'une grande antenne relais…

— Hum…

— À quoi penses-tu, Léo ?

— Si c'est la solution pour m'infiltrer, je passerai par les toits !

— Mais comment ?

— Tu sais que je suis un bon grimpeur !

— Oui mais quand même…

— Montre-moi les bâtiments alentour !

Fred fit défiler une image satellite récente ainsi que plusieurs plans. Léopold les examina longuement.

— Là, j'ai trouvé ! s'exclama-t-il enfin.

— Quoi, Léo ? Je ne vois rien.

— Si, ce bâtiment.

— Oui, il est bizarre…

— Il s'agit d'un immeuble factice[128] et il paraît en travaux. Il devrait me permettre d'accéder aux toits.

— Un immeuble factice ?

— Tu ne connais pas ? Paris en compte pourtant plusieurs.

— Non, raconte !

— Un jour, lors d'une intervention conjointe avec des collègues bossant à la RATP[129], j'ai appris que, à Paris, certaines façades d'immeubles ne sont là que pour le décor[130]... Au premier coup d'œil, elles semblent parfaitement ordinaires avec fenêtres, portes cochères et balcons... Mais sur les portes, il n'y a aucune poignée, aucun digicode et... personne aux fenêtres ! Une rénovation de celui-ci est apparemment en cours. Je vais pouvoir escalader l'échafaudage sans trop attirer l'attention. Ensuite, je me débrouillerai pour rejoindre la demeure de Nadeem.

— Tu m'épates, Léo !

— Non, tout ça, c'est grâce à toi. Sans ton aide, je me serais pointé là-bas avec le flingue et j'aurais fait un carnage. Du moins, j'aurais essayé. Maintenant, je vais pouvoir me la jouer furtif.

— *NOUS allons nous la jouer furtifs !* miaula Voyou.

Léopold devina un reproche.

---

[128] Paris comprend plusieurs édifices qui ne sont pas destinés à être habités (puits de ventilation, etc.), mais dont la façade camoufle la véritable fonction. Ces façades ressemblent en tout point à celle des bâtiments alentour et reprennent les éléments parisiens habituels (fenêtres, portes cochères, balcons, etc.), mais sont, d'une certaine façon, des trompe-l'œil. (Source : Wikipédia)

[129] La Régie autonome des transports parisiens est un établissement public à caractère industriel et commercial de l'État, assurant l'exploitation d'une partie des transports en commun de Paris et de sa banlieue. Le Groupe de protection et de sécurité des réseaux (GPSR) ou « *sûreté RATP* » est le groupe de sûreté de la RATP dont la mission est de protéger, assister et sécuriser tant les voyageurs que le personnel sur l'ensemble des réseaux bus, métro, RER et tramways gérés par l'entreprise. Ces agents sont sous statut RATP, assermentés et détenteurs de l'autorisation du port d'arme de catégories B et D. Ils sont chargés dans leur domaine de compétence d'assurer la sécurité des personnes (voyageurs et agents), la protection des biens et installations de la RATP et le respect du Code des transports. En 2009, 1 015 agents sont déployés sur le seul réseau de la RATP. En 2018, ils sont près de 1 000 agents chargés de veiller à la sécurité des voyageurs, du personnel et de biens.

[130] Quelques exemples : 145 rue La Fayette (10e arrondissement) ; 174 rue du Faubourg-Saint-Denis (10e arrondissement) ; 29 rue Quincampoix (4e arrondissement) ; 14 rue Duvergier (19e arrondissement) ; 44 rue d'Aboukir (2e arrondissement) ; 27 rue Bergère (9e arrondissement), etc. Paris en compterait douze.

— Excuse-moi, Voyou. J'aurais dû dire « nous ».

— *Excuses acceptées, pour cette fois...*

— OK, je vois que vous êtes prêts ! Je vais t'indiquer la marche à suivre pour le piratage.

Fred lui tendit un smartphone et lui expliqua la manière de le raccorder au relais de sécurité, photographies à l'appui.

— D'accord, Fred, je devrais m'en sortir.

— Sûr ?

— Oui, ça ira. Je ne suis pas porté sur la technologie mais il s'agit de faire un branchement et de lancer une application. Je devrais y arriver.

— Je compte sur toi, Léo.

— Tu peux.

Soudain, une alarme retentit sur l'un des moniteurs.

— Mince, que se passe-t-il ? se demanda Fred, anxieux.

Il pianota sur son clavier et afficha les images de plusieurs caméras cachées dans les parties communes ainsi qu'au pied de l'immeuble. Six hommes armés gravissaient les escaliers.

— Ils... Ils nous ont retrouvés ? s'étonna Léopold.

— On dirait bien.

— *Qu'ils s'amènent ! J'ai bien envie de massacrer un méchant !*

— Comment ont-ils fait ?

— Tu m'as appelé depuis le restaurant, n'est-ce pas ?

— Oui...

— D'une manière ou d'une autre, ils sont remontés jusqu'ici.

— Mais tu m'avais donné un portable avec une nouvelle puce !

— Il faut croire qu'ils ont de quoi tracer tous les appels sortants... Sur ce coup, je n'ai pas été malin. La honte, même !

— Comment fait-on, Fred ?

— *On se bat !*

— Voyou a l'air d'avoir envie de se bagarrer mais je pense que ce n'est pas la bonne solution.

— On est d'accord.

— *N'importe quoi ! Il faut leur montrer que...*

Les ennemis venaient d'atteindre le palier et tambourinaient déjà sur la porte blindée.

— Ne vous en faites pas, ce n'est pas une porte achetée au magasin de bricolage du quartier. Tout est renforcé. Je vais me charger d'eux…

— De quelle façon ?

Fred pointa un écran.

— Juste au-dessus d'eux, il y a un cache avec une grenade fumigène. Il suffit que j'entre une commande sur mon clavier et ils en baveront, je te le garantis.

— Et Voyou et moi ?

— Vous n'avez qu'à passer par la lucarne de la chambre d'amis. Vous prenez vers l'Ouest et vous descendez par une faîtière de l'immeuble voisin. Vous tomberez pile-poil sur l'escalier.

— Tu es bien renseigné.

— J'avais prévu cette échappatoire en cas de visite de la police… Allez, filez !

Fred et Léopold se serrèrent la main, Voyou miaula pour dire au revoir. Une fois dans la chambre d'amis, Léopold ouvrit la lucarne.

— Voyou, je vais devoir te porter.

— *Pas question, chatophile ! Seule Maman pouvait me toucher !*

Léopold tenta de le saisir mais le félin lui fila entre les jambes, et sauta sur le lit avant de lui bondir sur le dos.

— Mais… Mais…

— *C'est bon, je suis bien accroché ! Bouge, esclave !*

— T'es pas possible, Voyou !

— *Bouge, je t'ai dit !*

Léopold passa son sac en bandoulière et se hissa sur le zinc de la toiture[131].

---

[131]C'est le baron Haussmann qui, cherchant à réduire les coûts et à simplifier les chantiers se multipliant à Paris, a choisi le zinc ! Pas cher, plus léger que les charpentes en bois recouvertes de tuiles, facile à découper et à installer, très efficace contre les infiltrations d'eau, le zinc était le matériau idéal pour couvrir les toits des nouveaux immeubles construits à cette époque. Mieux, ce matériau ultra moderne possède une faible densité et peut aisément être courbé, ce qui permet de créer de nouveaux espaces habitables sous les toits : grâce à ce matériel, les chambres de bonnes sous mansardes virent le jour.

Suivant les indications de Fred, il gagna l'immeuble voisin et s'infiltra à l'intérieur. À peine avait-il posé les pieds que Voyou descendit.

— Déjà ?

— *Que croyais-tu ? C'était juste pour l'extraction.*

— OK…

— *Il faut se dépêcher !*

— Il faut se dépêcher, Voyou !

— *C'est ce que je viens de miauler ! Chat me saoule que tu répètes tout !*

Léopold ouvrit la marche, Voyou sur ses talons. Arrivés dans le hall, il entrebâilla le battant et jeta un œil à l'extérieur. Personne !

— Voyou, la voie est libre !

Ils sortirent et se précipitèrent jusqu'à la voiture. Léopold la déverrouilla à distance, et laissa monter le chat avant de s'engouffrer à l'intérieur. Il démarra et quitta sa place de stationnement.

Tout à coup : un coup de feu ! Son rétroviseur droit explosa.

— Merde, ils nous ont repérés !

Plusieurs criminels accouraient déjà et tirèrent à nouveau. Dans la rue, des cris retentirent. Léopold s'engagea mais remarqua de la fumée s'échapper du bâtiment de Fred. Il ralentit inconsciemment.

— Il a déclenché son plan pour les repousser…

Nouvel impact !

— *Qu'est-ce que t'attends, humain ? Fonce !*

Léopold mit alors le pied au plancher et déserta les lieux.

— *C'était chaud !*

— On a eu chaud aux fesses !

— *Parle pour toi, malpropre ! Décidément, Rita est bien la digne fille de son père !*

— C'est bon, je crois qu'on les a semés. On va pouvoir se concentrer sur…

Un coup de feu ! Deux motos et une grosse berline les avaient pris en chasse.

— Oh non, ils sont déjà là !

*— Et voilà, fallait pas l'ouvrir trop tôt ! Tu nous as porté la poisse !*

— Je vais m'en charger, accroche-toi !

*— À quoi ?*

Léopold répondit par une embardée, doublant un bus avant de se rabattre devant une voiture qui klaxonna. Ballotté, Voyou plantait ses griffes où il pouvait, lacérant son siège.

*— Tu vas finir par nous tuer !*

— Ne t'en fais pas, Voyou, je maîtrise !

*— On ne dirait pas !*

Alors qu'une moto abordait Léopold par la gauche, le policier se déporta sur elle, poussant le motocycliste à la faute : il termina dans un arrêt de bus, vide. Léopold évita de justesse un taxi arrivant en sens inverse et coinça l'autre motard contre un autobus. L'individu hurla avant de chuter.

— Deux de moins !

*— Ouais, pas mal...*

— On va s'en sortir !

*— Il y a intérêt : je compte bien mener ma vengeance jusqu'à son terme !*

Léopold regarda dans son rétroviseur intérieur et repéra une deuxième berline.

— Mince, il y en a une autre !

Il grilla plusieurs feux, frôlant l'accident, atteignit le périphérique, assez fluide à cette heure, et slaloma entre les automobiles.

— On va devoir faire le tour de Paris pour rejoindre notre destination ! Je ne veux pas mettre en danger la population !

*— Ouais, ouais...*

Dotés de moteurs plus puissants, les deux poursuivants les rattrapèrent. Le chauffeur sur la droite brandit un pistolet. Il tira, brisant la vitre du côté de Voyou.

*— Le chatlopard !*

— Couche-toi, Voyou !

*— Non, je ne peux pas laisser passer ça !*

L'assassin arriva à leur hauteur et pointa son arme sur Léopold. Audacieux, Voyou sauta dans l'autre véhicule.

— Voyou ! cria le lieutenant, abasourdi.

Furieux, le chat griffait le conducteur et son passager, faisant zigzaguer leur berline. Léopold braqua pour se positionner à côté, carrosserie contre carrosserie, dans un effroyable vacarme de tôles.

— Voyou, reviens !

— *Ouais, j'ai fini !*

Le félin le rejoignit quelques secondes avant un crash fatal pour ses deux victimes.

— Bon sang, Voyou, qu'est-ce qui t'a pris ?

— *Quoi ? Je me suis débarrassé d'eux, non ?*

— Tu aurais pu mourir !

— *Mais non, je maîtrisais. Et j'étais sûr que le chatophile ferait tout pour me sauver.*

— Qu'est-ce que j'aurais fait sans toi ? Hein, t'y as songé ?

— *Je ne veux pas le savoir !*

— T'as pensé à mon petit cœur ?

— *Oh, ne commence pas à me décrire ton anatomie ! Rita fait la même chose !*

Soudain, un nouveau tir, le dernier poursuivant attaquait !

— Il m'énerve, celui-là ! Cramponne-toi, Voyou !

Léopold freina, rétrograda, fit tourner le volant entre ses mains comme un héros de film d'action, et passa derrière les ennemis avant de les tamponner au niveau la roue arrière, à l'américaine[132]. Le conducteur perdit le contrôle et s'encastra dans la glissière de sécurité. Victoire !

— On doit filer d'ici avant l'arrivée de la police !

— *Ouais, tes collègues ne vont pas apprécier notre bordel !*

---

[132]La manœuvre PIT (technique d'intervention de poursuite) ou TVI (intervention tactique de véhicule) est une tactique de poursuite par laquelle une voiture poursuivante peut forcer une autre en fuite à tourner brusquement sur le côté, provoquant la perte de contrôle et l'arrêt du conducteur. Elle a été développée par le département de police du comté de Fairfax en Virginie, aux États-Unis.

Léopold accéléra, et remonta plusieurs files de véhicules avant de s'insérer dans une voie menant vers Paris. Il se gara dans un parking souterrain, à quelques encablures de l'hôtel particulier de Nadeem. Il posa sa tête sur le volant et respira lentement.

— …

— *Chat va pas, humain ?*

— Je ne sais pas comment tu fais pour rester aussi calme, Voyou…

— *Je sors de la rue, je te rappelle.*

— Tu es vraiment courageux. Aucun chien policier n'a jamais accompli ce que tu viens de faire. Aucun !

— *Qu'est-ce que tu crois, je ne suis pas n'importe qui ! Et cesse de me comparer à une espèce qui compte dans ses rangs un inutile notoire comme Roger ! Ça en dit long sur eux…*

Léopold se redressa et essuya la sueur qui perlait de son front.

— Bon, je me sens mieux… Continuons, Félicie compte sur nous. Je ne la perdrai pas. Je ne perdrai plus personne.

Voyou demeura silencieux, il savait ce que ressentait Léopold.

Ils rejoignirent la rue et atteignirent sans encombre l'échafaudage. Léopold s'accroupit, permettant ainsi au félin de s'accrocher sur son dos. L'ascension débuta. Le policier redoublait de vigilance pour ne pas attirer l'attention ou pire, basculer dans le vide.

— Voyou, si tu me l'autorises, Catman devient Spider-Man !

— *Esclave, si je te plante mes griffes dans le dos, on meurt mais au moins je n'aurais plus à t'écouter…*

Léopold sentit la pointe des griffes à travers ses vêtements.

— Je plaisante ! C'est fou, on dirait vraiment que tu comprends tout ce que je raconte !

— *Malheureusement…*

Léopold entendit alors un groupe de jeunes non loin, il s'arrêta et se cacha derrière une bâche. Il tourna la tête et croisa le regard de Voyou.

— Bon sang, qu'est-ce que je suis en train de faire avec un matou ?

*— Ah, ces humains, si égocentrés ! C'est toi qui m'accompagnes et pas l'inverse ! Je t'utilise pour ma vendetta !*

— Si je me fais prendre, de quoi aurais-je l'air ?

*— Et moi, alors ? T'imagine la honte ? Le redoutable Voyou capturé en compagnie de son esclave du moment ! Les chatzettes*[133] *vont s'en donner à cœur joie !*

Le calme revint, et Léopold parvint au sommet de l'échafaudage. Il manquait quelques mètres pour rejoindre la cime du bâtiment factice. Il l'escalada sans crainte.

*— Pas mal…*

Léopold perçut du changement dans la tonalité des miaulements.

— Voyou, est-ce que je t'impressionne ?

*— Ce n'est pas du niveau d'un chatscadeur mais tu te défends pas trop mal. Mais de là à m'impressionner, n'exagérons rien !*

Une fois arrivés au but, Léopold laissa Voyou descendre et s'équipa. Il enfila ensuite le mini gilet à son protégé. Le singulier duo progressa sur les toits, prenant garde à ne pas tomber. Ils réalisèrent quelques sauts avant d'atteindre l'antenne et le boîtier désigné par Fred.

Concentré, Léopold effectua le branchement, sélectionna l'application pirate sur le smartphone et pressa « START ». Un message de Fred s'afficha presque aussitôt :

[Bravo, Léo, je désactive les caméras ! Bonne chance !]

Dans un soleil couchant, Voyou arborait un air résolu : rien ni personne ne l'arrêterait. Un vent léger faisait onduler ses poils, accentuant la gravité de la scène.

*— L'heure de la vengeance a sonné…*

— Voyou, l'heure de la vengeance a sonné… dit Léopold, le poing serré.

*— Pitié, pas encore ! Il vient de gâcher mon moment !*

Voyou se retint de l'attaquer.

— Trouvons donc un passage et coffrons Nadeem !

---

[133] Ici, « gazettes ».

— *Pas si je l'attrape avant...*

Avec discrétion, ils explorèrent les toits et découvrirent très vite un accès via une trappe. La mission de secours commençait...

# 21.

De retour dans sa prison, Félicie fut accueillie avec respect par ses codétenues. Inquiètes, elles l'entourèrent et lui demandèrent si Nadeem l'avait touchée.

— Non, ce gros porc ne m'a rien fait à part se vanter de son patrimoine.

Aïssata et deux autres jeunes femmes firent la traduction pour que toutes comprennent.

— Après, il m'a expliqué ce qu'il attendait de nous…

— Nous écouter toi ! déclara Aïssata, anxieuse.

— Mes amies, ce monstre va organiser une grande fête sur le thème de l'Égypte antique. Il veut se faire passer pour un pharaon et nous, nous jouerons le rôle des esclaves. Il m'a révélé que nous aurions les seins nus et que nous serions à l'entière disposition du public.

— Nous arrêter lui ! s'exclama Aïssata. Moi pas pouvoir continuer. Hommes violents avec moi.

— *I don't want to be raped anymore !*[134] s'écria une jeune femme de couleur. *Please, we have to do something !*[135]

— *Yes, I agree ! I would rather die than being a sex slave !*[136] ajouta une Syrienne.

— Félicie, toi avoir plan ? interrogea Aïssata.

La Martiniquaise ferma les yeux et prit une inspiration. Elle regarda ensuite ses camarades, toutes ses camarades.

— Oui, j'ai pensé à quelque chose. Vous et moi, nous allons tout donner pour nous en sortir, quitte à y laisser la peau… Un jour, un révolutionnaire a dit : « Il vaut mieux mourir debout que de vivre

---

[134] Traduction de l'anglais : « Je ne veux plus être violée ! ».

[135] Traduction de l'anglais : « S'il vous plaît, nous devons faire quelque chose ! ».

[136] Traduction de l'anglais : « Oui, je suis d'accord ! Je préfère mourir que d'être une esclave sexuelle ! ».

toute une vie à genoux ![137] ». Étant descendante d'esclaves, je crois fermement en cette phrase.

Après traduction, elles acquiescèrent.

— Nous suivre toi ! révéla Aïssata.

— Parfait ! Voilà ce que je vous propose : nous savons qu'il y a des caméras un peu partout dans la pièce. Nous allons faire en sorte de les attirer ici…

— *How ?*

— Au départ, j'avais pensé à une bagarre générale mais j'ai bien vu comment ces pervers nous regardent : ils sont excités ! Nous allons leur offrir un spectacle irrésistible.

— Toi expliquer nous !

— Oui, Aïssata, j'y viens. Nadeem nous garde toutes pour lui, alors que ses hommes n'ont qu'une envie : s'amuser. Appâtons-les ici et maîtrisons-les ! Nous allons donc danser, gémir, adopter des poses lascives, tout ce qu'ils aiment. Certains descendront, nous les inviterons à entrer et ensuite…

Elles réfléchirent quelques instants avant de valider la stratégie les unes après les autres.

— OK, que le show commence ! annonça Félicie.

Elle ordonna aux jeunes femmes de se mettre en cercle et de battre des mains en cadence. Elle se plaça au centre et débuta une danse, une sorte de chorégraphie moderne. Ses mouvements majestueux suscitèrent l'admiration sincère de ses camarades d'infortune. Félicie n'oublia pas de laisser ses mains descendre le long de son corps et d'exulter. Elle fut rejointe par Aïssata, qui lui tourna autour. Les deux naïades rirent, s'effleurèrent, se caressèrent, séduisant de nouvelles participantes motivées. Malgré leur terrible situation, la tension s'évanouit quelques instants : elles se distrayaient…

— Les filles, donnez tout ! cria Félicie.

— *Girls, give everything !* reprit Aïssata.

[137]Citation d'Emiliano Zapata (1879 – 1919), figure de la révolution mexicaine de 1910 et de la guerre civile qui suivit. Version originale : « *Es mejor morir de pie que vivir toda una vida arrodillado* ».

Le ballet redoubla d'intensité, au point que certaines s'étreignirent, deux couples tombèrent même au sol et entreprirent de s'explorer. Toute cette tension sexuelle ne manqua pas d'attirer trois gardes, qui dévalèrent les marches pour se poster devant les barreaux et commenter allègrement cette vision édénique. Ils applaudirent, encouragèrent, incitant les danseuses à plus de débauche. Pour les contenter, certaines ôtèrent leur soutien-gorge et le leur lancèrent, les rendant fous de joie. Félicie fit signe aux geôliers d'approcher, ils hésitèrent. Pour les amadouer, elle retira elle aussi son haut et laissa Aïssata lui embrasser les seins. N'en pouvant plus, les trois criminels – des Libyens plutôt bas du front – entrèrent et remuèrent en cadence. Les captives les poussèrent doucement vers le centre, se frottant contre eux, les touchant partout, générant chez eux une excitation qu'ils n'auraient jamais imaginée possible. Félicie se plaça dans le dos de l'un d'entre eux, se frotta contre lui avant de lui caresser le torse et de descendre lentement sa main vers ses parties génitales. L'homme ferma les yeux, oubliant la foule ; une pensée l'obnubilait : il devait jouir ! Elle l'attira à l'écart, ses camarades faisant office de rideau pour les dissimuler. Soudain, Félicie resserra sa prise, transformant le plaisir en douleur indicible. Il voulut hurler mais elle l'avait devancé : une strangulation par l'arrière, son biceps et son avant-bras comprimant les carotides. Incapable d'alerter ses collègues, il battit des bras puis tenta de toutes ses forces de se libérer. Trois prisonnières prêtèrent main-forte à Félicie, tenant les mains et les jambes du garde. Elle le relâcha lorsqu'elle le sentit totalement inerte.

— Au suivant… souffla-t-elle, presque en transe.

Aïssata venait de baisser le pantalon de l'un des hommes, béat. Avec un grand sourire, Félicie avança vers lui ; il admirait sa magnifique poitrine. Elle lui donna un coup de pied dans les testicules, le pliant en deux. Le troisième gardien voulut réagir mais toutes les femmes se jetèrent sur lui, le maintinrent au sol avant de le gifler, le griffer, le frapper… Après l'avoir assommé, elles s'occupèrent du dernier, qui les implorait déjà.

Félicie récupéra son soutien-gorge, et ses amies firent de même. La Martiniquaise fouilla ensuite les trois malfaiteurs, trouva un jeu de clefs et… un pistolet automatique. Elle se dirigea vers la porte, qu'elle déverrouilla.

— Il est temps pour nous de nous révolter ! Peut-être périrons-nous, mais nous devons essayer de fuir !

— Avec toi ! approuva Aïssata.

— *Freedom !* clama une Éthiopienne, Adeele.

Déterminées, elles gravirent l'escalier en colimaçon et débouchèrent sur la réserve. Félicie s'arrêta.

— Les filles, il vous faut manger pour reprendre des forces. Cela fait des heures que vous n'avez rien avalé. Je ne veux pas que vous vous évanouissiez en plein combat.

Elles se servirent donc dans les gâteaux et les fruits secs. Pendant ce temps, Félicie examinait son arme. Elle repéra le cran de sûreté et le retira. Elle irait jusqu'au bout… Une fois ses camarades rassasiées, elle leur commanda d'entrer dans les cuisines, vides. Les jeunes femmes récupèrent des couteaux, des hachoirs ou des marteaux, certaines des… poêlons.

— Les choses sérieuses commencent… prévint la meneuse. Il va falloir attaquer vite et fort. Dès que vous dominerez une sentinelle, prenez-lui son flingue et utilisez-le pour vous défendre. Si vous avez peur, restez en arrière mais, surtout, ne fuyez pas. C'est unies que nous l'emporterons !

Bien que terrorisée, Félicie exploitait sa colère pour continuer. Elle agissait pour elle, ces femmes et Nour, la malheureuse…

— Allons-y, les filles…

— *Let's go, girls !*[138] traduisit Aïssata.

À peine avaient-elles quitté les cuisines qu'elles butèrent sur une patrouille de deux hommes, surpris. Avant même qu'ils n'aient pu réagir, Aïssata et l'Éthiopienne, Adeele, les poignardèrent à la gorge. Aspergées de sang, elles n'éprouvèrent pourtant aucun remords.

— Bravo ! les encensa Félicie. Il nous faut passer par ce côté pour rejoindre la sortie. Suivez-moi !

Elles poursuivirent et tombèrent sur une nouvelle unité qu'elles surinèrent. Hélas, l'un des blessés tira en l'air.

Silence…

---

[138]Traduction de l'anglais : « Allons-y, les filles ! ».

Soudain, les radios crépitèrent ! Félicie reconnut les voix hystériques de Yacine et Nadeem. Des cris retentirent alors dans tout le bâtiment : l'alerte générale était lancée !

— Nous sommes repérées ! Donnez tout !

Aïssata et Adeele saisirent les pistolets et mirent en joue les premiers assaillants courant dans un couloir ; Félicie fit de même et, toutes les trois, firent feu, faisant chacune une victime.

— On bouge ! exhorta Félicie.

La Martiniquaise dirigeait le groupe d'une main de maître : chacun de ses ordres occasionnait des difficultés aux gardes. Toute la colère accumulée depuis des générations explosait en elle et lui conférait la stature d'une meneuse hors pair. Cependant, Yacine, accompagné d'un petit détachement d'anciens soldats d'élite, avança vers les rebelles, fusils bien tendus. Ils tirèrent sans sommation, emportant la vie de trois jeunes femmes dont Adeele, son visage déchiré par une balle…

— Nooon ! s'écria Félicie, bouleversée. Un projectile la frôla elle aussi, lui permettant de retrouver ses esprits.

Elle se mit à couvert, suivie par toutes ses camarades. Elles proposèrent un barrage de feu efficace, blessant ou tuant plusieurs ennemis. Hélas, les cartouches commencèrent à manquer.

— Nous devons nous replier ! Vite !

Elle amorça la retraite, menant ses protégées dans un dédale de couloirs. L'une des fuyardes reçut une balle à l'arrière du crâne. Certaines tentèrent de la relever mais Félicie s'y opposa.

— C'est trop tard, laissez-la !

Terrorisées par cette hécatombe, elles obtempérèrent sur-le-champ.

Félicie comprit que les sentinelles essayaient de les prendre en tenaille, les malheureuses n'avaient plus d'échappatoire. Elle décida donc de les conduire dans une grande salle de bal blanche aux hautes colonnes, au sol en marbre et entourée de balcons.

— Entrez là ! Allez, dépêchez-vous !

Aïssata et elle tirèrent leurs dernières cartouches pour repousser une unité de trois Libyens, qui s'effondrèrent en même temps.

— Barricadez les portes ! commanda-t-elle.

Chaises, tables et tout le mobilier furent dressés devant les trois entrées. Des cris et des coups retentirent de l'autre côté ; la voix de Yacine résonnait. Des pleurs montèrent chez les insurgées, Félicie tenta de les rassurer.

— Gardez espoir : nous allons nous en sortir !

— *How ?*[139] interrogea Aïssata, larmoyante. *They kill Adeele ! They will kill us all !*[140]

— Nous nous battrons jusqu'à notre dernier souffle ! Je n'accepterai pas de devenir l'esclave sexuelle de ce porc de Nadeem ! La mort sera une délivrance !

— *But*[141]*... But...*

— Aïssata, les filles, regardez ce que nous avons accompli ! Nous étions emprisonnées, vouées à une vie de servitude et de maltraitance ! Mais nous leur avons montré que nous étions fières et fortes ! Ces monstres n'oublieront jamais la déculottée que nous venons de leur infliger !

— *You... You are right...* concéda Aïssata. *I would rather die than being raped by those assholes ! Girls, we will show them who we really are !* Mer... Merci, Félicie. Toi être modèle pour nous.

Les deux femmes s'enlacèrent, très vite rejointes par leurs compagnes d'infortune. Malheureusement, l'une des portes céda, Yacine et ses hommes attaquèrent sans sommation.

— Battez-vous, les filles ! lança Félicie. Donnez tout ce que vous avez !

Armées de leurs couteaux, hachoirs, marteaux et casseroles, les femmes y mirent toutes leurs tripes, négligeant la peur de mourir.

Un garde plaqua Félicie au sol, elle lui griffa les joues avant de lui planter ses ongles dans les yeux. Le visage en sang, il se redressa mais reçut une poêle sur le crâne. Sur pieds, Félicie découvrit alors une scène terrible : Yacine avait maîtrisé Aïssata, nez cassé, mâchoire déboîtée...

— Rendez-vous ! hurla-t-il.

— *No*... bredouilla Aïssata avec beaucoup de difficulté.

---

[139]Traduction de l'anglais : « Comment ? ».

[140]Traduction de l'anglais : « Ils ont tué Adeele ! Il vont toutes nous tuer ! ».

[141]Traduction de l'anglais : « Mais... Mais... ».

Paralysée par cette vision d'horreur, Félicie ne sut que dire.

— Ta gueule, pouffiasse !

— *Gir... Girls, don't surrender !*[142]

— Je vais t'apprendre !

Ulcéré, Yacine lui brisa la nuque. Aïssata s'effondra à ses pieds. Mue par une rage intense, Félicie se rua sur l'assassin. Toutefois, au tout dernier moment, elle bondit et, portée par son élan, lui asséna un coup de poing magistral qui le renversa. Abasourdi, il la dévisagea avant de réaliser que tous ses sbires l'observaient, eux aussi ébahis.

— Toi, tu commences à me les casser ! cria-t-il, humilié. Le chef te veut en vie mais je ne vais pas me priver de te donner la leçon que tu mérites !

— Amène-toi, pourriture ! répliqua-t-elle, cinglante.

Il lui fit face et, poings levés, tourna autour d'elle. Félicie adopta une position défensive, l'adrénaline coulant à flots dans son organisme. Soudain, un poing manqua de peu son menton, elle recula mais pas assez vite, encaissant un coup de pied à la hanche. Elle lâcha un râle de douleur.

— Tu n'es pas de taille, sale négresse !

L'insulte choqua Félicie mais décupla aussi ses forces. Dans un réflexe impressionnant, elle lui saisit une jambe, et effectua une balayette, le fauchant. Encore ! Elle se jeta sur lui et laissa libre cours à sa fureur. Elle lui ouvrit une lèvre ainsi qu'une arcade sourcilière. Il parvint cependant à la renverser, la faisant passer au-dessus de sa tête. Ils se redressèrent en même temps. Félicie prit l'initiative mais un coup de pied de Yacine la fit chuter. Il la domina alors, les mains tremblantes d'excitation.

— Je t'ai eu, connasse !

— ...

— Crois-moi, toi et les autres allez nous le payer ! Nadeem sera sans merci avec chacune d'entre vous. Quant à toi, tu vas déguster ! J'espère qu'il te donnera à bouffer à ses guépards ! Je vais lui suggérer cette idée, je suis persuadé qu'il va l'adorer ! Il...

Ses propos furent interrompus par des coups de feu soudains.

---

[142] Traduction de l'anglais : « Les filles, ne vous rendez pas ! ».

— Bordel, que se passe-t-il encore ?

Le cœur de Félicie s'emballa…

— Léopold… souffla-t-elle.

Yacine l'entendit, et ses traits se contractèrent sous l'effet de la colère.

— Putain de flic ! Vous, bougez-vous ! Il faut l'arrêter à tout prix !

— Vous n'y arriverez pas, il vous aura tous ! répondit-elle.

— Seul ? Il n'a aucune chance !

Les talkies-walkies crépitèrent alors : des hurlements ! Nombreux, glaçants, ils suscitaient l'incompréhension de Yacine, qui saisit son émetteur et vociféra.

— Hé, ici Yacine ! Qu'est-ce que vous foutez, bon sang ? Je veux un rapport !

Une voix retentit, le timbre suggérait la terreur la plus absolue :

*— Chef… Chef… Ils… Ils… C'est un carnage ! Oh mon Dieu ! Oh… mon… Dieu !*

— Un carnage ? Impossible ! Explique-toi, imbécile !

*— Ils… Argh ! Pas ça ! Pitié, pas ça ! Pas çaaa !*

La supplication s'interrompit abruptement, laissant tous les auditeurs ébranlés.

— Mais… Mais qui est ce flic ?

Félicie sourit, l'espoir renaissait. Toutefois, elle ne comprenait pas comment Léopold pouvait provoquer une telle frayeur chez l'ennemi…

Serait-ce l'action de… Voyou ? Non, il n'était qu'un chat !

# 22.

Une fois infiltrés dans le bâtiment, Voyou et Léopold avaient arpenté un immense grenier entièrement rénové et richement garni d'œuvres d'art.

Léopold devina que Nadeem avait pillé de nombreux sites historiques au Moyen-Orient pour constituer de telles collections.

Soudain, alors qu'il examinait une antique jarre en terre cuite, un vacarme retentit : un buste en pierre gisait au sol.

— Mais qu'est-ce que…

Le policier leva les yeux et aperçut Voyou juché sur une étagère qui, plus félin que jamais, renversait tout ce qui se trouvait sur son passage d'innocents coups de patte.

— *Hors de mon chemin !* miaulait-il. *Toi aussi ! Et toi !*

— Voyou, enfin ! Arrête ça tout de suite !

— *Quoi ?*

— Tu ne peux pas casser ces trésors !

— *Ça, des trésors ? Laisse-moi rire !*

Soutenant le regard réprobateur de son interlocuteur, il poussa de la vaisselle millénaire.

— Voyou !

— *Pfff, les humains ! Vous êtes bien trop matérialistes ! C'est d'ailleurs la raison pour laquelle vous resterez toujours des esclaves : toutes ces possessions vous maintiennent dans la soumission perpétuelle…*

— J'ignore ce que tu miaules, mais tu ne peux pas détruire impunément tout ce qui te chante ! Rita n'aurait jamais fait ça !

— *Bah, elle n'est pas là, la perverse ! Et de toute façon, elle se serait frottée contre tout ce qu'elle aurait trouvé ! Beurk !*

— Je sais que tu sors de la rue mais fais un effort, veux-tu ?

— *Non…*

— Bien, j'étais persuadé que tu comprendrais.

— *Cause toujours, esclave !*

— Tu sais, Voyou, je n'ai jamais rencontré un chat comme toi. Un animal même ! Tu es tellement spécial et…

Il ne termina pas sa phrase, alerté par le bruit d'une porte qui grinçait… Voyou et Léopold se dissimulèrent derrière une malle. Deux hommes – un grand à la longue barbe brune et un courtaud aux larges épaules – entrèrent, pistolets à la main.

— Ça venait de cette pièce ! indiqua l'un d'eux.

— T'as d'excellentes oreilles, je n'ai rien entendu !

— Je te jure que c'est vrai. Je patrouillais devant cette porte quand un véritable tintamarre a éclaté.

— Fouillons les lieux pour nous assurer que tout va bien ! Dans le cas contraire, Yacine ne nous le pardonnerait pas…

— Faisons ça !

— Tu vois, Voyou… chuchota Léopold, réprobateur.

— *Oh, c'est bon… Je ne vois que deux tocards !*

Les deux gardes passèrent devant eux sans même les repérer. Ils trouvèrent les objets cassés et se grattèrent le crâne.

— Merde, qui a bien pu faire ça ? interrogea le grand.

— Aucune idée… Un rat ? répondit le courtaud.

— Possible…

— Il n'y a pas d'autre explication ! L'entrée était verrouillée et nous sommes sous les toits.

— Ouais… On ferait mieux de prendre des photos et de faire un rapport. Le patron ne va pas apprécier…

— Peut-être bien mais nous n'y sommes pour rien !

— Ça, il s'en moque…

— Quoi ? On va se faire engueuler pour ça ?

— Qui sait ? Nadeem est spécial…

— On ne pourrait pas dissimuler le tout dans un coin ?

— Peut-être, laisse-moi y réfléchir…

— N'empêche, si je chope l'enfoiré d'animal qui a fait ça, je lui…

Voyou sauta sur une commode à proximité et miaula :

— *Tu lui… ?* demanda-t-il, menaçant.

— Mais… Mais… bafouilla le courtaud.

Son comparse s'effondra au même moment, assommé d'un coup de crosse par Léopold.

— Qui… Qui…

Le justicier lui braqua son pistolet sur le front avant de le désarmer.

— Je te conseille de ne pas crier… Compris ?

— Ou… Oui…

— Parfait. Où sont les femmes ?

*— Et ma petite Maman ?*

Ébahi, le criminel regarda Voyou et Léopold.

— Je… Je…

Pressé, Léopold lui asséna une gifle retentissante.

— Magne-toi !

*— Oui, fais vite avant que je ne t'épluche la saucisse !*

— Au… Au sous-sol ! Elles sont au sous-sol !

— Je cherche une Française !

— Une Française ?

— Oui, peau noire et…

— Ah, elle…

Léopold l'empoigna par le col et appuya le canon contre son cou.

— Raconte, enfoiré !

*— T'es dans la merde, humain ! Mon esclave ne laissera personne faire du mal à sa femelle !*

— Elle… Elle est en vie ! J'ai appris que Nadeem l'a dans le collimateur !

— Pourquoi ?

— Elle a buté un mec important.

Léopold sursauta, Voyou également.

*— Mince, elle ne rigole pas ta femelle !*

— Félicie a… Félicie a tué quelqu'un ?

— Oui… confirma le malfaiteur. On m'a dit ça…

— Qui ?

— Un ancien djihadiste, je crois…

*— C'est quoi, ça ? Ça m'a tout l'air d'un nom à la con !*

— Un ancien djihadiste ? s'étonna Léopold. Aucun doute : il l'avait bien mérité !

— *Et pour ma Maman ?* insista Voyou. *Demande-lui où elle se trouve ! Je dois savoir, je n'en peux...*

Des coups de feu retentirent alors : le début des hostilités entre Félicie, les femmes et les sbires de Nadeem.

Profitant de la confusion, le vigile tenta de renverser Léopold, qui lutta. Voyou bondit sur l'ennemi et lui mordit les fesses de toutes ses forces. Le blessé hurla, et lâcha sa prise avant de recevoir un coup de poing à la mâchoire qui l'étourdit aussi sec.

— Je suis sûr que c'est Félicie ! intervint Léopold. Je le sens au plus profond de moi !

— *Espèce d'ingrat, tu pourrais au moins me remercier. Pouah, j'ai quand même dû mordre un fessier humain pour t'aider ! T'imagine pas l'odeur et le goût ! J'ai deux ou trois poils coincés entre les crocs !*

De nouveaux tirs retentirent, une véritable escarmouche !

— Vite, Voyou, allons porter secours à Félicie !

— *OK, OK, allons sauver ta meuf ! Vivement que tu copules avec elle, t'es trop tendu du slip, monsieur le chatophile !*

Ils sortirent dans un vaste couloir mais, hélas, tombèrent nez à nez avec trois criminels. Un pugilat s'ensuivit ! Mû par la colère, Léopold en maîtrisa deux en un tournemain pendant que Voyou s'accrochait aux parties intimes de son implorante victime. Léopold finit le travail en écrasant le crâne ennemi contre un mur. Toutefois, à peine ces exploits terminés, le duo fut ciblé par un groupe différent, armés de pistolets automatiques. Un déluge de balles s'abattit sur eux, les obligeant à entrer dans une pièce, puis une autre et encore une autre, dans l'espoir de semer leurs poursuivants.

— Merde, ils sont trop nombreux ! Il nous faut des renforts !

— *Je le vois bien, merci !*

— Comment faire ? Je ne peux quand même pas appeler la capitaine !

— *C'est sûr ! Les humains ne sont pas fiables du tout !*

Ils se cachèrent dans un grand débarras pour reprendre leur souffle.

— Mince, je dois trouver quelque chose… Je ne peux pas la perdre… Et toutes ces femmes, elles ont besoin de moi…

— *De nous !* répliqua Voyou, le regard noir.

— De nous ! comprit Léopold. Désolé… Bon, je dois réfléchir… Vite… Il faut que… Il faut que j'imagine quelque chose…

Léopold se massait les tempes, espérant susciter une idée salvatrice. Voyou arpentait la pièce, passant en revue toutes les options que son singulier esprit pouvait concevoir. Puis vint… l'illumination ! Voyou redressa la tête, huma l'air, et écarquilla les yeux avant de disparaître dans le couloir.

Stupéfait, Léopold voulut le suivre mais les ennemis arrivaient déjà.

— Voyou, m'aurais-tu… abandonné ?

Peiné, Léopold rechargea son pistolet et saisit une grenade assourdissante… Il se battrait jusqu'au bout et seul s'il le fallait…

Au rez-de-chaussée le combat s'était interrompu depuis un moment…

*

Mais où donc était passé Voyou ? Le félin n'avait pas fui mais avait trouvé une piste si intéressante qu'il n'avait pas pu l'ignorer…

Aux aguets, il se faufila entre les lignes ennemies pour rejoindre… les trois guépards de Nadeem ! Oui, Voyou avait senti leur odeur si caractéristique et n'avait pas pu résister à l'idée de les solliciter. Le chat était prêt à tout pour renverser Nadeem…

Négligeant la peur, il s'approcha de la cage, se posta à quelques centimètres des barreaux et toisa les prisonniers.

— *Chatlut*... lança-t-il. *Moi, c'est Voyou.*

Intrigués, les carnivores s'avancèrent.

— *T'es qui ?* demanda Terreur, le mâle dominant, une légère crête au sommet de sa gueule.

— *Un chat et un... allié ! Enfin, ça dépend de vous...*

— *Un chat ?* répéta Terreur.

— *L'espèce la plus puissante du monde !*

*— Sérieux ? On ne dirait pas…*

*— Et pourtant !*

*— Prouve-le !*

*— Les humains nous vénèrent tellement qu'ils nous nourrissent à volonté, paient le loyer, nous massent à longueur de journée, nous laissent la meilleure place dans leur lit, répondent à la moindre de nos exigences et, d'après la légende, ils volent nos cacas pour en faire Dieu sait quoi…*

*— Impressionnant…* admit Terreur. *Maintenant que tu en parles, les humains débarrassent aussi nos cacas… Quelle bande de voleurs !*

*— Ça fait donc de vous des êtres supérieurs. Vous voyez, on se ressemble beaucoup…*

*— C'est vrai…*

*— Attends, tu as dit « un allié » ?* questionna Horreur, le plus imposant.

*— Oui.*

*— Que veux-tu dire ?* intervint Malheur, le plus élancé et le plus rapide.

*— Je peux vous aider…* expliqua Voyou.

*— Toi, nous aider ?* se moqua Terreur. *On pourrait te croquer !*

*— Ouais, t'es minuscule !* ajouta Horreur.

*— Comme un bébé guépard !* estima Malheur.

*— Peut-être bien, mais réfléchissez : de nous quatre, qui est enfermé ?*

Silence.

*— Euh, nous…* concéda finalement Terreur, penaud.

*— Voilà, c'est donc moi le plus malin !* justifia Voyou.

Incrédules, les carnassiers se regardèrent. Voyou demeura fier et stoïque, ce qui ne manqua pas de les interpeller.

*— Alors, vous allez m'écouter ?*

*— Oui, parle…* accorda Terreur.

*— Chers cousins, je vais vous offrir deux choses exceptionnelles…*

L'appellation « cousins » les déconcerta davantage mais créa une certaine proximité. Les trois guépards étant frères, la notion de « famille » restait importante à leurs yeux.

— *Deux ?* répéta Terreur.

— *Oui, deux ! La première : la liberté ! Je peux vous sortir de votre prison.*

— *La liberté ?* réagit Horreur. *Ça me plaît bien !*

— *Ouais, on ne demande que ça !* approuva Malheur.

— *Parfait !* se réjouit Voyou. *Je vois que nous sommes sur la même longueur d'onde !*

Il escalada la grande cage et observa le mécanisme de fermeture. Il comprit son fonctionnement et s'attela aussitôt à faire coulisser le verrou. Il réussit du premier coup et savoura quelques instants sa victoire. Les guépards s'échappèrent, Voyou les rejoignit. Terreur se pencha sur lui, le renifla et grogna.

— *J'ai faim...* menaça-t-il.

Voyou demeura imperturbable.

— *C'est une bonne chose !*

— *T'es sûr, avorton ? À ta place, je tremblerais...*

— *Non, car je n'ai pas fini de vous présenter mon plan. Je vous ai parlé de deux cadeaux ! Vous devriez m'écouter jusqu'au bout...*

— *Ah oui,* c'*est vrai...*

— *Après la liberté, je vous offre la... vengeance !*

— *La... vengeance ?* s'écria Terreur. *Explique-toi !*

— *J'imagine que c'est un humain du nom de Nadeem qui vous a fait capturer et enfermer ici, n'est-ce pas ?*

— *Oui...* avoua Horreur.

— *Vous avez souffert ?*

— *Oui, beaucoup...* dit Malheur.

— *Eh bien, si vous obéissez à mes ordres, vous pourrez prendre votre revanche ! Vous et moi, nous allons faire payer à Nadeem et sa bande tous les sévices que nous avons subis !*

— *Ça me plaît...* révéla Terreur.

— *À moi aussi !* valida Horreur.

— *J'en salive déjà !* dévoila Malheur.

— *Votre enthousiasme me ravit !*

— *Qu'attends-tu de nous ?* questionna Terreur.

— *Suivez-moi, on va d'abord se charger des gardes ! Par contre, ne touchez surtout pas un cheveu de mon esclave humain ! Sinon, vous aurez affaire à moi ! Vous ne pouvez pas vous tromper : mon odeur est imprégnée sur lui ! J'ai passé assez de temps sur son dos pour marquer mon territoire !*

— *D'accord ! Quoi d'autre ?* demanda Terreur.

— *Laissez les femelles tranquilles ! Seuls les mâles doivent vous intéresser...*

Les guépards acquiescèrent.

— *Si vous suivez mes instructions, tout se passera bien ! « Hakuna matata » comme on dit par chez vous !*

Cette remarque les impressionna.

— *Attends, tu parles le langage de la savane ?* s'étonna Terreur.

— *Un peu... Mufasa, un chatmi, m'en a appris les rudiments.*

— *Voyou, tu n'es vraiment pas banal...*

— *Je ne te le fais pas dire !* répondit Voyou. *Mais trêve de bavardages, allons-y !*

*

Un peu plus loin, Léopold, grâce à ses facultés de tireur hors pair, venait d'abattre quatre mercenaires et s'apprêtait à lancer une grenade fumigène lorsque soudain... Voyou, accompagné de trois guépards, le frôlèrent et se jetèrent sur l'escouade ennemie ! Les gros félins réalisèrent un véritable carnage dans l'hôtel particulier et Voyou n'était pas en reste ! À la grande surprise de Léopold, le chat menait même l'offensive...

— Mais... Mais... Ce n'est pas possible !

Voyou l'entendit et sourit.

— *Admire mon génie tactique, esclave !*

— Je... Je croyais que tu m'avais abandonné !

— *J'y ai songé un court instant, espèce de chatophile ! Mais je t'ai fait une promesse : te réunir avec ta femelle pour que vous puissiez enfin copuler ! Comme ça, tu arrêteras peut-être de vouloir me caresser à tout bout de champ !*

Léopold aperçut un garde gémir dans un talkie-walkie avant de voir son visage lacéré par Terreur, déchaîné. Le policier grimaça et remercia le ciel de ne pas faire partie des victimes qui s'amoncelaient. Une fois l'étage sécurisé, Voyou rejoignit Léopold et se lécha les coussinets.

— *Miaou, rien de mieux que le sang frais d'un humain sur mes pattes. Quel délice !*

La gueule recouverte de sang, les guépards approuvèrent, crispant un peu plus l'unique survivant : Léopold !

— Je n'en crois pas mes yeux… Voyou, comment as-tu accompli ce prodige ?

— *Mon « chatrisme*[143] *», tout simplement…*

— Il n'y a que toi qui pouvais réaliser un tel exploit ! Je suis si fier et impressionné. Grâce à toi, nous avons une chance de sauver Félicie.

— *C'est bien vrai ! Partons tout de suite à sa recherche !*

Voyou se concentra. Au milieu de toutes ces odeurs de poudre et d'hémoglobine, il perçut l'effluve particulier de la jeune femme… Il tiqua : Félicie empestait ce stupide Roger.

— *J'ai localisé ta copine ! Les cousins, amenez-vous !*

Voyou prit à nouveau les devants, les guépards juste derrière et Léopold à la traîne tant la situation le perturbait. Qui ne le serait pas ? Les félins causaient des ravages dans les lignes adverses, incapables de réagir face à cette vision d'horreur. Sang et chair humaine giclaient et aspergeaient les murs tout juste repeints d'un blanc immaculé.

Le groupe parvint aux balcons surplombant la salle de bal ; après un seul coup d'œil, Voyou sauta, suivi par un courageux Léopold. Quant aux guépards, ils dévalèrent les escaliers…

Voyou et Léopold atterrirent sur une unité de mercenaires, les renversant au passage. Déterminé, le policier se releva en premier

[143] Ici, « charisme ».

et, mû par son sens de la justice et l'affection qu'il éprouvait pour Félicie, il maîtrisa tous ceux à sa portée. Subjugué, Voyou admira la force brute de son esclave.

— *Miaou ! Tu gères, humain !*

Comme s'il avait compris, Léopold sourit, entre deux coups de poing.

Le chat se lança lui aussi dans la bataille, griffant, mordant, déchirant ses adversaires. Son agilité phénoménale lui permettait de slalomer entre les ennemis et de frapper avec vitesse et précision.

Impressionnés par tant de bestialité, les guépards l'imitèrent aussitôt, déclenchant un véritable vent de panique.

— *Mes frères, faisons comme Voyou !* rugit Terreur.

— *Pas besoin de me le dire deux fois* ! approuva Horreur.

— *C'est l'heure du repas !* se réjouit Malheur.

— *Ouais, les cousins, ce soir on bouffe de l'homme !* s'exclama Voyou, entre deux coups de griffes. *Je compte sur vous pour tous les massacrer !*

Les guépards redoublèrent alors d'efforts pour le satisfaire.

Voyou, ce chat, ce génie, ce stratège !

Les femmes se regroupèrent mais, comme cela était prévu, les carnassiers les ignorèrent, préférant planter leurs crocs dans la chair de leurs geôliers.

Ivre de rage, Yacine dégaina son pistolet et visa Voyou qui, abasourdi, se figea et ferma les yeux.

— Encore ce putain de chat roux ! Tant pis pour Nadeem, je ne lui ramènerai que son cadavre !

— *J'arrive, Maman…* miaula Voyou.

Yacine fit feu mais, à la toute dernière seconde, Léopold se jeta devant son protégé, encaissant la balle en pleine poitrine à bout portant ! Le choc, terrible, le fit rouler sur plusieurs mètres. Le corps de Voyou fut traversé par une décharge électrique.

— *Léo… Léopooold !*

Pendant que Voyou accourait vers le policier, Félicie se rua sur Yacine, déviant un nouveau tir.

Paniqué, Voyou donna plusieurs coups de patte sur le visage inanimé de Léopold.

— *Hé, réveille-toi, esclave ! Je ne t'ai pas autorisé à mourir !*

Aucune réaction.

— *Je te dis de te réveiller ! Si tu meurs, Rita ne me le pardonnera jamais !*

Toujours rien.

— *Je t'en supplie, je... je ne veux pas avoir à la consoler ! Qui sait ce qu'elle me demanderait en compensation ! Sa lubricité n'a aucune limite !*

Rien.

— *Léopold, je t'en conjure. Ne... Ne m'abandonne pas ! Pas après la mort de ma Maman ! Honnêtement, tu crains, t'es lourd, t'es un forceur, t'es un sacré vicieux et un chatophile jusqu'au bout des ongles. Mais... Mais... Je ne veux pas que tu meures !*

Pas un geste, pas un souffle…

— *Léopooold ! Ne me laisse pas ! Je ne veux pas ! Je refuse ! Tu as juré que tu prendrais soin de moi !*

Léopold demeurait inerte.

— *Si... Si tu ne te réveilles pas, je t'épluche la saucisse ! Tu m'entends ? Je l'éplucherai jusqu'au dernier bout de peau !*

Soudain, Léopold ouvrit les yeux, toussa, porta la main à sa poitrine puis regarda Voyou.

— Aïe… J'étais… J'étais mort, je crois… Mais… Mais j'ai entendu tes miaulements et… et… je suis revenu. Merci, Voyou. Tu m'as ramené à la vie.

Gêné, Voyou se détourna.

— *Non, c'est grâce à ton gilet pare-balles ! Beurk... N'exagère rien. Je m'inquiétais juste pour mes croquettes... Et Rita, elle m'aurait saoulé avec ses pleurs !*

— Voyou, tu m'aimes ?

— *Beurk !* C*'est trop pour moi, je me casse !*

Voyou remarqua alors la détresse de Félicie : Yacine la frappait et lui tirait les cheveux. Le chat vint porter secours à la courageuse vétérinaire, à bout de forces.

Il escalada les jambes de Yacine, et lui lacéra le torse et le cou. Le Marocain réussit cependant à le saisir au vol et à le projeter au loin. Le félin atterrit sur le visage d'un Libyen agonisant, qui hurla lorsque des griffes percèrent sa peau déjà sanguinolente.

Léopold se remit sur pieds avec difficulté, tituba un peu avant d'avancer vers Yacine. La vision de Félicie blessée au sol fit tambouriner son cœur de… haine !

— Toi, tu vas me le payer…

— Tu tiens à peine debout, connard de flic !

— Pour une merde comme toi, ça fera très bien l'affaire.

— Tant pis pour toi !

Yacine attaqua en premier avec une série de coups de pied. Léopold dévia, bloqua puis riposta, profitant des nombreuses failles dans la défense du criminel. Tout le monde observait les deux hommes s'échanger des coups, même les guépards.

— *Il gère, ton humain...* estima Terreur.

— *Je l'ai bien dressé...* répondit Voyou, fier.

— *Il a un aspect... bestial !* analysa Horreur.

— *Ouais, il mordrait sa proie s'il le pouvait...* considéra Malheur.

— *Les cousins, arrêtez un peu de reluquer mon esclave et allez plutôt bouffer du mercenaire. J'en entends arriver dans tous les coins !*

Les carnassiers se séparèrent et, très vite, des hurlements montèrent de tous les côtés.

— *Allez et portez ma vengeance...* souffla Voyou. *Et surtout, pas de prisonniers... Ceux qui font du mal aux animaux ne méritent pas de vivre !*

Léopold prit le dessus sur Yacine en lui assénant un magistral uppercut. Vaincu, le Marocain s'effondra. Léopold se pencha sur Félicie et la serra contre lui.

— Tu… Tu es en vie ! s'écria-t-il, ému. J'ai eu tellement peur pour toi !

— Je vais bien, Léo. Merci de m'avoir secourue…

— J'aurais aimé arriver plus tôt…

— Ne t'en fais pas, tu as fait tout ce que tu as pu…

Il lui caressa les cheveux, plongea ses yeux dans les siens et leurs lèvres se rapprochèrent. Ils embrassèrent… la patte d'un Voyou outré, venu les séparer !

*— Hé, les obsédés, on n'en a pas fini ici ! Vous aurez tout le temps de copuler une fois qu'on en aura terminé avec Nadeem !*

Gênés, les deux amoureux s'écartèrent. Dans leur dos, Yacine rampait pour s'échapper.

— Hé, où crois-tu aller ? l'apostropha Félicie. T'es vraiment un lâche !

Elle le rejoignit et, aidé par Léopold, elle le retourna avec violence.

— Où se cache Nadeem ?

— *Ouais, dis-nous tout !* surenchérit Voyou.

— Au… Aucune idée…

Voyou lui planta ses griffes dans les parties génitales, le faisant gémir.

— À ta place, j'avouerais tout ! conseilla Léopold. Voyou a envoyé un mec à l'hôpital après lui avoir dépiauté la verge. C'est même passé à la radio !

L'air sérieux de Léopold fit comprendre à Yacine et Félicie qu'il ne plaisantait pas. Aussi surprenant que cela puisse paraître…

*— Ouais et j'ai hâte de recommencer ! Castrer un humain est devenu mon activité favorite !*

— Il… Il doit être à l'étage. Où, je l'ignore ! Mais il n'a pas eu le temps de quitter le bâtiment, c'est sûr ! Il était en rendez-vous avec…

Mal à l'aise, Yacine se tut.

— Avec ? demanda Léopold, le poing levé.

— Avec Franck Resquer ! Vous le connaissez, je crois…

— Cette enflure est un ripou ?

— Oui…

— Pourquoi est-il là ?

— Ta meuf a buté Youssef, un ex-djihadiste…

— Et ? Bon débarras !

— Bah, le patron voulait l'aide de Resquer pour contrebalancer cette perte imprévue… Nadeem ambitionne d'étendre ses activités et il fait chanter Resquer pour y parvenir…

— Nous devons vite les retrouver ! Je vais leur faire passer un sale quart d'heure !

— Votre… Votre chat devrait flairer la trace de Nadeem ! Il peut tout faire, non ?

— *Hé hé, oui ! Nadeem ne m'échappera pas !*

— Maintenant, laissez-moi partir ! Je vous le promets, je ne commettrai plus jamais de crimes de toute ma vie !

Félicie et Léopold échangèrent un regard complice.

— Pour ça, j'en suis persuadée ! dit la Martiniquaise avec un sourire mauvais.

D'un violent coup de talon, elle lui écrasa les testicules. Devant cette force de caractère, les sentiments de Léopold oscillèrent entre la crainte et l'admiration la plus totale. Quelle femme !

— Les filles, je vous le confie ! ordonna Félicie. Voyou, Léopold et moi, on se charge de Nadeem. Barricadez-vous et attendez les secours, ils ne devraient plus tarder après tout ce raffut.

Elles obtempérèrent. Lorsque les portes se refermèrent, Yacine et quelques gardes survivants crièrent, les jeunes captives se vengeaient enfin de leurs bourreaux…

Voyou huma l'air à la recherche de Nadeem. Une fois sur sa piste, il prit les devants. Ils croisèrent de nombreux cadavres. Derrière le chat, le couple conversait.

— Euh, Léopold, pourquoi Voyou est-il là ?

— C'est… C'est mon complice…

— *Non, c'est l'inverse !* cracha Voyou.

— Vous êtes un peu comme… Catman et Voyou ! plaisanta-t-elle.

— Ah, c'est ce que je disais !

— *Chatgneur, pourquoi ai-je aidé cette femelle ?*

— Et tu m'expliques comment vous avez fait pour apprivoiser les guépards ? J'ai bien vu qu'ils n'attaquaient que les sbires de Nadeem.

— J'ignore comment c'est possible, mais ils obéissent à Voyou…

— Tu veux dire que ces trois dangereux carnivores capables d'éventrer un homme d'un seul coup de griffes sont soumis à un… chat ?

— *Hé, la dévergondée, je ne suis pas n'importe quel chat ! Un peu de respect pour moi, surtout que ton fils n'est qu'un péteur invétéré ! Je subodore une certaine jalousie…*

— C'est exact, Félicie !

— C'est incompréhensible ! Ça défie toutes les lois du monde animal ! Je… Je suis perdue…

— Moi aussi… Voyou n'a semble-t-il aucune limite…

— *Tu peux le dire, chatophile !*

Le groupe arriva dans l'immense hall, entouré de deux luxueux escaliers en marbre.

— *Il faut monter !* indiqua Voyou. *Yacine n'a pas menti !*

Mais Nadeem ne les avait pas attendus : armé de deux mitrailleuses lourdes, des M16 américains[144], il se présenta au balcon et, comme Tony Montana dans la scène finale du film *Scarface*[145], fit feu.

---

[144]Le M16 est le fusil d'assaut standard de l'armée américaine. Actuellement, l'US Army utilise la version A4.

[145]*Scarface* ou Le Balafré au Québec est un film de gangsters américain de Brian De Palma, sorti aux États-Unis en décembre 1983. Scénarisé par Oliver Stone, c'est un *remake* du film du même nom réalisé en 1932 par Howard Hawks, à la différence que celui-ci traitait plus de la mafia américaine et s'inspirait de la vie d'Al Capone. Le remake est transposé ici à travers l'histoire d'un petit malfrat cubain, Tony Montana (incarné par Al Pacino) débarquant sans rien à Miami au début des années 1980 avant de devenir un important trafiquant de drogue. Source : Wikipédia. Dans les dernières minutes du film, après avoir fait sauter la porte de son bureau à l'aide d'un lance-grenade, tuant plusieurs de ses ennemis, Tony Montana arrive sur le

— Crevez ! Creveeez ! Vous avez tout gâché !

balcon attenant et mitraille les hommes de Sosa, qui ripostent. Touché de plusieurs balles, mais rendu insensible grâce à la cocaïne et l'adrénaline, Tony continue à les défier jusqu'à ce qu'il soit achevé, d'un tir dans le dos.

# 23.

À la vue des armes lourdes, le groupe se mit à couvert derrière des colonnes en pierre. Juste à temps ! Le vacarme, insoutenable, fit trembler les murs. Des éclats de brique volaient dans toutes les directions. Félicie se blottit contre Léopold. Cela donna à ce dernier le courage de riposter. Il saisit son pistolet automatique, compta les balles, maugréa et engagea le chargeur.

— Je vais lui montrer…

— Fais attention…

— Ne t'inquiète pas, je sais ce que je fais.

— Mon héros…

— Non, c'est toi mon héroïne…

Voyou leva les yeux au ciel devant tant de niaiserie.

*— Bon, les excités du slip, on peut répliquer ?*

— Je crois que Voyou est attendri par notre affection… dit Léopold.

— Je le pense aussi ! approuva Félicie.

*— Pas du tout ! Je suis dégoûté ! Votre tension sexuelle empeste l'air ! Je veux juste que vous vous repreniez ! Je ne sais pas si vous avez remarqué, mais on se fait canarder ! À ce rythme, nous allons tous y passer !*

— Merci, Voyou ! poursuivit Léopold, ingénu. Ton soutien me va droit au cœur !

*— Chat pas possible, il me désespère !*

Mais Léopold arbora une expression plus sérieuse, celle qu'il arborait lors des interventions les plus périlleuses.

— À moi de jouer, maintenant.

*— Ah, quand même !*

Le policier jeta un œil rapide vers Nadeem, en plein rechargement de l'un de ses fusils mitrailleurs.

Léopold leva son arme, retint son souffle, visa et tira. Sa balle égratigna l'épaule de Nadeem, qui vociféra. Il reprit alors son attaque, ajoutant des insultes en langue française et arabe. Léopold riposta, manquant de peu sa cible à chaque fois. Des débris du mobilier environnant blessèrent tout de même le Saoudien.

— Mince, je n'ai presque plus de cartouches.

— *Ah bravo !*

— Léo, pourquoi n'attend-on pas la Police ? interrogea Félicie. Vu sa puissance de feu, il est bien trop dangereux ! Nous avons déjà gagné, il est fini !

— Non, impossible…

— Mais pour quelle raison ?

— J'ai fait une promesse à Voyou : je dois l'aider à retrouver le corps de sa mère ! Il en a besoin pour avancer !

— *Oui ! Où est ma Maman ? Je dois savoir !*

— Je sais où elle se trouve…

Stupeur chez Voyou et Léopold.

— *Parle, femelle !*

— Félicie, dis-nous tout…

— Il… Nadeem a procédé à une crémation. Il n'en subsiste que des cendres. L'urne est dans son bureau… Il s'est vanté de l'avoir tuée et de l'avoir réduite ainsi. Il considère ses restes comme un trophée. Il m'a confié qu'il vous réservait le même sort…

— Le monstre, il a brûlé le corps de cette pauvre femme après l'avoir jetée par la fenêtre !

— *Mam... Maman ! Mamaaan !*

Voyou perdit la tête et chargea !

— Voyou, nooon ! s'écria Léopold, terrifié.

Apercevant le félin, Nadeem tira dans sa direction.

— Je vais te buter, putain de chat roux !

Mais Voyou évitait toutes les balles ! Il slalomait entre les coups de feu tel le meilleur des *chatscadeurs*. Les guépards admirèrent sa maestria.

— *Notre cousin est fantastique*... dit Terreur.

— *Il nous surpasse*... ajouta Horreur.

— *C'est la bête la plus redoutable que je n'ai jamais vu*... estima Malheur.

— *Il serait le roi de la savane !* conclurent-ils, à l'unisson.

Main dans la main, Félicie et Léopold tremblaient de tout leur être face à tant de danger et de bravoure.

Voyou gravit les escaliers à toute allure, bondissant de tous les côtés pour perturber la mire de Nadeem. Arrivé à sa portée, il sauta et lui mordit une main, lui faisant lâcher une arme. Léopold profita de l'occasion pour intervenir : il cibla l'assassin, prenant soin d'éviter son protégé ; au même moment, Nadeem venait tout juste de se débarrasser de Voyou et s'apprêtait à l'abattre.

— Enfin, je vais pouvoir me venger !

— *Non, c'est à moi de me venger !*

— J'ignore ce que tu miaules et je m'en contrefiche ! Disparais, sale bête !

Léopold pressa alors la détente et atteignit Nadeem en plein torse. Sous l'impact, l'homme décolla et s'écrasa contre un mur. Il se releva toutefois en gémissant, révélant un gilet pare-balles. Désarmé, il prit la fuite dans un couloir. Voyou se jeta à ses trousses, suivi par les trois guépards.

— Allons-y ! s'écria Léopold. On ne peut pas laisser Voyou tout seul !

— Je... Je suis d'accord ! acquiesça Félicie.

Le duo gravit les marches quatre à quatre. Parvenus au sommet, ils s'engouffrèrent dans le long corridor et, dans un tournant, découvrirent Franck Resquer, son costume en lambeaux.

— Aide... Aidez-moi...

Léopold afficha un sourire narquois et se pencha sur lui.

— Que vous est-il donc arrivé ?

— Un... Un chat m'a renversé avant que des guépards ne s'en prennent à moi ! Ils m'auraient dévoré si... si...

— Si quoi ?

— Si le chat ne s'était pas interposé.

— Vraiment ?

— Oui… Il s'est approché, a miaulé et ils l'ont suivi…

Léopold saisit son smartphone et le tendit à Resquer.

— Je vous suggère d'appeler les secours si vous ne voulez pas crever ici. Vos blessures m'ont l'air très sérieuses.

— Pitié, ne m'abandonnez pas !

— Désolé, Resquer, je n'ai aucune sympathie pour les enfoirés dans votre genre !

— Et moi, je ne dois assistance qu'aux animaux ! ajouta Félicie.

Ils le quittèrent et coururent pour rattraper Voyou. Ils n'eurent aucune difficulté à se repérer : Nadeem laissait des traces de sang derrière lui et, hystérique, criait sa détresse sans même s'en rendre compte.

Ils atteignirent un escalier en colimaçon qui débouchait sur une avancée de toit. Ils s'empressèrent d'y monter et rejoignirent Nadeem, esseulé et apeuré face à Voyou et aux guépards. Le félin et les carnivores semblaient en grande conversation.

— *Non, il est pour moi !* miaula Voyou.

— *Il est plus grand et plus fort que toi !* déclara Terreur.

— *Ouais, tu ne fais pas le poids !* justifia Horreur.

— *Tu n'es qu'un chat !* simplifia Malheur.

— *Vous vous trompez, les cousins : je suis un chat qui n'a plus rien à perdre et ça me rend redoutable !*

— *Mais nous voulons le dévorer !* protesta Terreur. *Il nous a fait beaucoup de mal ! Il doit payer !*

— *Désolé, il est pour moi. C'est non négociable !*

— *Donne-nous une seule bonne raison !* s'indigna Terreur.

— *Il a tué ma Maman et a brûlé son corps…*

Ils grognèrent puis capitulèrent, convaincus.

— Voyou, qu'est-ce qui se passe ? s'inquiéta Léopold. Laisse-moi arrêter Nadeem, il ne peut plus s'échapper !

— *Non, esclave, il est pour moi ! Je dois le faire souffrir comme il a fait souffrir ma Maman adorée !*

— Voyou, écoute-moi !

— *Les cousins, empêchez-le d'approcher !*

Les carnassiers firent barrage en montrant les crocs.

— Tout… Tout doux… réagit Léopold.

Voyou avança vers Nadeem, sidéré par la situation.

— *C'est entre toi et moi, Nadeem.*

— Mais c'est du délire !

— *Non, je m'étais juré de te faire payer tes crimes. Il est l'heure de régler nos comptes !*

— Je vais affronter un chat ? Moi, le grand Nadeem Al-zahrani ! C'est ridicule !

— *Non, tu vas affronter… la mort !*

À l'aide de ses petites pattes, Voyou ôta son gilet pare-balles.

— Arrête de te la jouer, chat démoniaque !

— *Je n'en ai juste pas besoin pour te coller une raclée !*

— Allez, amène-toi qu'on en finisse !

— *Avec joie !*

Toutes griffes dehors, Voyou se rua sur sa proie. Il esquiva un coup de pied, atteignit le torse de Nadeem bien protégé par le gilet et attaqua le cou et le visage du bandit. Il mordit, griffa, arracha, tout ce qui passait à sa portée, déclenchant une souffrance incommensurable chez sa victime.

Nadeem saisit Voyou, tentant de le retirer, mais les crocs du chat se trouvaient plantés dans son nez, qui se décrocha en partie… L'homme opta donc pour une autre tactique : il asséna des coups de poing désespérés à son agresseur, se frappant parfois lui-même tant la douleur le rendait maladroit.

— Lâche-moi ! Lâââche-moi !

Ennuyé par ses hurlements, Voyou lui inséra sa patte dans la bouche et lui entailla la langue.

— *Donne ta langue au chat ! Ça t'apprendra à me péter les oreilles !*

— Arr… Arrêteuh ! se lamenta Nadeem, gêné.

Mais Voyou n'en avait pas encore terminé ! Il s'occupa alors des yeux de son ennemi, les faisant saigner…

Vaincu, Nadeem tomba à la renverse et se souilla…

Satisfait, Voyou contempla son œuvre.

— *Maman serait si fière de moi…*

Soulagé, Léopold l'interpella :

— Bravo, Voyou ! Je ne comprends pas trop tout ce qui vient de se passer mais je prends le relais. Peux-tu demander à tes… euh… amis de me laisser traverser ?

— *OK, écartez-vous, les cousins !*

Estomaqués par Voyou, les guépards obtempérèrent. Menottes à la main, le policier s'approcha du Saoudien.

Mais, sournois, Nadeem récupéra un petit pistolet attaché à sa cheville, se releva, visa à l'aveugle à cause de ses yeux crevés et tonitrua :

— Santos, je t'emmène avec moi !

— Attention, Léo ! prévint Félicie, terrifiée.

— Merde… murmura Léopold, piégé.

— *Dans tes rêves, Nadeem ! Chatwabungaaaa*[146] *!*

Voyou se jeta sur lui, et en découla une nouvelle empoignade. Hurlant ou miaulant, les deux combattants ne s'épargnaient aucune débauche de violence. Soumis à une douleur ineffable, Nadeem tituba, recula et… ils basculèrent tous les deux dans le vide !

— Voyooou ! pleura Léopold.

— Oh non ! s'exclama Félicie.

Léopold ne regarda même pas en contrebas… À la place, il attrapa la main de son amie et l'incita à le suivre. Ensemble, ils dévalèrent les escaliers, traversèrent la résidence et parvinrent essoufflés au pied du bâtiment.

Là, assis sur le cadavre de Nadeem, Voyou se portait comme un charme. Il se léchait même les coussinets !

---

[146]Ici, détournement de la célèbre expression « cowabunga », cri de guerre ou formule de stupéfaction utilisé dans de nombreuses bandes dessinées et dessins animés tels que *Peanuts* (par *Snoopy*), *Les Simpson* (par Bart), *Les Tortues Ninja*, ou *rue Sésame* (par Macaron) ; souvent lorsque celui qui le prononce est un pratiquant de surf ou de skate-board.

*— Bah quoi, Léopold ? Ne sais-tu pas qu'un chat retombe toujours sur ses pattes ? Surtout quand un esclave humain fait office de matelas !*

— Ce… Ce chat est incroyable… balbutia Léopold.

— Tu l'as dit, Léo… Pour une vétérinaire, c'est encore plus invraisemblable…

À grand renfort de sirènes, les secours arrivèrent enfin ! La capitaine Le Jandec menait les opérations !

— *Mallozh Doue*[147], Santos ! Vous avez foutu un sacré bordel dans toute la ville ! Le préfet veut votre peau ! Je vous préviens, je vais commencer par celle des fesses et…

— *Pfff, encore une frustrée…* commenta Voyou.

— Fermez-la, Capitaine Le Jandec ! s'énerva Léopold.

La policière sursauta et se tut. Une première !

— Je sais que je suis un « *kac'her*[148] » et un « *klouks*[149] » mais si vous êtes là et que vous ne m'avez toujours pas passé les menottes, c'est que vous êtes au courant des actes commis par l'ordure qui gît derrière moi : Nadeem Al-zahrani !

— Oui, euh, Resquer m'a appelée et m'a tout avoué. Il m'a implorée de venir le sauver afin d'être protégé contre, je cite, « un satané chat, une bande de guépards et ce maudit Santos ».

— Parfait ! Vous comprenez donc les circonstances qui ont mené à un tel capharnaüm ! Si vous m'aviez écouté, tout cela ne serait jamais arrivé !

— …

— Je vous livre un assassin et un trafiquant international d'art, d'armes, de drogues, d'animaux et d'êtres humains ! Vous devriez me remercier plutôt que de m'engueuler !

— C'est… C'est vrai. Vous avez géré… Vous êtes un sacré flic !

---

[147]Rappel : expression bretonne signifiant : « Nom de Dieu » / « Malédiction de Dieu » / « Bordel de merde ».

[148]Traduction du breton : « chieur ».

[149]Traduction du breton : « con ».

— Vous êtes sûre ? Pas de : « *genaoueg*[150] », « *torr-penn*[151] », « *Kozh kaoc'h ki brein*[152] *», cette fois ?*

— *Non, toutes mes excuses...*

— *Parfait ! Je vous laisse superviser ce merdier, cette jeune femme a besoin de toute mon attention !*

*La capitaine se mordit la lèvre inférieure : Léopold était plus excitant que jamais ! Félicie marqua alors son territoire : elle prit Léopold dans ses bras et l'embrassa sur la joue.*

— *Merci, Léo...*

— *Merci à toi également. Après tout, tu m'as aussi sauvé...*

*Ils furent interrompus par les gémissements de Resquer, transporté sur un brancard.*

— Sale temps pour la DGSI ! jubila Léopold.

— *Voyou 1 - les poulets 0 !* se moqua le chat.

Tout à coup, le talkie-walkie de la capitaine crépita :

— *Capitaine, on a un gros problème !*

Elle se saisit de l'émetteur-récepteur.

— Que se passe-t-il ?

— *Les... Les guépards ! Ils vont nous tuer !*

— Merde, il faut les abattre !

— Non, surtout pas ! protesta Félicie.

— Pas le choix ! répliqua Le Jandec. Ils ont dévoré des êtres humains, ils sont bien trop dangereux !

— Ce sont ces pauvres bêtes qui n'avaient pas le choix ! opposa la vétérinaire. Et ils nous ont sauvé la vie !

— Je n'ai pas le temps de faire autrement ! Mes agents doivent quadriller le secteur et commencer les investigations.

Léopold intervint alors.

— Attendez, Capitaine, j'ai une solution !

---

[150]Rappel : « imbécile ».

[151]Rappel : « casse-pieds ».

[152]Rappel : littéralement : « vieille merde de chien pourri ».

— Ah bon, Lieutenant ? Quand vous ne faites pas tomber un réseau criminel international, vous dressez aussi des animaux sauvages ?

— Non, ce n'est pas moi qui vais agir.

— Qui, alors ?

Léopold se baissa et regarda Voyou.

— Voyou, tu veux bien t'en charger ?

— Santos, vous avez vraiment perdu la boule ! Qu'est-ce que votre foutu chat roux peut faire contre des fauves ?

— Capitaine, taisez-vous et observez !

— *Comme je suis de bonne humeur, je veux bien m'en occuper...*

Voyou pénétra dans la résidence.

— Donnez l'ordre, Capitaine ! réclama Léopold.

Abasourdie, la responsable donna tout de même la consigne.

— Laissez… Laissez le chat roux gérer la situation…

— *Euh, Capitaine, vous pouvez répéter ?* répliqua son interlocuteur.

— Faites ce que je vous dis ou je vous fais muter à la circulation !

— *Bien... Bien reçu, Capitaine !*

Quelques instants plus tard, Voyou ressortit accompagné des guépards et les mena vers une camionnette des pompiers, spécialement aménagée pour accueillir de tels passagers.

— Les cousins, faut monter à l'intérieur.

— *T'es sûr, Voyou ?* demanda Terreur, anxieux. *Ils ne vont pas nous faire de mal ?*

— *Ne vous en faites pas, mon esclave et sa femelle veilleront sur vous. Et moi aussi !*

— *D'accord, on te fait confiance !* dit Terreur.

— *Ouais, t'es un modèle pour nous !* révéla Horreur.

— *Tu nous as vraiment impressionnés !* réagit Malheur. *Dans la savane, tout le monde t'obéirait !*

— *Je n'en doute pas une seconde !* se vanta Voyou. *À bientôt, les cousins ! Et n'oubliez pas : hakuna matata !*

— *Hakuna matata !* rugirent-ils à l'unisson.

Ils montèrent sans rechigner, devant une assistance ébahie.

— Ça, c'est mon Voyou ! s'exclama Léopold.

— *Uniquement dans tes fantasmes les plus libidineux, chatophile !*

# 24.

**Appartement de Léopold, quelques jours plus tard…**

Dans le salon, Rita, Voyou, Félicie et Léopold étaient installés sur le nouveau canapé. Roger était allongé sur le sol, son aérophagie chronique le privant d'une proximité avec Voyou. Sur une étagère trônaient les cendres de Nour ; Voyou les fixait d'un air triste. Léopold le remarqua.

— Voyou, ta maman a obtenu justice. Tu peux être fier de ce que tu as accompli. Nous le sommes tous !

— *Oh oui !* s'extasia Rita. *Mon beau mâle est un redoutable justicier !*

— *Roger admire Voyou, son meilleur ami !*

— Je n'ai jamais rencontré un chat tel que toi ! approuva Félicie.

— *Ouais, ouais, merci !* répondit Voyou, blasé. *Rita, Roger, ne vous excitez pas trop : rien n'a changé pour moi vous concernant !*

— *Mon chou sache que plus tu me repousses, plus j'ai envie de toi !* confia Rita, sourire en coin.

Roger sursauta et afficha une mine renfrognée : de la jalousie ! Voyou s'en rendit compte et tenta sa chance…

— *Hé, Roger, je te la laisse, si tu veux !* l'informa Voyou.

— *Vraiment ?*

— *Oui, Roger, Rita est toute à toi !*

— *Merci ! Roger est très content !*

— *Calme-toi, Roger !* s'écria Rita. *Je n'ai d'yeux que pour Voyou, alors, à la niche !*

— *Eh bien, pas moi !* répondit Voyou.

Maussade, Rita traversa le canapé et vint se frotter contre Voyou.

— *Mais… Mais qu'est-ce que tu fais ?* s'indigna-t-il.

— *Je marque mon territoire, mon chou !*

— *Arrière, femelle !*

Voyou cracha et montra ses griffes. Devant ce spectacle, Léopold intervint :

— Doucement, Rita et Voyou ! Je vous rappelle que vous vivez sous mon toit. Vous êtes donc maintenant frère et sœur !

— *T'as entendu, la perverse ? Tu ne peux plus me draguer !*

— *Oh, tu sais, les interdits m'excitent encore plus !*

— *Qu'ouïs-je ? Ta luxure n'a donc aucune limite !*

— *En effet, elle est infinie, comme mon désir pour toi...*

— *Chatgneur, aidez-moi !*

— Allez, un peu de calme ! reprit Léopold. Chez moi, c'est l'amour qui règne. Alors pas de... « chatmaillerie[153] » !

Les deux humains s'esclaffèrent.

— *De pire en pire...* déplora Voyou. *Faut vraiment que je me tire d'ici !*

— Allez, faites la paix ! poursuivit Léopold.

Le policier caressa d'abord Rita avant d'effleurer Voyou, qui se cabra mais, pour la première fois, ne fuit pas. Y voyant un signe, Léopold continua, lentement, avec beaucoup de délicatesse.

— *Arr... Arrête, esclave ! Que... Que fais-tu ? Je... Je t'ai déjà dit... que... que... je ne veux pas... qu'un... qu'un... chatophile dans ton genre... me... me touche !*

Pourtant, à son corps défendant, Voyou ronronna. Oui, le félin se transforma en un véritable petit moteur.

— *Mais... Mais... Que m'arrive-t-il ? Je... Non ! Pas ça ! Pas avec un chatophile ! Pas devant du monde !*

Voyou ronronnait bien de plaisir malgré ses protestations.

Félicie se joignit aux caresses.

— Mon petit Voyou, tu n'es plus seul maintenant... dit-elle, émue. Nous serons toujours là pour toi !

— Nous t'aimons, Voyou ! déclara Léopold.

— *Oui, de tout notre cœur !* ajouta Rita.

— Roger t'aime aussi !

---

[153]Ici, « chamaillerie ».

— *Vous... Vous êtes tous dingues dans cette baraque !* fulmina Voyou.

Il se dégagea, se rua vers la fenêtre ouverte et sortit sur l'avancée de toit.

— *Non mais ! Pour qui se prennent-ils, tous ces pervers ? Nom d'une croquette au saumon, ignorent-ils tout du consentement mutuel ? Et je veux être vénéré, pas aimé !*

Voyou maugréait mais, au plus profond de lui, il était heureux... Une douce chaleur avait empli son cœur, un sentiment qu'il n'avait plus connu depuis le meurtre de Nour. Une larme coula sur sa joue, il la sécha aussitôt avec ses coussinets.

— *Je me plaindrai à la SPA ! J'en ai ras la gamelle de ces tocards ! J'ai des droits ! Je ne vais pas tolérer que deux esclaves, une naturiste obsédée sexuelle et un péteur compulsif me gâchent la vie ! Je suis Voyou, le grand justicier ! Tiens, je vais leur faire payer cet affront : je vais déféquer à côté de la litière, arracher les rideaux, renverser leurs affaires, détruire leurs plantes ! Miaou, ils vont regretter de m'avoir cajolé !*

Voyou prit de profondes inspirations pour retrouver son calme. Toutefois, il entendit des bruits pour le moins singuliers...

— *Qu'est-ce que c'est, encore ? Ça ressemble à... des miaulements ! Non, c'est autre chose !*

En réalité, il percevait le câlin de Félicie et Léopold, et ses conséquences sonores...

— *Non, ne me dites pas que mes esclaves copulent enfin ! Beurk ! Zut, ça va donner des idées à Rita ! Faut vite que je me tire d'ici !*

Une chance pour lui, ses chatmis – Pacha, Snow, Salem et Mufasa – venaient à lui.

— *Chatlut, comment chat va ?* demanda Voyou.

— *On a besoin de toi, Voyou !* annonça Pacha.

— *De moi ? Qu'est-ce qui se passe ?*

— *Certains chats du quartier ont des problèmes !* expliqua Snow. *De gros problèmes !*

— *Ouais, ils sont dans la litière jusqu'au cou !* estima Salem. *La merde, quoi !*

— *Faut que tu les sortes de là !* dit Mufasa.

*— Pourquoi moi ? Vous êtes quatre, non ? Les quatre « chatsquetaires » !*

Les quatre félins se regardèrent.

*— Bah, tu es le boss, Voyou...* avoua Pacha.

*— À cause de cette histoire avec Hannibal ?* interrogea Voyou.

*— Oui, mais pas que...* commença Snow.

*— Nous sommes au courant de tes autres exploits...* révéla Salem.

*— Rita nous a tout raconté...* confessa Mufasa. *Si tu avais vu la façon dont elle parlait de toi !*

*— Au début, on était jaloux...* reconnut Pacha. *Mais quand elle a détaillé tes prouesses, nous n'avons pu qu'admettre ta supériorité !*

*— OK...*

*— Tu as tué un humain !* s'enthousiasma Mufasa. *Tu as réalisé le rêve de tous les chats ! En plus, des guépards t'ont obéi* !

*— C'est vrai ! Les cousins m'ont été très utiles...*

*— Les « cousins » ?* s'étonna Pacha. *Miaou, tu m'en bouches un coin !*

*— Nous n'en avions observé qu'à la télé...* dit Snow.

*— Ils sont terrifiants !* confessa Salem.

*— Et toi, tu les as dominés !* s'enflamma Pacha.

*— Ça fait donc de toi le... roi de la jungle urbaine !* miaula Mufasa.

*— On peut le voir ainsi...* acquiesça Voyou.

Soudain, les gémissements de Félicie se firent plus audibles, suivis par ceux de Léopold, plus rauques. Comme un enfant dont les parents sont trop bruyants, Voyou éprouva de la honte.

*— Euh, il se passe quoi ?* demanda Pacha.

*— Mes... Mes esclaves forniquent... On dirait que ce pervers de Léopold a trouvé comment se servir de sa saucisse...*

*— Ah...* réagit Snow, embarrassé.

*— C'est malaisant...* nota Salem.

Gênés, ils se turent mais la joute nuptiale gagna en décibels.

*— Chatpristi, ils vont s'égosiller encore longtemps ?* tempêta Voyou.

— *Pas de bol pour toi, Voyou !* estima Snow.

— *Pourquoi miaules-tu ça ?* le questionna Voyou.

— *Bah, l'ex-mâle de mon humaine ne durait que quelques secondes. Ça la frustrait tant qu'elle lui criait dessus et, ensuite, lui arrivait encore moins à tenir. Après, c'était à mon tour de souffrir : elle me câlinait pendant des heures pour évacuer son insatisfaction. Ma peau brûlait à force ! Mes poils étaient souillés par ses larmes ! J'en ai tellement bavé que j'ai ressenti le besoin de me rendre chez un psychatre...*

— *Mon pauvre...* intervint Salem. *Chez moi, c'était tout l'inverse ! Elle l'appelait « peine à jouir » si mes souvenirs sont exacts. En plus, je devais slalomer entre leurs sous-vêtements qu'ils jetaient dans tous les coins au moment de s'accoupler ! Ce n'est pas parce que je ne paye pas de loyer qu'on doit m'infliger de tels sévices ! J'ai des sentiments ! Et je ne parle même pas de la vision de leurs corps nus ! Une H-O-R-R-E-U-R ! Un peu de décence !*

— *Tu oublies leur pilosité ridicule à des endroits gênants !* jugea Snow.

Choqués, ils acquiescèrent.

— *Les humains, c'est comme un sachet de croquettes, on ne sait jamais sur quoi on va tomber...* philosopha Pacha.

Le grincement du lit atteignit maintenant leurs oreilles, Voyou leva les yeux au ciel.

— *Je n'en peux déjà plus de ces deux excités !* pesta Voyou. *Tirons-nous d'ici, vous me raconterez l'histoire en chemin !*

Ils quittèrent la résidence en empruntant les toits et plusieurs conduits.

— *Alors, quel est le problème ?* les questionna Voyou.

— *Plusieurs catnappings*[154] *ces derniers jours...* annonça Pacha.

— *Encore ?* s'étonna Voyou. *Hannibal est sorti de l'hôpital ?*

— *Non, il s'agit d'un autre humain !* révéla Mufasa. *Plus précisément, une humaine.*

— *Dites-m'en plus !* demanda Voyou. *Je dois savoir à qui j'ai affaire ! Qu'importe si c'est une montagne de muscles, je trouverai un moyen de la battre !*

---

[154]Ici, « kidnapping ».

— *Non, ce n'est pas du tout le cas...* commença Salem.

— *Quoi ?*

— *En fait, c'est une vieille femme...* dévoila Pacha.

— *Je vois...* réagit Voyou. *Sans vouloir vous choquer, j'ai toujours pensé qu'elles étaient les pires...*

— *Qu'entends-tu par là ?* l'interrogea Snow.

— *Ces bonnes femmes sont souvent seules depuis des années. Alors, elles adoptent un chat ou un stupide chien, l'engraissent au point de le rendre impotent. Et boum, l'esclave devient le maître !*

— *C'est... terrible !* s'offusqua Pacha. *Je ne peux imaginer un chat être soumis à un humain ! Leur destin est de nous servir et, en échange, nous leur accordons toute l'ingratitude qu'ils méritent !*

— *Mon credo : toujours se méfier des « mamies gâteaux » !* reprit Voyou. *Elles vous accueillent avec un grand sourire et quelques caresses, vous tiennent ensuite par le ventre avant de vous faire castrer au moment où vous vous y attendez le moins ! Une fois privé de vos testicules, vous devez en plus gérer leur détresse émotionnelle !*

— *On dirait un film d'horreur ton histoire !* considéra Mufasa.

— *Non, c'est la réalité ! Il faut prendre garde aux humains et spécialement ceux qui offrent des croquettes ! Ces chatophiles ne veulent qu'une chose : te faire monter dans leur véhicule pour te catnapper et te câliner dans leur domicile !*

— *Comment sais-tu tout ça ?* demanda Pacha.

— *La rue, mes chatmis ! J'y ai tout appris... Je ne vous cache pas que, parfois, j'aimerais ignorer toutes ces choses. Le monde des humains est terrible et ils ne manquent jamais une occasion de nous pourrir la vie. C'est la raison pour laquelle je me bats contre eux. J'en ai déjà tué un, d'autres suivront si nécessaire !*

L'admiration que lui portait le gang augmenta encore.

— *J'ai une confession à faire...* signifia Snow.

— *Nous t'écoutons, Snow.* répondit Voyou. *N'ayons aucun secret les uns pour les autres !*

— *J'ai... J'ai...*

Bouleversé, Snow prit une profonde inspiration pour se calmer.

*— À plusieurs reprises, j'ai essayé de chatssassiner mon humaine...*

*— Vraiment ?* s'étonna Voyou. *Dis-nous en plus !*

*— Je vous ai raconté qu'elle me câlinait trop. Mon tourment devenait inmiaulable*[155] *! Dès lors, j'attendais qu'elle ronfle pathétiquement et je m'allongeais sur son visage pour l'étouffer... Hélas, elle se réveillait toujours et me déplaçait. Elle riait, la gueuse, alors que, de tout mon être, je ne rêvais que de la tuer ! Vous rendez-vous compte ?*

*— Mon pauvre...* déclara Voyou. *Rien de pire qu'un esclave qui ne veut pas mourir...*

*— Tu l'as dit ! J'ai donc opté pour d'autres techniques ! J'ai couru entre ses jambes dans les escaliers pour la bousculer. Malheureusement, elle n'a souffert que d'une fêlure du coccyx... Le pire c'est qu'elle m'a pris dans ses bras pour s'excuser ! Je voulais juste qu'elle crève à cause de ses bisous et voilà qu'elle m'en a fait encore plus !*

*— Mince...* miaula Voyou.

*— Pour me venger, je lui ai renversé son café brûlant sur ses grosses cuisses. Rebelote : des excuses ! Je suis à bout, les chatmis ! Mon humaine est beaucoup trop affectueuse !*

*— Ne dis pas ça, Snow. Je vais m'occuper d'elle. OK ?*

*— Tu es sérieux, Voyou ?*

*— Bien sûr ! J'aiderai chacun d'entre vous ! Si des humains ne veulent pas accepter leur statut d'esclave, je serai là pour le leur inculquer ! Et les chatophiles, j'en fais mon affaire...*

Après plusieurs détours et la traversée de plusieurs caves, ils arrivèrent dans la courette d'un immeuble haussmannien. Pacha désigna une fenêtre entrouverte.

*— C'est là que ça se passe... La catnappeuse laisse une ouverture et un morceau de viande bien odorant mais empoisonné avec un somnifère. Appâté par l'effluve, le chat se trouve irrémédiablement attiré chez elle. Il goûte, puis pénètre entièrement pour dévorer le repas comme il se doit. Elle peut alors le capturer,*

---

[155] Ici, « indicible ».

*le câliner jusqu'à la rupture et le domestiquer. Parfois, lassée, elle en relâche un mais il n'est plus le même... Stress post-traumatique et tout le tintouin !*

— *Oui, ça me rappelle le cas de Garfield, un beau mâle roux !* intervint Salem. *Il s'est fait avoir mais, un jour, il a réussi à s'échapper. Pauvre bougre, il est tombé en dépression. Il a même perdu tous ses poils...*

— *J'en ai aussi entendu parler !* témoigna Mufasa. *Depuis son catnapping, le malheureux est devenu accro à l'herbe à chat !*

— *Chat alors, c'est ignoble !* s'indigna Voyou. *Je le vengerai ! En tant que chat roux, je ne peux tolérer une telle déchéance ! Il est temps pour moi d'y aller... On se voit tout à l'heure.*

Voyou sauta sur des poubelles, escalada un abri à vélos et grimpa sur une gouttière. Il atteignit sans difficulté le rebord de fenêtre et glissa sa gueule à l'intérieur. Un steak fumant attendait déjà sa prochaine victime.

— *Encore plus sournois qu'Hannibal mais tout aussi dangereux...* commenta-t-il.

Il délaissa la viande. À peine avait-il fait entrer tout son corps qu'il toucha un fil tendu : l'huisserie se referma aussitôt. Piégé !

— *La chatlope...*

La vieille dame se présenta quelques secondes après : des cheveux gris peignés en chignon, une grosse monture de lunettes avec des verres en cul de bouteille sur le nez, une robe à carreaux, démodée depuis la Libération de Paris…

— Salut, toi ! lança-t-elle, ravie. Bienvenue chez Mamie Suzette…

— *Arrière !* cracha Voyou.

— Allons, détends-toi ! Tu es si beau ! Tu me rappelles l'un de mes chats…

— *Attends, elle parle de Garfield, là ! L'angoisse, elle est folle à lier !*

— N'aie pas peur ! Je ne te ferai pas de mal. Au contraire, je te couvrirai de câlins !

— *Pourquoi les humains sont-ils tous des chatophiles en puissance ? Mais que fait la Police ?*

— J'adore tes miaulements, ils sont enivrants…

— *Mais… Mais elle est diiingue !*

— Oh oui, continue !

— *Madame, faut vous faire soigner !*

— Ne fais pas le difficile, laisse-moi m'occuper de toi !

— *J'ai toujours éprouvé le plus grand mépris envers les vieilles dans ton genre qui collectionnent les chats ! Nous sommes des êtres vivants ! Demande notre consentement avant de nous séquestrer et de nous infliger des dizaines de bisous par jour ! Et ne me lance pas sur votre haleine putride !*

— Mais c'est qu'il est si beau, ce rouquin. Je vais bien prendre soin de toi ! Tu dormiras avec moi, blotti contre mon corps nu…

— *Mais… Mais c'est dégueulasse ! Le cliché de la mémère avec ses cent chats, c'est tellement démodé !*

— Viens faire un gros bisou à ta maman ! Allez, viens ! Viens je te dis !

— *Je n'ai qu'une Maman et elle s'appelait Nour ! Elle vit à jamais dans mon petit cœur ! Je te préviens, vieille bique, je vais t'envoyer à la SPA pour les vieux toqués de ton espèce !*

Elle essaya de l'attraper mais, réactif, Voyou s'échappa et atterrit sur la table de la cuisine. Elle rit avant d'arborer un air menaçant.

— Oh, je vois que j'ai affaire à un rebelle…

— *Non, t'as encore rien vu, la barjot !*

Alerté par des miaulements, Voyou bondit dans leur direction.

— Non, reviens !

— *Ne compte pas là-dessus, vieille peau !*

Dans une grande chambre faiblement éclairée, Voyou découvrit une scène d'horreur : une dizaine de chats en cages et, pour certains, drogués.

— *Attention, elle est dangereuse…* miaula l'un d'eux, un chartreux.

— *Elle m'a volé mes couilles !* gémit un autre, un maine coon. *Aide-moi !*

— *À moi aussi !* se plaignit un Siamois. *Je me suis endormi après avoir mangé du steak et, une fois réveillé, j'ai constaté qu'elle m'avait amputé !*

— *Moi, elle me force à copuler pour avoir des petits !* se lamenta une Ragdoll.

— *C'est pire que tout ce que j'avais imaginé !* se scandalisa Voyou.

Derrière lui, le parquet grinça, il sauta pour éviter un filet.

— Raté ! regretta-t-elle.

— *Foi de Voyou, tu ne m'auras pas ! Quant à vous, tenez bon, je vais vous sortir de là !*

Le courageux félin courut jusqu'au salon, grimpa sur une commode où il renversa tout ce qui passait à sa portée, en majorité d'affreux bibelots en porcelaine à l'apparence de chats. Mamie Suzette vociférait son exaspération et son indignation.

— Non, pas ça, c'est un souvenir ! Oh non, il a cassé le cadeau de Georgette ! Pitié, pas celui de Geneviève !

Voyou prenait beaucoup de plaisir à l'énerver. Son instinct animal lui soufflait que la pression artérielle de sa proie montait en flèche ! Mamie Suzette jeta le filet mais Voyou l'évita encore. Une bibliothèque s'écroula dans la manœuvre, fracturant le pied de la vieille femme. Elle hurla à pleins poumons mais parvint à se dégager.

— *Dommage…* regretta Voyou.

Ulcérée, Mamie Suzette claudiqua jusqu'à lui. Voyou se réfugia alors dans la cuisine, où il poursuivit son œuvre de destruction. Sur une étagère, il renversa de la vaisselle, des ustensiles et des condiments sur la tête de son ennemie. Dans un état second, elle se saisit d'un rouleau à pâtisserie, qu'elle tenta d'écraser sur lui et, maladroite, brisa une partie de ses affaires : la vitre du four fut cassée, la crédence fut fissurée et la hotte arrachée en partie. En hauteur, Voyou décida de sortir le grand jeu : il la visa et… lui urina dessus. Mamie Suzette en reçut sur le visage, dans les cheveux et dans la bouche. Elle lâcha son arme, puis se frotta la peau si fort qu'elle se griffa. Elle toussa et vomit.

— *Bah alors, t'aimes pas la pisse de chat ?* se moqua Voyou.

Désormais posté sur la gazinière, il se détendit et se délecta du spectacle. Soudain, Mamie Suzette se jeta sur lui et commença une strangulation.

— *No... Nom... d'une... croquette... au... poulet...* bredouilla-t-il, au bord de l'asphyxie.

— Je vais t'apprendre à foutre le bordel chez moi ! J'en ai tué des moins sauvages que toi !

— *Vite... Je... Je... dois... trouver... quelque... chose...*

Avec ses pattes arrière, il prit appui sur tout ce qu'il pouvait et là... la chance lui sourit ! Sans le savoir, il appuyait sur les boutons de la cuisinière à gaz... Une flamme jaillit alors ! Penchée au-dessus du feu, la robe de Mamie Suzette s'embrasa. Elle lâcha prise, et tournoya sur elle-même en vociférant. Ses sourcils et ses cheveux brûlèrent eux aussi. Elle roula sur le sol pour éteindre les flammes. Fasciné, Voyou admira sa vengeance. Le détecteur de fumée s'enclencha.

Lorsque l'incendie cessa, Voyou poussa une lourde boîte à cookies en verre, qui s'écrasa sur le crâne de Mamie Suzette, désormais inconsciente.

— *Encore une victoire de Voyou !* se réjouit-il. *Elle se souviendra longtemps de son « chatiment*[156] » ...

Mais des sirènes hurlaient déjà ! Dans les parties communes, des cris fusaient.

— *Chatastrophe*[157]*, faut que je me casse d'ici !*

Des coups retentirent contre la porte d'entrée.

— Ouvrez ! commanda un homme. C'est les pompiers !

— Et la Police ! ajouta un autre. Les voisins ont donné l'alerte !

— *Bien, les chats seront secourus !* analysa Voyou.

Le félin regagna la fenêtre, glissa ses griffes dans l'entrebâillement et tira de toutes ses forces. Il se faufila dans l'intervalle et sortit. Il rejoignit ses chatmis, qui le félicitèrent.

— *Waouh, tu es un genre de superhéros !* déclara Pacha, admiratif.

---

[156]Ici, « châtiment ».

[157]Ici, « catastrophe ».

— *Ouais, un genre de Catman !* dit Voyou, amusé. *Le seul, le vrai, l'unique !*

Ils ne comprirent pas la référence mais s'esclaffèrent et le complimentèrent. Bientôt, ils répandraient sa légende dans tout le quartier…

Ils observèrent les pompiers extraire la vieille femme de son logement, elle geignait.

— Un chat ! C'est un chaaat qui m'a fait ça !

Les secouristes se regardèrent, l'un d'eux murmura :

— Elle est sénile, la pauvre.

— Un chaaat démoniaque ! tonitrua-t-elle.

— Ne vous inquiétez pas, madame, on va bien s'occuper de vous ! déclara un policier.

Voyou sourit, un autre humain venait de recevoir une bonne leçon : « On respecte les animaux ! ».

Le groupe quitta les lieux avant d'être repéré. De retour devant l'appartement de Léopold, ils discutèrent de la prouesse de leur héros à grand renfort de miaulements. À sa fenêtre, Rita tremblait d'excitation, bien aidée par les phéromones libérées par Félicie et Léopold, déjà pris dans un nouvel ébat.

— *Un jour, ce sera au tour de Voyou et moi de connaître une telle extase…*

Même s'il ne l'avait pas entendue à cause de la distance, Voyou frissonna, se retourna et remarqua la sphynx.

— *Chat alors, la lubrique est toujours là à me reluquer ! Bref, va falloir que je fasse gaffe…*

Une fois seul, Voyou regarda les étoiles scintillantes.

— *Ma petite Maman humaine, merci de m'avoir sauvé. Tes semblables ignorent à quel point ils peuvent changer la vie des miens et de toutes les espèces animales. Grâce à toi et malgré la bêtise de ma nouvelle famille, je vais pouvoir grandir en sécurité. Du moins, si ces « psychatrisés[158] » me fichent la paix ! Comme toi, je continuerai à combattre les chatlopards qui se dresseront sur ma*

[158] Ici, « psychiatrisés », personne soumise à un traitement psychiatrique.

*route. Où que tu sois, veille bien sur moi… Moi, je te garde au fond de mon cœur. Je t'aime, ma petite Maman adorée…*

# Épilogue.

## Paris, quelques jours plus tard…

Léopold gara sa voiture à proximité du luxueux hôtel où tout avait débuté. L'air grave, il coupa le contact et tourna la tête vers Félicie.

— Nous y sommes, ma chérie.

— Oui, nous y sommes… répondit-elle, émue.

Dans le rétroviseur, le policier observa Voyou, dont l'anxiété était perceptible. À ses côtés, Rita et Roger, eux aussi très sérieux.

— Voyou, commença Léopold. J'imagine que tu comprends ce qui est en train de se passer… Comme je te l'ai expliqué plus tôt dans la journée, j'ai pensé que tu aimerais revenir sur… sur… les lieux où ta maman nous a quittés. Pour un dernier hommage… J'ai acheté un bouquet de fleurs et nous allons le déposer en son honneur. L'enquête que j'ai menée a permis de réhabiliter ta maman, elle est une malheureuse victime de la cruauté humaine.

— …

À la fois touché et bouleversé, Voyou déglutit.

— J'aimerais aussi que tu saches que tu n'es pas seul… poursuivit Léopold. Nous sommes tous à tes côtés pour t'aider à faire ton deuil.

— *Mer… Merci…* miaula Voyou.

— Enfin, l'histoire de ta maman a ému beaucoup de monde. Nous avons pu retracer une partie de son périple de la Libye à l'Italie jusqu'à son arrivée en France. Tout cela est basé sur les témoignages de ses anciennes colocataires. En utilisant son smartphone retrouvé à la morgue, nous avons pu identifier et appréhender les pontes du réseau criminel qui l'exploitait et nous sommes au courant des terribles épreuves qu'elle a traversées. J'ai pris sur moi de relayer son calvaire dans la presse, cela a créé un véritable électrochoc. Un journaliste du journal *Le Monde* m'a contacté il y a quelques jours, nous avons travaillé de concert pour rédiger un article.

— *C'est... C'est très gentil, esclave...*

— La relation que tu entretenais avec ta maman a énormément ému les lecteurs.

— *Miaou ?*

— Je te préviens, il y a beaucoup de personnes qui ont manifesté le souhait de se rassembler pour célébrer le combat de ta maman.

— *Beaucoup... de... personnes venues pour ma maman ?*

— Votre histoire mêle meurtre, corruption, scandale d'État, trafic en tout genre, esclavage sexuel, violences faites aux femmes, cruauté envers les animaux ainsi qu'un lien fort entre un être humain et un chat qui ne peut qu'attendrir.

— *Chatpristi, les humains ne cesseront jamais de m'étonner !*

— Sois brave, Voyou, mais je sais que tu y arriveras.

— Nous sommes de tout cœur avec toi, mon chéri ! dit Félicie.

— *Ah bravo, encore une chatophile ! Ma parole, c'est contagieux ! Vile femelle, apprends que je ne suis le chéri que de ma petite maman ! Mais, pour cette fois, au regard des circonstances atténuantes, je vais laisser passer...*

— *Je suis là, Voyou...* souffla Rita.

— *Ouais, je m'en doute...*

— *Tout près de toi...*

— *Ne commence pas...*

— *Si jamais tu veux un câlin, n'hésite pas à me le demander. Je serai ravie de t'aider à traverser ce moment.*

— *Non, sans façon !*

— *Il faut pourtant que tu purges ton chagrin et, chez les mâles, ça démarre souvent par les testicules.*

— *MIA... MIAOU ?* s'étrangla Voyou.

— *Je ne dis que la vérité ! Copuler te fera le plus grand bien. Une fois la cérémonie passée, je comblerai le moindre de tes désirs. Tu pourras me traiter comme tu le souhaites. Je serai là pour soulager ta peine. Une petite félintion*[159]*, peut-être ? J'ai appris ça sur Canal+...*

— *Rita, tu veux me rendre service ?*

---

[159] Ici, « fellation ».

— *Oui, mon beau ! Plus que tout au monde !*

— *Calme ta ch*tte !*

Elle tressaillit, sourit et ricana.

— *Comme tu veux, mon Voyou. Je ferai tout ce que tu me demandes...*

Roger s'approcha des deux chats, s'apprêta à aboyer, mais, à la place, il émit une flatulence.

— *Oh mon Dieu !* s'écria Voyou. *Quelle... Quelle pestilence !*

— *Roger !* se lamenta Félicie, choquée.

— *Je vais m'évanouir !* geignit Rita.

— Ton fils est une boule puante ambulante ! déclara Léopold, consterné. Fuyons et vite !

— Roger est désolé... Quand Roger est ému, Roger pète...

Le policier et la vétérinaire ouvrirent leurs portières, mais laissèrent leur vitre en partie baissée pour permettre à l'air de circuler. Ils se hâtèrent ensuite de faire sortir les passagers à quatre pattes, qui avalèrent de grandes goulées d'air frais. Léopold récupéra ensuite le bouquet dans le coffre et, tous ensemble, ils s'avancèrent vers l'hôtel, où une foule importante les attendait, bougies à la main. En silence, tous s'écartèrent devant la singulière famille.

Léopold déposa les fleurs au milieu d'un parterre de gerbes. Trouvée dans le smartphone de la jeune femme, une photographie de Nour portant Voyou avait été imprimée et installée devant cet autel.

Léopold prit la parole pour remercier les participants avant de rendre un vibrant hommage à Nour, qui bouleversa son auditoire. Sans trop en dévoiler de l'enquête pénale, il partagea des anecdotes sordides sur le parcours migratoire de la jeune femme, qui émurent même les plus insensibles. Il évoqua son abnégation à s'en sortir et son grand cœur face à la souffrance d'un animal. Dans toute cette noirceur, elle avait pris le temps de porter secours à un chat en détresse. Qui aurait fait une telle chose ? Beaucoup baissèrent la tête...

La représentante d'une association de migrants et un élu de la mairie d'arrondissement dirent ensuite quelques mots, rendant eux aussi honneur à cette femme fière, capable de tenir tête à l'effroyable

Nadeem Al-zahrani, dont les « exploits » avaient défrayé la chronique.

Durant tout ce temps, Voyou avait fixé la photographie et n'avait pas bougé. Des larmes avaient toutefois coulé de ses magnifiques yeux verts, et cela n'avait échappé à personne. Des clichés furent réalisés, ils feraient le tour du monde et prouveraient à tous que oui, les animaux sont des êtres sensibles.

Une fois la cérémonie terminée, la famille resta quelques minutes sur place pour permettre à Voyou de se recueillir en toute tranquillité. Mêlés aux odeurs et aux bruits de la ville, les terribles souvenirs de cette nuit affluaient comme un torrent dans son esprit. Il vivait à nouveau la détresse de sa mère, son combat contre Nadeem et la déchirante découverte du corps, brisé sur l'asphalte. Tout au fond de son cœur, l'affection qu'il portait à Nour battit plus fort. Il était fier d'elle, fier qu'elle ait bataillé jusqu'au bout contre cet homme ignoble, fier qu'elle lui ait inculqué des valeurs comme l'amour, mais aussi le refus de l'injustice. Elle lui avait montré la voie, son destin était tout tracé : il lutterait jusqu'à son dernier souffle contre tous les bipèdes sans foi ni loi, toujours plus nombreux sur cette planète. Il s'en fit de nouveau le serment et avait même hâte de s'y mettre… Voyou imagina une pile de cadavres, tout plein de Nadeem ou de Hannibal regrettant amèrement d'avoir croisé sa route. Il ne comptait évidemment pas s'arrêter là : il enseignerait à tous ses congénères la manière de soumettre les humains et, en cas de résistance, la meilleure façon de les chatssassiner. Des règles et – surtout – des châtiments fusèrent dans son esprit.

Un manque répété de pâtée et de croquettes ? La mort !

Une litière sale ? La mort !

Une surabondance de câlins ? La mort !

Une visite imposée chez le vétérinaire ? La mort !

Une castration ? La mort !

Une absence de vénération ? La mort !

Des photographies volées et postées sur les réseaux sociaux sans un consentement manifeste et éclairé ? La mort !

Et de la chatophilie ? La mort, bien sûr !

Voyou se voyait déjà à la tête d'un mouvement de libération des félins d'ampleur mondiale. Il prévit de s'entraîner sur Félicie et Léopold, deux intéressants cobayes incapables de réaliser le piège dans lequel ils s'étaient fourrés.

— *Allons-y...* finit-il par miauler. *Léopold, vieux chatophile, merci pour ce que tu as fait pour ma Maman...*

La connexion qui unissait désormais le chat et le policier fit comprendre à ce dernier que Voyou lui était reconnaissant. Il en fut très touché, car lui aussi avait perdu ses parents et savait au plus profond de son cœur la douleur que cela représentait au quotidien. Percevant le trouble immense de son mignon compagnon, il fit alors une proposition.

— Marchons un peu, ça nous fera du bien. Sans oublier le temps qu'il faut pour que la mauvaise odeur se dissipe dans ma voiture...

Ils cheminèrent dans la rue et se dirigèrent vers le parc où Voyou avait vu le jour...

Ils arpentèrent les jardins en silence. Après un premier tour, le couple s'assit sur un banc à l'écart, blottis l'un contre l'autre avant d'échanger des mots doux.

Ennuyé par tant de sentiments, Voyou s'éloigna, très vite suivi par Rita et Roger.

— *Voyou, c'est donc là que tu as grandi ?* demanda Rita, étonnée. *J'imaginais un endroit plus « craignos ».*

— *C'est pourtant « craignos » ! La mort peut te frapper à chaque instant !*

— *Ah bon ? On ne dirait pas... Je m'attendais à des gangs de matous se battant pour leur territoire, où une belle chatte de mon genre pourrait terminer dans une tournante où on lui volerait son innocence à tout jamais. Je suis déçue...*

— *T'es vraiment pas nette, ma pauvre Rita. Bon, laisse-moi te montrer !*

— Roger peut venir ?

— *Oui, mais tu as intérêt à bien te comporter. Sinon...*

— *Oui, Voyou ! Roger sera très sage ! Le plus sage !*

— *Chatgneur, il me saoule déjà…*

Voyou leur fit visiter les lieux, racontant à chaque fois des anecdotes pour illustrer ses propos.

— *Là, par exemple, vous avez le coin où se rassemble tout un tas de stupides pigeons. Ne vous fiez pas à leur frêle apparence, ils sont sournois. Ils opèrent en groupe pour mieux vous surprendre. Un seul morceau de nourriture au sol et ils rappliquent tous. Je vous jure, ils sont flippants !*

Il les conduisit ensuite à travers les bosquets vers le local délabré où il avait grandi.

— *Mes frères et sœurs et moi sommes nés ici…* lâcha-t-il. *C'est l'unique endroit qui pouvait nous abriter. Ma maman-chat a fait ce qu'elle a pu pour nous protéger…*

Roger et Rita échangèrent un regard.

— *Tu veux en parler ?* l'interrogea Rita. *En réalité, je me rends compte que j'ignore encore beaucoup de choses sur toi.*

— *Je ne sais pas…*

— *Voyou, tu peux t'ouvrir à moi ! Et je ne parle pas seulement de sexe !*

— …

— *Raconte-nous ton enfance !* insista-t-elle.

Voyou prit une profonde inspiration avant de considérer la bâtisse d'un air songeur.

— *Voyou…* reprit Rita.

— *OK, OK, je vais tout vous conter. Mais d'abord, suivez-moi. On va s'y introduire !*

Il leur fit faire le tour. Rita se faufila sans difficulté dans l'interstice. Quant à Roger, son gros ventre l'empêcha d'y pénétrer.

— *Ah, ce Roger !* déplora Voyou. *Toujours à nous enquiquiner !*

Le chat sortit ses griffes et les planta dans le postérieur du chien, qui se cabra avant de remuer assez fort pour réussir à entrer.

— *Roger a mal au cucul !*

— *Tais-toi, Roger ! Sinon…* dirent les félins à l'unisson.

La menace fit taire le carlin. Voyou le suivit et après quelques secondes d'observation, il leur narra ses souvenirs : la douceur de sa maman-chat, ses jeux avec ses frères et sœurs, mais aussi la faim, le froid, la peur et les derniers instants des siens. Il garda le silence avant d'évoquer sa survie.

Ébranlée, Rita lui sauta au cou et tenta de l'embrasser. Voyou lutta pour la repousser.

— *Mais… Mais… Arrête !*

— *Non, Voyou ! Tu as besoin d'affection après ces terribles événements ! Laisse-toi faire !*

— *Arrière femelle !*

Voyou se dégagea et s'éloigna. Il se lécha ses longs poils pour se nettoyer, tout en pestant contre la lubricité de son amie.

— *Ce n'est pas possible d'être aussi dévergondée ! Il faut l'envoyer en thérapie ! Ça relève de la psychaterie !*

— Roger veut aussi son câlin… intervint Roger.

— *Je te cède ma place avec plaisir !* miaula Voyou.

— *Hors de question !* répondit Rita. *J'ai des standards et je ne suis la chatte que d'un seul matou : Voyou !*

Soudain, un vacarme se fit entendre à l'extérieur : un homme crachait et maugréait. Humant l'air, Voyou identifia une odeur pestilentielle : celle du gardien, mélange de sueur et d'alcool ! Il passait tout près du local !

Voyou demanda à ses compagnons de ne pas faire de bruit. Rita perçut son stress et cela l'inquiéta.

— *Voyou, qu'est-ce qui t'arrive ? Je ne t'ai jamais vu comme ça !*

— *Cet homme…*

— *Oui ?*

— *Il a assassiné ma mère, condamnant mes frères et sœurs par la même occasion. Il est redoutable, un vrai tueur en série.*

— *Mais Voyou, tu n'es plus le même… N'est-ce pas ? Je me doute que tu as peur car ça te renvoie à ton enfance où tu étais sans défense, mais tu as beaucoup changé !*

Voyou comprit où elle voulait en venir et lui en fut reconnaissant.

— *Restez-là, j'ai un compte à régler.*

— *Non, je rêve de te voir à l'œuvre.*

— *C'est trop dangereux ! Tu n'es qu'une femelle !*

— *Un héros a toujours besoin d'une femelle à ses côtés !*

*— D'où sors-tu encore cette bêtise ?*

*— Je l'ai vu à la télévision !*

*— Ah bon ? Où ça ?*

*— Dans un « dessin animé » !*

*— Un quoi ?*

*— Ce sont des images très colorées ! Léopold aime bien en regarder. Il me dit que ça lui rappelle son enfance, il adorait en visionner...*

*— Hum, OK... Et ?*

*— Il affectionne tout particulièrement un dessin animé nommé « Batman ».*

*— Ça ne serait pas plutôt « Catman » ? Le chato... euh ton esclave fait une fixette dessus.*

*— Non, c'est bien « Batman » ! Un homme chauve-souris !*

*— Pfff, le gros nul, il aurait dû devenir Catman, il aurait eu une sacrée classe !*

*— Nous sommes d'accord, mon chou !*

*— Cesse donc tes familiarités et viens-en au but !*

*— Batman est aidé par une femme chatte, Catwoman.*

*— Ça sonne pornographique...*

*— Pas du tout ! Et ensemble, ils sont plus forts !*

*— Je ne sais pas...*

*— De toute façon, je ne te laisse pas le choix !*

*— Tu m'énerves, Rita ! Tâche juste de ne pas me gêner !*

Elle acquiesça, tout comme Roger.

— *Sus à l'ennemi !* miaula Voyou.

Ils sortirent tous les trois, et rattrapèrent le gardien, tout juste arrivé dans son local personnel. Là, sans sommation, Voyou lui bondit sur le dos et y planta ses griffes. Il lui mordit le cou avec une certaine délectation. Les représailles avaient le goût du sang et il aimait cela !

— Aïe ! C'est quoi, ce bordel ? Lâche-moi, sale bête !

L'homme sauta le dos contre un mur, obligeant Voyou à abandonner sa proie.

— Mais… Mais… Qu'est-ce que tu me veux, vermine ?

— *Il est temps que je venge ma famille !*

L'employé municipal scruta Voyou avant de se rappeler son identité. L'humiliation que lui avait infligée Léopold lui revint aussitôt en mémoire, le contrariant davantage.

— Toi ! Mais comment ?

— *Oui, moi ! Nous avons un compte à régler !*

— Tu n'aurais jamais dû te pointer ici ! En tout cas, cette fois, le flic ne sera pas là pour te sauver !

— *Tant mieux qu'il ne soit pas présent ! Je vais pouvoir me donner à fond !*

— Amène-toi, j'ai hâte de t'ajouter à mon tableau de chasse !

Le combat reprit de plus belle, Voyou bondissait avec maestria pour griffer ou mordre son adversaire, qui hurlait sa souffrance. Le félin prenait tant de plaisir à l'écorcher qu'il se relâcha et se retrouva coincé. Le gardien se saisit d'une pelle et la fit tournoyer devant lui.

— Ta mère, la chatte des rues, je l'ai butée avec cette magnifique pelle… Quel bonheur de massacrer sa descendance avec !

Le visage déformé par la haine, il leva l'outil.

— Crève, putain de chat !

Tout à coup, Rita, terrifiée à l'idée de perdre Voyou, intervint pour le secourir. Elle agrippa l'un des bras de l'assassin et le mordit de toutes ses forces. L'homme cria et gesticula, avant d'écraser à plusieurs reprises la sphynx sur un établi. Rita lâcha prise et perdit connaissance.

— Merde, d'où il sort ce chat ! vociféra le fonctionnaire. On dirait un foutu rat !

— *Ri... Rita !* miaula Voyou, paniqué. *Roger, occupe-toi de ce connard !*

Lui aussi choqué par l'agression subie par l'élue de son cœur, Roger obtempéra, aboyant à tout va.

— *Roger est à tes ordres, Voyou ! Roger n'est pas content, le méchant monsieur a fait du mal à Rita ! ROGER N'EST PAS... CONTENT !*

Apeuré, Voyou rejoignit Rita et la toucha, tentant de la ranimer.

— *Hé, Rita, réveille-toi ! Arrête de faire semblant, la pas nette !*

Rien, aucune réaction.

*— Mince, elle ne peut pas mourir comme ça !*

Il la remua de toutes ses forces, en vain… Pas d'autre solution : Voyou devait lui faire du gueule-à-gueule ! Avec beaucoup de réticence, il s'approcha et réalisa la manœuvre, la seule qui s'imposait. Il sentit les lèvres si douces de Rita et ne put s'empêcher de s'en faire la remarque. Quant à l'odeur de son haleine, mélange de croquettes et de pâtée hors de prix, elle l'enivra presque.

*— Chatpristi, que m'arrive-t-il ?*

Il se concentra tout de même sur sa tâche : sauver Rita ! Hélas, elle ne réagissait toujours pas…

*— Ne meurs pas, la naturiste ! Qu'est-ce que... Qu'est-ce que je deviendrais sans toi ? Je ne veux pas me retrouver seul avec cet imbécile de Roger ! Et si tu n'es plus là, le chatophile ne fera que s'en prendre à moi ! Tout, mais pas ça !*

Soudain, Rita mit sa langue dans la gueule de Voyou, qui recula, horrifié. Une avalanche de sensations troublantes se déversa dans son corps !

*— Oh, tu m'as ramenée à la vie, mon amour !* miaula-t-elle. *C'est un signe du destin !*

Elle lui adressa un clin d'œil et se redressa.

*— Mais... Mais...* balbutia Voyou.

*— Ne nie pas l'évidence, on est « félins pour l'autre » !* poursuivit-elle.

Gêné, Voyou se détourna et repartit au combat pour soutenir Roger, en mauvaise posture. Le félin bondit sur le visage du meurtrier et le lacéra profondément.

*— À cause de toi, j'ai dû faire du gueule-à-gueule à Rita ! Maintenant, elle ne va plus me lâcher ! Prends ça ! Et ça ! Et encore ça !*

Ruisselant de sang et au bord de l'évanouissement, l'homme tomba à genoux. Voyou le délaissa quelques instants pour imaginer une sentence appropriée. Comment allait-il le tuer ? Une dizaine d'idées fusèrent dans son esprit…

*— Oui, je vais le chatssassiner...* souffla Voyou. *Encore un humain qui a commis la bêtise de contrarier un chat ! Il servira d'exemple ! Un jour, les chats domineront le monde... et notre conquête commence aujourd'hui !*

Voyou s'avança lentement vers sa proie. Ebahis par sa bestialité, Roger et Rita ne tentèrent pas de l'arrêter. De son désormais seul œil valide, le gardien voyait Voyou approcher.

— Pi… Pitié… implora le blessé.

— *Non, pas de pitié pour les esclaves ! Vous vous êtes trop longtemps moqués de nous ! Vous avez fait de nous des sujets de dérision ! C'est l'heure de la vengeance !*

Soudain, la porte du local s'ouvrit avec fracas : Félicie et Léopold !

— Qu'est-ce qui se passe ici ? demanda le policier. Nous avons entendu des appels à l'aide et…

— Roger ? s'étonna Félicie. Rita ? Voyou ? Mais qu'est-ce que vous faites là ? Et qu'avez-vous fait à ce pauvre homme ?

— *Ce pauvre homme ? s'insurgea Voyou. Mais elle déraille, la bougresse !*

Léopold se dirigea vers le blessé, l'empoigna et le souleva. Insensible à ses souffrances, il le bascula avec violence sur l'établi. Fouillant le mobilier, il trouva des colliers de serrage, avec lesquels il entrava le criminel.

— Que fais-tu, Léopold ? le questionna Félicie.

— Ma chérie, je comprends ce qui s'est passé… dit Léopold. Vois-tu, je connais cet homme. C'est un tueur d'animaux…

Il lui raconta leur première entrevue, puis le prisonnier avoua tout.

Dans l'attente de l'arrivée de la police et des pompiers, les deux « parents » rouèrent de coups le gardien, qui se souilla. Félicie et Léopold ne toléreraient jamais que l'on fasse du mal à leurs protégés !

Quant à Voyou, il regrettait d'avoir été interrompu. Il se consola toutefois en constatant que toute la famille avait lutté contre le crime et rendu justice – « chatstice » – à sa mère et ses frères et sœurs.

L'homme fut conduit aux urgences. Il serait écroué quelques jours plus tard. Son local comportait assez de preuves pour l'envoyer en prison pour un long moment pour maltraitance envers les animaux. Le meurtrier ne se bornait pas à éliminer les bêtes errantes, mais toutes celles qui passaient à sa portée, même celles identifiées et vivant auprès d'humains. Un collectif de victimes s'était ainsi constitué pour le traduire devant les tribunaux.

Durant les jours qui suivirent l'altercation, Voyou évita Rita autant qu'il le put, mais elle finit tout de même par le coincer, un matin, alors qu'il dormait paisiblement sur le canapé. Elle l'enjamba, et il se réveilla aussitôt. Elle lui adressa son regard le plus provocant, le mettant mal à l'aise.

— *Hé, la pas nette, qu'est-ce que tu fais, encore ?*

— *Toi et moi, nous devons causer !*

— *Causer ? Non, nous n'avons rien à nous dire !*

— *Oh que si ! Nous devons parler de ce qui s'est passé !*

— *Je ne vois pas de quoi tu parles !*

— *Je vais donc être explicite : Voyou, qu'est-ce que tu as ressenti quand je t'ai embrassé ?*

Voyou se releva à la hâte, courut dans le salon et sortit dehors par la fenêtre ouverte. Jamais, au grand jamais, il ne lui avouerait ce qu'il avait éprouvé à cet instant. Il n'était pas ce genre de chat !

Voyou rejoignit Pacha, Snow, Salem et Mufasa pour de nouvelles aventures anti-humaines. Beaucoup de félins souffraient partout dans la capitale. De tous côtés, il entendait des miaulements implorant de l'aide :

— *Au secours, mon esclave a oublié de me servir des croquettes !*

— *Sortez-moi de là, mon humaine n'arrête pas de me caresser !*

— *Pitié, sauvez-moi, mes domestiques me parlent comme si j'étais un bébé ! J'en ai marre, j'exige du respect !*

— *La chatlope ! Elle m'a pris en photo pendant que je faisais ma crotte et l'a posté sur les réseaux sociaux ! Je suis la risée de l'Internet !*

— *Chatpristi, mon esclave dort dans mon lit ! MON LIT ! Que quelqu'un lui explique que c'est « chez moi » ! La répartition des tâches est claire : lui paye le loyer et les croquettes et moi, je profite de la vie !*

Toute cette horreur !

Tous ces crimes !

Le monde avait besoin de « *chatstice* », et vite !

— *J'arrive, les chatmis !* lança Voyou, déterminé. *Chat va saigner ! Pacha, Snow, Salem, Mufasa, avec moi ! Fini l'épluchage de saucisses, on chatssassine !*

La légende de Voyou ne faisait que commencer, Paris pouvait trembler !

*À suivre, ou pas, je donne ma langue au chat...*

# Quelques mots de l'auteur :

*Cher lecteur,*

*Je te remercie d'être allé au bout de ce roman, mon dixième. Alors, qu'en as-tu pensé ? J'ai vraiment envie de le savoir ! Tu peux me contacter par mail (cyrilvial-auteur@outlook.com) ou via les réseaux sociaux (Facebook : Cyril Vial – Auteur ou Instagram : cyrilvialauteur86). J'aime échanger avec mes lecteurs ! Sache que j'ai de nombreux projets en tête et tu seras toujours le bienvenu si partir à l'aventure ne t'effraie pas...*

*Tu te poses sans doute la question suivante : pourquoi ai-je donc écrit ce roman ? Eh bien, je suis un amoureux des animaux. Ce sont des êtres sensibles et adorables, qui rendent nos quotidiens bien meilleurs. J'ai fait un peu d'associatif pour les garder et leur donner de l'amour et j'ai pu constater qu'ils ont TOUS un caractère différent. En outre, ils sont toujours là pour nous. Je me rappelle de journées difficiles où un chat venait se blottir contre moi pour apaiser ma peine. Je me souviens de nuits difficiles à cause de maladies, où un autre chat dormait tout contre moi en ronronnant pour soulager ma souffrance. Notre regard sur les animaux et notre comportement à leur égard doivent évoluer.*

*Sache que ce roman était prévu pour être un tome unique. Cependant, si tu suis déjà mon périple littéraire, tu sais que j'aime bien écrire des suites, comme le prouvent mes trois séries précédentes... Un nouveau tome est donc tout à fait envisageable, tout dépendra de l'engouement des lecteurs, dont le tien. Être auteur indépendant, c'est être bien seul face aux processus créatifs mais aussi vis-à-vis des dépenses, de la communication... Si les lecteurs sont au rendez-vous, je lancerai l'écriture d'une suite. J'aimerais tant explorer la relation entre Rita et Voyou mais aussi celle de Voyou et de son nouveau « papa ». Si tu as apprécié cette aventure singulière, n'hésite pas à me l'écrire et à partager ton ressenti autour de toi. Ça m'aiderait beaucoup ! Tu n'imagines pas...*

*Allez, si je reçois* **cent messages**, *je commence la suite ! Oui, j'ai déjà une idée du scénario !*

*Enfin, si le cœur t'en dit, je t'invite à faire un don à l'une de ces associations martiniquaises, qui se battent jour après jour pour aider les animaux :*

- *MoustiKat's Chatdesplages*
- *Les sauvetages de Laure et Lina*
- *Association Bénévoles chats madinina.*

*Tu peux les contacter via Facebook. N'oublie pas de leur préciser que c'est ce roman qui t'a permis de les trouver, ils comprendront.*

*Prends soin de toi et n'hésite pas à aller découvrir mes autres séries :* Yakuzas ! *(genre thriller fantastique),* Num_anité *(genre SF) et* Le Chasseur de démons *(genre urban fantasy).*

*Petite confidence : en 2023, deux autres univers verront le jour…*

*Cyril, auteur, rêveur…*

# Déjà parus :

***Yakuzas ! (genre : thriller fantastique) :***

Yakuzas ! – 1 – Mort cruelle : sortie le 8 novembre 2021

Yakuzas ! – 2 – Vengeance mortelle : 23 avril 2022

Yakuzas ! – 3 – : La loi du zen : sortie prévue fin septembre 2022

Yakuzas ! – 4 – : sortie prévue courant 2023

***Num_anité (genre : science-fiction) :***

*Num_anité* – 1 – Le commencement : sortie le 23 janvier 2022

*Num_anité* – 2 – : L'affrontement : sortie le 17 juin 2022

*Num_anité* – 3 – : L'effondrement : sortie fin octobre 2022

*Num_anité* – 4 – : courant 2023

***Le Chasseur de démons (genre : urban fantasy) :***

Le chasseur de démons – I – : Chroniques d'une descente aux Enfers : sortie le 20 février 2022

Le chasseur de démons – II – : L'assaut des anges : sortie le 25 juillet 2022

Le chasseur de démons – III – : L'Apocalypse : sortie fin novembre 2022

**Cher lecteur,**

**tu peux me suivre ou me contacter sur :**

Instagram : cyrilvialauteur86

Facebook : Cyril Vial - Auteur

Page auteur Amazon :

Mail : cyrilvial-auteur@outlook.com

# Table des matières

Printed in France by Amazon
Brétigny-sur-Orge, FR

14992142R00196